姓と性

近代文学における名前とジェンダー

高田知波

翰林書房

姓と性——近代文学における名前とジェンダー◎もくじ

IV

I

姓と性——近代文学における名前とジェンダー

近代文学研究にジェンダーの観点を導入することは、今日では少しも珍しいことではない。しかしその状況は市民権の確立あるいは定着として歓迎できるというより、むしろ形骸化の危険を懸念すべき方向に進んでいるという感を否めない。自己批判の念もこめて私は再活性化の道を探究したいと考えているが、その一環としてここ数年をかけて取り組んできた問題の一つが〈名前とジェンダー〉という視座からのアプローチである。日本の場合、人の名前は今日では姓と名との組み合わせになっているが、それ自体が歴史性を持つだけでなく、そこにジェンダーの問題が関わっていることは常識化している。さらに婚姻にともなう戸籍上の姓の強制的統一に対する異議申し立ての権利をめぐる選択制夫婦別姓論は、前世紀末に法的実現の目処が立ったかに見えたのもつかの間、今世紀に入ってからは低温化の気配が濃厚になってきている。にもかかわらず、近代文学と〈名前とジェンダー〉を関連づける研究はあまりなされてこなかったようである。（名前とジェンダーの研究そのものは、言語学や歴史学では扱われてきている。）私の問題意識は、こうした状況に対する苛立ちと自省に由来するところがある。

また例えば、キリスト教の習慣が持ち込まれる以前のイヌイット社会においては、新生児のために新しい名が作られることはほとんどなかったという。既存の誰かの名を引き継ぐのだが名自体には性別がなく、したがって男子に祖母の名を付けることもあれば女子に祖父の名が付けられることもある。そしてその祖母は彼女の祖父の名を襲名していることもあるし、祖父が彼の祖母の名を襲名していることも珍しくないが、祖母の名を付けられた男子は成年に達するまでは文化的に女子の扱いを受け、祖父の名を付けられた女子は文化的に男子の扱いを受ける慣行があったようである。「社会的文化的な性規定に名前が重要な役割を果たしている」という上野和男氏のコメントがあるように（『名前と社会　名づけの家族史』早稲田大学出版部、一九九九）、ジェンダーを持たないはずの名がその子のジェンダー決定の主要因子になるということの事例は、ジェンダーが実体の反映などではなく、言説としての力であるという関係性を端的に示しており、ジェンダーの言説性が凝縮されたトポスとしての〈名前〉に注目する試みはもっと活発になってしかるべきだと思う。

本稿は、以上のようなモチベーションにもとづいて、今後の礎石づくりとして、あえて思い切ってラフな見取り図の作成を試みようと意図したものである。「近代文学における名前とジェンダー」という大風呂敷を広げたものの、ジャンルとしては圧倒的に小説中心の考察であることを最初に断っておきたい。また「氏」、「姓」、「苗字」は本来はそれぞれ別個のものであるが、近代においては明治初期から法令上でもこの三者がほぼ同義語として不統一に使用されていたという事情もあり、また一九四七年の新民法が〈家〉制度を否定したにもかかわらず法令用語として「氏」が存続されたことに対する批判も存在しているので、本稿では三者を区別せず、引用以外は原則的に「姓」という用語で統一していることも了解しておいていただきたい。

1　固有名タイトルとジェンダー

（1）男性ファースト・ネームのタイトル

近代文学における名前とジェンダーの考察にあたって、まず固有名だけの小説タイトルの系譜に注目してみたい。主人公の固有名以外に何も付加されない作品名の比率には、明らかなジェンダー的偏差が存在するからである。

まず男性ファースト・ネームだけを題名にした小説から見ていくと、真っ先に想起されるのは夏目漱石の『三四郎』であろう。一九〇八（明41）年九月、東西両朝日新聞連載開始に先立って掲載された漱石名義の「新作小説予告」が、「変な標題《みだし》」という言葉で始まっていることは周知の通りであり、「三四郎」の他にも「青年」「東西」等いくつかの標題候補が考えられていたこともよく知られている。『三四郎』という「標題」がなぜ「変」だったのか。その大きなファクターは男性主人公のファースト・ネームだけというタイトリングの異例さにあったと思われる。といってもこの種のタイトル自体がレアだったわけではない。例えば謡曲では『敦盛』『実盛』『頼政』『景清』といったタイプの題名の系譜が存在しているし、それらは明治時代の読者にとっても馴染み深い文化圏内に活在していたはずである。また巖谷小波の『こがね丸』（一八九一）のような児童文学にはこの型の題名の系譜が成立してもいた。しかし大人向け〈小説〉においては、男性ファースト・ネームだけをタイトルに採用した前例はきわめて少なかったのである。（山田美妙『阿新丸《くまわかまる》』〈一八八八〉は浄瑠璃のカテゴリイに入る。）

厳密に言えば、男性ファースト・ネームだけをタイトルにした小説は『三四郎』が初めてというわけではない。例えば『三四郎』の十一年前に、山田美妙が『孫右衛門』（一八九七・四）と『平八郎』（一八九七・一一）を発表している。『孫右衛門』は市井のハッピー・エンディング・ストーリイであり、題名も「孫」を愛する祖父の名に由来している。人情話の系流を感じさせる作品である。『平八郎』の方は戊辰（東北）戦争の起点となった白河の戦いが舞台になっている。今日から見れば歴史小説であるが、小説執筆時点から起算すれば僅か三十年ほど前の物語であり、当時においてはまだ生々しい記憶の中で読まれていたはずである。主人公の大倉平八郎は白河藩重臣でありながら、官軍との決戦を目前にして突然相手側に寝返ってしまう。そのため白河側の軍は敗走し、戦後彼は地元の人々の反感を一身に集める存在になり、やがて平八郎の裏切りを恨む若武者が仇討ちを試みるものの、結局返り討ちにあって果てる。平八郎の背叛理由は最後まで不明のままであり、ピカレスク・ロマンの範疇に入れてよい作品である。戊辰戦争の史料に、官軍側に間道を案内して東北同盟軍を敗北に導き、のちに会津藩士の手で殺害された大平八郎という人物が出てくる。この人物の名前は「大平・八郎」なのであるが、「大平八郎」という四文字は「大倉平八郎」との強い類似性を感じさせる。ただし実在の大平八郎は重臣どころか藩士でも浪士でもなかったから、事件の展開も含めて美妙の小説は史実とは大きく異なっている。したがって美妙の「平八郎」は虚構性の強い人物のようであるが、しかしこの小説が発表されたのが日清講和条約締結後間もない時期であったことを考えると、当然、大倉喜八郎の名前も想起されてくる。「大倉喜八郎」と「大倉平八郎」、たった一字違いの酷似したネーミングである。周知の通り、大倉財閥を一代で築いた大倉喜八郎は藩閥政府の要人、とりわけ陸軍の最高実力者の山県有朋と癒着することによって政商としての地位を固め、日清戦争で莫大な利益を得たとき戦地に石の入った缶詰を送ったという風聞も流布するなど、国民の評判が芳しくなかった人物である。(1) 美妙が「大倉平八郎」というフルネームのタイトルではなく、姓の「大倉」を削った「平八郎」というファースト・ネーム・タイトルの方を採用したのは、寓意が露骨になり過ぎることをはばかったための措置であったかも知れず、すでに文壇の著名作家であった美妙がこの作品だけ「織戸碩鼠」という匿名性の高い変名をわざわざ用いている理由も、このことと関わっていたのかも知れない。だとすれば『平八郎』というタイトルは単なる固有名というだけではなく、入り組んだ仕掛けが込められていた可能性がある。

『平八郎』の翌々年、雄島浜太郎の『留吉』という短い小説が『新小説』誌上に掲載されている(一九〇〇・二)。「留吉」は、仲間たちから「留公」と呼ばれている貧しい人力車夫の名である。男性主人公ファースト・ネーム・タイトルの現代小説であるが、この主人公はおたがいに姓を呼び合わない階層に所属しており、留吉の姓は物語の最後まで不明のままである。一方、門構えの邸宅に住む「近藤さん」は姓だけしか表記されておらず、呼称の差違によって階級的コントラストが表象されている。(『三四郎』開始直後に出た岩野泡鳴『栄吉』(一九〇八・一〇)の主人公も姓を呼ばれることのない境遇にいる。)ただし『留吉』はほとんど無名の作品であり、しかも当時イギリス留学中であった漱石がこの小説を読んでいた可能性は皆無に近いと思うが、一九〇七年十一月の青木苫汀の『門之助』は発表媒体が『帝国文学』であり、漱石が眼を通していた確率の高い作品である。『三四郎』の約半年前に出たこの短編小説は、主人公が姓を呼び合わない階層に属する点では『留吉』と同様であるが、「門之助」という名は彼が生まれてまもなく大きな邸の門の前に捨てられていたという事情に由来しており、実の父親と再会するものの和解に向かわない哀しい物語である。したがって「門之助」というタイトルも物語自体のテーマを暗示する象徴性を持っており、単純な固有名ではない。

こうした前史を受けて登場した漱石の『三四郎』という固有名タイトルは、漱石自身の書簡の中に「平凡にてよろしく存候。たゞあまり読んで見たいと気は起り申すまじくとも覚候」という表現があるように、タイトルから寓意性が削り落とされている。固有名タイトルが物語内容を暗示しないという点と、日常的に姓で呼び合う階層に属する主人公のファースト・ネームがタイトルに選ばれているという点の両方において、『三四郎』は画期的な題名の小説であったということができる。(もちろん、この名の「平凡」さが主人公のアンチ・ヒーロー性に照応しているという意味において、やはり象徴的なタイトルだと見ることはできるが、『門之助』の象徴性とは次元を異にしている。)

しかし漱石自身、『三四郎』以降は『それから』『門』から『道草』『明暗』へと抽象度の高い題名を選んでいく。漱石はもちろん、『ハムレット』『オセロー』『マクベス』等イギリス文学の戯曲における男性ファースト・ネーム・タイトルの名作群を熟知していたに違いないが、ここで見落としてならないのは、〈小説〉というジャンルに限定すると、イギリスにおいても男性ファースト・ネームだけのタイトルはきわめて少なく、女性ファースト・ネームのタイトルの多さと比べて明らかな非対称を形成していたらしいという点である。『三四郎』の中に、イギリスの女性作家アフラ・ベーンが書いた『オルノーコ』という小説がみんなの話題になる場面があることは早くから注目されてきている。この『オルノーコ』は男性主人公のファースト・ネームそのままではあるが、原題は厳密には「やんごとなき身の奴隷のヒストリー」(the Royal Slave. a true history) という長い副題とのセットになっており、男性ファースト・ネームだけのタイトルとは言いがたい。

漱石以降も男性ファースト・ネームの題名を踏襲した作家は少ないが、『三四郎』の六年後に谷崎潤一郎が『饒太郎』(一九一四・九) を発表している。主人公のフルネームは泉饒太郎――泉鏡花の本名である泉鏡太郎を連想させるネーミングであり、また実在例の少ない名である。この珍しい名前は「傲慢なマゾヒスト」という主人公の性格設定と結びついた寓意性が込められているとも考えられ、「三四郎」の「平凡」さとはむしろ対照的である。また一九二三 (大12) 年、三高在学中だった梶井基次郎がポール・セザンヌをもじった「瀬山極」という筆名で回覧雑誌に『奎吉』という私小説を掲載しているが、この習作を執筆した当時、梶井が漱石と谷崎の二人の作家に傾倒していたのは単なる偶然だけではないかも知れない。

昭和期に入ると、女性作家による男性ファースト・ネーム・タイトルという希少例が現れてくる。大谷藤子の『順三郎』である。『人民文庫』一九三六 (昭11) 年九月号に掲載されたこの短編は、有数の資産家に婿養子として入った女好きの男性を主人公にした小説であるが、語り手は主人公の順三郎に視点人物としての位置を一度も与えない。視点人物の役割を果たすのは近所の人たちや親族・家族たち (主として女性) であり、複数の視点を通して語る語り手の順三郎に対するスタンスはつねに冷ややかであり、冷笑的ですらある。

このほか久保田万太郎『岩吉』(一九五八) 等の少数の例外はあるものの、明治初期の小新聞における「続き物の嚆矢」とされる『金之助の話説』[2] から下村湖人の自伝的長編小説『次郎物語』に至るまで、男性ファースト・ネームを作品名に採用する場合は名の下に「話」や「物語」等を付加しないと小説タイトルとしては落ち着きが悪いという感覚が支配的なようであり、『三四郎』の「標題」の異色性は現代でも過去のものとはなっていない。[3]

（2）女性ファースト・ネームのタイトル

一方、女性主人公のファースト・ネームだけをタイトルにした近代小説は決して珍しくない。女性ファースト・ネームは、上に愛称の「お」（または「阿」）が付くタイプと、下に漢字の「子」が付くタイプの二つに大別される。[4]近代小説のタイトルとして先に登場してきたのは、伝統的な「お」（「阿」）が付くタイプの方である。鷗外との『舞姫』論争で知られる評論家石橋忍月は同時期に小説も執筆しているが、一八八九年四月（『舞姫』の約八か月前）に刊行された『お八重』はこのタイプの小説タイトルの先駆的な例である。前年の三月から四月にかけて『女学雑誌』に連載され、作者の病気のためにいったん中絶した後あらたに後半部を書き加えて刊行されたという経緯を持つが、雑誌連載時点でのタイトルは「都鳥」であった。上梓の際に「お八重」と改題されたのであるが、『都鳥』から『お八重』への間の時期にあたる一八八九年二月に、渡辺霞亭が『阿胡麻』を『東京朝日新聞』に短期連載している。これは戦国時代を舞台にした文語文体の歴史小説であり、「阿胡麻《おこま》」はヒロインの名である。歴史小説分野まで含めれば『阿胡麻』の方が『お八重』よりも女性ファースト・ネーム・タイトルとしては少し早かったことになる。霞亭はまた一八九一年四月に関西文壇の拠点として『なにはがた』が創刊されたとき、その第一冊に『阿琴』を発表している。「阿琴《おこと》」もヒロインの名である。時代は明治、大阪の大きな商家に嫁ぎ、当初は幸福に包まれていた女性が長男出産後の夫の変貌によって不幸の底に突き落とされ、十年以上辛抱したあげく、夫の死後子供と引き離されて実家に引き取られるというストーリイは、「上」と「下」から成る作品構成も含めて、四年後の一葉の『十三夜』を連想させるような一面を持った小説である。一八九六年には美妙が『阿千代』を発表しているが、これとほぼ同時期に詩歌の分野で、島崎藤村がのちに『若菜集』の巻頭を飾る「おえふ」「おきぬ」「おさよ」「おくめ」「おつた」「おきく」という、それぞれ「お」の付く女性名をタイトルにした六編の連作詩を書いていることは周知の通りである。

二十世紀に入ると日露戦争後に、「お」の付く女性名タイトルが流行の兆しを見せてくる。木下利玄は一九〇七年六月、『心の華』掲載の『お京』によって、学習院の白樺派メンバーの中でいち早く文壇デビューした作家であるが、この『お京』は徴兵が人間の性格を変えてしまう恐ろしさを、その妻に視点を合わせることによって描き出した良質の短編である。水野葉舟の『おみよ』(一九〇八年十一月、〇九年二月)は、一九一〇年に前編が単行本化された時点で発禁処分を受けている。ヒロインのおみよは、愛の冷めた夫からも幼い我が子からも独立して自由に生きることを願望しつつ、それを実行に移すこともできないまま母親からの仕送りを受けて夫婦別居生活を送っている女性である。「いわば自暴自棄になりかけたひとりのじだらくな女性の生態や心理を、柔軟な感覚と、しかしだらだらした筆致で、活写しようとした作品」という吉田精一氏の批評があるが(『自然主義の研究』東京堂出版、一九五八)、夫は公然と妾を持ち、妻は平然と夫以外の男性と親しくなっていくという設定の作品であり、〝姦通〟の明示がないにもかかわらず発禁処分になったのは、夫からの自由を求める妻に対する批判者が一人も登場してこないこの作品世界が放射する〈家〉制度の秩序否定の衝撃力が警戒されたためだったのだろうか。葉舟はこの『おみよ』発禁の年とその翌年にかけて何度も発禁処分を受けており、検閲官にとってマークブルな作家であった[5]。

『おみよ』発禁の翌年に森しげが発表した『おはま』(一九一一・八)も、妻の倫理といったものにまったく拘束されない野性的な女性を主人公にした作品である。視点人物は夫の子爵を病気で亡くした若い八重子であり、自分の邸に日雇労働者としてやってきたお浜というたくましく美しい女性を見つめる八重子の心情にそって物語が進行していく。八重子は境遇も階級も自分とはまったく異なったこの女性に次第に興味を引かれていき、「位や冨や性格や徳義や、色々な糸が繋がれたり切れたりして、自分の体は手足も動かされないやうになつてゐる。あのお浜には一切それがない。傍のものが種々な定木を当てて見て、褒めもし貶しもするが、お浜は平気でゐる」ことに感嘆しながら「自然と受動」について考察するというところで小説は終わっている。女性作家たちのアンソロジー『閨秀小説十二篇』（一九一二）にも収録された作品である。

下に「子」が付く女性ファースト・ネーム・タイトルは、上に「お」の付く女性ファースト・ネームが雑誌に目立ってきた時期にこれと雁行するかたちで始まり、漱石の『三四郎』が登場してくる以前から、主として新聞連載小説の分野で広がりを見せていた。この型のタイトルの前史としては、やはり石橋忍月が書いた『露子姫』がある。一八八九年二月、前述の『お八重』出版に先がけて書き下ろしで出版されたこの作品は、忍月が評論家として批評したばかりの二葉亭四迷『浮雲』初編の会話場面が露骨に借用されていたりもする喜劇仕立ての小説であるが、男爵令嬢であるヒロインは語り手によって「露子姫」と呼ばれ、それがそのままタイトルになっている。周知の通り、明治前期においては下に「子」が付く女子の戸籍名は皇族や華族がほとんどであり、「〇〇子」は上流階級の生まれであることを示す女子名であった。幕末から明治中期頃までに生まれた世代で「子」付きの筆名を使用した小金井喜美子、与謝野晶子、野上彌生子、田村俊子、中條百合子たちの本名は、それぞれキミ、しやう、ヤエ、トシ、ユリである。なお角田文衛氏の名著『日本の女性名　歴史的展望』（教育社、一九八七〜八八）によると、華族の娘（多額納税者の娘も含む）を対象にした教育機関である華族女学校では一八九五年度（明28）の卒業生と同期生の計五十名中二十六名を「子型の名」が占め、「明治二十八年の卒業生にいたって子型の名は、他を制した」のに対して、東京府立第一高等女学校の「子型の卒業生が過半を制したのは、女子学習院よりも三一年も遅れた大正十五年」であり、各県の公立高等女学校の卒業生における子型名の半数凌駕は「昭和十年代に入ってから」だということである。周知の通り華族女学校＝女子学習院は宮内省管轄の学校であり、高等女学校は文部省管轄であった。したがって明治二十年代に書かれた『露子姫』の令嬢露子に「姫」という敬称が付加されていること自体はそれほど奇異でなかったはずであるが、同時に「露子」だけではまだ作品のタイトルとして収まりが悪いという感覚もあったのかも知れない。十九世紀の段階では、「お」型女性ファースト・ネーム・タイトルに比べて、「子」型ファースト・ネームは小説のタイトルとしては抵抗があったようである。

管見の限りでは、二十世紀に入って間もなく一九〇二年に草村北星が書き下ろしで出版した長編小説『浜子』が「子」型ファースト・ネームを小説タイトルに採用した最も早い例である。「文学も道徳（其他）も其軌道こそは異なれ、或度迄の一致融和を期せねばならぬ、相倚つて提携し行かねばならぬ」、「道徳の進歩と相俟つことをしない斯くの如き文学は、如何に高尚なるものであるとしても、世人の玩賞を許してはならぬ」といった長文の序（「巻首に」）と附録論文（「人生に於ける美善両活動の価値」）を付したこの小説のヒロイン浜子も、華族階級に所属する女性である。「浜子」という名は、当時圧倒的な人気を集めていた『不如帰』（一九〇〇刊）のヒロイン「浪子」との類縁性を連想させるし（二人とも若くして病気で亡くなる美女であり、またいずれも現在の母が継母であるという点でも共通している）、また彼女が稲村ケ崎の「海浜」で保養しているという設定とも呼応しているだろう。浜に佇んで海を眺める病身の美女、というパターンの確立である。『浜子』は貞淑な妻が悪意を持つ男の策謀によって不倫を疑われるという軸に沿って善玉的人物と悪玉的人物が交錯し、ヒロインが短命の生涯を閉じて終わる物語である。北星はその翌年も『澄子』という同型のタイトルの小説をやはり書き下ろしで出版し、一九〇六年には『百合子』を『中央新聞』に連載している。単行本版『百合子』前篇は、『三四郎』の前年にあたる一九〇七年に北星自身の主宰する隆文館から刊行され、後篇は『三四郎』の翌年に刊行された。愛し合った男女が実は異母兄妹だったという出生の秘密を軸にしてストーリイが展開されるこの長編小説において、ヒロイン百合子は結婚という結末に至らない女性である。

『浜子』によって先鞭を付けられた〇〇子型タイトルの流れを促進したのが、『大阪毎日新聞』にあって『己が罪』（一八九九）ですでに新聞連載「家庭小説」[6]の作家としての人気を確立していた菊池幽芳である。幽芳は「家庭小説」という角書付きの『乳姉妹』を出した翌年に『夏子（愛と罪）』（一九〇四年）を『大阪毎日』に連載する。

連載時から「夏子」の下にポイントを落とした活字で「愛と罪」という括弧付きの副題が付け加えられていたが、一九〇五年の『筆子』は副題なしのファースト・ネーム・タイトルである。これらはいずれも『三四郎』登場以前の作品群であり、このように新聞連載小説において、〝第一次〇〇子の時代〟と名付けたくなるほど、下に「子」の付く女性ファースト・ネーム・タイトルが目立ち始めていた時期に、漱石の『三四郎』が両朝日新聞紙上に連載されたのである。つまり『三四郎』「新作予告」に言う「変な標題」はあくまでも男性ファースト・ネームに限定された珍しさであり、いわばジェンダー的越境性という点において「変な標題」だったのだといえる。幽芳は一九一三年には『百合子』を『大阪毎日新聞』『東京日日新聞』に同時連載しているが、前出の北星作品と同題である。わずか七年という短いインターバルで同一のタイトルの作品が平然と登場してくるという現象は、女性名が男性名に比べて音数も語彙も限定性が強く、したがって同名同表記の女性の存在が常態化していたという現実の反映でもあろう。この時期の〇〇子型タイトル群は新聞小説を中心にしたエンターテイメント系の作品が主流であったが、明治末期からいわゆる純文学の分野にも〇〇子型タイトルの作品が出現し始め、そうした流れの中に、鷗外の『花子』（一九一〇・七）なども位置付けることができると思う。周知の通り、パリにあって彫刻家オーギュスト・ロダンのモデルを務めていた実在の日本人女性を題材にした短編小説である。

角田文衛氏前掲書からの孫引きになるが、第一生命保険相互会社の集計資料の変遷によると、新生女児に対する命名頻度数ランキング上位への「子型」名の登場は、一九一〇年度の第三位に「ヨシコ」が入ったのが最初のようである。翌年は「ヨシコ」が第二位に上がったものの、上位五位の中の他の四つは依然として「子」の付かない二音節名であったが、その翌年つまり明治から大正への元号転換期に大きな変動が起こり、この年の新生女児の名は「マサコ」「ヨシコ」「フミコ」が一挙にトップ三位までを独占している。かつてはほぼ華族階級の女児に限られていた子型名が明治末から大正にかけて広く普及してきたことを興味深い裏付けるデータであるが、新聞小説を中心にした〝第一次〇〇子の時代〟は、こうした女児命名傾向の激変の到来に少し先行するかたちで始まり、両者が相互連関的に進行していったと見ることができる。

昭和改元期を含む一九二〇年代は、小説タイトル史上〝第二次〇〇子の時代〟と呼んでもいいのではないかと私は考えている。この流れを主導したのは明らかに女性作家たちであった。一九二二年に既発表作品『一つのもの』を『多津子』と改題刊行した野上彌生子が、その翌年に『澄子』を発表している。これは大河小説的構想を持つ連作の第一弾として書かれた小説であるが、このシリーズは結局未完のまま中絶する。その彌生子が一九二八年の短編『真知子』以来数年がかりで発表してきた連作をまとめて『真知子』というタイトルで上梓したのは一九三一年であるが、この『多津子』から『真知子』に至る九年間に、網野菊の自伝的連作小説が一九二五年に『光子』というタイトルで、一九二八年には中條百合子の連作シリーズが『伸子』というタイトルでそれぞれ単行本化されており、この系列の殿を務めたのが『真知子』の刊行だったという系譜になる。〝第一次〇〇子の時代〟の新聞小説のタイトル・ロールたちは、おおむね華族階級に属し、悪玉男性の策動に翻弄されたあと善玉男性の活躍によって救出される貞淑な美女というステレオタイプが多く、ほぼ同時代に雑誌媒体に登場していた「お」型のタイトル・ロールたちの多様さとの間にコントラストを形成していたが、新しい世代の女性作家たちを主力にした〝第二次〇〇子の時代〟のタイトル・ロールたちは、制度の中に従順に収まることをよしとしない強い自我意識を持つ女性たちが目立つ。第一次の「〇〇子」たちがおしなべて名付けられたままの名だったのに対して、第二次の「〇〇子」たちは名付けられた名を名乗り返す名であったと言うことができるかも知れない。

アジア・太平洋戦争の時代に入ると、女性ファースト・ネーム・タイトル小説の書き手の主力が再び男性作家に移行してくる。「満洲事変」開始と同じ時期に龍胆寺雄が『魔子』(一九三一・九)を書き、一九三三年十二月の『文学界』には川端康成『瀧子』(『散りぬるを』の一部)と阿蘇弘『邦子』が同時掲載されている。この一九三三年はプロレタリア作家の小林多喜二が築地警察署で虐殺された年である。虐殺から三か月後に刊行された多喜二の小説集『地区の人々』に収録された『安子』は、前々年の『都新聞』に『新女性気質』の題名で連載されたものの改題であるが、私はかつてこの改題が作者の意思を反映したものではなかった可能性を指摘したことがある。(詳しい考証は本書Ⅲ所収「〝翔ぶ女〟と〝匍う〟女」を参照していただきたい。) これが作者の意向を無視したタイトル変更だったとすれば、『安子』への改題という出来事自体が一九三〇年代に女性ファースト・ネーム・タイトルが広く流行していたことの一つの証左でもある。

一九四一年に出た堀辰雄『菜穂子』はよく知られているが、『菜穂子』の半年後に坂口安吾が『波子』を発表している。日本の軍事指導者たちが日中戦争を太平洋戦争へ拡大していこうとしていたその前夜の時代に安吾が、親の勧める結婚を拒み続けるヒロインの物語を女性視点を軸にして描き出し、さらにその作品に女性ファースト・ネームだけのタイトルを付けていたという事実は記憶されてよいだろう。男性作家の作品であっても安吾の「波子」は、〝第一次〇〇子の時代〟の系譜よりも、むしろ〝第二次〇〇子の時代〟の系譜を継承していると見てよいだろうと思う。

「お」も「子」も付かない女性名タイトルが日本の近代小説に少ないのは、一つにはどちらも付かないと人名であること自体が識別しにくくなるためであろうか。それだけ女性名が語彙的に制約されていたわけでもある。二十世紀初めに永井荷風が外遊直前にゾラの『ナナ』の前半部を翻訳しているが、そのときの邦題は『女優ナナ』であり、ファースト・ネームの上に「女優」の二字が添加されている。その点で『女優ナナ』の前年に、菊池幽芳が『新小説』に発表した『あぐり』は注目されてよいと思う。孤児になった少女のファースト・ネームをそのままタイトルに採った小説である。「あぐり」という名は、角田文衛氏前掲書によると「奈良時代から連綿と続く女性名」の定番の一つだということであり、上野和男氏前掲書によると「女性特有のトメ名として全国的に認められる名」

だという。女児はこれでもう終わりにして次は男児の誕生を期待するという思いのこもった名だという点に階級的格差とジェンダー的差別性を見出すならば、「あぐり」という名自体が差別の物語を背負っていることになり、作品の奥行きが深くなる。またこの小説は、平仮名表記のみの固有名タイトルという点においても先駆的である。(円地文子『女面』〈一九五八〉では江戸時代以前から続く大地主の一族の男たちが「小作人のみめ麗しい娘を女中兼用の妾にして置くような習慣」があったとされ、その一人として物語のプレヒストリイに登場する女性の名が「あぐり」である。このほか大正期に遡ると谷崎潤一郎『青い花』のヒロイン名が「あぐり」であり、昭和期では田辺聖子『お茶が熱くて飲めません』のヒロイン名も「あぐり」である。)

なお現代文学では一九八八年に、吉本ばななが『TUGUMI』の連載を開始している。「お」も「子」も付かない日本名女性ファースト・ネーム・タイトルであるが、「つぐみ」のままでは固有名であることが分りづらく、小説の題名にはなりにくかったかも知れない。またこのアルファベット表記タイトルは作品末尾に引用されたつぐみの手紙の最後の「TUGUMI・Y」という彼女の署名に由来していることは明らかであるが、つぐみの姓は山本であるから、イニシャル付きのローマ字サインは「T・YAMAMOTO」という表記の方が一般的であろう。姓をイニシャルにして名をアルファベットで全表記したこのサインは独特であり、この自己主張が『TUGUMI』というタイトル表記に反映されていると読むべきだと思う。また『TUGUMI』と同時期に李良枝の『由熙』が発表されている。両作品とも一人称小説であるが、いずれもタイトル・ロールは語り手の「私」(女性)とは別の女性である。(7)

(3) 主人公フルネームのタイトル

タイトルだけに限れば、夏目漱石の『三四郎』からただちに想起されるのはアジア・太平洋戦争中に書かれた富田常雄の柔道小説『姿三四郎』であるが、小説のタイトルの系譜という面においては『三四郎』タイプよりも『姿三四郎』タイプの方が優勢である。歴史小説や時代小説にこのタイプが多いことは言うまでもない[8]。実在の人物ではなくフィクショナルな歴史小説で男性主人公の姓名だけをタイトルにした先駆的な作品として、一八九一年発表の山田美妙『千里駿馬之助』がある。この小説は決して喜劇ではないものの、ネーミングはかなり戯作的である。美妙はこの数年後、日清戦争直後の時期に『里見元勝』『小杉直茂』等、このタイプの創作歴史小説を立て続けに書いており、前述した男性ファースト・ネーム・タイトルと併せて、男性フルネーム・タイトルにおいても草創期の歴史にその名を刻んでいる。「撥髪小説」の第一弾『三日月』で一八九一年にデビューした村上浪六も、同年末に戦国時代を舞台にした雅文体小説『井筒女之助』を書き下ろしで発表し、その後も固有名タイトルをしばしば採用している[9]。

歴史小説ではない現代小説（同時代小説）の分野では、日露戦争の真只中に、主人公の姓名だけを題名にした『橘英男』（一九〇四〜〇五）という連載小説が登場している。日露開戦秘話ともいうべき際物性の強い軍事小説であり、完結後間もなく舞台化もされたようである。『読売新聞』紙面において作者自身が「本編は架空小説とは異なり、一の事実を骨子として、多少粉飾を加えた」としてノンフィクション性を強調しており、また「楓村居士」という署名のこの作者の正体については発表当時から謎であったらしい。

男性フルネーム・タイトルの歴史小説が芸術的市民権を得たのは、『大塩平八郎』『澀江抽斎』といった一連の歴史小説や史伝を書き続けた大正時代の森鷗外の業績が大きいことは言うまでもない。鷗外が初めて男性主人公の姓名を歴史小説タイトルにしたのは一九一三年の『佐橋甚五郎』であるが、その前年に鷗外は、医師資格取得の途中で若くして病死した青年から受け取った手紙を実名のまま公開するという形式の『羽鳥千尋』を書いている。鷗外がこの作品を発表したのは「大正」改元直後の『中央公論』八月号であるが、その翌月の同誌上に掲載されたのが志賀直哉の『大津順吉』である。明治天皇死去直前に脱稿したと伝えられるこの小説の物語時間の現在は「明治四十年」と明記されているから、執筆時期とのタイムラグはわずか五年。まぎれもない現代小説であった。志賀はさらにその翌年、『暗夜行路』の前身となる小説を、やはり自分自身をモデルにして『時任謙作』というタイトルで執筆を試み、その後も『矢島柳堂』等の作品もあって男性フルネーム・タイトルの現代小説との関わりは深い(10)。

『矢島柳堂』から数年後に出た北原白秋の小説『秋山小助』(一九二七・六)の主人公の名前は短軀という身体的特徴と対応している。中年独身男の悲哀を軽いタッチで描いた短編であるが、語り手は主人公とは異なる「私」(男性)であり、秋山小助は終始被観察者として描かれている。楢崎勤『笠原彪次郎』(一九三二・一)は、学生時代ラグビー選手として活躍した経歴を持ち、その後西洋雑貨店の婿養子になった主人公が浮気をする話であり、「笠原」は彼の旧姓であるが、これらはいずれもインパクトの強い作品ではない。『大津順吉』以後の男性フルネーム・タイトルの傑作は、アジア・太平洋戦争終戦直後に書かれた伊藤整の長編小説『鳴海仙吉』(一九五〇年刊)であろう。『鳴海仙吉』という題名で書かれたのではなく、さまざまな雑誌に発表された短編連作をまとめて単行本化された時に全体のタイトルとして『鳴海仙吉』という題名が付けられたのであるが、単に主人公の姓名というだけにとどまらず、主人公自身がカリカチュアライズされている上に、「鳴海仙吉とはいったい何者なんだ」という自問も書き込まれており、きわめて方法意識の高いタイトルリングになっている。

このように男性ファースト・ネーム小説の希少さに比べれば男性フルネームのタイトルの方が多いのは確かではあるが、しかしいわゆる純文学系の作品には少なく、エンターテイメント系の方に多いという傾向ははっきりしている。芥川龍之介の自伝的小説のタイトルが『大導寺信輔の半生』であり、男性フルネームの下に「の半生」のような言葉を付加せずにはいられなかった感性は純文学系の多くの作家に共通していたようであり、伊藤整も『鳴海仙吉』の前に同様のタイプの小説を書いているが、その題名は『得能五郎の生活と意見』、続編は『得能物語』である。ヨーロッパ文学では男性フルネームの小説タイトルは十九世紀以降一つの大きな流れを形成しており、『デイヴィッド・コパフィールド』『ジャン・クリストフ』『トニオ・クレーゲル』『エヴゲーニイ・オネーギン』等、このタイプのタイトルの世界的名作をただちに列挙することができる。[11]

一方、女性主人公のフルネームだけをタイトルにした小説となると、実在女性の伝記や評伝を除くと、日本の近代小説の中にその例を見つけることが難しい。この点において『ジェーン・エア』『テレーズ・ラカン』『アンナ・カレーニナ』等、やはり豊富な名作の系譜を持つヨーロッパ文学とは対照的である。日本においては、前述の菊池幽芳が明治中期に、前年『若紫』というタイトルで連載していた小説を『春日野若子』（一八九三）と改題して単行本にした例があり、時代が下がって昭和初期（一九二九～一九三〇）、岸田国士が東西両朝日新聞に『由利旗江』を連載している。（志賀直哉の初期未定稿群の中に『枡本せき』という女性フルネーム・タイトルの試作が残っているが、これは流産に終っている。）『由利旗江』は、結婚という制度に疑問を抱くヒロインのフルネームがそのままタイトルに採用されている。父を亡くし、実の母親と独身の娘が二人で暮らしているのに姓が異なっているという設定で始まるこの小説のヒロインはやがて美容師として自立し、未婚の母も経験したあと、ハッピー・エンディングに至るのでもなく悲劇的結末に至るのでもないストーリイ展開の中で成長していく物語である。二年後に山本有三が同じ『東西両朝日』に連載を開始した『女の一生』の先駆的作品と見ることもできるし、『真知子』や『伸子』など新しいヒロインが目立ち始めていた時代風潮の反映と見ることもできる。戯曲家として名高い岸田が初めて発表した小説作品としても注目されるが、全体として通俗性の強さも否定できない作品である。『由利旗江』以降の女性フルネーム・タイトル小説で忘れてならないのが、湯浅克衛の作品である。湯浅は植民地朝鮮を故郷に持つ日本人作家として、『カンナニ』（一九三七・四）で文壇デビューした。三・一（朝鮮独立）万歳事件を背景にして、「中学に行ったらいや、総督やなんか偉い奴になったらいや、中学に行くと朝鮮人をいぢめる役になるから」と日本語で、切実に訴える朝鮮人少女と日本人少年との交流と悲劇を描出しようとしたこの小説は、日中全面戦争開始前夜の時代にあって、伏字と削除だらけの形でしか掲載され得なかった。「李橄欖」という漢字表記も持つ少女のファースト・ネームがカタカナ表記の「カンナニ」で題名に採られているが、湯浅はその後、『江崎津女子』『草場のり子』と女性フルネーム・タイトルの短編を相次いで発表し、一九三九年に『葉山桃子』を刊行している。この本は創作集であるが、小説分野における女性フルネーム・タイトルの単行本はおそらく『由利旗江』と並ぶ希少例だと思う。しかしこの三作品においてもタイトル・ロールの女性たちはいずれも主人公格ではあっても視点人物ではなく、男性に眼差される客体の位置にとどまっている。（日本人と朝鮮人との対等の関係を望みながら「内鮮一体」「五族協和」という帝国のイデオロギーに呑み込まれて国策文学の積極的な担い手になっていった湯浅の「植民地小説」の功罪について、再注目の動きが二十世紀末に起きている。）このほか舟橋聖一『葉山汲子』（一九三六・一〇）や、平田小六『芹川綾芽』（一九三七・五）等の短編もあるが、いずれも物語の主人公は男性である。

　演劇分野にまで視野を広げると、村山知義の戯曲『志村夏江』（一九三二・四）が『由利旗江』連載完結二年後に発表されている。これはプロレタリア演劇の代表作の一つに数えられており、初演の舞台で主演女優が治安維持法違反容疑で検挙された弾圧事件でも知られている。またこれよりはるかに早く、明治末期に『鏑木秀子』という女性フルネーム・タイトルの戯曲が出ているが（一九一〇）、これは創作劇ではなく、イプセンの戯曲『ヘッダ・カブラー』の翻案であり、このことは土肥春曙の自序にも明記されている。タイトル・ロールであるヘッダ・カブラーの姓の「カブラー」を発音の近い「鏑木」に、名の「ヘッダ」を同じく「秀子」にして人物と場所を日本に移したものであるが、台詞は「能ふだけ飜訳振に原作の面影を写出」すように心がけられている。[12]「ヘッダ」＝「秀子」以外にも、たとえばユリアーネ・テスマンが「手島百合子」といった具合に原音に似た日本名に変えられている。

こうした手法自体は明治翻訳文学において決して珍しいものではないが、男性主人公フルネームにおいても名前の上か下に何か言葉を付け加えないと題名としての収まりが悪かった時代に、女性主人公フルネームだけを日本名タイトルにしたことの画期性は注目されてよいだろうと思う。しかし演劇史上においても、女性フルネームだけのタイトルが一つの伝統を形成することはなかったようである。

主人公の姓だけをタイトルにするというタイプについては、大正期の講談本には『河内山』(松林伯円)というタイトル例があるものの(歌舞伎等でよく知られたピカレスク・ヒーロー河内山宗俊は珍しい姓であり、「河内山」という通称で人口に膾炙していた)、近代小説の範囲内では管見の限りでは、このタイプのタイトルを発見できなかった。強いてあげれば、中野重治に『鈴木　都山　八十島』(一九三五・四)という三人の男の姓だけを並べたタイトルの小説がある。この三人はいずれも主人公ではない。主人公の田原は治安維持法違反容疑で逮捕勾留されているマルクス主義者であり、タイトルの「鈴木」は拘置所の補欠看守、「都山」は看守、「八十島」は田原を取り調べる予審判事の姓である。横暴な国家権力に対する告発の念をこめて、この三人の名前を記憶し続けておこうという意志が横溢する異色のタイトルであるが、一人の人物の姓だけをタイトルにした日本の近代小説は見付からなかった。『大津順吉』を書いた志賀直哉はその前に『佐々木の場合』を書いているが、「佐々木」という姓だけのタイトルには踏み切れなかったようである。また岩野泡鳴の短編『川本氏』(一九一〇)は、「氏」という敬称にこめられた語り手の皮肉を含む複雑な感情が重要性を持ったタイトルである。

ヨーロッパ文学ではドイツ文学の『ファウスト』、ロシア文学の『ルージン』『オブローモフ』等、姓だけのタイトルの名作の系譜があり、イギリス文学の『フランケンシュタイン』も博士の姓が作品名になっている。[13] しかし欧米文学においても、「夫人(Madame)」等の付かない女性の姓だけがタイトルになっているという例を寡聞にして私は知らない。[14]

2　登場人物の呼称とジェンダー

(1) 呼称の非対称性

次に、作品内における主要な登場人物に対する呼称――会話文を除いて、語り手自身が地の文において主に姓で呼んでいるか、名で呼んでいるか、姓名で呼んでいるかという問題を、ジェンダーの視点から考察してみたいと思う。くどいようだが、会話の中で作中人物同士がどう呼び合っているかではなく、また読者が登場人物の姓や名を知り得るかどうかでもなく、あくまでも地の文において彼―彼女らがどう呼ばれているかという問題である。もちろん主要登場人物が代名詞だけで通されるタイプの小説もあれば、「男」「女」「先生」「細君」といった普通名詞だけの使用や、あるいはイニシャルだけしか示されないというタイプもあり、主人公たちの固有名そのものが伏されていたり後景化されていたりする例も少なくはないのであるが、ここでは固有名の明示された小説だけに限定しておきたい。また一人称小説は語り手が自分のことを名ではなく自称詞で呼ぶのが通例であるから、三人称小説を中心に見ていくことにするが（三人称小説も「神の視点」の語り手から単一の視点人物に寄り添う語り手までの広い分布があり、あくまでも大雑把な括りである）、この観点から近代小説を整理すると、

①男性は姓で呼ばれ、女性は名で呼ばれるタイプ
②男性、女性ともに名だけで呼ばれるタイプ
③男性は姓で呼ばれる人物と名で呼ばれる人物が混在するが、女性は名で呼ばれるタイプ

という三つのタイプが大部分を占めている。自明の結果のように見えるが主人公であるか否かを問わず、地の文において女性が姓で呼ばれるタイプだけが極端に少ないのである。

③のタイプはさらに、例えば谷崎潤一郎『細雪』のように主人公（貞之助）だけが名で呼ばれ、他の多数の男性たちは姓で呼ばれるタイプ、漱石『それから』の「代助」／「平岡」のように少ない男性登場人物の姓と名の呼び分けが緊張関係を形成するタイプ、尾崎紅葉『金色夜叉』のように主人公の「貫一」を含めて名で呼ばれる男性群と、「荒尾」等姓で呼ばれる男性群とが混在するタイプ等に分れる。また変形バージョンとしては、男性主人公の呼称が物語の途中で名（「主税」）から姓（「早瀬」）に転換する鏡花『婦系図』や、姓（「白川」）から名（「行友」）に移行する円地文子『女坂』のような例もあり、男性登場人物の呼称は姓と名の組合わせに多様なバリエーションが存在するにもかかわらず、女性登場人物は主人公、非主人公を問わず、――「〇〇夫人」というかたちで、下に「夫人」が付く場合に限って夫の姓で呼ばれる場合を除いて――、そのほとんどが名だけで呼ばれてきた。漱石作品を例にとっても、男性たちの呼称には姓のものも名のものもあるにもかかわらず、女性たちの固有名については、「吉川夫人」（『明暗』）のような「夫人」型の少数例を除くと「藤尾」「小夜子」「三千代」「お米」「お延」「お秀」「清子」等、語り手はほとんどファースト・ネームで呼んでいる。（『明暗』には、語り手を含めた男性たちが「お延」「お秀」と呼んでいるのに対して、女性たちは「延子さん」「秀子さん」と呼び合っているという差異がある。）このように男性主人公、男性登場人物の呼称については多様なタイプがあるにもかかわらず、女性登場人物の呼称は名だけに集中しているという、明らかなジェンダー的非対称の構図が近代文学の主流を形成してきているのである。前節で女性フルネーム・タイトルの希少な例としてあげた『由利旗江』も本文においては姓を省略した「旗江」が基本的な呼称として採用されており、男性フルネーム・タイトル『鳴海仙吉』の語り手が執拗なまでに「鳴海仙吉」という姓名表示を繰り返しているのと対照的である。

福永武彦の『草の花』(一九五四)は、アジア・太平洋戦争後に、戦中の青春時代を描いた長編小説である。男性主人公は少年とその妹の両方に対して、時間差を置いてエロスの愛を抱く。旧制高等学校時代に下級生の少年に対して求愛して拒まれ、その少年が夭折してしまったあと、時間を経てその少年の妹と恋愛関係に入る。主人公が同性愛と異性愛の両方を経験するという物語は多いものの、愛の対象である二人が兄妹というのは珍しい設定だといってよいだろうが、いま注目したいのは、この二人のうち兄の名前は一貫して「藤木」という姓で表示され、妹の方は一貫して「千枝子」という名で表示されているという点である。同じ姓の二人であり、いずれも主人公が真剣な愛を抱いた二人であるにもかかわらず、男が姓で呼ばれ女が名で呼ばれるという呼称の差異は、名前とジェンダーに関わる非対称性を浮かび上がらせている。(もちろん『草の花』は二重構造をとった一人称小説であり、語り手の感情というファクターを無視することはできないことは言うまでもない。)また小島信夫の『アメリカン・スクール』(一九五四・九)は、米軍による占領という時代を、豊かな米兵・軍属と貧しい日本人英語教師たちとの対比によって鮮やかに描き出した佳作であるが、男性教師たちがみんな姓で表示されているのに対して女性教師だけが名で表示されているところにも、姓と名をめぐるジェンダーの伝統の根強さを見ることができる。(15)

なお男性登場人物の呼称について考察するとき、アジア・太平洋戦争中の軍隊を舞台にした小説の特異性を見落としてはならないだろうと思う。例えば火野葦平の『麦と兵隊』(一九三八・八)等の従軍記的小説では、軍人の名前は「高橋少佐」「斎藤一等兵」のように将兵ともにすべて姓と軍隊内階級名のセットで表示されている。名が書かれることはないし、階級名が省略されることもない。(16) 周知の通り帝国軍隊は軍隊以外の世界を一括して「地方」と呼んでいたが、軍人兵士の名前を姓と階級名のセットでしか呼ばせない圧力は、それが「地方」と軍隊を区別する徴だったためでもあろう。個人というものが極度に禁止された世界において、名が消えて階級名が前景化される。これは将官に対しては武士階級における実名敬避に近い敬称としての機能を果たすとともに、兵卒に対しては名の消失が徹底的にパーソナリティを禁圧されていることを表す徴になっていたわけであるが、この軍人呼称の問題は、戦後になってから書かれた戦争小説にも継承されている。例えば火野葦平は戦後になって階級名を省略しないという原則は中止したものの、しかし軍人兵士の名前は姓だけで表記するというスタイルを守っている。その中で特に注目したい火野作品が、戦後まもなく連載開始された『青春と泥濘』（一九四九刊）である。インパール作戦における惨劇を描いたこの小説に登場する多数の軍人兵士たちの中で「小宮山上等兵」と「今野軍曹」だけは読者がそのファースト・ネームを知ることができる。小宮山の方は日本にいる女性から届いた手紙の全文引用という軍隊の外側から送られてきた言説空間においてであり、今野の方は一人になってしばらく自分の過去を回想している場面、つまり軍人としての意識から離れた場面の内面描写の中においてである。そして小説の最終章でイギリス軍の捕虜になった小宮山が女性宛に書いた手紙が引用され、その手紙の末尾に「小宮山敏三」というフルネームの署名が初めて登場する。捕虜になってようやく小宮山は自分の「名」を取り戻したと見ることができる。[17]

反軍反戦意識の強い戦後派に属する梅崎春生の『桜島』以下の軍隊ものにおいても、地の文における軍人兵士は姓と階級名のセットが基本呼称になっている。梅崎の短編『万吉』（一九五一・八）は男性ファースト・ネーム・タイトルのような感じのする題名であるが、「万吉」は本名ではなく、徴集された海軍の兵籍番号がたまたま一万番だったという理由だけで新兵に付けられた没個性的なニックネームであり、彼の本名は最後まで不明のままである。入隊とは名を奪われる存在になることだということを照らし出す象徴的な小説である。

同じく戦後派作家の野間宏は、終戦直後のデビュー作『暗い絵』（一九四六・四〜一〇）で、「支那事変の勃発の前後」の「暗い花ざかり」の時期における左翼京大生の群像を描くにあたって、

「俺にはわからんがね。」永杉英作が言った。

「へんな穴だね。」深見進介も、じっとその穴に眼を注ぎながら言った。
「厭な穴だね。」木山省吾が言った。
「厭な穴だね。」深見進介が言った。
「厭な穴だね。」羽山純一が言った。
「厭な穴だよ。」永杉英作が言った。
「農民は生殖器以外に生きた部分がなかったんかね。」木山省吾が唸るように言った。

というように、全員をいちいちフルネームで表示し続ける手法を採用した作家である。その後も野間は男性主人公についてはフルネームで表示し続けることに執着しており、八〇〇〇枚の大長編小説『青年の環』(一九四七〜一九七一)においても二人の主人公——「矢花正行」と「大道出泉」——については姓名表示反復の原則が貫かれている。[18] それほど男性登場人物の姓名表示に対する意識の高い野間の作品においても、帝国陸軍を舞台にした『哀れな歓楽』(一九四七・十二)になると、一転して「市川一等兵」「西野一等兵」といった姓と階級名のセット表示に変わり、ファースト・ネームは明かされないままである。陸軍内務班を舞台にした長編小説『真空地帯』(一九五二刊)では主人公の「木谷」と「曽田」は主として姓で表示され、あとの軍人兵士たちは姓と階級名のセットである。もちろん『真空地帯』には「陸軍一等兵木谷利一郎」という自称を何度も復唱させられる場面もあり、「官(等級)・姓・名」という結合が軍隊における正式な名乗りになっていたことが明示されているが、しかし通常の会話文には「名」は出てこない。同作品中に、曽田が軍隊内務書の「兵営」定義の文言を変形させた「人間ハコノナカニアッテ人間ノ要素ヲ取り去ラレテ兵隊ニナル」と口ずさむ場面はよく知られているが、「人間ノ要素」を剝奪された「真空地帯」としての軍隊という世界のリアリティの造型にとって、兵士たちの「名」の剝奪は不可欠の手法だったのだと思われる。

　このような野間の「真空地帯」という兵営把握に対して、それこそが軍隊を「特殊ノ境涯」として国民大衆に浸透させようとする支配権力への譲歩であり、「俗情との結託」だとして痛烈に批判したのが大西巨人である。その大西が四半世紀がかりで書き上げた『神聖喜劇』（一九六〇〜一九八五）は、真珠湾奇襲・宣戦布告直後の三か月間における対馬要塞重砲兵聯隊控置部隊という限定された時空間を舞台に、「皇国」「皇軍」の理念的支柱だった「一視同仁」の虚構性を、軍隊内外における差別の根源から剔抉しようとした五〇〇〇枚近い大長編小説である。一人称小説ではあるが、「私（東堂太郎）」は地の文において必ず「中華民国」という正式国名で通し、「支那」はもちろん「中国」という略称さえ一度も使用しないほど、固有名表記に意識的な語り手である。『神聖喜劇』第一部第一章の章題は「大前田文七」であり、第七部には「冬木照美の前身」というフルネームの章が含まれている。大前田文七は「東堂」が教育召集補充兵として入隊した部隊で配属された内務班の班長（軍曹）の姓名であり、冬木照美は被差別部落出身の二等兵の姓名である。「大前田文七」という章題は、入隊直後に「陸軍軍曹大前田文七殿」という班長の官姓名を聞かされた東堂が、「大前田英五郎」と「文七元結」を連想する場面に由来し、「冬木照美の前身」という章題は応召前の、つまり「地方」にいた時代の彼が主題になっているためであり、それ以外ではこの大長編全体を通じて語り手は、大前田と冬木を含めた軍人兵士たちをおそらく意図的にほとんど姓のみ、あるいは姓と階級とのセットで記述している。

　この作品中に、貧農出身の大前田と「学校出」の兵士との間で展開される「普通名詞」「固有名詞」をめぐる奇抜な問答が出てくることはよく知られている。名詞、普通名詞、固有名詞等の術語を知らなかった大前田は、上等兵の神山からそれについての説明を受けても納得できず、新兵の東堂に補足説明を求める。

「（略）あぁ、あれじゃな、『人』とか『兵隊』とか言や、まぁどこにでもおる生き物のことじゃけん、そりゃ普通名詞、その中の『神山』なり『東堂』なりとなりゃ、もう誰某と決まった人間のことじゃけん、こりゃ固有名詞、……とあらましこげなふうでよかとか。東堂。」

「はい。まったくそのとおりであります。」

「うん……？　ばってん、『石橋』なんちゅう名の人間は、たいがいどこの町にも村にも何人かおるじゃろう？　行く先先に大ぜいおっても、『石橋』は固有名詞か。そうすりゃ、またおれはわからんごとなる。」

「それは――、うぅ、同姓同名の人間もときどきいますが、……たとえば大正何年に何県何郡何村で生まれたこの石橋、この石橋亀次は、ただ一人しかいませんから、……この一人だけの名としての『石橋』または『亀次』または『石橋亀次』は、固有名詞なのであります。」


この東堂の説明は表面上「石橋」と「亀次」と「石橋亀次」を「または」という並列の接続詞で繋いでいるものの、彼の論理をたどっていけば、「石橋亀次」という姓名こそが「普通名詞」から区別される「固有名詞」として最優位に立つはずであり、とすれば姓だけで、あるいは名の代わりに「普通名詞」である階級名で呼ばれる兵士は、「ただ一人」の存在の証しとしての固有名詞性を抑圧された普通名詞的存在であることを強制されていることが浮かび上がってくる、という仕掛けを読み取ることができる。さらにこの時の問答で大前田に「固有名詞」という術語の意味を説明するために苦闘した上等兵の神山が[19]、小説第一部において新兵たちに「個性の存在は、軍隊では不必要だし、不可能だ。一ヵ月も兵隊生活をすれば、個性は完全に消えてなくなる」と訓示していたことと照合すれば、その批評性はいっそう鮮明になってくる。さらにまた、軍隊内部についてはあえて姓（および階級）だけで表示する「私」は、同時に軍隊の外部の世界の固有名については律儀にフルネームを多用する語り手でもあり、このコントラストはもちろん意図的なものであろう。「人が他人の姓および階級をよく知っていてその名前（ファースト・ネームの謂――引用者）をまったく知っていない、ということは、ここ軍隊では総じて少しもめずらしからぬ情況のようである」という語り手のコメントも挿入されており、『神聖喜劇』は固有名および固有名詞をめぐる物語という視点からも読むことができる作品である。[20] なおこの大長編小説は、軍隊を舞台にした小説であることもあって女性の登場場面がきわめて少ないが、語り手と直接面識のある女性については固有名がほとんど出てこないという特色も持っている。例外として東堂の回想場面だけに出てくる中学時代の憧憬対象の女学生だけは「立花静子」というフルネームで反復されているが、小説の最終部近くで東堂との面会にやってきた女性は、本名は会話文と内言にしか登場せず、地の文においては小料理屋仲居としての営業名（無姓）が使われている。

軍隊における名の剝奪は、明治以来の軍隊を扱った小説に共通しているわけではない。例えば日露戦争後に、戦死した無名兵士を一貫して固有名のない「渠」という代名詞だけで呼び続け、遺体に残された軍人手帳で初めて固有名がフルネームで明かされる『一兵卒』（一九〇八・一）を発表した田山花袋が第一次世界大戦の時期に、陸軍を脱営した青年が放火罪も犯して逮捕され、銃殺刑に処されるまでを客観描写の手法で描いた『一兵卒の銃殺』（一九一七・一）を書いているが、この兵士は一貫して「要太郎」というファースト・ネームだけで呼ばれ、[21] 新聞報道もされたという設定にもかかわらず、最後まで姓は明かされないままである。兵士を主人公にして姓ではなく名だけで通す小説が大正時代に存在したという事実は、昭和の戦争を扱った小説群との対比において注目されていいだろう。また岩野泡鳴『野田新兵』は日露戦争で負傷した兵士の物語であるが、初出（『新潮』一九一二・九）の題名は『得ちやん』であり、入隊前の名が明記されているだけでなく、「『野田新兵』とか『おい、野田』とか呼ばれてゐるのが、米屋の子として近処隣りの娘ツ子どもから『得ちやん、得ちやん』などと云はれるよりも、多少の威厳ある出世をしたものだと思つてゐた」という叙述がある。ここでは名の剝奪よりも「出世」の象徴としての姓呼称という側面が前景化されており[22]、また地の文と会話の両方を通じて姓と階級のセットは一度も登場していない。

（2）姓で呼ばれる女性たち、姓名で呼ばれる女性たちの系譜

女性が姓で呼ばれるタイプの小説は極端に少ないが、小さな系譜を辿ることはできる。例えば小林多喜二の『党生活者』（一九三三・四、五）は一人称小説の形式をとっているが、呼称とジェンダーという観点からも注目すべき小説である。治安維持法の暴圧の中で非合法活動に挺身する若い男女の群像を描いたこの小説は、地の文において男女とも姓で表示されているという点においても注目されるからである。終戦直後、中野重治と平野謙たちとの間で展開された「政治と文学」論争の焦点の一つが、『党生活者』の主人公の（さらには作者の）「笠原」という非共産党員の女性に対する扱い方の問題であったことは周知の通りであるが、この「笠原」という女性のファースト・ネームを読者は知ることができない。語り手が姓でしか呼ばないからである。女性党員の方は「伊藤ヨシ」という姓名が記されているが、『党生活者』全体を通じて姓名ともに明らかな人物は男女をあわせて彼女一人だけであり（語り手の「私」も「佐々木」という姓だけしか明かされない）、これは小林多喜二の他の作品とは異った呼称配置になっている。なお戦後になって埴谷雄高が半世紀を費やしてなお未完のまま終わった『死霊』（一九四六～一九九五）は、『党生活者』とほぼ同じ時期の非合法革命組織に関わった青年たちを軸にして形而上学的なテーマを追求した長編観念小説であるが、固有名を与えられている人物の呼称が男女を問わず、地の文の中でフルネームが決して省略されないという点においても際立った作品であり、「津田安壽子」や「尾木恆子」は、「三輪與志」「三輪高志」「首猛夫」「矢場哲吾」らとともに、地の文では終始一貫して姓と名を結合した呼称が厳守されている。しかし、登場する女性群の中で発話量の最も多い人物だけは「津田夫人」という呼称で貫かれ、最後までファースト・ネームが出てこない。この女性の饒舌が最も形而下的な言説として位置づけられていることと、「夫人」抜きで呼ばれる

ことがないこととの関連にも注目しないわけにはいかない。

『党生活者』は多喜二虐殺後、その遺作として、全体の三分の一を伏字にして『転換時代』という別題で『中央公論』に掲載されたが、『党生活者』と踵を接するかたちで『三田文学』で連載が始まったのが石坂洋次郎の『若い人』(一九三三〜一九三八)である。昭和初期の女学校を舞台に男性教師と女学生、男性教師と女性教師の恋愛が絡みあって物語が進んでいくこの長編小説の男性主人公が「間崎」と姓で呼ばれていることは珍しくないが、ヒロインの女学生の方も「江波」という姓で呼ばれている点が注目される。三人称の語り手はこの女学生について名の「恵子」ではなく、「江波」という呼び方を基本にしているのであり、マルクス主義に傾倒する女性教師の方の呼称は「橋本先生」である。また『若い人』の断続連載中に、林芙美子がやはり地方都市の女学校を舞台にした『市立女学校』という中編小説を発表している(一九三六・二)。固有名を与えられた多くの女学生が登場するが、語り手は彼女たちをいちいち姓名で表記し続け、ただ一人、相対的に主人公格の位置を与えられた少女だけが、焦点化が増すにつれてフルネーム表示からファースト・ネームのみの表示に移行することによって、他の生徒たちとの間に差異が生成されるという形式になっている[23]。前出の湯浅克衛の女性フルネーム・タイトルの三作品は、タイトル・ロールの女性が作中においても一貫してフルネームで表示されており、姓または名の省略が例もない。とくに「江崎津女子」と「草場のり子」は学校が主要舞台になっていないという点においても注目される作品である。

戦後まもなく、新憲法施行の翌月(一九四七・六)から石坂洋次郎が『朝日新聞』に『青い山脈』の連載を開始している。旧制最後の女学校を主要舞台としたこの小説における語り手の呼称を見ると、女学生たちについてはフルネームとファースト・ネームが混在しており、語り手の地の文において姓だけで呼ばれる例は存在しない。なおこの物語の中で敵役的ポジションを与えられている少女についてだけ、語り手は一貫して姓名で呼んでいる。『青い山脈』は今井正監督による映画化によっても有名であるが、やや遅れて木下恵介監督の『女の園』の原作になった作品が阿部知二の『人工庭園』(一九五二・八)である。新制大学として発足したばかりの女子大学を舞台にして封建的な力と民主的な力との闘いを描いたこの小説は、『青い山脈』とは異って悲劇的な色調の濃い作品である。何人もの視点人物が登場することによって相互が相対化しあう構造になっているが、地の文の中で語り手は女子学生たちのフルネームを頻繁にくりかえしながらファースト・ネームだけの呼称と併用している。

『青い山脈』の翌年に平林たい子が同じ『朝日新聞』に連載した『地底の歌』(一九四八・一〇〜一二)は、ヤクザたちの世界を描いた一連の作品群の一つである。準ヒロイン役の山田花子はヤクザの世界に接近していく女学生であり、一切の偏見を持たない強い性格の持ち主として設定されているが、語り手はこの女性を一貫して「山田花子」と姓名で呼び、「花子」という無姓の呼称を一度も用いていない。ヤクザの世界というのは女性を名だけで呼ぶ力学のイメージが強い世界であるから、その世界に加わってくる女性をあえてフルネームで呼び続けている点が注目される。この『地底の歌』から約十年後、やはり『朝日新聞』に石川達三が二年近く連載した『人間の壁』(一九五七〜五九)は、実際に起こった佐賀県教職員組合の闘争——この闘争は組合員の逮捕起訴に発展し、裁判闘争の結果最終的に全員無罪で決着している——に取材したアクチュアリティの高い長編小説で、映画化もされて大きな反響を呼んだが、ヒロインの呼称という点からも注目されてよい作品である。この物語で終始主役を務める女性小学校教師は、物語の進行中に離婚にともなって姓が「志野田」から「尾崎」に変わるが[24]、三人称の語り手は地の文において、「志野田ふみ子」、「尾崎ふみ子」といちいち姓名で呼び、そうでない時は「尾崎先生」という姓を軸にした呼称を用いている。物語の途中で姓移動するヒロインが姓名で呼ばれ続ける希少な例である。ヒロイン以外でも県教組の婦人部長を務める女性も一貫して姓名で呼ばれており、その他にも多数出てくる教師たちの固有名は、男性教師よりも女性教師の方がフルネーム表記の瀕度が高い。『人間の壁』は半世紀後の現在から見ると欠陥も目立つ作品であるが、教育現場を舞台にした三人称小説において、男性登場人物以上に女性登場人物が徹底して姓名で呼ばれているという点における画期性については再評価されてよい作品だと思う。

一九六〇年安保闘争の時期に、石坂洋次郎が男女共学の四年制大学を舞台にして書いた一人称小説『あいつと私』の語り手である女子学生は、クラスメートの女子学生たちの固有名を必ずフルネームで記述し、同じ名前が何度登場しようとも、姓と名のいずれも省略しない。（このルールが意図的に破られているシーンが一箇所だけある。女子学生の一人が暴力的な性被害に遭った場面であり、姓の喪失がビネラビリティの表象になっている。）一方男子学生については女子学生の場合ほどにはこの原則の適用が徹底しておらず、通常とは逆転した差異化がはかられている。大学進学率そのものが低く、とくに四年制男女共学大学の女子学生という存在が希少だった時代を背景にして、女子学生たちの自立への矜持と情熱がこの呼称に反映されていると見ることができるだろう。男女共学開始後まだ間もない時代の私立高校に在学する少年たちの世界を描いた吉行淳之介の三人称小説『斜面の少年』（一九五六・七）では、少年たちがすべて姓だけで呼ばれているのに対して、彼らがあこがれを抱く女子高校生だけがフルネームで繰り返し姓名で呼ばれているが、『斜面の少年』の女子高校生の姓名表示と『あいつと私』の女子学生姓名表示とは、男性視点と女性視点において表裏の関係になっていると見ることができるかも知れない。（憧憬対象の女性を姓だけで呼ぶのはよそよそ過ぎ、名で呼ぶのは馴れ馴れし過ぎるという少年の微妙な距離感覚をフルネーム表示で表象するのは、現代作家がしばしば用いてきた手法である。）また時間は少し遡るが、川端康成の『千羽鶴』（一九四九刊）は、地の文においてファースト・ネームで呼ばれていた「ちか子」――ジェンダー的「中性」を自称し、主人公から嫌悪の視線で眼差され続けている女性――が、物語の後半で次第にフルネームの「栗本ちか子」へと呼称が変化してくるという点においても注目される作品である。

このように近代小説における女性の姓表示あるいは姓名表示は、その多くが生徒、学生、学校教師といったポジションの限定性と結びついており、『党生活者』もまた極限的な限定状況だと見ることができる。男性と比べて女性は姓は結びつきにくい傾向があること自体は明白であるが、しかし女性における姓表示の少なさをもってただちに女性に対する抑圧の表徴だという結論を導き出すとしたら、それはあまりにも皮相的な見方であり、軽率の誹りを免れないだろう。ことはそれほど単純でないのである。

二十一世紀になると女性を姓のみ、あるいは姓名で表示し続ける趣向の小説も増えてきているが、その中で注目したいのが江國香織の『うしなう』（二〇〇二）である。この小説の語り手は地の文においてボウリング仲間である三人の女性たちを例外なく、繰り返しフルネームで呼び続けているが、登場する女性は語り手を含めていずれも結婚によって姓が移動した専業主婦たちである。つまりここでは女性登場人物の姓名表示が女子学生や学校教師と結びつくのではなく、専業主婦の表徴として機能しているのである。語り手自身の内面を語る語りの中に、

学生時代。堤文枝にも新村由起子にも、山岸静子にもそれはあったのだ。それはほとんど信じられないことに思える。私たちはお互いに旧姓さえ知らないし、出会ったとき、私を除く三人にはすでに子供もいた。

という一節がある。この語り手による執拗なまでの姓名表示は、結婚による改姓が過去との切断の徴になっていることを浮かび上がらせる効果を発揮しているのであり、これは新しい呼称の流れとして注目されるとともに、名前とジェンダーの問題が、〝無姓表示＝女性抑圧的／姓表示＝女性解放的〟というような単純な二項対立図式には収まり切らないことの示唆にもなっているはずである。本稿で〝第二次〇〇子の時代〟と呼んでおいた自我意識の強いヒロインを扱った小説群もまた、多くが女性は名で呼ばれ、男性は姓で呼ばれるという呼称配置になっている。『伸子』は「伸子」と「佃」であり、『真知子』は「真知子」・「米子」／「関」・「河井」、また女性作家の作品では

ないが強烈な自我を持った女性像を造型した有島武郎の『或る女』も「葉子」／「倉地」である。二十一世紀の動向は一九二〇年代の自我意識の強い女性たちの呼称の問題を考察するにあたっても、貴重な補助線を提供してくれているような気が私はしており、次節以降で姓と性の問題をさらに考察していきたいと思う。

3 雅号とジェンダー

二十世紀の初期——明治末期から大正初期にかけて雑誌『青鞜』を主宰し、長く近代日本の女性解放運動者として活躍した女性は、通常、「平塚雷鳥」という名前で知られている。本名は平塚明《はる》であるが、私が注目したいのは、彼女が自分の署名を一貫して「らいてう」という無姓の四文字だけで通していたという事実である。当初は国家官僚だった父親と母親への迷惑を考慮して姓を隠したという事情もあったようであるが、しかし彼女の実名が明らかになったあとでも、らいてうは署名の上に平塚という姓を冠していない。彼女は雑誌『青鞜』の誌上に、主催者の地位を離れるまで毎号のように多様な種類の文章を発表しているが、署名はすべて平仮名の「らいてう」だけである。のちに彼女は自伝『元始、女性は太陽であった』の中で、自らの雅号に触れて「他から平塚雷鳥とよく書かれましたが、自分からこの字を使ったことはなく、平塚の姓なしで、ただ「らいてう」とだけ署名しております」と述べているが、ここで想起されるのは、奥村博史との結婚（今日いうところの事実婚）に際して『青鞜』に発表した『独立するに就いて両親に』（『青鞜』一九一四・二）である。よく知られたこの文章の中で、らいてうは「私は現行の結婚制度に不満足な以上、そんな制度に従ひ、そんな法律によつて是認してもらうやうな結婚はしたくないのです。私は夫だの妻だのといふ名だけにでもたまらない程の反感を有つております」と明言している。そして実際に子供が生まれた後も、らいてうとその伴侶が長い間婚姻届けを出さず、法律上〝私生児〟として扱われることの不利益を敢えて引き受けてまで、結婚という制度の中には入らないという強い意思を貫いたことはよく知られている。

十九世紀末に成立し、現行民法成立までの半世紀間にわたって施行されていた明治民法は、〈家〉制度が家族法の基本になっており、結婚するということはまさしく父親の〈家〉を出て、夫の〈家〉に入ることを意味していた。姓は個人に付いているのではなく〈家〉の名であった。徳冨蘆花『不如帰』の中に、ヒロインの片岡浪子が川島武男と結婚するとき、浪子の父親の片岡毅が「片岡浪は今日限り亡くなつて今よりは川島浪より外になきを忘るるな」と「懇ろに言い聞かせる」場面が出てくる。『不如帰』は、一八九八年の明治民法施行とほとんど時を同じくして連載開始された小説であるが、「川島浪」という妻になるためには「片岡浪」という娘がいったん死ぬという断絶のプロセスが必要だったわけである。『不如帰』より少し前に一葉が『十三夜』（一八九五・一二）を発表している。斎藤という姓で育ったヒロインの阿（お）関は原田という姓の高級官僚と結婚したが、七年を経た十三夜の晩に離婚を決意して実家に戻ってくる。娘の話を聞いた父親は離婚を思いとどまるよう父親が説得し、阿関はそれを受け入れて帰途につくという物語であるが、娘に向かって言う父親の発話の中に「家《うち》に居る時は斎藤の娘、嫁入つては原田の奥方ではないか」という一節がある。この父親も〈家《いえ》〉の論理に縛られているが、しかし「家に居た時」ではなく「家に居る時」という表現になっていることに注目すれば、父親の言説には〝原田との結婚＝斎藤関の死〟という厳格な論理は含まれていない。母親も「今夜は昔しのお関になつて」と語りかけており、『不如帰』における片岡毅の訓戒との間には微妙ながら、しかし小さくない差異が認められる。『十三夜』は、結婚した妻が戸籍上夫の姓を名乗らなければならないという法制度が誕生する以前に書かれた小説である。

〈家〉制度における結婚とは、女性が「家」から「家」へトランスファーされることだったのであり、そしてその象徴が父の家の姓から夫の家の姓への強制的変更だったとすれば、〈家〉制度に従うことをよしとしない女性たちが、自己主張として姓そのものに抵抗感を抱いたとしても不思議ではない。らいてうが結婚しても〈家〉制度への抵抗の意思表示として婚姻届けを提出しなかったことと、文章の署名に決して姓を冠さなかったこととは同じ線で繋がっていたはずであり、つまり姓表示を拒否することが〈家〉制度に対する違和感の尖鋭な表明になっていたのであろうと私は考えている。そしてこれは、らいてう一人だけの特例ではない。らいてうたちが『青鞜』を創刊したのは一九一一年であるが、それ以前の文学史に登場した女性作家の署名に注目してみると、雅号に姓を付そうとしなかった一連の女性作家たちの系譜を見出すことができる。

例えば大日本帝国憲法発布と同時期に、『婦女の鑑』の『読売新聞』連載（一八八九）で彗星のように文壇に登場し、その翌年に夭逝してしまったティーン・エイジャーの女性作家は、通常「木村曙」という名称で文学史に登録されている。しかし彼女の残した五編の小説の署名はすべて「曙女史」という三文字だけであり、「木村」という姓を冠した署名は一つもないという明白な事実がある。牛肉店チェーンの創業者として名高い実業家木村荘八を父に持つ曙は妾腹の子であり、母と同じ岡本姓であったのが、『婦女の鑑』執筆の年に父と同じ木村姓への姓の移動を経験している。これは木村の娘として婿取り婚をさせられたためだったと私は推測しているが、若くして岡本と木村という二つの姓の相克を生きた女性が、作家になって〈雅号〉という自己命名の場を手に入れた時、そこに姓の束縛から解放された〝無姓（あるいは超姓）空間〟としての魅力を見出した可能性は十分にあるだろう。曙が自分の雅号に岡本、木村のいずれの姓も冠さなかったという事実を尊重し、その背景に対する想像力を発揮することは近代文学研究者が避けて通ってはならない課題であると私は考えている。

あるいは文学史で通常「清水紫琴」、あるいは「古在紫琴」と呼ばれている女性作家がいる。「清水」が彼女の生まれ育った家の姓であり、「古在」が二度目の結婚をした相手の夫の姓であることは周知の通りである。彼女の一度目の夫は「岡崎」姓であった。この結婚は短期間で終わっているが、当時紫琴は「岡崎とよ」という署名で和歌を発表しており、岡崎姓を名乗っていた時代があったことは間違いなく、破婚後もとの清水姓に復し、その後再婚して古在姓に変わる……というように何度も姓の移動を経験しているが、問題はこの女性作家を「清水紫琴」と呼ぶべきか、「古在紫琴」と呼ぶべきかという選択にあるのではなく、彼女においても曙同様、本人が「紫琴」の上に、「清水」「古在」いずれの姓も冠したことがないという事実を尊重することが重要だと私は考えている。彼女が「紫琴」という号を初めて使用したのは古在由直と再婚した後であるが、しかし「紫琴」の上に姓を付けた事例はない。本人が名乗っていない名前が文学史の登録名として定着させられてきたことは、一種の人格権侵害の疑いさえある。（人格権としての名前（呼称）については本書巻末「名前はだれのものか」で詳述した。）

紫琴の本名はトヨ。彼女が女権論を掲げてはなばなしく活躍したのは、岡崎と別れた後の〝第二次清水姓時代〟――二十歳代前半の数年間であり、これは歴史的には国会開設前後の時代にあたる。彼女は『女学雑誌』の記者に採用されてまもなく、二十二歳の若さで同誌の編集責任者に抜擢され、本名を漢字で表記した「清水豊子」という署名で精力的な評論活動をおこなっていた。この時期の彼女の評論は現在でも評価が高いが、その中で私がいま注目したいのは、『細君たるもの丶姓氏の事』である。一八九〇年十二月、『女学雑誌』誌上に設置されていた読者からの質問に答えるコーナーの回答として書かれたものである。結婚したあと夫の姓を名乗る妻が多いが、これについての意見を聞きたいという主旨の質問に対して、彼女は「夫婦とは、婦人が男子に帰したるの謂ひにはあらず、一人前の男と女が、互ひに相扶け、相拯ふの目的を以て、一の会社を造りたる訳のものなれば、何れが主、何れが客といふ筈のものには候はず」という夫婦平等論を前提にして、「なるべく婦を夫の付属物の様に思はれぬ様、そのお里方の姓を用ひられたい」と主張し、とくに文章への署名にこだわって「後世へ遺す書類までにも、往々夫家の姓を用ひらるる人あるは、まことに訝しき心地いたし候」と述べている。この主張の背景には「岡崎」という「夫家の姓」の署名で作品を発表した体験に対する自省の念もあったのではないだろうか。この評論は「ふみ子」という姓のない筆名で書かれているが、これとほぼ同じ頃に彼女が『女学雑誌』に発表した小説『こわれ指環』の署名も「つゆ子」となっており、やはり姓がない。そしてその彼女が古在由直と再婚後数年を経て文筆を再開したときに、初めて「紫琴」という号を無姓の署名で使用するようになったのである。ここにはもちろん、由直が妻の文壇復帰を支持しておらず、海外赴任による夫の留守中に執筆活動が行われたため古在姓の公表が憚られたといった事情もかかわっていただろうが、彼女が早くから「細君たるものゝ姓氏の事」、とりわけ「後世へ遺す書類」における妻の署名に対して強い問題意識を持っていたことと無関係であったはずはない。

また「田澤（沢）稲舟」として文学史に刻まれている女性作家がいる。この号の訓み方については「いなぶね」「いなふね」の二説があるが、日本近代文学館が所蔵している彼女の自筆原稿三点はいずれも署名は、「いなぶね」という無姓の平仮名表記に濁点が打たれている。したがって本人の意思を尊重するならば、この作家の名前も「田澤（田沢）稲舟」ではなく「いなぶね」と表記するのが正当であろう。彼女は山形県鶴岡の富裕な医者の家の総領娘に生まれ、婿取りによって田澤の家名を継承すべき宿命を負いながら、二度の養子縁組をいずれも短期間で解消させ、単身東京に出てきては親に連れ戻されるということを繰り返しながら作家になることを志し、文学上の師であった山田美妙と結婚するに際して田澤家から廃嫡され、美妙との結婚後まもなく離婚……という経歴の持ち主である。周知の通り、もともと「稲舟」という言葉は「稲にはあらず稲舟の」という和歌の常套的修辞に由来しており、「いなぶ」（拒む、拒否する）という否定を表意する雅語であるが、漢字ではなく平仮名で表記された「いなぶね」という署名には拒否の意味合いが字面においても強調されている。そこに制度に対する強い拒否の姿勢、自分を取り囲む何ものかに対して抵抗し続けずにはいられない情念を読み取り、雅号という空間においてはいかなる姓も拒否しようとした気持ちを想像することは決して牽強付会ではないだろう。にもかかわらず「田澤（沢）稲舟」という姓付きの漢字表記が流通してきた背景には、雑誌編集部の責任が関与している。例えば『五大堂』は自筆原稿が残っており、その署名は前述の通り無姓平仮名表記「いなぶね」なのであるが、これを掲載した雑誌『文芸倶楽部』（一八九六・一一）の誌面の作者名は、本文が「稲舟女史」、目次が「田澤稲舟女史」になっている。遺稿として発表された『五大堂』が、校正段階で著者によって修正された可能性はなく、稿本と初出における署名表記の異同は、もっぱら雑誌編集部サイドの独断によるものであったと断定してよいだろう。そしてこのことがいなぶねと同時期の作家であった「樋口一葉」にもかかわってくる。

周知の通り一葉は生涯を「樋口」という単一の姓を生きた作家であるから、「樋口一葉」と呼んでも特に問題がなさそうであるが、筑摩書房版『樋口一葉全集』に付された野口碩氏の詳細な補注を通覧すると、一葉が生前発表した小説作品の中に、本人自身が「一葉」の上に「樋口」を冠したと確認できる署名は一つも存在しないことが分かる。もちろん印刷された誌面において「樋口一葉」という署名になっている作品として、『文芸倶楽部』に掲載された『たけくらべ』と『われから』があるが、このうち『たけくらべ』は自筆原稿が残っており、一見すると「樋口一葉女」と署名されているように見えるものの、一葉自身の筆跡は「一葉」の二文字だけであり、「樋口」と「女」が別人の手で書き加えられたものであることは早くから指摘されてきた。したがって『たけくらべ』が一括再掲された『文芸倶楽部』一八九六年四月号の誌面が目次、本文冒頭ともに「樋口一葉女」という署名になっているのは、一葉の意思を離れた編集部による改変であったと考えてよいだろう。そして『われから』は同じ『文芸倶楽部』の翌月号に同じ「樋口一葉女」という署名で印刷されているのであるから、自筆原稿は残っていないものの、『たけくらべ』と同様に、本人は「一葉」とだけ署名していた原稿に、編集サイドが姓を冠して印刷に回していた可能性がきわめて高いのである。先述したいなぶねの小説も同じ年度の『文芸倶楽部』掲載作品である。少なくとも一八九六年度の『文芸倶楽部』は、本人が雅号しか署名していない原稿を印刷する段階で、上に姓を、下に性（ジェンダー）を示す記号を勝手に付加することをしばしば行なっていたらしい。前年の一八九五年には、『文芸倶楽部』に掲載された一葉名義の小説三編の誌面上の署名はすべて「一葉女史」であって樋口姓は付されておらず、他誌も含めて『たけくらべ』『われから』以外には一葉の公表小説は印刷誌紙上においても無姓の署名のものばかりである。[25] したがって一葉が「樋口一葉」と署名しなかったとは断定できないまでも、「一葉」の上に姓を冠さない署名が一葉の本意であったことはほぼ間違いないだろうと思う。一方で彼女は数千首の和歌を残した歌人でもあるが、「一葉」と署名した和歌は存在しない。和歌は「なつ」「夏子」等本名系の署名であり、樋口という姓付きのものも多い。したがって彼女は冠姓の本名系の歌人「樋口夏子」と、無姓の雅号系の小説家「一葉」とをかなり明確に使い分けていたのではないか、したがって厳密に言えば「樋口一葉」という名前の作家は存在しなかったと見るべきではないのか、というのが私の推測である。[26] 生涯にわたって姓の移動を経験しなかった一葉もまた、雅号に姓を冠することを拒んだ明治の女性作家の系譜に位置づけられるべきであり、若き戸主として樋口の「姓」を背負っていた一葉が、小説というトポスにおいては姓から解放されたかったのではないかと私は想像している。

なお一葉宛の受信書簡を〈名前〉という観点から整理してみると、作家としての一葉を意識して送られてきた書簡には「樋口一葉様」「一葉様」「一葉女史」といった雅号系の宛名のものが多数存在し、中には「一葉女博士」という宛名まである。また文末の差出人欄に自分の雅号を署名してきた書簡も珍しくない。ところが一葉からの発信書簡の方には、差出人署名に「一葉」という雅号を使用した例は皆無であり、また宛名も相手の雅号ではなく必ず本名を記しているという鮮やかな非対称の構図が浮かび上がってくる。例えば一葉が好感を抱いていたと推測される男性の一人に馬場孤蝶がいるが、一葉宛孤蝶書簡を見ると、宛名は「一葉様」「一葉の君」「一えふ様」「樋口一葉女史」「樋口おなつおば様」「おなつ様」「お夏様」等じつに多様なバリエーションが認められ、差出人の署名の方も「孤蝶」「こてふ」という雅号系と、「勝弥」「かつや」という本名系の両方があり、宛名と署名との組み合わせの種類は相当複雑である。一方孤蝶宛一葉書簡の方では、「おば様」という孤蝶の戯れに対して「めいより かつやおじ様」という戯れを返している一例を除くと、あとは判で押したように宛名は「馬場様」だけで、差出人は

「なつ」だけで統一されている。「孤蝶様」という雅号の宛名の書簡はないし、「一葉」という雅号による署名の書簡もない。他の作家たちに対してもほぼ同様である。もちろん散逸してしまった書簡も少なくないはずであるから、公刊書簡だけで断じるのは危険であることは言うまでもないが、しかし一葉の発信書簡と受信書簡における宛名と署名のコントラストは、署名に関する一葉の意識を探る上でも、また〈名前とジェンダー〉の問題を考察する上でも注目に値するはずである。

雅号という空間はもともと日常生活から乖離した空間であり、そこでは男女を問わず、本名と比べて、姓と性──両方の〝セイ〟から相対的に自由であるという特徴をもっている。曙、一葉、紫琴という女性作家の雅号の系列と、漣、紅葉、鏡花という男性作家の雅号の系列を並べてみても、ジェンダー的な差異はほとんどないと言ってよい。えい（栄子）、なつ（夏子）、トヨ（豊子）／季雄、徳太郎、鏡太郎というそれぞれの本名におけるジェンダー的刻印の鮮明さとは著しい対照をなしている。「正宗白鳥」と、雷鳥に由来する「らいてう」も同断であろう。「花圃」は女性ジェンダーを明確にした雅号のように見えるが、しかし「花袋」という男性作家の実例もある。広津柳浪が「柳浪子」という署名を使用したとき女性と間違えた読者がいたというエピソードも残っておりおそらく（ヤナギ・ナミコと誤訓されたものと思われる）、つまり雅号という空間においては男性作家も女性作家も、おおむね本名におけるジェンダー規制からの脱却を目指す傾向が色濃く認められるのである。[27]

男性の場合においても、明治の作家たちは雅号の上に姓を冠することを原則にしていたわけではない。例えば夏目漱石は「夏目漱石」と「漱石」という二種類の署名表記を併用しており、漱石自身が装幀も手がけたことで名高い初刊『心（こゝろ）』は函が「夏目漱石著」で表紙は「漱石著」になっている。塩原と夏目という二つの姓を生きた漱石が姓について明敏な意識を持っていたことは当然としても、しかし雅号の上に姓を冠するかどうかについては柔軟あるいは無頓着だったようである。「鷗外森林太郎」という署名で『舞姫』を発表した鷗外は、「鷗外」系の署名には「鷗外漁史」「鷗外」「鷗外森林太郎」といったバリエーションがあるものの、「森鷗外」という姓と号の組み合わせはほとんど使用していない。しかし例えば雑誌掲載作品では一九〇四年三月の『歌舞伎』に掲載された『日蓮聖人辻説法』が「森鷗外作」となっており、単行本では『続一幕物』(一九一〇年)が奥付、表紙ともに「森鷗外」(なおこの前年に同じ出版社から刊行された『一幕物』の方は、「森林太郎」名義である)、『塵泥』(一九一五)は函が「森鷗外著」となっている。文壇の大家であり、かつ細かい表記まで厳密なことで知られる鷗外の著作であるから、出版社が本人に無断でこうした署名印刷を強行した可能性は低いだろうと思う。鷗外も「森鷗外」という表記を全面的に禁止していたわけではなさそうである。[28]

緑雨もまた自分の署名においても他人に対する呼称においても、雅号と姓を分離するという原則にこだわった作家である。有名な自身による死亡広告も「緑雨斎藤賢」という署名表記で行なっているし、一葉宛書簡でも差出人名は「緑雨」、宛名は「一葉様」で通している。しかし緑雨にも「斎藤緑雨」という姓付き雅号の署名で印刷されたエクリチュールがいくつかあり、そのメディアは『文芸倶楽部』『明星』『早稲田文学』『読売新聞』等にわたっている。緑雨もまた些細なミスも見逃さない辛辣な批評家として恐れられていた存在であり、これらのすべてが本人の意思を無視した編集部の独断だったとは考えがたい。緑雨にしても鷗外にしても、雅号の上に姓を冠さないという原則は内面的な動機によるものではなく、正書法における見識の問題だったと思われる。しかし文壇の大多数を占めた男性作家たちにおいて、姓のない雅号だけの署名が流通すると同時に、雅号の上に姓を冠した署名もまた珍しいものではなかったという風潮は、〝無姓空間〟としての雅号を志向する女性作家たちにとっては無姓の署名が受容されやすかったという意味においてはプラスだった反面、一葉やいなぶねの署名に対する『文芸倶楽部』の誌面処理に見られるように、本人の意向が軽視されるという意味においてはマイナスに作用していたという両義性があったと思われる。そして署名における姓を拒否したと想像される一連の女性作家たちに光を当てることは、女性ファースト・ネームの問題に対するジェンダー的考察の問題と密接にかかわってくるはずである。

4　姓への幽閉／姓からの疎外

〈姓と性〉については早くから大きなディレンマが存在していたが、今日まで続くアポリアとして、夫婦、特に妻の姓の問題がある。強制的夫婦別姓にも強制的夫婦同姓にも、それぞれ裏返しの問題点が存在している。

江戸時代までは庶民の大部分が公式には苗字を名乗ることを許されていなかったし、苗字を許された武士階級においては、姓氏は父から息子へと男系で継承されるものであり、したがって夫婦同姓の慣行は存在していなかった。明治時代の民法典論争の中で「婦女は、婚嫁の後も其生家の姓氏を称すること、本邦の古例」という主張があったが、武士以上の階級に限定すれば、確かにその通りだったと言える一面があったのである。武士階級より下の階級では、「苗字帯刀」を許可された少数者を除いて苗字を公称することが禁じられていた。（ただし江戸時代の庶民に禁じられていたのは苗字の「公称」であり、庶民が奉加帳や過去帳等の「私称」の領域では苗字を記す例が珍しくなかったことは今日、歴史家によって広く考証されている。）明治政府は発足直後には族籍別戸籍法とあいまって庶民の苗字については徳川幕府以上に厳しい制限を設けていたが、まもなく国民統一戸籍法の制定への方針転換にともなって、一八七〇年九月にいわゆる平民苗字許容令（「自今平民苗氏被指許候事」）を布告して庶民における苗字公称を解禁し、戸籍法の翌年の一八七五年二月にはいわゆる平民苗字必称令（太政官布告二二号「自今必苗字相唱可申尤祖先以来苗字不分明ノ向ハ新タニ苗字ヲ設ケ候事」）を布告して公的な苗字を持つことを国民全員の義務に変えた。戸籍制度と徴兵制度に対応するためのものであったと言われているが、このとき浮上してきたのが妻の姓の法的処理の問題である。当初明治政府は武士階級の習慣を踏襲するかたちで夫婦別姓を正統とするという方針を打ち出し、苗字必称令の翌年の太政官指令は「婦女人ニ嫁スルモ仍ホ所生ノ氏ヲ用ユ可キ事」と明示している。本稿冒頭に述べた通り、厳密にいえば氏と姓とは本来別概念なのであるが、明治政府は両者を事実上区分していなかったから、結婚しても妻は夫の姓を名乗ることが許されず、「所生ノ氏」のままでなければならないという方針である。これは、戸籍のメンバーという点においては家族の一員であるが、血族集団には属していないという点においては家族ではないという、妻の地位の二重性に立脚していたと言われている。しかしこの妻に対する「所生ノ氏」強制に対しては早くから庶民の慣行にそぐわないとして疑義や反対の声が起こり、また戸籍簿には妻の姓をことさら記す欄がなかったため、現実問題としては夫婦別姓はあまり浸透していなかったらしい。しかし太政官制から内閣制に移行したのちにおいても「婚家ノ氏ヲ称スルハ地方一般ノ習慣」だとして「婚家ノ氏」使用の可否を問い合わせてきた伺に対して、内務省は「生家ノ氏ヲ称スル義ト心得ン」と指令している（一八九〇年）。したがって例えばこの頃三宅雪嶺と結婚して文筆名も田辺姓から三宅姓に改称した花圃は、厳密には内務省指令に反していたことになるが、しかしこれがとがめられることはなかったし、花圃のような姓移動は一般的であった。したがって夫婦別姓強制は多分に政府の建前という色彩が濃厚だったようであるが、しかしこの「所生ノ氏ヲ用ユ可キ」という政府の法原則自体は十九世紀の終わりの民法施行まで公式に変更されることはなかった。一八九八年に全面施行されることになった明治民法は、第七四六条で「戸主及ヒ家族ハ其家ノ氏ヲ称ス」ことを規定し、七八八条で「妻ハ婚姻ニ因リテ夫ノ家ニ入ル　入夫及ヒ婿養子ハ妻ノ家ニ入ル」と規定した。実際の結婚は「夫ノ家ニ入ル」形式が圧倒的多数であったから、結婚した女性は夫の「家ノ氏」を名乗らなければならないという意味における夫婦同姓の法的強制の開始の中で、日本の二十世紀がスタートしていたことになる。以来アジア・太平洋戦争後の一九四八年一月の新民法施行によって、婚姻に際して妻と夫はどちらかの一方の氏（姓）を選択することができるが二人とも同じ氏を名乗らなければならないという規定が成立するまでの約半世紀間、妻は結婚にともなって夫の姓に強制的に移動させられるという法制度が続いた。

法律上の夫婦の姓をめぐって明治政府が夫婦別姓から夫婦同姓強制へと転換した背景に、戸籍内のメンバーでありながら血族集団ではないという妻の位置の二重性を解消し、同一戸籍内の者を「家族」として一元化しようとする力学が働いていたことは確かである。しかしそれは夫と妻を対等の関係として扱おうとしていたことを意味したのではない。明治民法制定に向けての長期にわたった議論の過程は、夫婦同姓制への転換のバックグラウンドとして、「「家」の象徴としての「氏」が新しい意味を持ってきたことが明確とな」ったことを民法学者が指摘している(山中永之佑『日本近代国家と「家」制度』日本評論社、一九八七)。一八八八年の民法草案では「婦其夫ノ氏ヲ称シ」となっていたのが、民法として確定されていく過程で「戸主及家族ハ其家ノ氏ヲ称ス」というように変更された。民法起草委員の一人でフランス留学経験を持つ梅謙次郎は、〝民法出でて忠孝滅ぶ〟として旧民法の実施を阻止しようとした勢力に対して粘り強く抵抗した「開明派」の法学者とされているが、その梅謙次郎が民法調査会の席上で主張した夫婦同姓の正当性の論理は、

兎ニ角妻カ夫ノ家ニ入ルト云フコトガ慣習デアル以上ハ夫ノ家ニ入ツテ居リナガラ併ナカラ実家ノ苗字ヲ唱ヘルト云フコトハ理屈ニ合ハス(略)戸主及ヒ家族ハ其家ノ氏ヲ唱スルト云フ原則ニ依テ妻ハ夫ノ苗字ヲ唱ヘルト云フコトニナラナケバナルヌト考ヘマス」(『民法調査会議事速記録』第一四六回)

というものであった。梅はまた明治民法施行後まもなく、二十世紀劈頭に著した『民法講義』の中で「戸主及ビ家族ノ権利義務」の「第一」として、

戸主及ビ家族ノ権利義務ニ付キテハ先ヅ氏ヲ称スル権利義務ガアル、戸主モ家族モ皆其家ノ氏ヲ称スル権利義務ガアル、是ガ詰リ一家ヲ構成シテ居ル外面ノ印シデアルト云ツテ宜シイ、同一ノ家ニ属スル者デアツテ甲ハ一ノ氏ヲ称シ他ノ者ハ又異ツタル氏ヲ称スルト云フコトハ法律ガ認メナイ

と明記している。「氏（姓）」は「家」という制度の「外面ノ印シ」としての重要性を有するものであり、全員が家の「印」としての同じ姓を名乗ることは「戸主及ビ家族ノ権利義務」の「第一」だというのである。結婚と同時に夫ではなく、「夫の家」の戸主の支配下に置かれるというのが明治民法の原則であるが、周知の通り明治民法下にあっては戸主は〈家〉を束ねる存在であり、その〈家〉を単位として戸籍が創られており、同一戸籍内に複数の夫婦が入っているケースが多かった。したがって「夫」であることと「戸主」であることとは同値ではなく、夫もまた戸主の支配下に置かれる例が珍しくなかったから、妻の地位は夫よりも低いものと定めた法規定によって、結婚した女性は「夫」と「戸主」という二重の支配下に置かれることになっていたのである。明治民法によって妻が法律上初めて家族の一員として公認されるようになったことは間違いなく、その意味においては夫と同姓を公に名乗る権利が認められたと言えるものの、しかし妻が夫と「異ツタル氏ヲ称スルコトハ法律ガ認メナイ」という「法律」によって別姓の自由は禁止され、妻は夫の家の姓の中に囲い込まれることになった。つまりそれまでの政府の夫婦別姓原則が、血族ではない妻を異質なものとして姓から疎外するという思想に立脚していたのに対して、明治民法における夫婦同姓制度は、今度は妻を夫の家の姓の中に強制的に同質化させるものであり、戸主と夫に従属するかたちでの同質化は妻を姓の中に幽閉するという性格を本質としていたと言ってよいだろう。

ここでもう一度、前に引いた『細君たるもの〻姓氏の事』を想起したい。若き日の清水豊子が『女学雑誌』に掲載したこの文章は、ちょうど明治民法典論争が始まった時期のものであるが、当時はヨーロッパ諸国においても、

結婚した女性は夫の姓を名乗るのが慣例になっていた。日本の民法が直接のモデルにしたのはフランス民法（いわゆるナポレオン法典）であった。ナポレオン法典は「夫は妻に対する保護義務を負い、妻は夫に対し服従義務を負う」と規定していたが、これは「男性の優越はその存在の構造それ自体が示すところであ」り、「この優越こそ、本法律草案が夫に対して認めた保護権の源泉である。妻の服従は、妻を保護する権利に捧げられた返礼であ」るという指導理念に立脚していたと言われており（関口晃「妻の法律的地位」江川英文編『フランス民法の一五〇年』有斐閣、一九五七）、また「「男性性の危機感」が生まれた時期に（男性は――引用者）法的および社会的な諸権利を奪うことによって、女性を永遠に未成年者の地位におこうとしたのであり、ナポレオン法典とは、そのような戦略の制度化であった」という指摘もある（小倉孝誠『〈女らしさ〉の文化史　性・モード・風俗』中央公論新社、二〇〇六）。またイギリスの法体系の基盤をなすコモン・ローも「婚姻によって夫と妻は法律上一人になる。すなわち、婦人の存在または法律上の存在そのものは婚姻のあいだ停止されるかまたはすくなくとも夫のそれのなかに合体吸収される」という夫優位の夫婦一体論を前提にしており（坂本圭右『夫婦の財産的独立と平等』成文堂、一九九〇）、「カバーチュアの法理」と呼ばれるこの夫婦一体論が妻に対する夫の懲戒権と監禁権を認める法的根拠を形成していたという批判もある（戒能民江『ドメスティック・バイオレンス』不磨書房、二〇〇二）。ドイツも夫が婚姻生活の首長であるという思想に立っていたのであり、これらのことを視野に入れたとき、この時代に清水豊子が右の文章の中で、

> （略）夫には夫の姓氏あり、婦には婦の姓氏あるは、素より当然の事に候。左るを、日本のみならず、何れの国にても、兎角男子を主的物と見做し又其主的物たるの実あることを以て、主に夫の姓氏をのみ用ひ、いつしか、婦の名にまでも、夫の氏を冠らすこととなりしならむ。（傍点引用者、以下同じ）

という論陣を張っていたことの画期性が浮かびあがってくる。彼女の論はヨーロッパ的近代を絶対的規範にするのではなく、当時のヨーロッパの法と習慣における夫婦の不平等性に対しても果敢に異議を唱えていたのである。これは一見すると夫婦同姓に向けた民法論議における「開明派」の方向とは反対の論のように見えるが、しかし彼女が武士階級の慣習の継承に同調していたわけではなかったことは明白である。前引の「夫の付属物の様に思はれぬ様、改まった書附などには、其お里方の姓を用ひられたいことを思ひます」という主張は、当然の系として「里方の付属物」であることも拒否している。「夫には夫の姓氏あり、婦には婦の姓氏あるは、当然の事に候」という論理は、彼女が姓を「夫の家」の「印」として把握するのではなく、「細君たるものゝ姓氏の事」の本質を、一個の主体としてのアイデンティティの問題としてとらえていたことを示している。結婚した女性に夫と同じ姓を強制するシステムも、結婚した女性に夫と同じ姓を許さないシステムのどちらにも問題があり、一見正反対に見える両者が根底においては女性を「付属物」として扱う点においては通底していることを洞察し、それを超克しようとしていたのが二十三歳の若き清水豊子であった。そしてその彼女がのちに紫琴という号を使用し始めたとき、その号の上に姓を冠することを拒んでいたことは前述の通りである。

そしてこの〝姓からの疎外／姓への幽閉〟の問題は、文学作品において女性がファースト・ネームで呼ばれることが多いという問題の二重性と密接につながっている、というのが私の考えである。女性ファースト・ネームには明らかに二つの視線が交錯していた。単純化していえば、一つは眼差される客体としてのファースト・ネームであり、もう一つが眼差す主体としてのファースト・ネームである。前者においては〈姓〉からの疎外という力学線が強い。姓が後景化されるということによって、浮遊する存在としてのイメージが強くなる。男性と女性が双方向的な関係を志向するのではなく、女性を一方的な客体として対象化したいとき、あるいは男性から見て〝所有〟への欲望を喚起する存在として眼差すとき、姓がない方が好ましいという側面である。花柳界の女性たちが姓のない源氏名を名乗る習慣を持っていることとも関連しているかも知れない。川端康成の『雪国』で主人公の島村はトンネルの向こう側の温泉を三度訪ねているが、一度目の訪問ではヒロインは「女」としか呼ばれない。二度目の訪問で初めて島村は「駒子」という名を知るが、一度目と二度目の間に彼女はこの地の芸者になっており、「駒子」というのはおそらく芸者として契約を結んだときの妓名である。彼女の本名は最後まで判明せず、したがって駒子は「駒子」と呼ばれている限り、完全に姓のない存在である。

漱石の『三四郎』のヒロインを、語り手は「美禰子」というファースト・ネームだけで呼んでいる。彼女の姓自体は明示されているが、それは「里見恭助」という、兄であり戸主である男性の存在を介してである。（物語中一度も姿を見せないこの兄の存在感を象徴しているのは、兄妹の家の門に掲げられた「里見恭助」という四文字の「標札」である。）美禰子を恭助の妹として見る眼差しの強い登場人物たちは誰一人として「里見美禰子」という姓名のセットを口にしない。彼女が三四郎と本格的なコンタクトを持つのは広田先生の引っ越しの手伝いに集結した時が最初であるが、彼女は三四郎に自己紹介するとき、無言のまま「里見美禰子」というフルネームを印刷した「名刺」を差し出す。（小説の読者は、初めて美禰子の家を訪問した三四郎が銀行に随行させられた場面において、銀行預金通帳の表紙の「里見美禰子殿」という記名で彼女の姓名をもう一度見ることになる。）美禰子の名刺は、彼女を主体としてではなく兄の付属物とみなす周囲の眼差しと、そしてけっして姓を呼ばない語り手の双方に対峙る彼女の孤独な闘いを象徴しているようである。

主要登場人物である男女の会話場面で名刺が使われる小説としては、有島武郎の『或る女』も想起される。アメリカ行きの客船で早月葉子[29]が、倉地と初めて会話らしい会話を交わす場面において、倉地は「大きな名刺」を渡して自分の名前を知らせている。発信受信の男女の構図が『三四郎』と逆になっているが、倉地の名刺には「日本郵船株式会社勲六等倉地三吉」という文字が印刷されており、姓名のほかには住所しか印刷されていない美禰子の名刺との非対称性が興味深い。なおこの倉地の名刺は作中で二度引用されていることによって、「勲六等」の三文字が、倉地と葉子のスキャンダルの新聞掲載日が「天長節」に設定されていることとあいまって、天皇制に対するアイロニーの効果を挙げていることは明らかである。また葉子は倉地から名刺を受け取る直前のところに、倉地の配慮で変更してもらった自分のカビンの戸に「早月葉子殿」と書かれた「漆塗りの札」を見る場面があり、この「札」が倉地の「名刺」と対照関係を形成しているが、カビンの中には「古藤が油絵具でY・K・と書いてくれたトランク」が置かれていた。このイニシャルには、出発の三日前に「古藤は、葉子・早月の頭文字Y・S・と書いてくれと折入つて葉子の頼んだのを笑いながら退けて、葉子・木村の頭文字Y・K・と書く前に、S・K・とある字をナイフの先きで叮嚀に削つたのだつた。S・K・とは木村貞一のイニシャルで、そのトランクは木村の父が欧米を漫遊した時使つたものなのだ」という経緯があった。乗船の時点では葉子は木村の婚約者であり、古藤は木村の親友である。「早月葉子殿」と「Y・K・」との差異は、姓と家父長制をめぐる象徴的なコントラストを描いている点に注目しておく必要があるはずである。

　第二の、眼差す主体としての女性とファースト・ネームとの繋がりについては、本稿第三節でみてきた雅号という空間において意識的に無姓を志向した一連の女性作家によってすでに明らかであろう。そして本稿前半で指摘してきた、一九二〇年代の自立志向の強い女性作家たちが女性主人公のファースト・ネームだけをしばしば小説のタイトルに選び、作中でも主人公を含む女性登場人物をファースト・ネームだけで呼ぶ傾向が強いという事情の背景も見えてくる。眼差し返す主体として自己を確立するためには、〈家〉制度と結びついた姓への幽閉からの解放というプロセスが必要であり、誰にも隷属しないという意志の表象としてヒロインの呼称から姓が後景化されているのである。このように考えれば、姓からの疎外に抗して「里見美禰子」という名刺を携行する『三四郎』の孤独なヒロインが求めていたものと、姓への幽閉からの解放空間として雅号署名の姓を固辞した紫琴たちや、ヒロインを

「真知子」、「伸子」と名だけで呼ぶ野上彌生子や中條百合子たちとが目指していたものとは、一見対極的に見えながら実は根底のところでは共通していたことが鮮明になってくるはずである。したがって〈姓と性〉という視座からの文学史の再検討は単純な発達史観に立つのではなく、複眼的な視線によるアプローチが不可欠だと思う。また一つの作品が一つの力学だけで貫ぬかれているはずもない。このことを確認した上で個別の作家や作品に即して、阻害抑圧と解放志向という二つの力学が複雑に絡み合った具体的な様相を解き明かしていくことが、今後の私の課題である。

注

（1）日清戦争から十数年後に書かれた漱石『それから』の中に、新聞社に入社した平岡が、石の缶詰事件とは別の「日清戦争の当時、大倉組に起つた逸話」を代助に聞かせる場面がある。広島大本営で軍隊用食糧として納入した牛を夜になって偸み出し、翌日にまたそれを納入するという手段を繰り返して大倉組が不正な利益を得ていたという内容である。日清戦争における大倉喜八郎の不正受益の噂は相当広く流布していたようである。

（2）中丸宣明氏の指摘があるように（「『東京絵入新聞の図像学――「金之助の話説」』」『日本近代文学』二〇〇八・五）、一八七八年八月から九月にかけて連載されたこの「つづきもの」は、連載初期には題名がなかった。報道記事から小説への移行過程の中で『金之助の話説』というタイトルが定着していったようである。小説化が進む中で「話説」という語の付加が必要になってきたという点に注目しておきたい。

（3）近年の文学でも例えば重松清『エイジ』（一九九九）は少年主人公のファースト・ネームであるが、カタカナ表記の「エイジ」にはAGEの意味も込められている。辻内智貴『セイジ』（二〇〇二）所収の『竜二』は漢字表記男性ファースト・ネーム・タイトルであるが、それ以上に注目したいのが女性作家井上荒野の『潤一』（二〇〇六刊）である。一人の男性を「潤一」と呼ぶ九人の女性の一人称語りを連ねた短編連作であり（それぞれの女性のファースト・ネームが各編のタイトルになっている）、末尾に潤一自身の語りが配置されている。物語の大部分においてタイトル・ロールの男性が女性から眼差され、語られる客体になっている点において、男性ファースト・ネーム・タイトル史上、『三四郎』以来の「変な標題」と言えるかも知れない。

（4）小泉八雲が「日本人の女性の名」（Japanese Female Names Shadow 一九〇〇）で紹介している通り、上に「お」が付く女性の名は必ず二音節であり、「お」を加えて三音節になる。美登利のような三音節の名に「お」が付いて四音節になることはない。なお女性名が二音節と三音節に限られていることが、男性名の音節の多様性と非対称を形成している点については、早く寿岳章子氏の言及がある（『日本人の名前』大修館書店、一九七八）。

（5）一九一一年に上梓された短編集『壁画』も発禁処分になった葉舟の著作の一つであるが、収録作品の中の『石塊』は未婚の女性が妊娠し、相手の男に堕胎の薬品の入手を懇願する話である。胎内の生命を「この嫌なもの」ととらえ、「自分の腹には石が入つて居るのだ」と考えるヒロインは、母性神話とは無縁の女性である。当時堕胎を取り入れた小説は他にもあるが、罪業感や母性神話との葛藤の存在が定型になっており、胎児を「石塊」に喩えるタイトルの衝迫性も含めて、〈家〉制度を支える秩序との対立性の強い作品である。

（6）周知の通り、「家庭小説」という用語は、家庭を主題にした小説との謂ではなく、「家庭」で読むにふさわしい、「家庭婦人」が堂々と読むことのできる「家庭道徳の美を発揮しむる」小説という意味である。菊池幽芳は「家庭小説」という角書き付きの『乳姉妹』の単行本「はしがき」で、自分の小説のコンセプトを「今の一般の小説よりは最少し通俗に、最少し気取らない、そして趣味のある上品なもの」、「一家団欒のむしろの中で読れて、誰れにも解し易く、また顔を赧らめ合ふといふやうな事もなく、家庭の和楽に資し、趣味を助長し得るやうなもの」と説明している。

（7）なお「さん」付きのタイトルではあるが、太平洋戦争末期に武田麟太郎が発表した『弥生さん』という小説がある。「弥生」は夫が徴兵で戦場に送られているヒロインのファースト・ネームであるが、結婚する前も結婚後もみんなから「弥生さん」と呼ばれ続けており、夫婦同士もおたがいに相手をファースト・ネームのさん付けで呼びあっていることが題名の由来になっているが、〈家〉の論理の最も厳しかった戦争時代に、かかる設定の女性をヒロインにしてジェンダー的にも中立的なタイトルを付けた小説が発表されていたことは注目されてよいと思う。時代との密かな緊張関係を内包したタイトルである。

（8）歴史小説の場合、厳密には姓名とは言えない場合が多い。周知の通り、江戸時代の武士の名前は実名敬避の慣習によって、名の上に付く通称の方が流布していることが多かったからである。宮本武蔵の「武蔵」は国名からとった通称であり、大石内蔵助の「内蔵助」は百官名の通称である。荒木又衛門の「又衛門」なども同様であり、また勝海舟の「海舟」は号であるが、本稿ではこれらも一括して男性姓名タイトルとして扱っている。

（9）岩野泡鳴の最初の単行本は戯曲『桂吾郎』と記されることが多いが、この本は表紙に「桂吾郎」というデザイン文字（「吾良」の誤記である）が印刷されているものの中扉にはなく、この本の題名は中扉および初出時のものと同じ『魂迷月中刃　一名桂吾良』とするのが正しいことを、臨川書店版『岩野泡鳴全集』の解題で柳沢孝子氏が考証している。

（10）厳密に言うと『矢島柳堂』は大正末期にいくつかの媒体に書かれた連作短編を年に一本にまとめた際に『矢嶋柳堂』というタイトルが付けられたのであり、のち漢字表記を一字変更した『矢島柳堂』に改題されたという経緯がある。

（11）もちろんミドル・ネームやクリスチャン・ネームを付ける習慣がある国では、ファースト・ネームとラスト・ネームのみの表記ではフルネームとは言えないのであるが、本稿では便宜上フルネーム扱いにした。またロシア語には父称という慣行があるが、これもフルネームとして扱った。本稿では日本との比較のために「フルネーム」の語をあえて大雑把に使用している。

（12）『鏑木秀子』の中に「三角同盟」という語が出てくる。後に出た邦訳版では「三角関係」という訳が定着している箇所であるが、一人の女性を二人の男性が争う関係ではなく、男性同士の友情を軸にした関係であるから、むしろ「三角同盟」の方がふさわしいような気がする。『鏑木秀子』から約一世紀後に「ホモソーシャル」の訳語として「男性同盟」という用語が登場してきたこととの関係においても興味深い。

（13）メアリー・シェリーが十代の終わりに書いたこの小説では、フランケンシュタイン博士によって人工的に造られた生命体はただ「怪物」とだけ呼ばれていて、名前がない。博士が自分の造り出した怪物に名前を付けることすら拒否したからである。命名、名付けとは与える者から与えられる者に対する権力的行為であるという議論が現代哲学において盛んになってきているが、名前を与えられなかった怪物は、名前がないということが人間社会の中に居場所を持たないことの徴になっていると同時に、博士の権力からの解放という面を持っている徴でもあるという両義的な存在としてフランケンシュタインの「怪物」を読むことも可能だろうと思う。

（14）二〇一〇年公開のハリウッド映画『ソルト（Salt）』（フィリップ・ノイス監督）は、主演予定者の変更等の事情もあったようだが、ヒロインの姓だけのタイトルという点において注目される作品である。

（15）この点で村上春樹の最新長編小説『1Q84』（二〇〇九）の男女の呼称が興味深い。一章おきに交互に叙述される二つの物語が次第にクロスしていくという形式自体は春樹の読者にとっては目新しいものではない。二つのうちの一方の物語の主人公（視点人物）として女性が選ばれている点と、奇数章と偶数章のいずれも三人称の語りで貫かれている点が春樹作品としての新しい特徴であるが、奇数章の女性主人公が「青豆」という姓だけで呼ばれ、偶数章の男性主人公が「天吾」という名だけで呼ばれるというコントラストは、近代小説の呼称のジェンダー的伝統を逆転させているからである。（このシリーズはBOOK3〈二〇一〇〉に入って、「牛河」という姓で呼ばれる男性が視点人物に加えられた。）

（16）『麦と兵隊』の約半年前に書かれた石川達三『生きてゐる兵隊』には階級名を省略した姓だけの表記も混じっており、「近藤医学士」というように現役兵を「地方」時代の肩書付きで表記する箇所もあるが、この小説を掲載した『中央公論』一九三三年三月号は発禁処分に遭い、石川は起訴されて執行猶予付きの有罪判決を受けている。呼称が弾圧理由になったわけではないが、「戦場に於ける個人の姿」を描出しようとした作者の姿勢が軍部の怒りを買ったことは間違いない。『生きてゐる兵隊』で階級名が省略されるのは将兵の内面に踏み込んだ場面が多い。

（17）田村泰次郎の『春婦伝』（一九四七）も注目したい作品である。GHQの検閲で初出が掲載禁止になったこの小説は、〝従軍慰安婦〟の一人である「春美」が唯一の視点人物として選ばれている。この何重にも抑圧された女性の眼に映った日本の軍人たちはほとんどが名前のない階級だけの存在であり、「秘密の情人」となった三上真吉だけが階級名のないフルネーム表記で繰り返されている。（かつての恋人だった日本人商社員も友田寛市というフルネームで通されている。）一方日本軍のメンバーたちが三上上等兵のフルネームを認識するのは「死亡証明書」においてであり、このコントラストは凄烈である。また彼女が「源氏名以外には呼ばれたことがない」ので「自分の本名さへ、どうかすると忘れ果て」ることがあったという設定は、一九三九年の「創氏改名」によって、朝鮮民族が「本名」を暴力的に剝奪されていたという歴史を背負っているはずである。「源氏名」には姓がない。「源氏名」と「本名」（民族名）との間に〝強制された日本姓名〟が介在させられていたことを考えれば、本名を忘却する「春美」の心理の奥に「創氏改名」に対する抵抗というモメントを読み取ることも不可能ではないと思う。〈コロニアリズムと名前〉という観点からも『春婦伝』は興味深い作品である。

（18）厳密に言うと矢花正行は第二部だけが「正行」というファースト・ネーム表示で通されており、大道出泉は第六部第一章の中に一部分だけ、「出泉」というファースト・ネーム表示が連続して使用されているところがある。なお野間宏の作品においては、女性たちは基本的にファースト・ネームで表示されており、『青年の環』も「よし枝」「陽子」「芙美子」「盾子」「さき子」等、ほとんどが名だけの表示になっている。同じ野間の『顔の中の赤い月』は、男女ともに登場人物のフルネーム表示が一度も省略されることなく貫徹されている珍しい例である。

（19）この神山と大前田のやりとりを、亀井秀雄氏が『身体・表現のはじまり』（れんが書房、一九八二）の中で、「何とも言えずおかしい一場面」として注目している。

（20）『神聖喜劇』においても、知人縁者宛書簡という言説空間において兵士の姓名が顕在化している。このこと自体は複数の軍隊小説に共通する特徴であるが、兵士の書簡という点において『神聖喜劇』で注目すべきは、「何某事件」のエピソードであろう。新兵の一人が、葉書の発信人住所氏名の「氏名」のところに自分の名前を書かず、「何某」と記したために班内の笑いものになったという事件であるが、彼は壁に張られていた「雛形」に忠実に従って「何某」と書いたのである。所属部隊の住所そのものが「軍事機密」に該当するという理由によって、兵士の発信人住所は雛形通りに表記することが厳格に強制されていた。発信書簡の書式について上級兵から「あのとおりに書かなきゃいけん、ほかのことは一つも書くな」と教育されていたこの新兵は、雛形の氏名のサンプルとして記されていた「何某」も強制された統一表記だと解釈して「そのとおりに書」いたのである。隊内の発話における呼称まで規制され、「個性」の発現を抑制され続けてきたこの新兵の行為は、軍隊では自分の氏名を私信に書くことさえ禁止されていると思い込んだためであり、命令に対する無条件的服従を義務付ける軍隊の論理の忠実な所産だと言えるこのエピソードの持つ象徴性と批評性に注目しておきたい。

(21) 「要太郎」は長男ではなく、優秀な兄がいるという設定になっている。なお同じ花袋の『田舎教師』の「清三」は長男であり、その弟が「政二」という名である。

(22) 前出『留吉』等に見られた姓呼称の階級性の問題に対応している。飯塚浩二『日本の軍隊』(一九五〇)の中で丸山真男が「擬似的デモクラティクなものが軍隊への親近感を国民に持たせたものだと思う」、「軍隊には社会的な階級差からくる不満を緩和する役割を果したのじゃないか」と発言しているが、その具体例を看取することもできる。

(23) 内田百閒の『長春香』(一九三五・一)は一人称小説ではあるが、「私」の弟子の女性の名前が終始「長野」という姓だけで表示されている。『若い人』断続連載中の作品である。

(24) 『人間の壁』発表当時は離婚後の姓についていては、民法七六七条で婚姻前の氏に復することが義務付けられていた。民法七六七条の第二項として「婚氏続称」規定――離婚者が婚姻中の氏を新しい戸籍の氏として選ぶ自由――が追加されたのは、一九七六年の民法改正によってである。したがって離婚したふみ子が旧姓に戻っているのは、彼女の選択ではなく、当時の法的強制によるものであったことを確認しておきたい。

(25) 未完成草稿まで含めても、『やれ扇』と題された断片が「樋口一葉女」と署名されている一例を除いて、姓付きの署名を確認できる小説資料はない。

(26) 巷間流布している「樋口一葉」という四文字の自筆署名の出典は、野口碩氏のご教示によると、一枚の原稿用紙に書かれた落書である。現在山梨県立文学館が所蔵するこの資料は、博文館原稿用紙に七名の作家の固有名だけを書き散らした落書であるが、鷗外、露伴、紅葉、緑雨という、おそらく一葉が文壇の大家と判断した四名の作家名に自分の名前を並べて書いていたことが分かる。（残る三名は宙外、天外、鏡花の三名。こちらは当時まだ新進作家であった。）しかも落書は二段になっており、上段は「森鷗外」「幸田露伴」「尾崎紅葉」「斎藤緑雨」という姓と雅号の組み合わせを列挙した中に「樋口一葉」という四文字が書き入れられており、下段は「露伴子」「正太夫」「鷗外漁史」という無姓の雅号列挙の中に「一葉女」という三文字が挿入され、やや離れた箇所に「紅葉」の名がいくつも書かれている。将来自分が文壇の大家たちに混じってメディアで脚光を浴びる日を夢見て書いた一種のシミュレーションだろうと推定され、二十二歳の一葉の昂揚を感受できてほほえましい。つまりこの落書には「樋口一葉」とともに「一葉女」が記されており、しかもこれ以降も一葉は自分の小説に「一葉」としか署名していないのである。

(27) エレイン・ショウォールターが英国女性作家の歴史への言及の中で、初期段階である「フェミニンの時代」（一八四〇年代から一八八〇年）における「英国女性作家のみ」の特徴として、多くの女性作家たちが「文学における二重標準《ダブル・スタンダード》に対抗する手段として男性筆名を選んだことをあげているが（「フェミニズム詩学に向けて」、ショウォールター編『新フェミニズム批評』邦訳岩波書店、一九九九）、一八八〇年代後半に始まる近代日本の女性作家の歴史では「男性筆名」が主流となった時期はなく、ジェンダー的中立性への志向が顕著であった。これは雅号という、もともと男性作家、女性作家を問わずジェンダー規制の希薄な自己命名の伝統の存在によるところも大きかったはずである。一九一〇年代以降、新しい作家たちは雅号ではなく、筆名（ペンネーム）を使用するか、あるいは本名をそのまま作家名にする傾向が強くなってきた。それにともなって作家名のジェンダー的区別が明確化してきたが、現代文学においては「吉本ばなな」、「嶽本野ばら」といったジェンダー的撹乱を意図したと思われる作家名の流れの中から、さらに「桜庭一樹」のようにジェンダー的異性度の高いペンネームをあえて付ける女性作家も登場してきている。

(28) 鷗外は一九二二年、山梨県に一葉の碑を建立されることになったとき、賛助人への参加依頼を受けて諾意を「森林太郎」名義で返信しているが、碑の背面に彫られた賛助人名リストの名前は「森鷗外」となっている。このリストは

「幸田成行」「半井冽」「徳冨健次郎」「三宅龍子」等本名使用の人物名と、「坪内逍遙」「嶋崎《ママ》藤村」「田山花袋」等雅号使用の人物名とが混在しており、主催者側で強引な統一をはかったとは考えがたい。この碑の除幕式が施行されたのは鷗外が没した三か月後である。自分の墓碑に「森林太郎墓」以外の彫字を禁じる有名な遺書を代筆させていた鷗外は、「森鷗外」として一葉碑に彫名されることを承知していたのだろうか。

(29) 語り手はヒロインを一貫して「葉子」と呼び、登場人物たちの多くも、ファースト・ネームを呼ぶときは「葉子さん」を使用しているが、本人は会話の中では「早月葉」という「子」の付かない自称を用いており、手紙の署名も「葉」とだけ記している。ただし遺書のつもりで口述筆記させた最後の手紙の署名は「葉子」である。なお倉地からの呼び方は、時期と場面に応じて「葉子さん」「お葉」「お葉さん」「葉子」「葉ちゃん」の五種類が使われている。

(補注) 二〇〇〇年頃から日本の女性作家の作品の中に、作中人物の姓だけをあえてカタカナで表記するという新しい〈姓と性〉の流れが形成されてきている。例えば川上弘美の短編集『溺レる』の収録作品は人名が男女ともすべてカタカナで表記されており、そのほとんどが姓だけによる表示になっているが、この系流の代表的作家は今世紀になって登場してきた津村記久子であろう。女性会社員を主人公にした三人称小説がこの作家の主流になっているが、「イリエ」(『カソウスキの行方』)、「ミノベ」(『アレグリアとは仕事はできない』)、「ナガセ」(『ポトスライムの舟』)等、女性主人公の名はカタカナ表記の姓だけで叙述されている。近代小説では女性が姓だけで表示されるのは教師、生徒へあるいは革命運動の同志等に限定されていたことは本稿で指摘しておいた。しかし女性会社員については例えば一九五〇年代の作である川端康成『山の音』で主人公の尾形信吾が勤務する会社の「女事務員」は岩崎英子という姓名であるが、信吾の視点に即した三人称の語り手は一貫して無姓の「英子」という呼称を用いていた。津村の小説世界における女性会社員の呼称は、職場において性別を問わず姓で呼び合う慣行が浸透してきたという現実世界の状況を反映しているとともに、この呼称慣習には人間関係の機能化、非人格化という疎外の要素も含まれており、その呼称慣習の持つ疎外と解放の微妙な二重性を表象する新しい手法として、カタカナ表記よる姓だけの表示が注目されてよいと思う。『オノウエさんの不在』は津村作品では初めて男性視点で書かれた作品だと思うが、その視点人物による女性の呼称も姓だけのカタカナ表記である。

〈付記〉本稿の論旨に従えば、固有名漢字表記の字体も問題になってくるが、新漢字や人名漢字制定以前には新旧字体に関する作家の意思というもの自体が存在していなかったこともあり、原則として通常の文学史で用いられている字体で統一した。

II

雅号・ローマンス・自称詞――『婦女の鑑』のジェンダー戦略

当時まだ東京高等女学校専修科に籍を置いていた満十九歳の田辺花圃が、坪内逍遙のバックアップを得て『藪の鶯』を書き下ろしで刊行、文壇の注目を集めたのは明治二十一（一八八八）年六月であるが、前年の中島湘煙の翻案小説『善悪の岐』の発表なども併せて、小説界における「閨秀」の時代がようやく幕を開けつつあった。おそらくこうした機運にいち早く注目した新聞メディアが、高田早苗主筆のもとに新機軸を次々に打ち出していた『読売新聞』であったと思われる。同紙小説欄の重鎮だった饗庭篁村は、同年十一月八日から二十二日にかけて「蘆屋よし女」（連載途中で署名が「よし女」から「よし子」に変わっている）という女性名の作家の小説『夜の錦』を十回にわたって連載させている。『読売新聞発展史』（読売新聞社、一九八七年）にも「饗庭が女流新人蘆屋よし女を発掘し、「本紙初の女流作家紹介だった」と記述されているのだが、私はこの一作だけで姿を消した「蘆屋よし女」という書き手について、はたして本当に女性であったかどうか、若干の疑問を抱いている。男性のライターが女性作家を装って小説を発表するという事例がその後の文学史において実在したことはよく知られているが、その最も早いケースの一つがこの「蘆屋よし女」だった可能性を否定できないのではないかという気がするのである。『夜の錦』はもっと長編化するはずのものが途中で強引に終結させせられてしまったという感じの終わり方をしており、その事情について篁村が、同紙上で「よし子女史はまだ或る学校に在学に居たまふ御身にて小説など書くは怪しき事なりと誡めらるゝ節ありて思ひのまゝに筆も走らせられず」という経緯があったことを紹介し、「小説を陋しきものと思ふ旧習去りがたき事情あるこそ憾なれ」と嘆じているのだが、そうした障害が連載途中で生じたというのはいささか不自然である上に、〝現役女学生作家〟というイントロダクション自体にどこか虚構の匂いが漂うのは、物語言説においても物語内容においても、従来の男性小説記者たちによる新聞連載小説のルーティンとこの『夜の錦』との間に差異を見出すことが困難だからである。この小説に〝女性的〟な特色がない点について新聞社側も自覚的であったことは、「女史は女子めかせじと用意せられしにや筆つきも強々しく」という篁村のコメントによって伺うことができるが、ここにも何か釈明めいたものが感じられる。この後二度と文壇に登場してこない「蘆屋よし女」が、男性記者の変名による〝幻の女性作家〟であり、その色彩を出すことに失敗したために連載が早々に打ち切りになったのではないかという憶測を、私は『夜の錦』の読者として払拭し切れないし、この作家に関する実証資料が何一つ発見されていない以上、『読売新聞』第一号女性作家としての断定には留保をつけておきたいと思う。

だが、かりに「よし女」が〝幻の女性作家〟だったとしても、当時『読売新聞』が連載小説欄への女性作家登用に熱心だったことは間違いないわけであるが、こうした流れを踏まえて、『夜の錦』の中絶から一か月半後、明治二十二年の年頭（一月一日、二日は休載日だったから、一月三日付け紙面）からいきなり小説欄にまったく無名の新人女性作家、それもまだティーン・エイジャーの作家の連載小説が開始された。大日本帝国憲法発布を目前にして新聞部数が急増していた時期であり、『読売』が小説欄を設置して以降、この時点までで最も多くの読者に読まれた同紙連載小説だったことになるが、それが本稿で取り上げようとする「曙女史」作『婦女の鑑』にほかならない。

1

「曙女史」は一般には「木村曙」という名前で文学史に登録されており、文学事典や人名事典の類もすべて「木村曙」で立項されている。だが彼女が残した五編の小説の署名がすべて「曙女史」となっており、本人自身が「木村曙」と名乗ったことは一度も確認されていないという事実の意味を、まず検討してみる必要があるのではないだろうか。周知の通り、明治の作家の雅号・戯号の使用形態はきわめてフレクシブルであった。一人でいくつもの号や変名を用いることがよく行われていただけでなく、同系の雅号においても署名の仕方は相当自在であった。例えば尾崎紅葉の場合、作品によって「尾崎紅葉」、「紅葉」、「こうえふ」、「紅葉山人」といった署名のバリエーションを持っているし、一葉にも「一葉女史」、「一葉」、「樋口一葉」、「樋口一葉女」の四種類の署名がある。（「樋口」付きの署名が一葉の意思にもとづくものではなかったことについては、本書所収の諸論を参照されたい。）「曙女史」という署名はそれ自体が際立っていたのではないし、前年に出た『藪の鶯』の作家名も「花圃女史」だったから、雅号表記上の特別な問題はないように見えるのだが、曙には署名のバリエーションがまったくなく、したがって雅号に姓を冠した署名が存在しないという点が特徴的であり、そこに〝無姓空間〟としての雅号に対する強い志向を認めることができるとしたら、この作家を簡単に「木村曙」と呼んでいいのだろうかという疑問が持ち上がってくる。私がこの可能性にこだわるのは、生身の作家としての彼女が二つの姓の相克を生きた女性だったという伝記的事情を視野に入れているからである。

二つの姓の相剋と言っても、花圃が三宅雪嶺との結婚によって「田辺」姓から「三宅」姓になったり、湘煙が中島信行と結婚して「岸田」姓から「中島」姓に変わったというような婚姻による姓の移動ではない。（花圃の場合、結婚と署名への「三宅」姓登場との間に少しタイムラグがある。）曙も結婚経験者ではあったが、〈嫁入り婚〉ではなく〈婿取り婚〉だったため、婚姻自体によって姓が変わることはなかったのである。

ここでやや脇道にそれるかも知れないが、恋仲の男性がいたのに父がこれを許さず、あまつさえ強制的に婿を取らされたものの、夫の不品行のために間もなく離婚し、その後『婦女の鑑』を執筆した……という〝伝説〟についても少し見ておきたいと思う。今日流布している曙の生涯イメージの概略は、半世紀以上も前に書かれた神崎清の「木村曙」」（『少女文学教室』一九三九年）がベースになっており、〝夫の不品行による離婚〟という履歴も、この神崎説の踏襲によって定説化されてきているのだが、その信憑性には再考の余地が大いにある。例えば東京高等女学校の同窓生であった花圃が書いたエッセイ『逝きし三才媛の友　曙女史、若松賤子女史、一葉女史』（『家庭』一九一〇年九月）の中に、曙の葬儀に駆けつけたとき「今や葬儀の出むといふ時にて、露伴さんはお出になりましたが、紅葉さんは何、など彼の夫の君の声高にのたまふを聞きながら、棺に礼をしつゝ」（傍点引用者、以下同じ）という一節があり、曙の葬儀を「夫の君」が取り仕切っていたことが明記されている。もちろんこれだけの資料だけなら、曙と「さ計り親しうする機会もな」かったという花圃の誤認だった可能性も否定できないが、曙の死んだ翌々年に出た『明治閨秀美譚』の「曙女史」――「木村曙」ではない――の項にも「夫幾次郎氏を迎へて之に配す奉仕貞淑にして琴瑟和合せしが天此佳人に年を仮さず一昨年中納を以て逝く」という、明らかに有夫のまま死んだと読める記述があり、曙の死後まもない明治二十三年十月二十二日付け『読売新聞』の広告欄に掲載された曙の「葬儀御礼」には広告主として二人の男性の名前が連名で出ているが、そのうちの一人が「木村郁次郎」であるという事実と照合すれば、曙の〈婿〉はイクジローという読みの名の男性であり、「琴瑟和合」していたかどうかは別にしても、曙逝去の日まで夫であり続けていたと判断する方が妥当なのではないだろうか。(1) 少なくとも離婚伝説を曙論の無条件の前提にすることには賛同しがたいし、あらたな年譜の作成が望まれることころでもある。

　さて〈婿取り婚〉であったにもかかわらず、曙が二つの姓の相克を生きねばならなかったのは、多くの女性たちが〈父の姓〉と〈夫の姓〉という二つの姓を生きたのに対して、曙の場合は〈父の姓〉と〈母の姓〉に引き裂かれていたためである。その事情は、あらためて述べるまでもなく、曙が嫡出子ではなかったという点に由来している。曙の父木村荘平が、一代で牛肉店「いろは」の大チェーンを築き上げた実業家であり、同時に、その支店を一軒ずつ別々の妾に経営させていたと伝えられるほど多数の妾の存在があったこともよく知られている。曙の母親は最もキャリアの古い妾であったらしく、[2]荘平が〝本妻〟を郷里に残して上京してきていたため、実質的には〝本妻〟のような位置にあったようであるが、夫の「木村」姓を名乗ることはなく（あるいは許されず）、「岡本」姓のままであった。[3]そのために曙は「木村」と「岡本」という二つの姓の間を生きたことになるが、この姓をめぐる揺らぎは彼女の短い作家活動期間中も続いていたらしく、明治二十二年一月の『婦女の鑑』の連載開始にあたって作家紹介を『読売』に載せた饗庭篁村は曙の本名を「岡本えい子」としており、同年三月の『女学雑誌』の記事でも「曙女史（岡本栄子）」となっていたのが、翌年三月の同誌では「曙女史木村栄子」という表示に変わり、同年十一月、曙の夭逝を悼んで友人が同誌に寄せた文章も「曙女史、木村栄子の伝」というタイトルになっている。（この例でも分かるように、曙をめぐる同時代の言説において「岡本」あるいは「木村」という姓は本名上に冠せられているのであり、「曙女史」という雅号の上に姓を冠した用例は管見の限り見付かっていない。『婦女の鑑』の時代、曙の作家名は、無姓の「曙女史」として流通していたようである。）

「岡本」と「木村」。〝妾〟という存在に対する社会的容認と形式的否定という時代背景によって強いられたこの二つの姓の相克を生きた彼女の姿勢が、創作の署名のすべてを無姓の「曙女史」で通させていたのではないかというのは、あくまでも推測の域を出るものではない。だが〝無姓空間〟あるいは〝超姓空間〟としての雅号に対する強い憧憬が作用していた可能性を完全には否定できない以上、この作家に〈父の姓〉を押し付けて「木村曙」と呼びならわしてしまうことの是非は、少なくとも一度見直されてしかるべきではないだろうか。最近、「夏目」と「塩原」という二つの「父の名」の間に宙づりにされた「双籍的揺らぎ」と「漱石という署名」とを関連づけようとする見解が漱石研究の中から提出されているが、[4]姓の揺らぎと号との関係の切実性という点では、「夏目漱石」という署名を許容した漱石の場合よりも、姓を冠さなかった「曙女史」の方がはるかに強かったのではないかという気が私はするのである。

雅号をめぐってはもう一つ、「曙女史」には、ジェンダーからの解放への志向とジェンダーの刻印との間の葛藤の力学を読みとることができるのではないかと私は考えている。「曙女史」という号の選択に、前年デビューした「花圃女史」に対する意識が働いていた可能性は高いと思われるが、師の号「花蹊」にちなんだと言われる「花圃」が比較的ジェンダー的女性性の強いネーミングであるのに対して、「曙」の方はジェンダー的中立度が高いという差異に注目してみたいのである。湘煙は『善悪の岐』の『女学雑誌』への初出掲載にあたって最初は「中嶋粧園女史」と署名している。(三回連載のうち二回目からは「中嶋湘煙女史」に変更。)「粧園」が誤植でないとすれば、漢詩人・書家としての号「湘煙」と、啓蒙的論客としての「中島俊(子)」と、そして小説家「粧園」とを誌上で使い分けようとしていた形跡が認められることになるが、同音であっても「湘煙」よりも「粧園」の方がジェンダー的な女性性が強く、それが漢詩と小説というジャンルの差異と対応していたかも知れないという時代の文脈を視野に入れたとき、「曙」という号の背後には、〝無性空間〟あるいは〝超性空間〟としての雅号への志向性をも透視することができるような気がするのである。「あけぼの」という訓読みの和語性をもって女性性の徴だと断じられないことは、硯友社同人の一人だった「巌谷漣」の先例をあげるだけで十分であろう。「さざなみ」と「あけぼの」とのジェンダー的差異はほとんどないと言ってよいと思われるからである。もともと雅号とは物心つく前に親に命名された本名とは異なり、自分の嗜好や意志によって名を選定できる自由空間である。明治の小説家たちの雅号にはジェンダー面においても多彩であり、その濃淡の幅が大きいという特色が認められる。(「(広津)柳浪子」がその号と作品傾向によって女性作家と間違えられたというエピソードなども伝わっている。[5])つまり男性作家の場合にも雅号という空間において男性性の刻印を希釈しようとしていたと考えられる例が少なからず存在するのであるが、「曙」は一人の若い女性が作家として登場するに際して、雅号の持つ自由性を活用してジェンダーの桎梏から解放されようとする志向の中で発想された名前だったのではないかと私は思うのである。だが同時に、男性作家が自分の号の下に「山人」、「散人」「漁史」、「外史」、「居士」、「主人」等、じつに多様な二文字を付すことができていたのに対して、「閨秀」作家には一律に「女史」または「女」しか許されず、この部分においてはほとんど個性を発揮できないという制約があった。(6) 当時の女性作家はたとえ号そのものは中性的であったとしても、その下に〈女〉というジェンダーの明示が強いられていたようであるし、(7) また本稿の冒頭で推測したように『読売』の編集営業方針が『婦女の鑑』を女性作家の作であることをセールス・ポイントとして新年の紙面作りを求めていたのだとすれば、「曙」が完全に自発的な命名であったのに対して「女史」の方は半ば強制されていたという要素があったのではないかとも考えられる。「花圃女史」の四文字が調和的に安定しているのに対して、「曙女史」の方は、この三文字の空間の中で、「曙」と「女史」とがジェンダーのベクトルの力学においてせめぎあっているのだという見方も可能なのではないだろうか。

以上、「曙女史」という雅号に執拗にこだわってきたのは、この点に注目することが『婦女の鑑』という小説の物語内容、物語言説の両面における独自の戦略との間に関連を見出すことができるのではないかという見通しが私にあるからである。

2

『婦女の鑑』は物語世界の前面に少女たちが登場するという点においては『藪の鶯』と共通しているように見えるが、ジェンダーの構図はむしろ対照的である。『藪の鶯』はたしかに女学生たちの姿を内側から生き生きと描き出した最初の作品としての価値を持っているが、しかし物語のプロットを動かす主役の位置にいるのは彼女たちではない。この小説は三組の夫婦が誕生し、そのうちの一組が壊れるというラインがプロットの軸になっているが、篠原浜子を不品行の相手の山中正と正式結婚させたのは洋行帰りの篠原家の養嗣子の勤であり、服部浪子と文学士宮崎一郎との結婚は宮崎の友人の斎藤が「無理やりに母に進め」たという経緯で成立し、そして勤と松島秀子との結婚は宮崎の「媒」によって実現する……という具合に、男性キャラクターがプロットの実質的な支配権を確保している。この作品は、〈父〉の出番がきわめて少ない点に特徴の一つがあるが、しかし〈父〉の代理、あるいは未来の〈父〉としての男性たちに少女たちが調和的に従属し、そうでない少女を物語世界から放逐することによって安定性が築かれていると見ることができる。少女たちに関する叙述の量の多さは、プロットの主導権におけるジェンダー配置に比例してはいないのである。

これに対して『婦女の鑑』には、男性たちが物語世界の周縁に追いやられ、プロットの主導権を少女たちが独占しているという際立った特色がある。まずこの作品には〝兄と妹〟という組み合わせがほとんど出てこない。（第廿二回に、秀子のイギリス留学中の友人ヘレンが、ケンブリッジ女子部を出たあとアメリカで工業の勉強をしたいという秀子の計画を打ち明けられて、「我身の実の兄と申すは彼の地にて有名なる工業場を設立し居れ侍れば」として紹介状を書くことを提案する箇所がある。作中に出てくる唯一の〝兄と妹〟の組み合わせであるが、この「ヘレンの兄」には固有名さえ与えられていない。）ヒロインに兄がいて、兄の友人とヒロイン、あるいは兄とヒロインの友人とが結ばれていくという構図は明治の小説の物語定型の一つであった。男女の出会いと交際の機会が不自由だった当時、この設定が恋愛関係を成立させるための最も簡単な手法だったという事情があったにせよ、その結果〈兄の力〉を〈妹の力〉が支えることによって物語が展開され、プロットの主導権を〈兄〉が担うことになっていくという力学は、明治二十年前後に簇生した「女権小説」群においても数多く認められるパターンであり、『藪の鶯』にも取り入れられている。したがって『婦女の鑑』から〈兄〉という存在そのものが排除されている点は、注目されてよいだろうと思う。

次に特徴的なのは〈父〉の存在の影の薄さである。父の不在という点ではむしろ『藪の鶯』の方が徹底しているのであるが、前述の通り『藪の鶯』の世界では〈父〉の代理、ないし未来の〈父〉たちが物語の主導権を握っていた。これに対して『婦女の鑑』の方は父の生存が明示されていても、その存在感がきわめて希薄なのである。例えば秀子の養父の吉川義国は一見すると作品の中心部に位置するように見えるが、しかしこの人物の〝過去〟は詳細に語られているように見えながら実は不明な点が多く、〝現在〟については肝心な情報がほとんど語られていない。「吉川義国」という名前や「明治五年の八月に兄弟とも召しのぼせらるゝこととな」って上京したという設定は、明治新政府に招聘された士族をイメージさせるのだが、「召しのぼせら」れる直前の時期は、「再び行李を整え郷里に帰りて若干の田畑を贖い」とある。では明治維新にともなう佐幕派武士の帰農者だったのかというと、そう考えるにも無理がある。なぜなら義国の語る回想によれば、幕末時に彼が弟（正確には従弟。これが秀子の実父である）とともに江州から出府した理由は、「老たる母にのみ業を執らせんは心苦しと思ふものから何がなと働く活計を求めしが」となっている。つまり郷里において男たちが無職で老母だけが「業を執」って「活計」を支えていたという、武士だとしたらまことに奇妙な環境にあったことになる。では浪士だったかというと、慶応年間という時代にあって、この兄弟には勤王派あるいは佐幕派として奔走した形跡がまったくない。この時期もっぱら蓄財に精を出して「僅かな事の当たりしより」――具体的な内容は不明だがとにかく事業が成功して財をなし、徳川幕府崩壊前後の大激動期の江戸を「流石は名に負ふ土地なれば　事物皆新奇を争ふ故　大に業も為し易く」という視点から捉らえる眼差しは浪士のイメージとは大きくかけはなれている。このように幕末維新期を政治と無縁に過ごした兄弟を、明治五年にいったい誰が何のために東京に「召しのぼせ」たのかまったく不明であり、義国の従弟の病死の原因が「余りに事務の烈しかりしや」と叙述されているところから、なんらかの「事務」にあたっていたらしいことまでは分かるとしても、語り手はそれ以上のことを語らないし、想像力の手掛かりさえ与えられていない。そして義国の〝現在〟について読者が得られる情報は、娘を海外に私費留学させ得るだけの十分な資産があること、王子に別荘を所有していること、華族と交際できるような社会的ステイタスの持ち主であるということくらいしかなく、その豊かな財力の収入源についても、現在の仕事の内容についてもまったく不明であり、つまりいま義国が何をしている人物なのかについて、読者はほとんど知り得ないのである。作品の第十回に、秀子の品行を誹謗する新聞記事が「才女の誉ある某侯令嬢」云々となっていることから、秀子を侯爵令嬢だと規定する『婦女の鑑』論をしばしば眼にするが、五爵の第二位にあたる「侯爵」は、精華家、旧徳川御三家、旧大藩知事の家柄でなければ授けられなかった爵位であり、明治十七年の華族令によって「威勲」「勲功」者に授爵する「新華族」が誕生したものの、明治二十三年段階で「新華族」系の侯爵は故大久保利通の嗣子と故木戸孝允の嗣子の二人だけであり、政界の最高実力者だった伊藤博文や山県有朋でもまだ伯爵にとどまっていたことを考えれば、公家や大名の出身でないことはもちろん、明治維新に何の寄与もしていない義国の経歴は、「侯爵」受爵条件からあまりにも遠すぎると言わねばならない。(『藪の鶯』の篠原浜子の父篠原通方は、「西南某藩の士」出身で「維新の際人に勝れたる勲功」があったことになっているが、彼の爵位は「子爵」である。) 非現実的過ぎる設定だと言いたいのではない。非現実を前提にしたフィクショナルな世界の論理においても、義国の異様なサクセス・ストーリイの内容が何一つ語られていないという点を指摘しておきたいのである。したがって新聞雑報記事の匿名報道というい かがわしいエクリチュールの中にしか出てこない「某侯」の二字の存在をもって、ただちに義国が侯爵であることを物語世界内の事実として認定してしまってよいのかどうか。義国という人物は、ただきわめて茫漠とした上流階級の人間らしい、としか言いようがない設定になっていると読んでおくべきなのではないだろうか。

秀子の友人である在日アメリカ人少女エジスの父親についても、両親(エジスの祖父母)と嬰児イサベラを祖国に残してなぜ日本にやってきたのか、そして現在何の仕事をしている人物なのかがまったく語られていない。またもう一人の在日外国人少女である小ゼットは「我身もし茲に死なば後に残は母一人」という言葉から推して父親の不在は確かなようであるが、生別か死別かについても不明のままであり、『婦女の鑑』の世界における父親たちはおしなべて設定が曖昧であるだけでなく、プロットへの関わり方がきわめて弱いという共通性を持っている。義国のプロット上の役割は、花子の計略にはめられ、秀子に勘当を宣告して家出の契機を作り出したことだけであると言っても過言ではない。秀子が家出したあと義国は娘の国子と妻の口説きに対して、「ソハ慈悲に似て慈悲ならず我は元より秀が身を左迄に疑ひしにはあらねば我疑ひは頓に晴るれど云ひ解き難きは世人の疑ひ」、「彼を不快に過さすは我も望まぬ所なれば一ト先づ彼が心に任せ後兎も角もして助けんはイト安き事故に必らず心を痛め玉ふな」という馬琴風の言辞を発してはいるものの、実際に義国が秀子に対する「疑ひ」を解いたのは国子の奮闘の成果によるものであり、それまで偽の手紙を「自筆なりと我も思ひ居」続けていたという彼の無能ぶりは、秀子の留学を主軸にしたプロット展開から〈父〉の影を極力排除していく役割を果たしている。もしも義国に鋭い洞察力や指導力が備わっていたら、秀子は父親の強大な庇護のもとでの活躍という枠を越えることができなかったはずだからである。父の勘気を得ての家出は、北田幸恵氏の指摘する通り、「父権を越境」するための「通過儀礼」だったと言えるが[8]、そのイニシェーション実現の条件として義国は徹底的に無能な人として設定されているのである。

またエジスの父親は一度だけ物語世界に直接登場してくるが、それは失踪後、亀戸天神の巫女になっていた秀子を偶然発見したエジスと春子（エジスの異母姉）が、失神した秀子を築地のエジスの家に運び込んだ第十二回においてである。

エ「父公よ秀子公の御行衛を今日姉公と諸共に計らぬ処にて捜し当て伴ひ申し候なり

父「ソハ宜しくこそ玉ひしシテ何れに坐すにや

エ「今姉公が奥の室へ伴ひ行き玉ひたり
父「宜くこそ素直に御身等と共に此家へ来玉ひし事よ
お目もじせんと立かゝれば
エ「さん候如何なる事の機会よりか天満宮の林の中に正体もなく倒れ居玉ひしを介抱なして呼び生るは元より
心付き候ひしかど左しては兎ても此儘に名告り玉て我家迄も帰らせ玉ふ事あらじと思ひし故に其儘にて冷ぬ様
に伴なひ侍りモウお心は付しならんが未だ我身とても一度も近づきし事なき御方故直に父公に遭ひ玉はゞ一層
に心憂く思されん一両日が其中は知らず顔にて過し玉はれト
云ふに実にもと打頷き何事も陰ながら心を付けて居たりけり

この場面の最大の特徴は、場をてきぱきと仕切っているのが父ではなく娘の方であり、父は娘の的確な判断と指示におとなしく従っているという徹底的に〝反・家父長制的〟な構図にあると思う。エジスの父は秀子救済にあたって何の指導力も発揮しておらず、あたかもエジスの主導権を強調するためにのみ父親に台詞が与えられているかのような感じさえするこの場面によって、エジスたちの行動の、父親の大きな庇護の下という枠組みを越えた自主性と能動性が鮮やかに浮き彫りにされている。

また秀子がアメリカ留学中に偶然、エジスの祖父母と妹イサベラと邂逅するという奇遇を得て、この三人を日本に連れ帰った時も、エジスとの感激の対面場面は描かれているものの、エジスの父親との再会というドラマについては一行の叙述もない。エジスの祖父はエジスの父を勘当していたようであるが、父子再会によってそれが解けたのかどうかについてさえ語り手は一顧だにしていない上に、大団円におけるエジスの処理が「エジスは未だ年若ければ家にありて老父母に孝養なし」となっている。エジスの家に母親が不在であることが明示されている以上、この「老父母」は彼女の祖父母夫妻を指しているはずであり、だとすれば通例なら〝父とともに〟とか〝父を助けて〟といった言及があってしかるべきところであるにもかかわらず、「孝養」の主体としても客体としても父が除外されている点にも、この物語展開の主導権を少女たちに独占させようとする語り手の強い意志を読み取ることができる。さらに小ゼットが「我身が常よりたしなみに残せし金子の集まりて五百円程」になったのを留学中の秀子に送金してくれるようエジスに言い残して病死する場面（第廿三回）において、この遺言が、それまで娘に付き添っていた母親が寸時席をはずし、小ゼットとエジスとが二人きりになったタイミングを見計らってエジスに伝えられているという点にも注目しておきたいと思う。前述の通り小ゼットの家には父が不在のようであるが、だとすれば母親は父の代理の役割も務めていたわけであり、小ゼットからエジスへの遺言伝達場面は父の代理としての母にも秘密にされることによって、『婦女の鑑』は少女たちの自立した努力と協力がプロットを動かしていくという原理が細部まで守られていることになるからである。

このように『婦女の鑑』は、日本人も西洋人も等しく「孝」の倫理を古風なまでに遵守しているように見えながら、しかしプロットの主導権を〈父の娘〉でも〈兄の妹〉でもない少女たちが占有しているのであるが、ここでなお留意しておく必要があるのは、「婦女の鑑」と題されたこの小説の結末部にヒロインの結婚が設定されていないことである。貞淑な佳人が最後に理想的な才子と結ばれて大団円を迎えるという物語の定型から逸脱し、秀子の結婚を欠いたまま「一同愛出度く納まりし」と結ばれているのである。秀子の周辺に高潔な青年男子がいなかったわけではない。義国を激怒させたゴシップの相手の清――姓の表示がないのが興味深い――の存在がそれである。そして秀子と清とは潔白の間柄だったのが、二人の仲を嫉妬した花子という少女が悪意をもって手紙に細工を施したために秀子は父の勘気を蒙り、苦難の末に海外留学で大成功を収め、そして帰国後に花子の奸計が暴かれ、父の誤解も解けるのであるから（第廿九回）、ここまでは当然秀子と清との結婚というエンディングが予想される展開になっている。にもかかわらず実際の大団円が読者の期待の地平を裏切るかたちになっているのはなぜなのだろうか。秀子が彼女の念願通り「貧民を救済の為」の「工業場」を設立し[9]、「其傍らに広やかなる幼稚園を設立して此等は春子が総て治め貧民の子の三才より十才になる迄を導き教」えるという結末が、少女たちの自身の力と協力の物語として編まれてきたプロットの帰結である以上、秀子の結婚という設定が付け加えられればその基本構図が崩壊してしまう。もしもエンディングにおいて秀子が清と結婚していたとすれば、工業場主の座には清が就任することになるだろうし、そうなれば秀子はその補佐役に回るか、あるいは工業場は夫が経営して妻は幼稚園の方を担当するといった一種の性別分業が行われることになって、いずれにしても少女たちの力だけでプロットを動かしていくというこの小説の最大のポリシイが壊れてしまわざるを得ないからである。大団円におけるヒロインの結婚の不在は、物語の力学貫徹のために不可欠の設定だったのである。

3

「この小説がその七五調を徹底させて『いざや何々候はん』と会話までその文体でおしとほしてゐるばかりでなく、筋のくみたてが全く馬琴流の荒唐に立つてゐて、モラルもそのとほりの正義、人情であやつられながら、他の半面では当時の開化小説の流れをくんで場面は海外までひろがり、登場人物には外国少女も自然にとりいれられてゐ」るという「旧いものと新しいものとの混乱」がありながら、しかし「筋の組立ての人為的な欠点や文章の旧さ、登場人物の感情の或る不自然さなどが欠点として目立つにしろ、『婦女の鑑』は当時にあつて珍しい社会的な題材を扱つてゐた」という宮本百合子の評価（『婦人と文学――近代日本の婦人作家』、一九四八年）は、今日にいたるまで『婦女の鑑』論の基本的な枠組みを形成してきている。だが題材の進歩性と、プロット編成や文体の「旧さ」とは本当に「混乱」の関係にあるのだろうか。『婦女の鑑』再評価の作業はこの点にまで溯って考察し直してみる必要があると思う。

まず「馬琴流の荒唐」の方から考えてみたいが、「ローマンス」から「ノベル」への流れを進化ととらえ、リアリズムを強調した坪内逍遙の『小説神髄』を観測定点にすれば、明らかに小説の「進化の自然」に逆行した作品だと言えるだろう。しかし『婦女の鑑』は逍遙が「趣向を荒唐無稽の事物に取りて、奇怪百出もて篇をなし、尋常世界に見はれたる事物の道理に矛盾するを敢て顧みざるもの」として退けようとしていた「ローマンス」を積極的に復権させることによって、奔放な虚構世界を現出することが可能になっていたという面を正当に見ておく必要があると私は思う。明治二十年前後の逍遙理論を今日的にどう評価するかはなかなか難しい問題であり、いまの私には十分な見解の用意がないが、当時の理論受容において「人情」と「世態風俗」を「傍観してありのまゝに模写する」ことの強調や、「アイデヤリズム」＝「世の中にありさうにない事」、「荒唐なる脚色を弄して奇怪の物語をなす」ことへの批判的評価が、現実世界に対する反世界を積極的に構築していくフィクションのダイナミズムを抑制する力を持っていたことは確かだろうと思う。この意味において、『婦女の鑑』は逍遙理論とは異る原理を選び取ることによって成立し得た作品だと言うことができる。この小説は明治憲法の制定発布と並行して連載されているが、ジェンダーの面でも強力な制度的支配の秩序が作り上げられつつあった当時の現実にあって、写実とノベルの線に即する限り、「尋常世界」における女たちの人情や風俗を、〈父の娘〉、〈兄の妹〉としての姿を「写しだす」ことはできても、男の力の圏外で少女たちがプロットの主導権を独占して躍動するという反現実的な世界を創造することは不可能だっただろう。とすれば『婦女の鑑』の世界は必然的に、徹底的に反ノベル的なローマンスの方向を志向しなければならなかったはずなのである。

そして『婦女の鑑』がもともとノベルではなくローマンスとして書かれていたのだとすれば、それ自体が「文体」の「旧さ」を要請していたと考えることは容易であるが、私は『婦女の鑑』が馬琴文体の単純な模倣ではなく、ジェンダー面における独自性を持った文体の創造が試みられていたという側面に注目したいと考えている。まず現実の曙が「文体」について自覚的な作家であったことは、『婦女の鑑』完結後間もない時期に『読売新聞』紙上で行われた〝言文一致論争〟の主役を彼女が務めていたという事実からも窺うことができる。この論争は、山本正秀氏の『近代文体発生の史的研究』（岩波書店、一九六五年）で紹介されている通り、明治二十二年三月二十日付け紙面に言文一致文体の安易な使用を批判する「吉川ひで」名義の寄書「言文一致」が掲載されたのが発端であり、これに対する「星の家てる子」[10]名義の反論文が同月二十四日紙面に、また思案外史（石橋思案）の戯文調の文章「言文一致に就いて」が三月三十一日の紙面に掲載され、四月三日の「吉川ひで」の再反論文「星の家てる子嬢に答ふ」をもって終了した論争である。山本氏はこの論争の「吉川ひで」と曙との関係については言及していないが、『婦女の鑑』のヒロイン名に酷似した「吉川ひで」が曙本人であることは、明治二十二年三月二十九日の『女学雑誌』の「閨秀作家」アンケートに答えた曙の公開書簡の中に「先頃ある友の勧めに由りて読売新聞に言文一致に付きての論を書き候ひしが」とあることからも明らかであろう。[11]「吉川ひで」はこの二度の寄書において言文一致体そのものを退けるのではなく、「言」と「文」との乖離が大きい日本語において「文」を「俗言にのみ改め」ようとする性急な傾向を批判し、「今日言文一致につき未だ其法の宜しきを得たりとするを得ず」という立場を強調している。これは『小説神髄』の「文体論」における、俗文体の利点を認めつつも「文章上に用ふる語と、平談俗話に用ふる語と、さながら氷炭の相違あり。さるからに俗言のまゝに文をなすときは、あるひは音調侏離に失し、或ひは其気韻の野なるに失し、いと雅びたる趣向さへに為にいとひなびたるものとなりて、俚猥の譏りを得ること多かる」るから、「俗文体を用ひんとすれば、宜しく一機軸の文をなすべし」とした逍遙の立場と重なり合うところがあるようにも見えるが、逍遙が雅俗折衷文体を「地の文を綴るには雅言七八分の雅俗折衷を用ひ、詞を綴るには雅言五六分の雅俗折衷文を用」いる「稗史体」と、「俗言を用ふることの多きと、漢語を用ふることの少な」い「艸冊子体」を大別した上で、会話文の俗語性の強い後者の方に、今後の小説の文体改良の土台を置き、「我が将来の小説作者はよろしく此体を改良して完美完全の世話物語を編成なさまく企つべし」としていたのに対して、曙は明らかに「稗史体」の方を自作の文体ベースとして採用している。だが逍遥が「稗史体」の代表例に挙げている馬琴の『近世説美少年録』と、『婦女の鑑』の文体とを比較してみると――もちろん熟練度の問題は別にしてであるが――、「詞」におけるジェンダーの表示をめぐって明確な差異が存在する点を看過してはならないだろう。『婦女の鑑』の文体は、けっして馬琴の幼稚な模倣として片付けられない創造性を内包しているのである。

逍遥は『美少年録』を例にとって「稗史体」の特長を「地と詞との間に甚だしき文調の相違もなく、偏へに筆頭の加減によりて貴賤老若男女の言語を写しわかつに便利多かり」と指摘しているが、『婦女の鑑』にはこの「言語」の「写しわか」ちをつとめて避ける方向での文体意識が認められる。言文一致問題のポイントが「地」の語尾にあったことはよく知られているが、「稗史体」の「詞」における「男女」の差異表現の大きなポイントの一つは自称詞の使用法にあったと言える。『美少年録』の文体において「詞」における性差は語尾にはほとんど認められず、いわゆる人称代名詞がジェンダー識別の指標として作用していることが顕著だからである。『美少年録』の女性登場人物たちの自称詞として最も使用頻度が高いのは「妾（わらは）」であり、同じく馬琴が『水滸伝』を日本の勇婦たちの物語に翻案した『傾城水滸伝』においても、「妾」が登場人物たちのジェンダーを示す最大の徴として機能している。そして明治初期の小説においても例えば翻訳政治小説において、女性キャラクターの自称詞に「妾」が使われている例は少なくないし、仮名垣魯文『高橋阿伝夜叉譚』のように、ミメーシス的色彩の濃いコンテクストにおいては「妾（わたし）」、ディエゲーシス的性格の強い場面では「妾（わらは）」と同じ「妾」という漢字がルビで訓み分けられているケースもある。また前述の湘煙『善悪の岐』の「詞」は漢文訓読体、雅文体、俗語体が入り混じっているという文体的特色を待っているが、男性キャラクターの自称詞が「余」、「僕（ぼく）」、「僕（わたし）」、「僕（おれ）」、「小生（わたし）」等幅広い多様性を見せているのに対して女性キャラクターの自称詞はほとんどが「妾（わらは）」で統一されており、このように詞と地の文体の落差の少ない小説表現の世界においては「妾」という自称詞がジェンダー的女性性のサインとして機能していたという先行文学の傾向を視野に入れたとき、『婦女の鑑』において「妾」がほとんど使用されていないという特徴[12]は注目されてよいはずだと思う。『婦女の鑑』の登場人物たちの会話表現における自称詞は、発話者の性のいかんにかかわらず大部分が「我身」であり、対称詞の方はこれとペアをなす「御身」が圧倒的に多い。これは明らかに馬琴の文体とは異なった枠組みであり、『婦女の鑑』における独創な試みとして評価してよいのではないか[13]。「我身」―「御身」という古めかしい自称詞と対称詞の組み合わせを基本とすることによって、「詞」の部分におけるジェンダー的差異が最小限にとどめられている点に私は注目したいのである。つまり『婦女の鑑』は物語展開の主導権を少女たちが独占するという言語空間の創出にあたって、その文体を女性的ジェンダーで染めるのではなく、また男性的なそれを装うのでもなく、超性的な方向線の指向を試みていたのであり、このジェンダーの徴をつとめて無化しようとする物語言説によって、物語内容における少女たちが〝ヒロイン〟という従属性から脱却してプロットを動かす主人公《ヒーロー》としての位置を確固たるものにしているのだとすれば、本稿第一節で見ておいた〝無姓空間〟あるいは〝超姓空間〟としての雅号採用という作家レベルでの推測とも照応することになるはずである。そして言文一致体が「詞」における性差が最もあらわになる文体であることを考えたとき、『婦女の鑑』における主題と表現とは「新旧」が「混乱」しているのではなく、逆に不可分の関係で結ばれていたのだという評価の視点が生まれてくる。少なくとも言文一致の「ノベル」では表現不可能な世界創出への積極的な試みを承認すること――『婦女の鑑』再評価へのアプローチはここから始められなければならないだろうと私は考えている。

注

（1）　曙没後に生まれた異母弟の木村荘八は、曙の夫について「何でもその人は、曙女史が死ぬと、間もなく木村家の人ではなくなつたとのこと」という聞き伝えを記している（「姉木村曙」『婦人サロン』一九三〇年十二月）。また曙が恋人との結婚を許されなかったというその時期についても、定説では『婦女の鑑』執筆以前とされてきたが、別の異母弟の木村艸太によれば、「とにかく父は栄子に対してそんなによい父でなかつたらしい。フランス留学をさせなかつたことでも、それから書いたものが現われて、名が出ると、このまだ年若い女流の作者を慕つたものに、当時大学生だつた有賀長文があつたというのに、詰まらぬところからの婿養子を強いてかの女にとらせたことでもだ」（『魔の宴——前五十年文学生活の回想——』朝日新聞社、一九五〇年。傍点引用者）とあり、恋の不成就も意に添わぬ結婚もいずれも『婦女の鑑』発表後ということになっており、『婦女の鑑』を書く以前に悲恋と結婚を経験していたとする定説についても再考の余地がある。もちろん艸太も曙が死んだ時には僅か一歳であり、彼の曙に関する情報もまたすべて伝聞情報であることに注意を払っておく必要があることは言うまでもないが、『婦女の鑑』執筆後に栄子の姓が「岡本」から「木村」に変わっていることが、彼女の結婚が作家デビュー以後だった可能性を強く示唆していることは確かである。

（2）　木村艸太の母親も荘平の妾の一人であるが、明治二十二年に艸太を産んだ時の年齢が数え十六歳だったというから、艸太の〈母〉の方が〈姉〉の曙よりも若かった可能性がある。

（3）　母親の強い希望で曙の七回忌追善のモニュメントとして制作された非売品単行本『婦女乃鑑』（明治二十九年十月）の奥付は、著者名が「故木村栄子」、発行者名が「岡本まさ」となっている。この「岡本まさ」が曙の実母のフルネームであろう。

（4）　芳川泰久氏『漱石論—鏡あるいは夢の書法』（河出書房新社、一九九四年）、小森陽一氏『漱石を読みなおす』（岩波書店、一九九五年）。

（5）明治二十三年五月『日本之文華』所蔵の甕外生「小説家文体評」の中の「柳浪子」の項に、「人多くは曰く『柳浪子は婦人なり』と、蓋し其の名の婦人に似たるのみならず、其の作必ず婦人を以て主人公とし（略）能く婦人の情態を写す処、殆ど男子ならずして婦人かと疑はしむるに足る也」とある。

（6）明治二十三年十一月の『江戸むらさき』に「作者類聚名彙」という同時代作家の号の分類表が掲載されているが、それを見ると男性作家には二十以上の「類」が存在するのに対して、女性作家は「女史」（曙を含めた六人）と「女子」（小金井きみと若松しづの二人。なお横書きで表記された「女子」は「ジョシ」という熟語ではなく、「ジョ」と「コ」の併記ではないかと思われる。小金井にも若松にも下に「女子」を付けた署名は見当らないからである）に限られていたことが一目で分かる。

（7）時代は少しあとになるが、『たけくらべ』の『文芸倶楽部』再掲原稿の自筆署名「一葉」の下に編集部の手で「女」という一字が付け加えられたという事例もある。

（8）「女性文学における少女性の表現――木村曙『婦女の鑑』をめぐって」（水田宗子責任編集『女性の自己表現と文化』田畑書店、一九九三年）。ただし北田氏が少女の「非力性」、「無力性」を強調している点には、作品の読みとして異論がある。『婦女の鑑』においては「少女」は初めから「非力」な存在としては設定されていない。成人男性の一貫した「非力」性こそこの小説の根幹にかかわる設定だと私は考えている。

（9）『婦女の鑑』の本文には二つの系統がある。曙生前の唯一の活字本分である『読売』連載の初出テキストを底本とした『明治文学全集81』（筑摩書房）所収本文と、非売品単行本版『婦女乃鑑』を底本にした『現代小説大系1』（河出書房）、『現代日本文学全集84』（筑摩書房）所収本文との二系統であるが、最終回における工業場開場式の日付が、前者では「（明治）廿二年三月三日」、後者では「二十三年二月三日」になっているという異同がある。単行本は注3の通り曙の七回忌追善として出されたものであるから、この本文に曙の意図は加わっていないはずであり、単純な誤植の可能性が強い。したがって開業式の日付は「廿二年三月三日」の方を採るべきであろう。北田氏は、この日付が曙の誕生日にあたる点に注目しているが（前掲論文）、このデートの明示はそうした私的な理由以上の効果を狙っていたのではないかと私は考えている。全三十三回の新聞連載が実際に完結したのは明治二十二年二月二十八日であるが、この日の紙面には第卅三回までの四回分が一挙に掲載されているのであり、もしも一日一回の掲載ペースが守られていたならば、最終回はちょうど「廿二年三月三日」の紙面に載った計算になり、物語世界における工業場開業式の日付と、現実世界における掲載の日付とが完全に一致していたはずなのである。『読売』の連載ペースが不規則になったのは、大日本帝国憲法発布にともなう特別な紙面編成が連続したためだと思われる。

（10）「星の家てる子」が小金井喜美子の筆名であった可能性が高いことを、平田由美氏が『女性表現の明治史――樋口一葉以前――』（岩波書店、一九九九）で実証している。

（11）前出の追悼文「曙女史、木村栄子の伝」にも「小説を、婦女のかゞみと、名づけて、始じめて、読売新聞に出し、又其頃流行せし、言文一致の文を難じたる説を掲げたまひしより、曙女史の名、世に高く聞へ」という一節がある。長江曜子氏が「木村曙『曙染梅新型』について」（『文学研究』一九八七年十二月）で、三月二十日の「吉川ひで」文が曙のものであった可能性が高いことを指摘しているが、氏は四月三日の再反論文の存在の方には触れていない。

（12）『婦女の鑑』全三十三回を通じて「妾」という自称詞が皆無というわけではない。第二回、第三回で秀子たちに救われたと春子が二人に向かって礼を述べつつ身の上話をする言説の中に五例、第廿七回で工業研究のためにアメリカの工場で女工として働いている秀子が工場の主人にお礼を言う場面に一例、第卅二回で帰国した秀子が、自分の留学の費用が春子の芸者への身売りによるものだったことを知って感謝する場面に一例。合計七箇所に「妾（わらは）」が使われている。これを作家の未熟さによる不統一として片付けることも可能だろうが、少数の「妾」の混在はかえって自称詞の使用法の特色を際立たせる効果をあげていると見ることもできるはずである。

（13）「詞」における女性キャラクターの自称詞の基本に「我が身」を採用した先行作品として、秋月女史『許嫁の縁』（『都の花』明治二十一年十一月～十二月）があるが、この小説では男性キャラクターの方は「我（われ）」が基本になっていて自称詞のジェンダー的差異は守られており、さらに対称詞も女性に向かってのみ「其方（そなた）」が使用されていて、『婦女の鑑』の用法とは大きく異なっている。

「士族意識」という神話——一葉研究と「文化資源」

「文化資源」という耳馴れない言葉が目立つようになってきた。cultural resource の訳語なのだろう。resource は、「資源」と訳される場合も「資産」と訳される場合もあるが（ちなみに「ひまつぶし」という意味もあるらしい）、日本語の感覚では、「資源」は「資産」よりも社会性や公共性が強く——「個人資源」という言い方はしない——、「運用」対象の「資産」と違って「活用」対象としての視線の中に成立している語……というイメージがある。例えばゴミ処理に関する日本最初の立法措置である「汚物掃除法」が制定されてからちょうど百年目にあたる二〇〇一年、「再生資源の利用の促進に関する法律」（一九九一年）が「資源の有効な利用の促進に関する法律」と改称改定された。「汚物」始末から「資源」としての有効活用へという流れがゴミ処理における一世紀の変化だったわけであるが、用済みの邪魔物として扱われてきたペットボトルが再利用の道が開発された時に「資源」に転化する。「文化遺産」や「文化財」という伝統語に代わって「文化資源」という新語が登場してきたのは、おそらく、新たな有用性の可能性を再発見していこうとする志向性の表れであろう。東京大学大学院文化資源学専攻の第一年度シラバス（インターネット版）では「言語・音声・画像・形象、文字・文書・刊本、出土品・美術作品、民族・習俗、電子記録」等の「文化資料」を「現代社会と近未来社会において有効な活用が出来るよう資源化の方策を研究するのが文化資源学であ」ると定義されており（青柳正規「文化資源学原論」）、やはり「有効な活用」がキイ・ワードになっているようである。

しかし他の人文社会科学諸分野は知らず、文学と文学研究は本来「有用／無用」という基準にはなじみにくい領域であり、「文化資源」と「国文学」という二つ言葉は、親和的というよりむしろ対義結合的な緊張関係にあるような気もする。「国文学」の制度性をラディカルに問うこと自体の重要性は当然であるし、私自身の研究モチーフでもあるのだが、しかし同時に「文学」の側から「文化資源」という発想を問い直す姿勢の方も堅持しておかないと、鎖国の弊を欧化主義で矯めようとした、かつての過誤を再び繰り返すことになりはしないかという懸念が私にはある。そのことを冒頭で断った上で、「資源」という用語を使いたいと思う。

1

「資源化」という言葉の比喩性を拡張していけば、作品の読みにおけるいわゆる「地と図」の問題にオーバーラップさせることも可能だろうと思う。「地」として後景化されていた細部を「図」の中心部に呼び出してくることによって作品全体の読みを動かしていく作業は、不用物を「資源」として活用する行為に似ていなくもないからである。

唐突な例だが、川端康成『伊豆の踊子』の冒頭部に、主人公の「私」が「学生カバンを肩にかけてゐた」という一行が出てくる。かつての高校生の学生鞄がショルダー式であったことは、時代は遡るが紅葉の『金色夜叉』にも、熱海に駆けつけた間貫一が「肩には古りたる象皮の学校鞄を掛けたり」とあって特段珍しいことではない（貫一が宮を足蹴にする場面を描いた武内桂舟の有名なイラストでも、貫一は肩から鞄を掛けている）。しかし『伊豆の踊子』冒頭部におけるこの明示表現から、われわれは何を読み取るべきだろうか。

湯ケ野での三泊を終えて、「私」は踊子を含む旅芸人一行と一緒に下田への五里の旅路につく。その出発の場面に「芸人達はそれぞれに天城を越えた時と同じ荷物を持つた」という叙述がある。「天城を越えた時と同じ荷物」

とは、栄吉（踊子の実兄）が「大きい柳行李」、百合子（雇）が「柳行李」、千代子（踊子の義姉）が「風呂敷包み」、そして薫（踊子）が「太鼓と枠」である。「四人が同じ荷物を持つた」とは、つまり三泊の滞留時間を共有したあとでも「私」が彼らの荷物を分担してあげなかったことの謂にほかならない。「天城を越えた時」の出会いから、湯ケ野を発つまでの間に「私」が得た情報には、千代子が早産の子を出産直後に失い、本人も産後の体調回復が芳しくないという重大な内容が含まれていた。にもかかわらず、千代子の体調不良を熟知している「私」が、下田までの「五里」の道程を通じて、千代子の荷物を持ってあげようという発想さえ浮かべていないことについてはすでに指摘があるが、「学生カバンを肩にかけてゐた」という冒頭部の叙述は、下田までの旅の間中、「私」の両手が空いていたことを示している。旅芸人たちが体調の悪い千代子も含めてみな重たい荷物を分担し合っている中で、「二十歳」の健康な高校生が自分一人、手ぶらで旅している光景を思い描いてみれば――しかも「私」は、このとき高校の「制帽」を「カバン」にしまい込んで、わざわざ「鳥打帽」を被っていたのであるから、鳥打帽に託した「私」の意図と手ぶらとのアンバランスは滑稽でさえある――、「肩にかけてゐた」は「私」の無神経さ（あるいは差別の感覚）をくっきりと照らし出す機能を持っており、「彼らが旅芸人といふ種類の人間であることを忘れてしまつたような、私の尋常な好意は、彼らの胸にも沁み込んで行くらしかつた」という語り手の自己評価の言説を相対化する衝迫力を発揮している。近年の『伊豆の踊子』研究における〝「〈私〉の思いこみ」論争〟を考える上でも、「カバン」のショルダー明示は見落とせないはずである。

「私」は、下田に到着して宿に着いたあとで、初めて踊子の太鼓に触ってみる。

「おや、重いんだな」

「それはあなたの思つてゐるより重いわ。あなたのカバンより重いわ」と踊子が笑つた。

何人かの論者によって言及されてきた箇所であるが、この場面における踊子の「笑」いは多義的である。（ちなみに、作品中で踊子が「私」と交わした会話はこれが最後である。以後踊子が「私」と直接言葉を交わす場面は一度も出てこない。）少なくとも、旅芸人たちの誰の荷物よりも軽いカバンを「私」が手に〝持つ〟のではなく「肩にかけ」た状態で歩行する姿が踊子の視野にとらえられていたことは確かであり、そしてそれは一行の他のメンバーたちにも共通していたはずである。下田の宿で、活動写真に誘う「私」に対して、千代子が腹部を抑えながら「体が悪いんですもの。あんなに歩くと弱つてしまつて」と「蒼い顔でぐつたり」してみせる場面に原善氏が注目しているが（『川端康成――その遠近法』大修館書店、一九九九）、この千代子の仕草と言葉にも、手ぶらで歩き通した主人公に対する控えめなプロテクトを看取することができる。[1] そしてこうした細部から全体へという〈読み〉の営為を「資源化」になぞらえることは可能だろうと私は思う。

あるいは一葉の『大つごもり』の前半部。人使いの厳しさで評判の家で下女奉公をしているヒロインお峯が、年末に近いある日、やっとのことで一日の休暇をもらって親代わりの伯父の見舞いに駆けつける場面にも、従来ほとんど注意されてこなかった重要なディテールがある。お峯は、もともと零細な八百屋だった伯父の発病によって窮乏した一家が同じ町内の裏長屋に転居逼塞しているという情報は得ていたものの、新居初訪問のため道が分からず、あちこち探しているうちに、「凧紙風船などを軒につるして、子供を集めたる駄菓子や」が目にとまる。

もし三之助の交じりてかと覗けど、影も見えぬに落胆して思はず往来を見れば、我が居るよりは向ひのがはを痩せぎすの子供が薬瓶もちて行く後姿、三之助よりは丈も高く余り痩せたる子と思へど、様子の似たるにつか〳〵と駆け寄りて顔をのぞけば、やあ姉さん、あれ三ちゃんで有つたか、さても好い処でと伴はれて行くに、

（後略。傍点引用者）

ここから読者は、お峯の脳裏に描かれていた三之助のイメージと現実の三之助との落差にまつわる鮮烈な情報を読み取ることができる。三之助は伯父夫婦の一人息子で、まだ数え八歳。お峯にとっては十歳年下の従弟であるが、奉公に出るまで伯父の家で姉弟同様に育てられてきた。三之助との再会は、おそらく盆の藪入り以来五か月ぶりだったはずであるが、お峯にとって三之助は駄菓子屋の前に群がる子供たちの一人としてイメージされていた。しかしこの群れの中に三之助は不在で、落胆して視線を移動したお峯は「向かいのがはを痩せぎすの子供が薬瓶もちて行く後姿」を発見する。その子供が三之助だったのであるが、ここで「向ひのがは」と「後姿」という二語に注目したい。父の発病以来、飴玉一つ買う余裕も許されなくなった三之助にとって、他の子供たちが群らがる駄菓子屋の前を通るのは辛過ぎた。だから彼はわざわざ道路の「向ひのがは」を通ったのに違いないのだが、「後姿」をお峯が見つけたということは、三之助が駄菓子屋の方を見ないように努めて歩いていたことを物語っている。（店を見ていれば、お峯の姿を三之助が先に見付けていたはずである。）しかもこのとき、彼は父のために「薬瓶」を医者から受け取って帰る途中であったが、この「薬代」も幼い彼が「蜆売り」のアルバイトで稼いだものだったことが後で伯父の口から明かされる。自分の労働で稼いだ金を、自分のために一銭一厘も消費することが許されぬ現実を健気に引き受けている八歳の少年が、駄菓子屋から眼を背けて道路の反対側を通り過ぎていく胸中はあまりにも哀しい。お峯がこの少年を一目で三之助と認識できなかったのは、単に「丈も高く余り痩せたる」という身体の変化のためだけではない。父の発病以来の三か月の辛苦の中で、彼は心身ともにお峯のイメージにあった〝子供〟の領域を卒業してしまっていたのである。この落差の痛切な意味を伯父の言葉によって知らされたとき、それまで伯父を励まそうと気丈にふるまっていたお峯が、一転して「取乱」し、「伯父さま暇を取つて下され、私は奉公はよしまする」と号泣する。三之助の急速な〝成長〟が、お峯に負い目の感覚を一気に噴出させ、それが「二円」調達の約束へのオブセッションとなつて作品後半のサスペンスを準備する……という周到な流れが、「向ひのがは」と「後姿」に注目することによって、より鮮明に見えてくるはずである。

　文学研究に「資源化」という用語を導入するのならば、何よりもこうした〈読み〉における細部の全体化の試みをその基本に置かなければならないと、私は——固陋という非難を覚悟の上で——思うのだが、しかしそれでは「文化資源」特集の趣旨から外れてしまうことになるだろう。そこで本稿では、一世紀余の歴史を持つ一葉研究の現場に身を置く者の一人として、このテーマに参与することにしたい。

2

　周知の通り一葉の小説原稿は大部分が散逸しているが、その代わり未定稿および未完成小説資料が大量に残されており、また「日記」という私的文書が早くから公刊されて注目を集めてきた。そしてこれもよく知られているが、この貴重なエクリチュール群はいずれも、姉の残した文章を「紙一枚へ書いたものでも、何だか惜しい様な気がするので保存して置いた」という、樋口邦子（一葉の妹の名の表記は特定し難いのだが、本稿ではこのように表記しておく）によるところが大きい。関礼子氏は柳田国男から援用した「妹の力」という言葉を当て（『姉の力　樋口一葉』筑摩書房、一九九三）山田有策氏は一葉と邦子との関係を「美空ひばり」と「お母さん」の関係に譬えているが（「座談会一葉の誕生」『季刊文学』一九九九冬）、この邦子の情熱がなかったならば、これらの貴重品資料はとっくに散逸あるいは消滅していたに違いない。（この資料保存については、邦子の夫の協力の功績値も認めてほしい、という御子孫の方の発言があることも記しておきたい。）

このエクリチュール群を含む一葉の全作物の「資源化」への道は、一葉の没後十六年目に出た博文館版二冊本『一葉全集』（明45）――一葉没後に編まれた三度目の全集――の編纂者馬場孤蝶が、全集の目玉として日記全文を翻刻するとともに、未完成小説資料の一部を初めて収録したことによって始まった。同全集の跋文で孤蝶は、一葉本人が焼却処分を妹に遺言していたとも伝えられる日記を公開するにあたっての葛藤を告白し、樋口家とも相談して収録に踏み切ったことを紹介している。邦子の意思が強く作用していたわけである。以来何度かの全集を経て、現在われわれは野口碩氏が心血を注いで整理校訂した筑摩書房版『樋口一葉全集』（以下、新全集と略称）というきわめて質の高い共有財産を持っている。この新全集は小説本文については長い間「聖域」になっていた「斎藤緑雨校訂本文」からの完全脱却を目指し、「一葉生前の最終本文を底本とするとともに初出掲載本文との異同を脚注で示し、古典文学作品の写本処理などすでに使われている校注方式を採り入れて原文の形態を鮮明に再現できるように編集」する（野口氏「一葉のテクスト文献と資料の話　2」『樋口一葉研究会会報』一四号、一九九九・四）という方式が貫かれていて、研究者にとっての利用価値はきわめて高い。また未完成小説資料についても「発表作品の未定稿資料と同様」に「現存資料の殆どに対して調査を行い、これを網羅し、入念な検討を加えて批判版を作製」したとあるが（新全集第二巻「凡例」）、錯綜した本文断片の時間性が復元されているのが貴重である。「日記」も、明治四十一年幸田露伴の管轄下でおこなわれた浄書本文が長く底本とされてきていたが、野口本では六十年ぶりに新たに全文浄書したものをもとにして徹底的な校合が行われ、本文が一新された。野口氏はその後小学館版『全集樋口一葉』第三巻「日記編」でも筑摩版とは微妙に異なる本文を作成しており、現在はこの二つの野口本文が、一葉日記研究の基礎になっている。

新全集が完結したあと、野口氏は一葉が受け取った書簡調査の完成を目指し、その成果が『樋口一葉来簡集』（筑摩書房、一九九八）として結実した。邦子が大切に保存していたものを中心にした一葉宛書簡が樋口悦氏（邦子の長男）の意志と和田芳恵・猪場毅両氏の努力によって初めて「資源化」されたのは、太平洋戦争中、樋口邦子の十七回忌の翌年早々に刊行された『一葉に与へた手紙』（今日の問題社、一九四三）によってである。この本には三〇三通の来簡が、和田氏の解説付きで翻刻収録されている。その後一九八一年に同書の復刻版が出たが、全集レベルでは筑摩旧版全集に六十四通が抄録されただけであり、二十年がかりの新全集は印刷技術の問題もあって、来簡資料の収録計画が実現しないまま完結していた。（一葉発信書簡の方は、野口氏の調査を経た新本文が新発見書簡とともに新全集に収録されている。）野口氏の超人的努力によって今回ようやく受信書簡が単行本にまとめられたわけであるが、氏は収録資料を増補しただけでなく、ここでもやはり和田本文に拠らず、現存する書簡のすべてに直接あたって「原文の形態を再現する」ことに大変な苦心を払っている。しかも新全集の時とは違って「複写や撮影を許可されない、未曾有の制約を受けながら」の作業であったため、「全ては一つ一つの資料に当たる私の集中力と解読力に懸かっていた」ということであるが（同書「後記」）、その調査結果は各書簡ごとに「注」として詳述されている。例えば有名な明治二十九年一月九日付け緑雨書簡は、読了後ただちに返却してほしいという緑雨の要請に応えるため、一葉が邦子に硯を持たせて立ったままで大急ぎで写し取ったと伝えられてきたが、野口氏は「一部書き落としは有るものの、かなり丁寧に書き取られている」という調査結果を明らかにして、〝立ったままの速写伝説〟の信憑性に疑問を呈している。一葉宛書簡についても、今回新たに野口本が刊行されたことの価値はきわめて高い。

だが、野口氏自身が「未定稿の推敲の跡を無作為に正確に復元しても、必ずしもそれが最良の翻刻作業の進め方とは限らない。さまざまな編集上の工夫が必要である。だが、過剰にやり過ぎるとテクストや過程を編集者が独断で作ってしまい、単なる想像の産物に成りかねない」（「一葉のテクスト文献と資料の話　4」前掲会報一六号、二〇〇〇・四）と自戒しているように、われわれが目にしているのはあくまでも野口碩という「編集者」を媒介にしたテキストであることを忘れてはならない。積年にわたる野口氏の仕事は、未発表エクリチュールの「資源化」に大きな役割を果たしており、われわれがそこから測り知れないほど多くの恩恵を受けていることは言うまでもないが、しかし前述の通り野口氏の功績が「緑雨校訂本」の脱「聖域」化にあったとすれば、野口本文をもまた脱「聖域」化していく志向性がなければならないことも当然である。しかし現状では一葉研究は、現存資料の大部分は直接閲覧することが許されていないという厳しい制約下に置かれている。(特に一葉日記については、その全体を直接眼にすることのできた人数は、二十世紀を通じてもごく限られているはずである。)戸松泉氏が、野口本文をも「一つの『研究成果』として対象化していく視線が必要なのではないか」として、『たけくらべ』の本文についての問題提起を行っている(「『たけくらべ』複数の本文——あるいは、『研究成果』としての『樋口一葉全集』のこと——」『季刊文学』一九九九春号)。この戸松氏の意欲は、「資源化」という観点から大いに歓迎すべきだと思う。ただ戸松論文では精細でスリリングな考察が展開されているものの、一葉自筆を直接見ていないというハンディキャップがあることは否めない。野口本文のクリティークができるのは、再掲版『たけくらべ』の自筆原稿をつぶさにチェックして、「複製では判読できないほどの微妙な朱の色と筆跡の違い」から、ルビの大部分が一葉本人の手によることを確認しただけでなく、ごく一部分は邦子によって振られた箇所があることまで看破してしまうほどの卓越した鑑定眼と資料閲覧資格を持った野口氏自身以外にはいないという事情は、まだ当分続くだろうと思う。「原資源」へのコンタクトがほぼ閉ざされているという特殊な状況の中で、われわれが「活用」できる「資源」は、翻刻による厖大な間接資料と一部の複製資料がほとんどであるということをまず確認しておきたい。

3

一葉の遺族が日記公刊に積極的な姿勢を見せたのは、一葉という「閨秀作家」について生成されていたさまざまな風説を正したいという意図もあったらしい。孤蝶本全集の跋文で孤蝶が「一葉さんは吉原でおでん屋をやり、おツかさんは何の楼かの遣り手であつた」という「浮説」に触れて、「一葉君の大音寺前の生活は『日記』にある通りである。人の噂などゝいふものは何時でも先づ斯様なものなのだ」と書いているのも、「噂」に対する反証としての日記公開という発想の現れであろう。

だが「日記」の早い翻刻によって、一葉研究や一葉論は作品研究よりも伝記研究が先行するという様相を呈してきたが、その中で強力に生成されたさまざまな一葉神話のバイアスが現在にまで及んでいるという側面も否定できない。「資源化」とは、当然、そうしたバイアスからの解放という方向線を志向するものでなければならないだろう。その具体例として本稿では、一葉の「士族意識」という神話について、私自身の自己批判も含めて考えてみたい。

甲州の農家に生まれた一葉の父則義が、武士への出世を夢見て臨月の恋人とともに出府、艱難の末に幕府直参八丁堀同心の株を得て間もなく大政奉還となったことはよく知られている。おそらくこの情報が起点となって、「士族の娘」としての矜持の高い一葉というイメージが流布し、「士族意識」を前提にした一葉伝は今でも少くない。だが一葉没後四十年目に『新潮』が組んだ座談会「樋口一葉研究」で、三宅花圃が「士族の娘といふ気持ちはちつともなかつた」と明言し、花圃に対して批判的な田辺（伊東）夏子もまたこれに対しては異を唱えておらず、[2] 樋口邦子も「吾々の様な平民は矢張平民のことを書くより外は無い」（「故樋口一葉女史　如何なる婦人なりしか」）という姉の言葉を紹介しているといった情報の系譜を見出すことができる一方、一葉と親しかった人間が一葉の士族意識を明確に伝える証言を私は知らない。

また厖大な一葉日記を通覧しても、「士族意識」があからさまに表れた箇所は見当たらない。七歳から「英雄豪傑」を好み、九歳で「くれ竹の一ふし出でしがな」と願ったという有名な回顧も、明治十年代という時代を考えれば「士族」特有の意識とは言えないし、「我が志は国家の大本にあり」というマニフェストも「士族」の専有ではない。また丸山福山町時代、隣家に身を寄せていた女性の窮状を救おうと一葉が奮闘したエピソードでも、生き生きしたエネルギーの原動力は明らかに「東女」としての意地である。作家としての名声がようやく高まってきた時期の日記の中に名声の虚しさを強調するという文脈においてではあるが、下谷龍泉寺町の住人たちを「乞食」と呼ぶ表現が再三登場する。この差別意識の問題は今後もっと掘り下げられる必要があるが、少なくとも「士族意識」というファクターを導入しなければ解釈不能という種類のものではないことは確かである。最終の日記に幸田露伴が三木竹二と一緒に一葉を訪ねてきて『めさまし草』グループによる合作小説の構想を芝居仕立てで語り合ったとき、「樋口君」が分担するヒロインについての「身分の好み」を問われて「何れにてもむつかしきなれはゑり好みのあるへきにもあらねと二頭馬車の境界ハミもしらねはかひなくや、唯中わたりの士族なとこそ」と返答したことが記されているが、これもアクセントは「中わたり」の方に打たれているのであり、一葉の「士族意識」を立証する確かな根拠にはならないだろうと思う。

一九九三年に山梨県立文学館が同館所蔵の樋口家文書の一部を展示した際に、「徴兵令参考」と題する新資料が初めて公開された。『徴兵令参考』そのものは明治六年に政府が徴兵令を発令したとき運用に関する各種の問い合わせが各県から殺到したため、陸軍省が各地方官あてに出した、全三十一条から成る運用マニュアルである。公開された資料は、このうちの第二十六条だけを抜き出して樋口則義が書写したものである。二十六条は兵役逃れ防止についての規程であり、徴兵令に対する則義の関心が息子を徴兵から守ることにあったことを示している。野口氏の考証によれば、この資料の筆写時期は明治八、九年頃（一葉三、四歳の頃）らしい。つまり西南戦争以前の、まだ〈武〉の気風の強かった時代にあって〈武〉を忌避しようとした則義の姿勢が傍証されたわけである。明治十六年の暮に則義から泉太郎へ突然の戸主交替が行われたのも、そのわずか二日後に交付された徴兵令改定にともなう徴兵猶予規制強化を見越した対応であった可能性が高いと私は考えているが（『樋口一葉論への射程』双文社出版、一九九七）、泉太郎の死後、次男がいるにもかかわらず娘の一葉を相続人にしているところにも、「男子相続」という武家の掟に拘泥しなかった樋口家の空気が想像できる。その則義が娘に「士族の誇り」を植え付けていただろうか。

一葉の「士族意識」神話の流布に大きな役割を果たしてきたのが、彼女が若くして樋口家の戸主となり、母と妹を抱えた士族の家長として奮闘したという伝記的事実である。「士族の娘」という出自と「女戸主」としての後半生という二つの情報が串刺しになって、強固な「士族意識」神話が形成されてきたようなのであるが、私は〈雅号〉という視座からこの問題にアプローチしてみたいと思う。「一葉」という号の由来についての考察ではない。筑摩旧版『一葉全集』の編集実務を担当した和田芳恵氏が、その作業を踏まえた筑摩版『一葉の日記』（一九五六）の中で、

一葉自身は、小説には、未定稿『やれ扇』の樋口一葉女、また草稿『軒もる月』の一葉女の例外はあるが、ほとんど一葉、もしくは、一葉稿とだけ書いてゐる。それ以外の形ができたのは、多く編輯側の加筆とみてよささうだ。

と指摘していた事実の意味を掘り下げてみたいのである。

一葉の生前に発表された二十二編の小説の活字署名は、「一葉女史」十二、「一葉」五、「樋口一葉女」二、「一葉女」一、「一葉稿」一、非一葉系三という内訳になるが（合計数が二十二を超えるのは、生前に再掲された三作品の署名がいずれも初出とは異なっているからである。）であるが、そのうち新全集の野口注によって未定稿時の署名を確認

できる十一作品は、前期――『たけくらべ』の初期未定稿まで[3]――が「一葉稿」、後期が「一葉」という流れになっている。（和田氏の指摘する『軒もる月』には署名入り未定稿が二種あり、早期のものは「一葉女」だが、定稿に近いものは「一葉」になっている。）さらに『武蔵野』掲載三作品を見ると、前二作が活字では「一葉女史」だったのが、三作目の『五月雨』では未定稿の署名と同じ「一葉稿」となっており、三号にいたって一葉の意思が受け入れられたように見える。また筑摩新版新全集に「未完成資料」として整理された六十九点の小説草稿も、そのうち署名が判明しているものは十九点であるが、ここでもやはり前期が「一葉稿」、後期が「一葉」という流れになっており、和田氏の指摘通り『やれ扇』だけが例外である。そして『たけくらべ』再掲本文の署名は活字では「樋口一葉女」だが、自筆原稿では一葉の手は「一葉」の二文字だけであり、「樋口」と「女」が『文芸倶楽部』編集部によって加筆された跡が明白なことはよく知られている。したがって、同じ『文芸倶楽部』の翌月号に掲載された『われから』の「樋口一葉女」についても、こちらは稿本も署名入り未定稿も残っていないため断定はできないが、時期の近接と媒体の一致から推して、『たけくらべ』と同様の処理を施されていた可能性は高いと考えてよいだろう。（一葉の最後の活字エクリチュールとなったのは、同じ『文芸倶楽部』が翌々月に発行した海嘯義捐臨時増刊号の随筆『ほとゝぎす』であるが、この署名は姓の表示のない「一葉女史」となっている。）また『われから』発表と同じ時期に誕生した『うらわか草』創刊号に、一葉の随筆『あきあはせ』が『読売新聞』から改題転載された時には、署名表記が『読売』の「一葉女史」から「一葉」に変更されている。『うらわか草』は『文学界』同人の分裂騒動の副産物であり、『文学界』が明治二十六年からシンプルな「一葉」を採用していたことを考えても、この署名変更は一葉本人の意思が尊重された結果であったと推認することができる。つまり「樋口」も「女」も「女史」も付かない「一葉」だけが彼女の意思に即した唯一の雅号だったのではないかと考えたいのだが、この微細な雅号表記の差異に私がこだわるのは、明治前期の女性作家たちにとって〈雅号〉が、ジェンダーと〈家〉を超える貴重な空間として特別な意味を持っていたのではないかという思いがあるからである。

以前私は、「木村曙」と呼び慣らわされてきた女性作家について、〈雅号〉という視点からの考察を試みたことがある。(本書所収「雅号・ローマンス・自称詞」参照。)「曙」という雅号が、例えば「花圃」と比べてジェンダーの刻印が希薄であることと、「木村曙」というファミリイ・ネーム付きの雅号が一度も使用されことがないというテクスト上の事実と、彼女が「母の姓(岡本)」と「父の姓(木村)」との相克を生きた女性であるという伝記情報と総合して、「〝無姓空間〟、あるいは〝超姓空間〟」および「〝無性空間〟、あるいは〝超性空間〟」としての〈雅号〉という場《トポス》を考えてみたのである。そしてこの夭折作家に「父の姓」を押し付けて「木村曙」と呼ぶことの是非は検討されなければならないし、活字署名の「曙女史」についても「女史」は半ば強制的に付加されていた要素が強く、「曙」と「女史」とがジェンダーのベクトルの力学においてせめぎあっている」可能性を、私は指摘しておいた。当時男性作家たちが雅号の下に付ける文字として「山人」「散人」「漁史」「外史」「居士」等さまざまな選択の自由を持っていたのに対して、「閨秀」作家の方は、一律に「女史」または「女」しか許されなかった、というより〈女〉というジェンダーの明示をメディアの側から強いられていたのである。『文芸倶楽部』臨時増刊「閨秀小説」号の巻頭グラビアに女性作家たちの肖像写真が掲載されたことは文学メディアにおける「性の商品化」の端的な表れとしてよく知られているが、雅号のジェンダー表示の男女非対称についても、われわれは注目しておく必要があると思う。

右の曙論を書いた当時、私の念頭に一葉のことがなかったわけではない。そもそも「一葉」という号も、ジェンダー記号としての機能は薄弱である。作家情報抜きで「紅葉」と「一葉」という号だけを並べた場合、ジェンダーを識別することはおそらく不可能であろう。したがって〈女〉の徴をあらわにした「一葉女史」や「一葉女」という表記は、作家の本意ではなかったのではないかという〝無性空間〟としての側面については、私の視野に入っていた。というより、再掲版『たけくらべ』自筆原稿の署名に「女」という文字が編集部によって加筆されていたという事情が、「曙」と「女史」との非親和性を私が考える一つの契機になっていたし、再掲版が絶賛された時の一葉の日記に記された「我れを訪ふ人十人に九人まではたゞ女子なりといふを喜びてもの珍らしさに集ふ成けり」、「我れをたゞ女子と斗見るよりのすさび」という憤懣の背景の一つに、この作家名が「女」付きで発表されたことに対する不快感があったのでないかというような推測も立てていた。この日記記述の三か月前に総合雑誌『国民之友』に発表された『わかれ道』では署名が「一葉」だけになっている。メジャー作家への登竜門と見られていた『国民之友』附録で「一葉」として認知された直後だっただけに、『文芸倶楽部』から受けた署名の扱いが一層屈辱的なものに見えた可能性は十分あると思えたからである。

だが当時の私は、曙と違って一葉は生涯を通じて「樋口」という単一の姓を生きた作家であったため、雅号の持つ〝無姓（あるいは超姓）空間〟としての側面の方は縁遠いだろうと考えていた。その結果、一葉の自署が「女」だけでなく「樋口」をも拒んでいた可能性の方には注意が十分及んでなかった。それは「士族意識」神話という呪縛から、私自身が十分解放されていなかったことの証しでもある。

一葉は、公開を前提としない「日記」にも巻頭に署名する習慣を持っていた。野口氏の整理による「正系日記」四十四巻は「なつ」（「夏子」）の上に「樋口」が入っている場合といない場合あるが、彼女の生活の中で〈作家〉のウェートが高まった明治二十八年の日記に二巻だけ「一葉」という無姓の雅号署名が登場し、あとは最終巻まで、ほとんどが姓のない「なつ」が使用されている。また「傍系日記」の方は、随筆という性格の強い明治二十五年夏――桃水と絶交して間もなく――の「随感録」に初めて「一葉」が使用され、二十七年の「つゆのしつく」まで、「一葉」（無姓）の署名を持った未発表文章が四点存在する。つまり一葉は今日確認できるすべてのエクリチュールを通して、「樋口一葉」という自署したことはほとんどなく、「樋口」という姓は本名の「なつ」（夏子）とのセットで使用されていたという法則性を見出すことができるのである。

もちろん、雅号に「樋口」を冠することを避けた一葉の真意を直接実証する資料はない。だが和歌の世界では詠草表書に「樋口夏子」と自署することの多かった一葉が、散文作品の世界では無姓の「一葉」にこだわり続けていたという点に注目すれば、一葉における「家」意識、さらに「士族意識」についての再考に向かうのが当然であろう。一九九〇年代の一葉研究の収穫の一つは、樋口家の戸主という立場について、一葉の意識や行動を制約していた面とともに、そのために「夫」や「兄」の監督から自由になり得てもいたという両義性が三枝和子氏（『ひとひらの舟　樋口一葉の生涯』人文書院、一九九二）や関礼子氏（『樋口一葉をよむ』岩波ブックレット、一九九二）によって主題化されてきたことである。その意義と価値を認めた上でさらに、現実生活では母と妹を抱えた戸主として奮闘し続けた一葉が、小説あるいは随筆という言説空間の支配者としての「幸運」を手に入れたとき、つねに姓のない「一葉（稿）」という署名から起筆しているという事実の背後に、「一葉」を「樋口」から切り離そうとする、あるいは「一葉」というテリトリイには〈家〉を踏み込ませまいとする強い意識のはたらきを私は想像したいと思う。「妾の娘」という環境の下で二つの姓に引き裂かれた曙とは違った意味においてではあるが、「士族の娘」として樋口姓だけを生きた一葉においても、〝無性空間〟のみならず、〝無姓空間〟としての雅号への志向が貫流していたのではないかという想像を禁じえないのである。そしてこの問題は、さらに例えば結婚入籍に伴う姓の移動という制度のために複数の姓を生きた清水（古在）豊子についても、無造作に「清水紫琴」と呼び慣わしてきたことに対する反省を喚起せずにはおかないはずである。

豊子は清水姓時代に「紫琴」という号を使用したことはない。この号が初めてメディアに登場するのは、明治二十九年十月から十二月にかけて——ちょうど一葉の死の前後にあたる——、夫の古在由直の留学中に『女学雑誌』に短期連載した『野路の菊』が最初である。だが小説発表における彼女の署名表記は「紫琴女」または「紫琴女史」の二種類であり（例外として、『万朝報』に「露子」名義の短編小説が掲載されているが、これは転載らしい）、「古在紫琴」という署名はない。つまり彼女は雅号使用に際して「女」の明示には従ったものの、「姓」の表示の方は拒んでいたらしいのである。明治三十年（一葉の死の翌年）一月に『文芸倶楽部』が臨時増刊「第二閨秀小説」号を組んだ時も、目次に並んだ十五名の執筆者のうち、姓表示がないのは「紫琴女史」と「花圃女史」と「薄花女史」の三名だけである。（薄花女史という作家は私はつまびらかにしないが、この特集号の掲載作品『小公爵』は創作ではなく翻訳である。）豊子の姓表示拒否は、直接的には古在由直が妻の「文筆活動」を喜ばなかったために「夫の姓」の露出を抑制しなければならなかったという事情があったためだろうが、しかし結婚、離婚、再婚によって清水、岡崎、清水、古在と、四半世紀の間に〝四つの姓〟の変転を経験した彼女の中に、〝無姓空間〟としての雅号への志向が存在した可能性も否定しきれないだろう。「資源」は何よりもバイアス解除の方向線で「活用」されなければならないと――もちろん、その営為自体が新たなバイアスを生成してしまうことも視野に入れつつ――、つくづく思う。

注

（1）念のために断っておくが、『伊豆の踊子』の「私」の自己評価の主観性を、作品の欠陥に結びつけるつもりは毛頭ない。この点では「語り手がはっきりそうした〈私〉の在りようを読者に示している」ことを強調する原善氏の立場に近いと思うが、しかし語り手の「私」を全知化してしまう原氏の立論には私は同意できない。「語り手」の「私」の歪みをも相対化していく構造性の奥行きを作品は備えており、だからこそ『伊豆の踊子』は傑作なのだと私は考えている。

（2）田辺夏子は一葉の思い出を記した二つの文章を発表しているが、一葉と夏子と田中みの子を「平民組」と呼ぶ表現が出てくるのはアジア・太平洋戦争後に書かれた「一葉の憶ひ出」の方である。戦争中に出た談話筆記「わが友樋口一葉のこと」では「この三人は無位無官の平民の娘で（もっとも樋口さんは士族の娘でしたが）」、「平民の私ども三人」という言い方になっている。「わが友樋口一葉のこと」の段階では、夏子は花圃発言を知らなかったらしい。「一葉の憶ひ出」は花圃の語る一葉像に対する批判のモチーフが明確である。それだけに「士族の娘といふ気持はちつともなかつた」という花圃発言に夏子が異を唱えておらず、むしろ「平民」性を強調している点が注目される。一葉に「士族の娘といふ気持」を抱かなかったという点では、花圃も夏子も共通しているのである。

（3）　初出『たけくらべ』は、全集の野口注によると未定稿段階では「一葉稿」という署名もあったものの、原稿段階では「一葉」に統一されていったようである。一九九九年の明治古典会七夕古書大入札会で初出『たけくらべ』の最終連載分の原稿を直接閲覧する機会があったが、表題の下に、本文より大きなサイズで「一葉」の二文字だけが記されてあった。

「いなぶね」と「田澤稲舟」

小谷真理による名誉毀損裁判を契機として流布しつつある「テクスチュアル・ハラスメント」という用語は、概念規定に幅があるものの、とくに「女性」の書き手であるがゆえに文字メディアから受けてきた不当な取り扱いの総体を指すと考えてよいようである。この視座から近代文学史を眺望し直したとき私の念頭に真っ先に浮かんだのは、一世紀余り前の美妙といなぶねのケースである。二人の関係は師弟から愛人に移行し、一度結婚したもののごく短期間で離婚。その後まもなく美妙は再婚し、帰郷したいなぶねは死亡。そして彼女の死因を自殺とする噂がメディアで流布され、また後年には師弟愛人時代の性交渉の回数や品評を丹念に記した美妙日記まで公開されており、「女性」作家を眼差すバイアスの条件がこれほど揃った事例も珍しい。いなぶねに対する偏見は同時代にとどまるものではなく、没後の評価史においても「美妙の影」という枠組みが根強く形成されてきた。本稿では、近代におけるテクスチュアル・ハラスメントの始源的典型とも言えるこの作家に焦点を合わせてみたいと思う。

1

すでに何度か書いたことであるが、これまでの文学史研究は明治の女性作家の呼称表記について無頓着過ぎたのではないかと私は考えている。例えば『婦女の鑑』の作者は「木村曙」と呼び習わされてきたが、この署名による作品が一つも確認されていない以上、実生活において複雑な姓を生きた彼女が〝無姓空間〟（あるいは〝超姓空間〟）

としての願いをこめて雅号に姓を冠さなかった可能性を考えてみるべきではないか。あるいは通常「清水紫琴」、「古在紫琴」として知られている作家についても姓を冠した雅号は存在せず、やはり〝無姓空間〟あるいは〝超姓空間〟としての雅号への志向が働いていた可能性がある。また生涯一度も姓の変更を経験しなかった一葉の場合も、「樋口一葉」と呼ぶことに疑問がないわけではない。活字本文の雅号標示に「樋口」という姓を冠した作品には『文芸倶楽部』版『たけくらべ』と『われから』があるが、このうち現存する『たけくらべ』稿本の署名のうちの自書部分は「一葉」の二文字だけであり、「樋口」という姓表示と「女」という性表示が別人の手によって付加されていたことは周知の通りである。一葉自身が「一葉」と署名していた原稿が、編集印刷の工程で本人の意思を離れて「樋口一葉女」という作者名に変更されてしまったことを示す自筆稿本が存在する以上、同じ『文芸倶楽部』の翌月号に載った『われから』の作者名の「樋口一葉女」もまた『たけくらべ』と同様の経緯を辿っていたと考えるのが自然であろう。早くから戸主として樋口家を背負って苦闘した一葉も、創作の場では姓から解放された空間としての雅号を求めていた可能性を無視することはできないのである。

このように明治の女性作家の雅号における姓表示はきわめて慎重な扱いが必要であるにもかかわらず、フェミニズム研究者も含めて姓付きの呼称を問い直す動きがないという点に、ハラスメントの根深さの一例を見ることができる。男子のいない田澤家の総領娘として婿取り婚による〈父の姓〉継承を宿命づけられた環境にあって二度の養子縁組みをいずれも短期間で解消させ、単身上京と親による連れ戻しを繰り返し、美妙との結婚にあたって田澤家から廃嫡された作家についても、「田澤（田沢）稲舟」と表記することの妥当性は当然問われていいはずであるが、とくに彼女の場合は雅号表示をめぐって三重あるいは四重のハラスメントを受けてきているのではないかと私は考えている。

日本近代文学館に、いなぶねの自筆稿本が三点所蔵されている。生前発表の『心のやみをてらして物おもはする月にうたふさんげのひとふし』と、明治二十九年（一八九六）十一月、死の直後に遺稿として『文芸倶楽部』に発表された小説『五大堂』と、没後四十年を経て『美妙選集』下巻で初めて翻刻された『鏡花録』の三点であるが、署名はいずれも姓表示も性表示もない仮名書きの「いなぶね」の四文字だけである。ところが『五大堂』の掲載誌面の作者名は本文が「稲舟女史」で、目次が「田澤稲舟女史」となっている。遺稿に著者校正が入るはずはなく、『文芸倶楽部』編集者が作品掲載にあたって編集部が独断で「いなぶね」を漢字表記に変更し、目次では「田澤」と「女史」を、本文では「女史」を付加して印刷していたと考えて間違いないだろうと思う。『文芸倶楽部』が女性作家たちの署名を尊重していなかったことは同時期の一葉の事例からも推測できるが、いなぶねの場合は仮名書きさえも無視されたのである。（いなぶねが文壇デビューした明治二十八年の『文芸倶楽部』掲載の小説は本文は「いなぶね女史」で、目次は「いなぶね女史」と「稲舟女史」。）仮名書きを漢字に直された上に、姓表示と性表示を加えられたいなぶねの作者名は、その後の文学史においても、性表示こそ消えたものの「田澤（田沢）稲舟」として定着し、さらにこの号は師の美妙によって付けられたのではないかという推定さえ受けてきた。伊東聖子氏の『炎の女流作家　田沢稲舟』（一九七九）は再評価を求めた貴重な評伝であるものの、雅号について「この筆名は、美妙がつけてやったようにも思われる」、「美妙は「山形県を貫流する著名な川、文化を生み出す源としての川をのぼりくだりする稲舟」というほどの意味をこめて（略）稲舟にプレゼントしたのではないか、と思えてならない」という叙述があるが、積極的な判断根拠は示されていない。

いなぶねの雅号表記に注目したのは細矢昌武氏である。労作『田澤稲舟全集』（東北出版企画、一九八八）を刊行した後、あらためて選集を編むにあたってその表題を『田澤いなぶね作品集』（無明舎出版、一九九六）とした細矢氏は、「「いなぶね」に込められた意味は、女性が一人の人間として自らの自由意思で生きる――自己解放する――ことを妨げるすべての前近代的制度や理念、生活様式を「いなぶ――否ぶ――拒否する」ということであ」り、

「だから錦は筆名を「いなふね」と清音ではなく「いなぶね」と濁って「否ぶ」意を込め、常にひらがなの濁点付きで表記した」という見解を提出している（「前近代性への反逆」『山形新聞』一九九六・九）。氏の着眼は貴重であり、それを踏まえて私が注目したいのは、明治二十八年九月の『文芸倶楽部』――一葉の『にごりえ』が掲載された号――の「新体詩」欄に「埋木女史」名で発表された『いなぶね』と題する短詩の存在である。

なにとなく　うき世をわれは　いなぶねの
のぼりくるしき　もがみ川　瀬々にくだくる
月影のちゞにみだるゝ　おもひかな

この「埋木女史」がいなぶね本人であると実証することは難しいが、この号の『文芸倶楽部』には、いなぶねの小品が署名を変えて複数掲載されている。まず「雑録」欄に「いなぶね女史」名義の新体詩『つまべに』と、「きん子」名義の『月の別』が、「詩筵」欄の冒頭に「つまべに女」名義の新作浄瑠璃『野呂間釣娘天麩羅』が掲載されており、つまり「つまべに」が作者名と題名の両方で使用されているのである。したがって新体詩『いなぶね』の作者もいなぶねだったとすれば、同誌上において作品名と作者名とが密かな円環構造を形成していたことになるという可能性を私は考えている。（なおこの四種の号は、いずれも姓が冠されていない。）さらに、『鏡花録』にある「私は何となく世の中のつまらないといふ事に気がついてどうしても一生夫をもたず独立しようとかたく心に誓たんですよ」という叙述と、新体詩『いなぶね』の「なにとなく　うき世をわれは　いなぶねの」との間に発想と表現の共通性を認めることもできるが、この新体詩『いなぶね』がいなぶねの作品だったとしたら、彼女はこの中で雅号の由来をひそかに自解していたことになる。「いなぶね」の典拠は従来、『古今和歌集』の「最上川のぼれば下る稲舟のいなにはあらずこの月ばかり」だとされてきたが、和歌の世界では例えば定家の「もがみ川のぼればくだるいな舟のいなにはあらずしばしばかりぞ」等、「最上川」と「稲舟」と「のぼればくだる」とはいわば三点セットとして伝統的な修辞の定型を形成してきていた。したがって「のぼればくだる」はほとんど意味を持たない序詞であったのが、新体詩『いなぶね』では「のぼりくるしき」という斬新な表現形によって意味性の再生が行われている。[1] また「うき世をわれは いなぶねの」という強い否定表現の文脈の中で「いなぶね」をメタファーとする用法も、「稲舟」を「いなにはあらず」という二重否定表現を介して強い肯定の意に導いてきた伝統的修辞と明確に対立している。そして和歌の伝統的レトリックに対する異化の力が、漢字の「稲舟」ではなく平仮名の「いなぶね」という表記を強く要請していたという可能性の上に立って私は、無姓の仮名書きで濁点を付した「いなぶね」の四文字こそ正当な雅号表記だと考えたい。（前出した日本近代文学館所蔵自筆稿本の平仮名署名の「ぶ」は、濁点も墨痕鮮やかである。）和歌の伝統の変換させて成立したこの雅号には、美妙からのプレゼントという憶測を〝否ぶ〟衝迫力が秘められているという気がしてならないのである。

2

いなぶねが美妙と結婚したのは明治二十八年の年末と推定されているが、その直前に発表された小説が、有名な『文芸倶楽部』臨時増刊「閨秀小説」号所載の『しろばら』である。この小説は、発表直後に鷗外が書いた評の末尾の「作者田澤稲舟といへるは近ごろ美妙斎主人の妻になりぬと聞く。巻に出たる厚化粧の肖像を見るもの、あの顔にてこれをばよもと云はざるものなかるべし」（『鷸翮掻』）というコメントによって、いち早く美妙の影響が示唆されていたが、昭和になって塩田良平が「「清らかなものの凌辱」を以て一つの人生悲劇を構想する方法は美妙特有のものであ」り、「その傾向が」この作品にも「強く強いられて来て居た」(『女流作家』、一九四二)という規定を打ち出して以来、その後長く『しろばら』の評価に継承されてきた。しかし『しろばら』が美妙の強い影響の下に作品が成立したという評価の流れは、具体的な根拠に立脚しているというより、男性師匠と女性弟子との関係に対するバイアスに由来しているような気がする。

このバイアスの再検討にあたってまず見ておきたいのは、明治二十八年当時の美妙がいわゆる悲惨小説の流行に抗するかたちで、明るい結末の小説趣向を積極的に試みていたという事実である。前年女性スキャンダルで『万朝報』から十字砲火を浴び、坪内逍遙からも厳しい批判を受けた美妙が再起を期して発表した『阿千代』(『文芸倶楽部』明二十八・四)は、生活者失格の父親のために苦しんでいた少女が周囲の善意の人々の助けで幸せをつかんでいく話。『鰻旦那』(『文芸倶楽部』明二十八・十二)は、勘当された若旦那が小料理屋の女中と仲むつまじい夫婦になり、「おれには過ぎた家内だて」という彼の独言で結ばれる話である。一方『しろばら』は海岸に打ち上げられた少女の死体めがけて浜鳥が飛び来たるという凄惨な場面で終わっており、この時期の美妙の作品とは対照的である。

第二に、文体《タイプ》の問題がある。美妙は周知の通り、「です」体の創始者として知られた作家であり、『阿千代』『鰻旦那』では「た」体に変わってはいるものの言文一致体であることには変わりはない。美妙の影響下で書かれたとすれば、いなぶねの小説は当然言文一致体が試みられていていいはずなのに、『医学修業』『しろばら』ともに台詞や内言は徹底的な俗語体であっても地の文は雅文体という、美妙とは明らかに異なった文体で書かれている。

なお文体とは直接かかわらないが、『しろばら』には二葉亭四迷の『浮雲』からの借用だと推定できる表現箇所がある。三章末で女学生同士が次のような会話を交わす場面があるが、

『オヤ〳〵何の事かと思つたら、あなたはまアあきれもされない卑劣な方ねヱ、そんな事を言て無闇に人を譏謗して『オヤ何ですと、何が私が卑劣でせう、何を私が譏謗しました『だつてあなたが現在只今仰つたぢやありませんか『何を私が言ひました、何が私がひ、ひ、卑劣です『ハイ仰た事を言はないと仰るから、卑劣といひました、それがどうかしましたか

これは『浮雲』第二編末尾（第十二回）のお勢と文三とが言い争う場面に出てくる「人に問詰められて逃げるなんぞと云ツて　実にひゝ卑劣極まる」、「何ですと卑劣極まると」、「ハイ本田さんは私の気に入りました……それが如何しました」や、「いろんな事を云つて譏謗して」という表現と酷似しており、また同じ『しろばら』第三章の女学生の会話の中の「其言ひ訳はくらいらくらい」は『浮雲』第十回で昇が文三を揶揄する「その分疏《いひわけ》闇ひ〳〵」とほぼ同じであるから、『しろばら』に『浮雲』からの借用があったことは間違いないだろう。また『しろばら』はヒロインの言説の乱暴さが欠点とされてきているが、右の『浮雲』の口論場面の直後には、男性視線の不在という条件の下で、「畜生……馬鹿……」というお勢の独言が出てくるし、『しろばら』のヒロインの粗野な言葉遣いも会話場面ではなく、内言や独言だけに限られていることを見落としてはなるまい。そしていなぶねと『浮雲』との接点に、『浮雲』第二編の批評を書いた美妙の存在を想定することは可能だとしても、美妙と四迷は言文一致運動の同志という単純な関係でなくライバル意識を持っていたのであり、『浮雲』からの借用を美妙がわざわざ〝弟子〟のいなぶねに指示、指導した可能性はきわめて低いと考えるべきであろう。

第三に注目しておきたいのは、女性の自称詞表記の問題である。『しろばら』の女性自称詞の漢字は「私《わたし》」「私《わたくし》」で統一されているが、やや大げさな言い方をすれば当時の『文芸倶楽部』誌面は、この問題をめぐって「妾」（わたくし、わたし）と「私」（わたくし、わたし）とが静かな闘い（？）を展開していた。同誌の「閨秀小説」

号には『しろばら』を含めて十二編の小説が収録されているが、その中に女性自称詞の「わたくし」あるいは「わたし」に「妾」という漢字を当てた作品は一つもない。（「妾」は「わらは」と訓ませる場合だけに限られており、しかも雅文体・擬古文体小説においても女性自称詞に「わらは」ではなく、「われ」または「我」を用いた作品の方が多い。）一方それ以外の号に掲載された男性作家の作品は、文体のいかんを問わず女性自称詞に「妾」を当てて「わたくし」「わたし」と訓ませるものが圧倒的に多かった。「私」という漢字を使用した柳浪『黒蜥蜴』や鏡花『外科室』は当時の男性作家としては珍しい例なのである。したがって「わたくし（わたし）」に「妾」という漢字を使用しない、という共通点において「閨秀小説」号は際立っていたのであるが、ここで注目したいのは美妙がこの「妾」という漢字のジェンダー表示にきわめて意識的な作家だったらしいという点である。例えば明治二十五年三月から五月にかけて『都の花』に連載された『この子』において、男性自称詞が「私《わたし》」で女性自称詞が「妾《わたし》」という使い分けがなされていたこと自体は当時としては別に珍しくないが、ドイツ語で書かれた匿名の手紙（筆者は男性を装った女性）の内容を男性主人公が読む場面で、ドイツ語が自称詞の性別を区別しないことを踏まえて自称詞部分を「私《わたくし》」と表記するという細やかさは美妙のアイディアだったと見てよいだろう。その美妙が前出『阿千代』において「あたい」「あたし」に漢字「私」を当てるという新味を試みたものの、『鰻旦那』ではもとの「妾」に戻っており、その翌月にいなぶねが「妾」を一切使用しない『しろばら』を発表しているのである。『しろばら』の翌々月、同誌に「美妙」と「稲舟」の「合作」名義で発表された『峰の残月』は実質的に美妙一人の作だとされるが、女性自称詞はすべて「妾」になっている。ちなみに『この子』の少し前に書かれた二葉亭四迷の『浮雲』は、女性自称詞の表記を「私」で通していた。[2]

3

前掲の鷗外の『しろばら』評は、わざわざ「近ごろ美妙斎主人の妻とな」った作家の作品であることを記した上で、「巻に出でたる厚化粧の肖像」と残酷な小説世界との落差を指摘することによって、美妙の影を強く暗示していた。『文芸俱楽部』が「閨秀小説」の特集号に限って巻頭に作家たちの肖像写真を掲げたこと自体のハラスメント性についてはすでに多くの指摘があるからここであらためて言及する気はないが、「厚化粧の肖像」と小説世界とのギャップという『しろばら』評の根底には、おそらくジェンダー規範としての〃女性性〃をめぐる枠組みの問題があったと思う。厚化粧を施してジェンダー規範に過激なまでに順応しているように見える肖像写真（明治二十九年元日の『読売新聞』は「風姿婉灼牡丹の未だ全く開かざるが如く」と評している）と、ジェンダー規範から過剰に逸脱したという印象を与える小説世界とのアンバランスは、その後「肖像」云々が批評言説の表層から消えたあとでも、陰に陽に『しろばら』の完全な自立性に対する疑念形成の基盤になってきた。『しろばら』がジェンダー規範から逸脱しているという印象を与えてきた理由は、表面的にはセクシュアルな題材が女性作家にふさわしくないというバイアスのように見えるが、深層にはもっと根深いものがあったのではないかと私は考えている。

〃手籠めにされる美女〃という設定自体は、物語の伝統において決して珍しいものではない。〃手籠め〃の話型の基本は腕力や凶器で脅すパターンと、金力または権力で抵抗を封じるパターンのいずれかである。ところが『しろばら』は、そのいずれにもあてはまらない。加害男性の星見篤麿は子爵（非議員）の長男、被害女性の桂光子は貴族院議員（多額納税議員）の長女という設定で、しかも二人は母親の血を通した従兄妹同士の間柄にあり、篤麿は腕力的な男ではない。彼がとったのはクロロホルム・レイプという手段であったが、このクロロホルムという設定が同時代評以来男性読者の不評を買い続けてきたのは、その背景にある〝手籠め〟の定型からの逸脱そのものに由来していたのではないだろうか。誤解を恐れずに言えば、篤麿が無頼漢であるか、あるいは光子が貧しい少女であったなら、読者は物語的安定性の枠内で被害者に同情することができただろうが、『しろばら』の小説世界では、そのいずれの設定も除去されているのである。ここで興味深いのは『しろばら』の「ころゝほるむ」に対して激しい嫌悪と反感を示した同時代評の一つの中に、「これを読むと男はみな邪慳なもので、筆者も邪慳なものとならう」という言説が見られるという点である。[3]「筆者」とはこの評を執筆した男性（大池健吉）のことであり、彼はこのクロロホルムの衝撃の中に自分自身を含む男性全体に対する非難を直感したことを告白しているわけである。男性全体が暴力的な存在として非難されているという感覚が、『しろばら』に対する男性読者の不快感の根底に存在していた可能性が浮かび上がってくる。クロロホルムは一見特殊過ぎる設定にみえながら、華族の不良息子の犯罪という物語の枠にとどまらない普遍的なひろがりへの喚起力を放つ象徴としての機能していたのである。篤麿は光子との結婚を望んでいた。光子の拒否が頑強なために策略を用いて彼女を直江津におびき出し、宿で就眠中の光子を「哥囉仿謨《ころゝほるむ》」を浸したハンカチーフで襲ったのであるが、相手は貴族院議員令嬢である。社会的大事件にも発展しかねないリスクを冒してまで彼がこの行動に出たのは、いったん性関係の既成事実を作ってしまえば相手は男の思い通りになって結婚も承諾するに違いない、というシナリオを描いていたからであろう。そしてこのシナリオこそ、現実に多くの男性たちが共有していた暴力的な神話であり、クロロホルムと少女の無惨な死体描写が、その神話の身勝手さをグロテスクに照らし出していたのだと考えることができる。『しろばら』の結末については強姦された光子の入水自殺というラインで読まれてきたが、これはあくまでも一つの解釈に過ぎないし、篤麿が「陵辱して殺した」とする永松三恵子氏の読み（「明治の閨秀作家　田沢稲舟」『ザ・ファミリー』一九八四・九～十一）もまた同様である。『しろばら』の語り手は光子が死に至った経緯について何一つ語っていないし、暗示さえしていない。光子は物語の前半の篤麿の求婚を拒否する場面で「私は死ぬまで生きてる決心ですよ」と語っているが、この言葉も死因推定にとっては多義的である。凌辱され絶望した少女の投身自殺、自らの生命を代償にして〝操〟を守った処女……等の物語的安定性への着地点を語り手が一切拒否しているために、（男性）読者のフラストレーションは増大せざるを得ないのである。

しかも『しろばら』の語り手は、光子を悲劇のヒロインにふさわしい可憐な少女として描いてはいない。語り手は光子が「変り者」であることを繰り返し強調し、光子が直江津の宿で母親にあてて手紙を書く場面でも「其の文も亦光子同様、頗る変妙奇体のものなり」という辛辣な批判を浴びせている。光子は評判の「男ぎらひ」であるが、その根底にはセクシュアリティに対する過剰なまでの拒否感情があった。彼女は「恋愛の極」が「きたならしい劣情」であるとして恋愛を否定し、「人間繁殖」のための夫婦間の性交渉についても「けがらはし」いと考えて結婚自体を嫌悪しているが、これは無垢な少女から貞淑な妻、そして賢い母に向けての成長——男性主導のもとでの——を要請するジェンダー規範から明らかに逸脱した発想である。そしてこの規範の強固さが、一度性関係を持ってしまえば相手の女性は自分の言いなりになるという篤麿の思いこみの破綻を必然づけているのであるが、語り手は光子に対して同調の姿勢をなかなか示さない。そのために「手もつけられぬ蓮葉娘」という評（後藤宙外）も出てくるのであるが、その語り手がクロロホルムの場面で突然光子を「天女の化身」と名付け、「とく起きよさめよ」と呼びかけているのであり、語り手と光子との距離は単純ではない。結末部で初めて語り手は「死屍」を「少女《をとめ》」と呼ぶ。「変り者」として生きてきた光子は死んで「少女」となったわけであるが、ここにはジェンダー規範としての「少女」なるものは死体としてしか存在しないという痛切なアイロニーがこめられているのかも知れない。一方美妙は『白玉蘭』（明二十四・十）の中で「可憐な少女」を「薔薇」に喩え、この「薔薇」を「手活の花」にしたいと考える男と、抵抗なくこの男の妾になる少女を描いていた。美妙の「薔薇」といなぶねの「しろばら」との落差は明白である。「美妙の影」というテクスチュアル・ハラスメントを浴び続けてきたいなぶねの作家像の白立的復権に向けて、『しろばら』が美妙とはまったく異る世界を追求していたことをあらためて確認しておきたいと思う。

注

（1） 古歌にも「いなぶねものぼりかねたる最上川しばしばかりといつを待ちけむ」（藤原嗣房）という、「のぼ」るに意味性を持たせた用例もある。

（2） 一箇所だけ、お勢の言説の中に「僕」というジェンダー越境的な自称詞が出てくることは周知の通りである。

（3） 笹塚儀三郎氏の「青春哀詞　田沢稲舟」（『明治の群像9』三一書房、一九六九）による。郷土誌『東華』明治二十九年一月号からの引用だということである。

女権・婚姻・姓表示

1

岸田俊子（中島湘煙）「同胞姉妹に告ぐ」

近代文学関係の大きな全集を編む時、一葉と与謝野晶子以外の明治の女性作家は「女流」という用語で括られてきた。例えば一九六〇年代に刊行された筑摩書房版『明治文学全集』は全九十九巻のうち『明治女流文学集』に二巻をあてているし（ほかに単独巻として『樋口一葉集』があり、与謝野晶子は与謝野鉄幹と合わせて一巻。また『女学雑誌 文学界集』と『明治歌人集』にも若干の女性作家が収録されている）、講談社版『日本現代文学全集』にも『樋口一葉 附明治女流文学』という巻がある。筑摩書房版『現代日本文学大系』は大正以降については、エコール（流派）重視の編集方針を取っており、例えば佐多稲子／中野重治、宮本百合子／小林多喜二という組み合わせの巻構成を採っているが、明治については、やはり『樋口一葉　明治女流文学・泉鏡花集』（一九七二年）という括りになっている。その後「女流」という語のジェンダー的非対称性に対する認識がひろまるにつれて、「女流」に代わって「女性」という用語を使うことが一般的になってきた。

「女性作家」という概念は、一応、明確である。「男性作家」という対称語も理論的には存在する。（「女優」という語の普及にともなって、「男優」という新語が誕生したのと似ている面がある。）だが現実には「男性作家」という巻名を持つ文学全集は実在しないし、文芸雑誌が「男性作家特集」を組んだという例も聞かない。つまり「男性作家」は、文学史や文学者を分節化するカテゴリイとしては実質的に機能していないのである。男性の作家たちは所属するエコールか文壇的人脈によって分類されるのが常であり、どんなマイナー・ポエットであっても「男性作家」という枠組みで一括されることはない。一方女性作家の場合は、「女性（女流）作家」であるということを最大の共通点とすることが当然の習慣となってきた。もちろんそこには、「閨秀作家」と呼ばれた明治女性作家たちの文壇的位置付け自体の反映があるし、また男性中心の文学史に対する異議申し立てとして、「女性作家」の前景化をはかってきたフェミニズムによる戦略という要素も作用しているに違いないのだが、「女流作家」を「女性作家」と呼称変更しても、「女性作家」自体が実質的には非対称な分類であるという点は見落としてはならないだろうと思う。一葉以外の女性作家を「女性」という共通項で一括りにした本巻（『新日本古典文学大系明治編23女性作家集』）の編集は、そうした女性有徴化の歴史の刻印というバックも背負っている。また〝一葉以前〟の女性作家たちを、「一葉」という明星を照らし出す群星として束ねてしまったり、あるいは表現よりも思想の先駆性だけに光が当てられがちであった評価の枠組みに対する再検討という課題もまだ多く残されている。

明治前期の女性表現者にアプローチする際、無視できないのは署名における姓表示の問題である。例えば漱石が「夏目」と「塩原」という二つの姓の相剋を生きたことはよく知られているが、男性作家は生涯を一つの姓で通したケースが圧倒的に多い。だが女性の場合はさまざまなかたちの姓の変動を体験しており、単一の姓を通した場合にも、そのこと自体がまた姓への注目を喚起していた。したがって実生活レベルで使用する姓が自動的に表現者レベルにおける署名の姓につながるという単純なものではなく、署名の姓の表示の仕方にはさまざまなゆらめきを読みとることができるのが「女性作家」の特色である。

湘煙の場合は、婚姻にともなって、〈父の姓〉である「岸田」から〈夫の姓〉である「中島」へと姓が移動した。彼女の表現者としての署名における姓表示はこの移動におおむね一致しているが、同時にそれは彼女の言論姿勢の変化にも対応しているようである。民権家、女権家として尖鋭な論陣を展開していた「闘士」時代から、穏健な「良妻賢母」論者への傾斜を強めていく後半生へのターニング・ポイントが、ちょうど「中島」への姓表示の変更期と重なっているからである。（なおよく知られているように、夫婦同姓は日本古来の伝統でもなければ、封建遺制でもない。江戸時代の武士階級は「夫婦別氏」を慣行としており、明治新政府も戸籍制度の発足にあたって「夫婦別氏」の方針を取っていた。その後実態としての「夫婦同氏」が進行し、明治三十一年施行の明治民法において、〈家〉制度の要の一つとして、家族の全員が戸主の姓を名乗ることが法制化された。湘煙の結婚は民法施行より十年以上早い。）

湘煙の生年は従来文久三年（一八六三）十二月五日とされてきたが、西川祐子氏によって、中島家除籍簿に万延元年（一八六〇）十二月四日と記載されていることが紹介された。戸籍の記載が実際の生年月日と一致しない例は多数あるが、西川氏は傍証も挙げているから万延元年の方に従うべきだろう。生家は京都の古着商（のち呉服商）。幼名トシ。湘煙が自分の名を「俊子」と名乗るようになったのは、明治になってからのことらしい。小学校で抜群の成績を残した湘煙は、明治十二年、十八歳の時、京都府知事の槇村正直――「俊子」という表記は、彼女の俊秀ぶりを誉めた槇村の言葉に由来するという話も伝わっている――と、当時宮内省皇后宮亮だった山岡鉄舟の推挙を受けて宮内省文事御用掛に採用された。皇后に漢学を進講する役目の女官である。この年の『官員録』に「京都府平民　岸田俊」の名が見えるというが、平民出身の女官はきわめて少なく、西川氏は「俊子は京都の新教育の生んだ俊秀の子、土地のよりすぐった産物として献上されたのである」（『花の妹――岸田俊子伝』新潮社、一九八六年）と評している。だがこの時期は、自立的な表現者としての「岸田俊」はまだ誕生していない。

自立的な表現者としての「岸田俊子」の誕生は、明治十四年に病気を理由に宮内省を退いていた彼女が、自由党系の「女子演説家」として、大阪道頓堀で第一声を放った明治十五年（一八八二）四月一日である。俊子の演説は各地で人気を博したが、十六年十月の大津における拘引事件を機に彼女は演説活動から身を引き、「舌から筆への移行」（関礼子「湘煙の文章形成――「同胞姉妹に告ぐ」の位相」『文学』一九八二年六月）によって再出発したのが明治十七年。そして自由党幹部の一人だった中島信行と結婚入籍したのが、除籍簿を調査した西川氏によると明治十八年八月二十六日である。そして明治十九年、『女学雑誌』を拠点として言論活動を再開した時の署名には原則として「中島」姓が冠されているから、言論家としての湘煙の「岸田」姓時代はきわめて短かったことになる。

そしてなお姓に注目するなら、「女演説家・岸田俊子」時代と、「中島」姓で文筆活動を再開し始める時代との間に、ごく短い無姓の時代が挟まっていることに気付く。それは自由党系の小新聞『自由燈』を拠点にしたエクリチュールの場で尖鋭な女権論を展開した一箇月間であり、このとき彼女は、姓表示のない「しゅん女」という署名を用いていた。『同胞姉妹に告ぐ』はこの「しゅん女」時代の代表的評論であり、「民権期の俊子の女権論の白眉」（鈴木裕子『岸田俊子評論集　湘煙選集1』「解説」不二出版、一九八五年）として今日でも評価が高い。「岸田」から「中島」への姓の移動を抵抗なく受け入れたように見える湘煙においても、文筆家として最も輝いていたのが結婚直前の〈無姓〉時代であったという事実は注目されてよいだろうと思う。

『同胞姉妹に告ぐ』は明治十七年（一八八四）五月から六月にかけて『自由燈』に十回にわたって連載された。『自由燈』側は創刊にあたって湘煙に同紙の記者となるよう勧めたと言われている。女演説家としての人気絶頂期に拘引拘留され、『自由燈』創刊の半年前に集会条例違反で罰金刑の判決を受けたばかりの岸田俊子のネーム・ヴァリューは、同紙にとって貴重だったに違いない。同紙創刊号付録の巻頭に俊子の発刊祝辞『自由燈の光を恋ひて心を述ぶ』が掲載され、そして第二号から『同胞姉妹に告ぐ』の連載が第一面で始まっている。（ちなみにこの評論の連載と併行して、自由民権思想を女性たちの物語に託した小室案外堂のアレゴリイ小説『自由艶舌女文章』が同紙に連載されている。）湘煙は結局『自由燈』には入社しなかったらしい。これは彼女の側が断ったためとも伝えられるが、「舌から筆への移行」にあたって、文章を公表できる活字メディアを確保できたことは淋煙にとってメリットは大きかったと思われる。いまだ女性雑誌もなく、女性作家も一人も出ていなかった時代において、散文世界における女性の「筆」の舞台はきわめて限定されていたからである。

明治十年代の自由民権運動高揚期における女権論への言及は、決して湘煙固有のものではない。日本の民権家たちに男女同権論を喚起したのはハーバート・スペンサー『Social Statics』（一八五〇年）中の The Rights of Women の章だとされている。このテキストは『同胞姉妹に告ぐ』以前に、尾崎行雄訳、松尾剛訳、井上勤訳という三種の日本語訳が刊行されていたが、自由民権運動の時代、原書を読まないままこれらの翻訳版を藍本として女権論を展開する議論が多く、有名な植木枝盛の男女平等論もこの域を本質的には超えてはいない。そして湘煙の『同胞姉妹に告ぐ』にも、スペンサーの翻訳版をほとんどそのまま借用している表現が随所に見られる。例えば「其五」における「愛憐」と「権柄」とを対比させたレトリックは、従来湘煙独自の言説としてフェミニズム研究者や評論家の間で注目を集めてきたが、これも実は井上勤訳のそのままの引き写しである。湘煙はスペンサーとともにミリセント・フォーセットの婦人参政権論をもう一つの理論的支柱にしていたが、こちらについても栗原亮一訳（明治十四年）と渋谷慥爾訳（明治十六年）という二つの日本語訳バージョンに直接拠った表現が散見する。全体として『同胞姉妹に告ぐ』は理論面に関する限り、二冊の英書の日本語訳の借用あるいは祖述という色彩が濃厚なのである。だが男性民権家たちの女権論が自由論の一環としての理論問題という性格が強いのに対して、『同胞姉妹に告ぐ』は文章全体に脈打つ内的モチーフの切実性において際立っている。つまり他の民権論者たちにとっての女権論が、内的欲求を欠いた〈観念〉のレベルにとどまっていたのに対して、二十三歳の「しゅん女」（湘煙）のエクリチュールからは彼女自身の〈身体〉に根ざした叫びが聞き取れるのである。またスペンサーが触れていない財産面における性差別論に対して、湘煙が独力に近いかたちで挑んだ「其四」の若々しい迫力は、今日あらためて光を当てる価値があるだろうと思う。

またこの評論は全国の女性たちに向かって権利意識の覚醒を喚起し、「世の心ひがみ情剛き圧制男子の前に同種の理を唱へ」るための理論的武器を提供しているように見えながら、「社会の改良」や「人間の進歩」を唱えつつ「男女同権の説のみに至りては守旧頑固の党に結合なし」てしまう「自由を愛し民権を重んずる諸君」――つまり当時の男性民権家たちが直接の読み手として想定されている。そしてそこに、演説家時代の経験の中で、男子民権家たちからもジェンダー差別の眼差しを浴び続けてきた湘煙の内面の迸りを見出すことは容易であろう。『同胞姉妹に告ぐ』から五年後、植木枝盛の『東洋之婦女』(明治二十二年九月刊)に寄せた序文の中で、湘煙は「女権張るへく男尊女卑之弊改めさるへからすとは人々皆口にするところなれとこれを熱情の已むを得さるより始て口に唱へ書に筆するものは極めて稀れなるを覚候」と書いているが、まさしく「熱情の已むを得さる」強いモチーフがあったからこそ、『同胞姉妹に告ぐ』は二十一世紀に入った今日でもなお、スペンサー理論に立脚した同時代の女権論群の中に埋没させることのできない光彩を放っているのであり、政治評論でありながら同時に強い文学性を獲得しているのだと思う。

だがこの評論完成と同じ時期に中島信行との熱海同伴旅行が報じられ、湘煙の無姓「しゅん女」時代は幕を閉じる。結婚後も湘煙は『女学雑誌』を主要舞台として、「中島」姓の署名で文筆活動のジャンルを広げていく。湘煙が明治二十年にロード・リットンの「ユージン・アラム」を翻案して書いた『善悪の岐』は女性の手に成る最初の近代小説であるが、満谷マーガレット氏は原作との比較作業を通じて、「どの男にも負けないぐらい、都合のいいときには原作を変えたり、曲げたり、自分の言いたいことを伝えるのにあらゆる手段を尽くし」ていることを実証し、「女性が明治という時代をどのように見ていたか、そしてその明治観を公表するのにどのような手段を取らざるを得なかったのか、その重要な意味を私たちに伝える作品」という提起を行なっており(『叢書　比較文学比較文化3　近代日本の翻訳文学』中央公論社、一九九四年)、再評価が求められる小説である。また未完の創作『山間の名花』（明治二十二年）も評価が高いし、若い女性読者を対象にした評論にも貴重な文章が少なくない。例えば『生意気論』（明治二十三年）は、「生意気」をキイ・ワードとした女学生非難に対して、生意気とは本来「生気あり」という意味であることを説き、「この評をして勢力あるを得せしめば女学今より退歩するなきを得んか」という論陣を張った評論であるが、教育勅語発布直後の『女学雑誌』に掲載されたという文脈を視野に入れれば、その戦略的含意は明確である。また湘煙と信行の結婚は両性の合意に基づく「自由結婚」であり、夫と妻の関係は「良人は女史を呼ぶに「卿」と言ひ、女史亦良人を呼て「お前」とか「旦那」とか男尊女卑的の言葉はなし」（「夫人の素顔中島湘煙女史」『報知新聞』明治三十二年四月十六日〜二十九日）と伝えられるような男女対等性の強いものであったらしい。明治二十五年に信行が自由党を脱党してイタリア公使となり、帰国後男爵を受爵する頃に文筆の世界から遠ざかっていった湘煙の軌跡については評価が割れているが、かつて鈴木裕子氏が『同胞姉妹に告ぐ』について、「俊子がその烈々たる女権論を公にした、まさにその年に中島信行と結ばれるにいたり、家庭の人となってからの賢夫人振りと、政治活動との断絶をいかにみたらよいのか」と提起した問題は、「愛憐」論にもとづく「理想的な男女関係の実現」という肯定的連続説（林正子等）や、「儒教思想に支えられた男女愛憐論の理想郷の延長」という批判的連続説（北村結花）で説明しきれるかどうか。『同胞姉妹に告ぐ』の「愛憐」論が湘煙の独創ではなかったことは前述の通りである。謎は依然として残っていると言わねばならない。

2　曙女史「婦女の鑑」

この作家は「木村曙」という名前で文学史に登録されているが、今日確認されている限り「木村曙」という署名を持つ文献資料は一つも存在しない。曙はティーンエイジで彗星のように文壇に現れ、執筆活動わずか一年で夭折してしまった作家であるが、その短い生涯は〈二つの姓〉の相剋の軌跡でもある。父は牛肉チェーン店の経営等で知られた実業家木村荘平であるが、彼は多数の妾の存在によっても知られた人物で（そのため曙に、作家の木村艸太、画家の木村荘八等数多くの異母弟がいたことは周知の通りである）、その中の一人であった曙の母もまた「木村」姓ではなく、「岡本」姓を名乗っていた。つまり曙は早くから父の姓と母の姓とを生きねばならなかったのである。『婦女の鑑』の連載開始にあたって饗庭篁村が寄せた文章では曙の本名が「岡本えい子」と紹介されていたが、翌年三月の『女学雑誌』の記事では「曙女史木村栄子」、また同年十月の死亡記事も「木村」姓になっている。したがってこの間に「岡本」から「木村」への姓の移動があったものと推測できるが、ここにはおそらく彼女の結婚が関係しているだろうと思われる。

これまでの曙年譜はすべて、東京高等女学校卒業後『婦女の鑑』執筆までの間に、恋愛を父の反対によって阻まれ、別の男性との結婚を強いられ、さらに夫の不品行によって間もなく離婚した……という神崎清説をそのまま踏襲してきているが、少なくとも離婚伝説は事実ではないと断定できる。東京高等女学校時代の友人である三宅花圃の回想の中に、曙の葬儀を「夫の君」が取り仕切っていた光景が出てくるし、曙の死の二年後に出た『明治閨秀美譚』の「曙女史」（「木村曙」ではない）にも「琴琴和合せしが天此佳人に年を仮さず一昨年中納を以て逝く」と記されているからである。彼女が結婚したのは『婦女の鑑』を執筆する前ではなく執筆後（どんなに早くても連載の途中）であり、おそらく木村家への入婿の結婚であったために、曙も「木村」姓を名乗らされることになったのだろうと思われる。女性たちの多くが婚姻によって〈父の姓〉から〈夫の姓〉へ移動をしていた当時、曙は逆に婚姻によって〈母の姓〉から〈父の姓〉に変更させられるという体験をしていたらしい。そしてこの二つの姓の相剋が、〝無姓空間〟としての雅号を志向させていた可能性を考えた時、小説のすべてに姓表示のない「曙女史」という署名を残して逝ったこの作家を、無造作に「木村曙」と呼ぶことの妥当性は再考されていいだろうと思う。

『婦女の鑑』は明治二十二年一月三日から二月二十八日まで、三十三回にわたって『読売新聞』に連載された。(三十回余の連載に二か月を要したのは、途中で大日本帝国憲法が発布され、その報道のための特別な紙面編成が小説欄を圧迫したためだと思われる。)曙の生年については複数の説があるが、かりに定説に従えば曙は一葉と同年四月(明治五年三月)の生まれであり、一葉より三年半も早く、数え十八歳、満十六歳の若さで文壇デビューし、翌年満十八歳で他界したことになる。『読売新聞』が小説連載欄にまったく無名の少女を年頭から起用した背景には、前年現役女学生だった田辺花圃の『藪の鶯』が書き下ろしで刊行されて好評を博したという文壇状況の中で、『読売新聞』が紙面刷新の一環として「女学生作家」という新規の商品価値にいち早く着目していたという事情があったようである。「或る学校に在学」中の「蘆屋よし女」という署名の連載小説『夜の錦』が十回で中断したという前史を踏まえて、その約一箇月後、「高等女学校を卒業」というイントロダクションとともに「曙女史」が新年の紙面に登場してきたのである。

『婦女の鑑』という題名の先行テクストとしては、この連載が始まる一年半前に宮内省が華族女学校の教科書として刊行した『婦女鑑』全六巻(西村茂樹編)がある。これは女子教育の「鑑」となるべき実在の女性の略歴やエピソードを日本、中国、欧米から幅広く蒐集した本であり、その多くは孝女、貞女、賢母、勇婦の事例であるが、巻三には貧民救済、囚人更生、女子教育等の社会的な功績を残した西洋人女性たちの話も収録されている点が注目される。

一葉以前の女性作家を論じるとき『婦女の鑑』は必ず言及される作品であるが、題材はきわめて新しく社会的拡がりを持っているものの、文体や趣向があまりにも旧く前近代的であるという作品評価の基本線が形成されてきた。そしてこの題材と形式のアンバランスを、曙の若さゆえの未熟さに帰着させた論も多い。だがこうした評価の根底には、「少女」作家に対する偏見と、進化論的小説観による制約が作用していたという面がある。例えば曙は小説の文体に対して決して無自覚であったのでもなければ、馬琴に慣れ親しんでいたために馬琴の文体を自然に模倣したというような単純なものでもない。『婦女の鑑』完結の翌月、『読売新聞』紙上で「言文一致」をめぐる論争が展開されたが、この論争の主役の「吉川ひで」(『婦女の鑑』のヒロインと同名)が曙であることははっきりしている。また平田由美氏『女性表現の明治史――樋口一葉以前――』(岩波書店、一九九九年)によれば、この時の論争相手「星の家てる子」は小金井喜美子の変名だった可能性が高いということであり、明治二十二年という時期に、文学史に残る二人の女性作家が小説の「文体」をめぐって応酬した論争は、今後もっと注目されていいはずである。この論争の中で曙は小説文体としての言文一致そのものを退けるものではないが、日本語における「言」と「文」との乖離が甚だしい現状においては言文一致体は小説文体としてまだ適さない、という主張を展開している。この主張は坪内逍遙の小説文体論とも通じるところがあり、曙が言文一致体を視野に入れた高い文体意識を持っていたことを窺わせる。『婦女の鑑』における物語内容の新しさと物語言説の旧さとの矛盾、という評価の枠組みは抜本的に再検討されてしかるべきであろう。

趣向の「荒唐無稽」についても、無実の噂によって父から勘当された少女が単身イギリスに私費留学し、さらにアメリカにわたって工業の実地学習を積んで帰国後工場を設立するという物語を、「写実」の「ノベル」として書くことがはたして可能だったか、という問題がある。「ローマンス(伝奇)」は、「ノベル」の近代的優位性を説く『小説神髄』の進化論によって一段低く評価されたジャンルであり、そのことが馬琴批判の論拠になってきたが、曙が選んだ題材は、この「ローマンス」によってこそ奔放な展開が可能だったのであり、それを表現する文体として馬琴調が採用されたのは必然的であったとも考えることができる。しかも曙は馬琴の文体を単純に模倣したわけではない。『婦女の鑑』の物語言説の中で最も際立った特色は人称表現にある。登場人物の自称詞は、性別、年齢、貧富に関係なくほとんど「我身」で統一されており、「御身」という他称詞とペアを形成している。馬琴文体において「詞」と「地」から成る物語言説のうち「詞」のジェンダーを最も端的に示す徴が自称詞であった。女性はみな「妾」を使って語っていたのである。明治の小説においても、草双紙体のものも含めて女性登場人物の自称詞として「妾」が使われることが多く、前述した湘煙の『善悪の岐』でも女性自称詞はほぼ「妾」で統一されている。そうした根強い伝統の中で、男女ともに「我身」―「御身」という同じ自・対称詞の組み合わせを採用することによってジェンダーの徴を取り払おうとした曙の試みは画期的だったと言える。そしてこの試みは、小説中にプロットを動かす男性がほとんど登場しないこととも対応しているはずである。父・兄・夫の誰もが物語の主導権を握らないという虚構の世界を造形し切るために、曙は意欲的な努力をしていたのである。『婦女の鑑』は進化論のバイアスを払拭した眼をもって、もう一度評価が試みられていい作品だと思う。

3 清水豊子（紫琴女史）「泣て愛する姉妹に告ぐ」

清水豊子は文学史では「清水紫琴」あるいは「古在紫琴」と呼ばれることが多いが、この呼称も再検討される必要があるようである。第一に、彼女は「清水」姓時代には「紫琴」という号を一度も用いておらず、「古在」姓に転じた後で「紫琴」が誕生したのであり、第二に、「紫琴」号を使用し始めた後であっても、「紫琴」の上に「古在」という姓を冠した用例がない。「紫琴」という号は、つねに姓表示ぬきで署名されていたのである。

紫琴は慶応四年（一八六八）一月十一日、備前国和気郡の大庄屋格の農家に生まれた。満十三歳で京都府女学校小学師範諸礼科を卒業したあと、十七歳で民権家の代弁人（この人物はまだ完全な特定ができてないが、奈良組合代言人の岡崎晴正をあてる竹末勤氏の〈「清水紫琴と奈良における演説活動」『奈良県近代史研究会会報』七号、一九八一年八月〉が現在最も有力なようである）と結婚して岡崎姓を名乗り、「岡崎豊子（とよ）」の名で自由党系の政治運動に参加し、演説家からスタートして文筆の世界にも進出したが、明治二十二年二月——大日本帝国憲法発布の頃——に離婚したらしい。それにともなって清水姓に戻した彼女が同年三月「清水とよ」の名で書いた評論が『敢て同胞兄弟に望む』である。これは奈良の興和会の機関誌『興和之友』第五号に出たのち長く埋もれていたのが竹末氏らの努力によって発見され、『奈良県近代史史料(1)大和の自由民権運動』(奈良県近代史研究会、一九八一年)に収録されたが、その中で彼女は民権家を含む男性たちに向かって、女性が「政府の外別に各々一の小君主を戴」いていることへの自覚を促し、来年の国会開設が「諸君の自由の発途たるの日なるを祝せしむるのみならず、併せて妾等が束縛を脱せしの時なるを記憶せしめよ」、男女とも「立憲政体の治下に生息するの民たらしめよ」と呼びかけている。男女不平等を容認した「自由」は「自由」の名に価しない、という紫琴の訴えは今日なお熱いメッセージとして伝わってくる。

さきに湘煙のところで触れた植木枝盛『東洋之婦女』に紫琴も「清水豊子」の名で序文を寄せているが(この序文は合計十八名の女性が執筆するという異色のスタイルを取っている。なお目次は執筆者の有夫/独身の別を「夫人」/「賢女」という表記で明示しているが、清水豊子には「夫人」が冠せられている。豊子の序文の執筆日付が離婚前の「明治二十一年八月十六日」になっているためだろうか)、紫琴は湘煙と呼応するかのように、「平生政府に向つては自由を渇望し乍らも、其人一家の内に在りては縦に妻子を抑圧せんと欲する撞着家」、「男女同権の真理に適するを知り乍らも、自己が便宜の為めに男尊女卑説を賛成する偽学士」を痛烈に批判している。彼女の前夫が民権家の一人であっただけに、ここにも自らの身体に根ざした衝迫力が漲っている。

明治二十二年の紫琴は、京都にあって「西京の有志家」として活躍、一夫一婦建白運動にも積極的に参加している。これは姦通罪を定めた刑法第三一一条と第三五五条が、「妻」の姦通はすべて犯罪となるのに、夫の姦通は相手が「有夫の女」でない限り処罰の対象にならないという不平等規定になっていたことに対して、「有妻の男子」

にも平等に姦通罪を科す方向での法改正を求めたものであり、東京婦人矯風会の呼びかけで各地に拡がった請願運動であるが、「清水とよ女」が京都府経由で元老院あてに「一夫一婦建白」を提出するというニュースを六月の『女学雑誌』が伝えている。（この請願運動は結局法改正の実現を見ることができず、男女不平等条項は太平洋戦争後の刑法改正によって姦通罪自体が廃止されるまで持続した。）

翌二十三年五月に上京した紫琴は『女学雑誌』に入社し、以来毎号のように同誌で活発な文筆活動を展開、同年十一月――教育勅語発布直後、第一回帝国議会開会直前――には同誌の紙面「改進」にともなって主筆兼編集責任者に抜擢された。満二十二歳の女性チーフ・エディターの誕生である。『泣て愛する姉妹に告ぐ』は、『女学雑誌』二三四号（十月十一日）、つまり主筆就任の直前に発表された。国会開設にあたって政府が女性を選挙権・被選挙権から完全に排除し、女性の政党参加権も剝奪しただけでなく、さらに衆議院規則案で女性の国会傍聴すら禁止しようとしていることの不当性を訴えたこの評論は、湘煙の『同胞姉妹に告ぐ』と並んで、自由民権時代に女権拡張を直接論じた女性のエクリチュールを飾る双璧と言ってよいだろう。両者は題名も酷似しているが、当時の女性言論界では同様のタイトリングが流行していることも知っておく必要がある。

『女学雑誌』主筆となった豊子は、翌年「つゆ子」の筆名で新年号に掲載した小説『こわれ指環』によって作家としても注目を集めたが、間もなく言論の第一線から引退する。景山英子と事実婚の関係にあった自由党の大井憲太郎の子を出産するなどの苦難を経て、明治二十五年、帝国大学農科大学助教授の古在由直と結婚し、「古在」姓となった。由直は大きな社会問題となっていた足尾銅山鉱毒事件に際して、官の側に身を置きながらも鉱害を科学的に立証した気骨の科学者として知られ、家庭にあっても「デモクラチックな雰囲気」を醸成していたらしいが、彼は妻の文筆活動を好まなかった。息子の古在由重氏は「父はその結婚にあたって「文筆活動の禁止」をちかわせたといわれる。事実ちかわせたのかどうか、わたしは知らない。ただ、けっしてそれをこのみはしなかった。これだけはいえる」(「明治の女――清水紫琴のこと」『図書』一九八六年九月)と書いている。実際、結婚後の紫琴は被差別部落を題材にした『移民学園』などの注目すべき小説も書いているものの、その文筆活動は夫が留学で不在だった時期に限られている。「古在」姓時代の彼女が署名に姓を冠していないのは、このことと無関係ではないだろう。夫が妻の文筆活動を好まないという制約の下でのエクリチュールを発表するにあたって、「古在」の妻であることの明示を避けようとする力学が働いたと考えられるからであるが、一方、彼女が第二次の「清水」姓時代に、妻の姓表示のあり方に関する文章を書いていたことにも注目しなければならない。『女学雑誌』主筆に就任して間もない明治二十三年十二月、彼女は同誌の問答欄で、「夫あるの婦人は、多くその夫の家の姓を、用ひおる」ことの是非に関する読者の質問に答えて、「私の考へにては、理論上より考へ候ても、実際の上より申し候ても、里方の姓を称ふる方、至当ならむと存じ候」と明言している。「全躰夫婦とは、婦人が男子に帰したるの謂ひにあらず、一人前の男と女が、互ひに相扶け、相拯ふの目的をもて、一つの会社を造りたる訳のものなれば、いづれが主、何れが客といふ筈のものには候はず。したがつて、夫には夫の姓氏あり、婦には婦の姓氏あるは、もとより当然の事に候」という論は、現在の選択制夫婦別姓論の先駆をなすものとも言えるが、彼女はとりわけ文章の署名にこだわり、「後世へ遺す書類までにも、往々夫家の姓を用ひらるる人あるは、まことに訝しき心地いたし候」と書いている。(当時の『女学雑誌』の常連執筆者の一人は、署名に「夫家の姓」を冠した「中島俊子」=湘煙であった。)彼女が「紫琴」号を使用し始めるのはそれから五年以上も後のことであるが、離婚、再婚によってめまぐるしい姓の移動を余儀なくされてきた彼女がやはり〝無姓空間〟としての雅号への強い志向を抱いていた可能性は十分あると思う。

だが無姓の「紫琴」時代も、由直が留学から帰国した翌年、明治三十四年(一九〇一)――二十世紀第一年――に終焉を迎える。この年の一月『女学雑誌』に短いエッセイを発表したのを最後に、彼女は文筆活動から完全に退いてしまうのだが(偶然ながら紫琴の退場と入れ替わるかたちで、与謝野晶子が『みだれ髪』で中央文壇に登場してきている）、引退から死去までは三十二年半に及んだ。これは紫琴の全生涯の半分に相当する長さであり、「わたしは、紫琴の沈黙の重さを思う。だがそれは、彼女の才能を惜しんでいうのではない。いや、むろんそれもあるが、しかし、才能のあるなしの問題ではない。才能があってもなくても、社会的に仕事をしたいという、人間として当然の欲求を、女に拒んでいる社会制度、結婚制度の問題なのである」（「紫琴小論」『紫琴全集』草土文化社、一九八三年）という駒尺喜美氏のコメントが重い。

III

鉄道と女権――未来記型政治小説への一視点

1

柳田泉氏が名著『政治小説研究』で明治の政治小説の歴史を区分して「明治十九年から二十一年頃まで」を「政治小説全盛時代」と規定したことはよく知られているが、この時期は鉄道史における「鉄道熱」時代と重なっている。日本鉄道会社が、政府の庇護のもとに日本最初の民営鉄道会社として誕生したのは明治十四（一八八一）年であるが、上野高崎間開通を機として同社の開業式が挙行されたのは明治十七年六月であり、この成功に刺激を受けて鉄道会社設立出願ブームが十九年度から湧き起こり、明治二十年に政府は私設鉄道条例を制定してその整理と統制にあたる一方、きたる国会開会に間に合うよう東西を結ぶ官設幹線鉄道建設に本格的に着手していた。こうして官設私設あわせて鉄道の線路や貨客の量が実数、計画ともに急上昇していた時期に政治小説が「全盛時代」を迎えていたわけである。両者の関連を示す事象として、明治二十年前後の政治小説における汽車の車内場面で始まる、あるいは車内場面がストーリイ展開に大きな意味を持つ作品の流行をあげることができるが、そのほとんどが〝未来列車〟として設定されているのが特徴的である。この時期に簇生した、「国会開設」と「内地雑居」を軸にした未来記型小説において、執筆当時にはまだ実在していなかった鉄道路線が作品世界を自在に走っているという設定が一つの定型を形成していたのである。

例えば、明治二十年一月に初版が出た仙橋散士（九岐晰）作『政海艶話 国会後の日本』という作品がある。「筆ヲ明治三十年後ニ起シ明治四十年後ニ止ム」という未来の時間設定に立ったこの政治小説は、福島県郡山の停車場に到着した上野発下り列車の車内場面で幕を開ける。ここでヒーローとヒロインとが初めて出会うところから物語が始まるのだが、第一回では二人は福島停車場で名刺を交換しただけで別れている。ヒーローの久来轍は仙台に行くためにそのまま同じ列車で旅を続け、ヒロイン高山花の方は米沢行きの汽車を待ち合わせるためにそのまま福島に残ったからであるが、この小説の執筆当時、上野から東北方面への鉄道建設を受け持っていた日本鉄道会社の敷設工事は栃木県の黒磯までがようやく開通したところであり（明治十九年十二月宇都宮黒磯間開通）、福島県内には鉄道はまだ皆無であった。上野から北上する日本鉄道が郡山まで開通したのは明治二十年七月、仙台からの南下線路と繋がって仙台上野間の開通式が行われたのが同年十二月。ちなみに米沢福島間の支線が開通したのは、それから十年以上のちの明治三十二年五月である。また『国会後の日本』の汽車の上等列車には最初は「外人」も乗っており、彼らはみな宇都宮で下車して「日光行きの列車に転駕《のりかへ》」たという設定になっているが、曲折ののち日本鉄道会社の支線として宇都宮日光間鉄道が開通するのは明治二十三年八月であり、『国会後の日本』初版本に挿入されていた「奥羽鉄道落成瀛車駛走ノ図」と題するイラストを含めて、この作品内の鉄道はすべて〝未来列車〟だったわけである。（『改進新聞』〈明19・9～12〉に連載された須藤南翠『一顰一笑 新粧之佳人』でも、日光までの鉄道が開通したためにこの地が名勝として「旧に倍して繁昌を極」めているという未来設定になっている。）

著名な作品では、坪内逍遥の『内地雑居 未来之夢』（明19・4～10、未完）が高崎から東京方面に向かう列車の中で二人の男性が偶然再会するところから物語が始まっている。明治十九年といえば前述の通り、上野高崎間の日本鉄道はすでに開通していたが、高崎発の列車という設定は、明らかに中山道幹線鉄道開通が未来の前提として踏まえられている。東西両京を結ぶ鉄道を幹線とする基本政策は早くから決まっていたものの、中山道と東海道のいずれの路線を採用するか未定のまま支線としての新橋横浜鉄道と神戸大阪鉄道が先に建設され、明治十六年十月にはいったん中山道路線の採用が決定された。海上からの攻撃を受けやすく、敵に利用される恐れもあるとして海岸沿いの東海道路線に山県有朋ら軍首脳部が反対したという背景もあったと言われている。日本鉄道会社が建設した上野高崎間鉄道もこの中山道幹線鉄道計画の一部という構想にもとづいていたのであり、中山道幹線鉄道が実現していたならば高崎駅はジャンクションとしてきわめて重要な位置を占めることになるはずであった。だからこそ逍遥は未来小説の執筆にあたってその冒頭場面に高崎発の列車を選んだのだと思われる。また学堂尾崎行雄が書いた政治小説『新日本』初巻（明19・12刊）の第七章は三人の民権家が長野に向かう列車内で会話する場面で占められているが、長野停車場で歓迎を受けたあとただちに一人は「高田に出てゝ越前」へ、一人は「馬関に出てゝ九州」へ、もう一人が「木曾路を経て西京」へそれぞれ遊説に向かうという設定になっており、いずれも中山道幹線鉄道を前提にした〝未来列車〟である。（当時はまだ「長野停車場」自体が実在していなかった。）

ところが『未来之夢』が分冊刊行中だった明治十九年七月に、経費と効率の理由から幹線鉄道計画が東海道に路線変更された[1]。東海道線が全線開通したのは明治二十二年だから「政治小説全盛時代」の頃にはまだ東西両京を鉄道で往来することは不可能だったのであるが、小説の世界では早速、東海道鉄道全通を前提にした〝未来列車〟が次々に登場してきている。路線変更の翌月にあたる明治十九年八月から大阪の『朝日新聞』紙上で連載が始まった『蜃気楼』（単行本は、連載途中の十一月に未完のまま「寓意小説」という角書を冠して出た駸々堂版と、十二月の完結後に「社会進歩」という角書で出た弘文堂版がある。なお作者名は明示されていないが、宇田川文海の作だと言われている）は、その第一回で「人智の日に進み世運の月に開くるや往昔《むかし》は東京横浜神戸西京僅々十数里を出ざる鉄道すら其便利を賞し其駿足に該きしも今は奥羽に木曾路に東西に延長し南北に連絡す中に就て東西二京の間を通ずる東海道鉄道の如き其長さ百余里今朝西京を発し翌朝東京に達す駿速便利実に賞す可し該く可し」というかたちで「明治二十三年」の未来図を描き、ヒーロー「豊原民次郎」とヒロイン「山跡席のお国」が京都停車場から東海道鉄道で東京に向かおうとして民次郎の父親「政兵衛」に阻まれるところから物語が始まり、その後お国は、国会に提出される芸娼廃止法案に反対するために全国各県の芸妓総代を結集して東京で開催された「大妓会《だいぎかい》」に大阪総代として出席して活躍し、それを知って政兵衛も民次郎との結婚を許す決心をし、やがて「民」と「国」とがめでたく結ばれる……というきわめてアレゴリカルなストーリイが展開された後に、実はこれらはすべて二人が大阪で同時に見ていた夢に過ぎず、同時に目覚めた二人は現実との落差を嘆じつつ、二十三年には立派に結婚できるように努力することを誓い合うという、これまたアレゴリカルな結末が用意されているが、夢の中の大団円で聞いた明治二十三年の「上野の停車場に汽車の出発を報ずる鈴の音」が、実際には明治十九年の大阪の「天神橋の仮橋の詰から伏見へ登る淀川丸の出帆の報知」であったという設定になっている。夢の中で摑んだ幸福と現実の苛酷さとの落差を表現するのに、未来の〝汽車〟と現実の〝川舟〟の対比が使われている点も注目されるところである。

『蜃気楼』完結から半年後に東京で連載が開始された広津柳浪『女子参政蜃中楼』（『東京絵入新聞』明治20・6〜8、明22・10刊）は、『蜃気楼』とは逆に東京から大阪に向かう東海道鉄道の車中場面で始まる小説である。品川停車場でヒロイン山村敏子を乗せた列車が鶴見を経て神奈川停車場に到着するまでの車室が、明治四十年頃に時間設定されたこの作品の第一回の舞台になっており、その中に「何れ東海鉄道でせうから神奈川停車場《すてんしよん》でお別離《わかれ》ですな」という偶然乗り合わせた知人の台詞が出てくる。執筆当時、東京から西に向かう鉄道はまだ横浜までしか開通していなかったのだが、この〝未来列車〟では近距離利用者（支線）と長距離利用者（幹線）が同室になるという設定が先取りされている。また南翠の『雨窗漫筆緑蓑談』（『改進新聞』、明治19・6〜8同10刊）の後半部に、やはり明治二十三年という時代設定のもとで、品川を通過する「名古屋の上り列車」を眺めながら母親が娘に向かって「真個《ほんとう》に何も彼も便利に成て今の人は僥倖《しあはせ》だヨ」と語りかける場面が出てくるが、この「名古屋の上り列車」ももちろん〝未来列車〟であり、この小説の連載が始まった時点ではまだ中山道幹線鉄道計画時代だったのであるから、連載途中で発表された路線変更に作者が機敏に対応していたわけである。（東海道への路線変更決定は七月十九日、『改進新聞』の紙面に右の場面が登場したのは七月三十日である。）

2

「鉄道の赴くところ開化の赴く所なり」という徳富蘇峰の言葉[2]を引くまでもなく、鉄道（汽車）は「文明開化」のシンボル的存在であった。それはまず幕藩体制を支えていた関所制を、物理的にも思想的にも打ち壊す機能を発揮した。誕生直後の明治新政府の中で鉄道建設に特に熱心だったのは大隅重信と伊藤博文であるが、後年大隈が当時を回想して鉄道を重視した理由に、「封建ヲ廃シ」て「全国ノ人心ヲ統一スルニハ此運輸交通ノ斯ノ如キ不便ヲ打砕ク」ことと、「封建割拠ノ思想ヲ打砕クニハ余程人心ヲ驚カスベキ事業」として「鉄道ガ一番良イ」と判断したことを挙げていることはよく知られている。[3]徳川幕府が封建制維持のために全国交通の不便な〝閉じた〟システムをあえてとっていたのに対して、明治政府は中央集権国家形成のために〝開かれた〟全国交通を実現する必要があり、その中心的な推進力として鉄道が導入されたのであるが、鉄道の登場と普及は人々の行動様式《カルチャー》の面においても大きな変化をもたらした。その一つは鉄道が分刻みの時間管理を持ち込んできたことである。hour や minit に相当する時間概念を持たず、「小半刻」（約三十分）を生活時間の最小単位として感覚していた日本人の前に出現した鉄道の運転時刻が、明治五年新橋横浜間仮営業開始の時から分刻みで決められていたために、人々が「生活単位を一挙に三〇分の一までに細分しなければならな」くなったことについては原田勝正氏の指摘があるが（『明治鉄道物語』筑摩書房、一九八三）、明治の小説に表現された鉄道と時間との関係という点で興味深いのは、塚原渋柿園作『政治小説条約改正』（『東京日日新聞』明22・9〜10、同11刊）の中の、主人から電報で夜中に大磯まで呼び出された番頭二人が横浜発の一番列車で駆けつけたにもかかわらず、「ナゼ夜明から来て働いて呉れん」と叱りつけられ、「私し共も一刻も早くと存じ升れど何分発車には時間の規定《きまり》がござり升し、ソレに汽車も一時間何里走ると云ふ規則がござり升」と弁明する場面である。汽車の「駿足便利」さを強調する小説が多い中で、この作品は時間の主導権が鉄道側に全面的に握られている——駕籠や人力車を雇うことはできても汽車を雇うことはできない。乗合船なら出帆の時間はフレキシブルだが、鉄道は厳密に決められた時刻表に合わせて乗り込むしか方法はなく、料金を奮発することによって到着時間を早めてもらうこともできない——という意味において、汽車がまったく異質の〝硬い〟時間に管理された交通機関であることを浮き彫りにしているからである。

原田氏はまた長距離馬車から鉄道へというコースを辿ったヨーロッパとは異なり、「身分の異なる者どうしが身体をふれ合うことは許されない」封建社会の中で「乗合の習慣をつくり出すことがなかった」日本では、「「汽車に乗る」ということは、それまでの社会習慣からみて、あまりにもかけはなれていた」ことを挙げているが、男女が偶然出逢うことのできる希少な閉鎖空間として汽車の客車に複数の作家が着目しているのも、この新しい「乗合の習慣」と関わっていると思う。鉄道が乗客の性別を区分しておらず、また時間が厳密で本数が少ないために同じ列車に乗り合わす確率が高かったことに加えて、車内に乗客が少なければそこで出会った男女は二人きりで閉鎖空間を共有できる機会を持つことになるという点において、車室は物語《ロマンス》を生成する画期的な空間たり得たのである。前述の通り『国会後の日本』で轍と花が出会ったのは「陸羽往復の蒸気車」の車内であったが、高倉から福島までの間、車室の乗客がかれら二人きりになったという設定が使われている。また南翠の『処世写真緑蓑談』続編（明治21・5刊。初出は「煙笠遺滴」[4]の角書で『改進新聞』明治20・11～12連載）の第八回に、ヒーローの一人である中島博智が乗った東海道下りの急行列車の車内が途中で彼一人だけになったところで、沼津から乗り込んで来た春川艶子と偶然一緒になり、男女二人だけの閉鎖空間の中でコミュニケートを試みる場目があり、これがその後のストーリイ展開につながっていく。こうした列車内における男女邂逅劇には、女性が単独長距離旅行をしているという前提がなければならず、したがってそれ自体が女性の行動範囲の拡張の象徴的表現になっており、政治小説の〝未来列車〟に登場するヒロインたちの多くが積極的な女権論者として設定されているのは決して偶然ではない。前出『蜃中楼』の山村敏子は女子参政権運動の熱心な活動家であり、東京の女子参政党の代表として大阪で開催される関西大集会に出席するために東海道鉄道に乗車したのであり、『国会後の日本』冒頭の高山花の東北旅行は「漫々地《ぷら〳〵と》遊歴」するためのものだったが、彼女も「男女の権利を同一にして進んで参政権をも得やうとす」ることを目標にした政党「平権党」の有力メンバーの一人として設定されている。（車中で知り合った久来轍の方は、「智識と財本の唯中央部即ち首府へのみ集り随て勢力即ち権力の偏る事を防ぎ之を平分するを第一の目的」とする「分権党」の党員である。）そして冒頭の車内場面で男性の乗客の一人が、花の「単独旅行《ひとりたび》」が東北「遊歴」であることを聞いて、

然聴来《さうかぞへ》ば前日《せんだつて》も妙齢婦人《わかいぢよちう》が三個《にん》で東海道を遊歴中吉田の駅《しゆく》で改進党の演説会のあつた時演説したのを聴きましたが男子も及ばぬ雄弁には実に感服了しましたそれから顧《おも》ふと往時《むかし》の婦人《をんな》は勇気《いくぢ》のないのか何か知らんが唯《つひ》咫尺《めとはな》の間でさへ他郷《たび》へ出るのは危険《こわい》とか婦人らしくないとか言ふので東京へ居て一生涯横浜《はま》さへ知らずに死ぬ者がマア十個《にん》中五六個《にん》まで有了《あつた》くらゐのもんでしたが僅々《わずか》十年経つか経たぬ婦人一個《ごふじんひとり》で諸方《はうぐ〳〵》を遊歴したり演説を滔々然と做らるとは時勢《ときよ》の使然《せい》とは云ふものゝ能くも這様《こんな》に化《かは》りましたヨ

と語っており、鉄道を利用した女性の単独「遊歴」と「演説」とが女性の変化の表徴として等価に扱われている。『蜃気楼』のお国ももちろん東海道鉄道で単身上京して「大妓会」に出席しており、〝女権〟を主題ないしは主題の一つに据えた未来小説群において〝鉄道〟の担う役割は意外なほど大きかったのである。

3

汽車の客室内における男女邂逅のロマンスには、さらに「上等室（上等列車）」という条件が必要であった。明治二十年当時の実際の鉄道の上等車は定員十二〜十八人、中等車二十二〜二十四人、上等中等合造車は上等室六人・中等室八人、下等車五十人であり、上等車ないしは上等室は少定員だった上に各列車とも上等車が少なかったが、小説の〝未来列車〟においても上等利用客が少人数という設定が維持されていたことは、『未来之夢』冒頭部における「下等の乗合は其数夥多《おびたゞ》しと見えながら、上等の室は寂静《ものしづか》なり」というナレーションや、『国会後の日本』冒頭部における「下等なんぞに駕《の》らうもんなら何様な禍《め》に遭ふか知れやしません」という上等客の台詞によってうかがわれる。したがって未来列車においても、下等客同士よりも上等客同士の方が、同じ客車の中で邂逅してしかも二人きりになれる確率が高かったことは歴然としている。だが車内における男女邂逅劇の有無にかかわらず、『国会後の日本』は「上等列車」、『未来之夢』は「上等室」、『新日本』は「白券」（上等乗車券）、『緑蓑談』は「上等列車」、そして政治小説の代表作にあげられる末広鉄腸『政治小説雪中梅』（明19・8上編刊、同11編刊）の続編『政事小説花間鶯』中編（明20・10刊）は明治二十年のリアルタイムに時間が設定されているために作中でも東海道鉄道はまだ開通していないが、ヒーローとヒロインが大垣から名古屋に行く時に乗った汽車[5]がやはり「上等室」である……いった具合に、主人公たちのほとんどが「上等室（上等列車）」を利用しているという設定パターンの共通性を見落とすことはできない。なぜならこの設定は〈民権〉運動の主要メンバーたちが列車の中で〈民〉と接触する機会を避けていることを鮮やかに浮かび上がらせているからである。当時は官鉄、私鉄とも上等料金は下等料金の約三倍というのが標準であったが、上等利用者がいかに限られていたかということは、明治十九年から二十一年までの三年間を通じて日本鉄道会社の年間等級別旅客数が、上等一に対して中等一〇、下等四〇〇という比率で固定していたというデータからも想像することができる。(6) 上等旅客数が下等旅客数の四〇〇分の一であり、さらに汽車自体に乗れない階層の国民が多数存在していたことを考えれば、当り前のように躊躇なく上等室（列車）を利用する民権派政治家たちが果たして〈民〉を代表し得ていたのかという問題が浮かび上がってくる。例えば『花間鶯』中編で、遊説のために「上等室」から名古屋停車場に降りて出迎えの「有志者」を探し求めるヒーローの眼差しが、「下等室より群集せし傖夫野嫗《いなかものら》」にはまったく注がれていないのは象徴的である。そしてこのことにかかわって、小説内の未来都市の風景の中に市街鉄道と馬車はしばしば登場してくるのに対して、馬車鉄道がほとんど出てこないという事実も注目されるところである。「政治小説全盛時代」は「鉄道熱」時代と重なるとともに、東京を中心にした「市区改正」（都市計画）が盛んだった時期とも一致するため、小説における未来都市東京には、いずれも市区改正実施後の新しい風景が想像的に描かれている。『雪中梅』の「発端」部は「明治一百七十三年」の東京が舞台にとられているが、この〝遠未来都市〟は「一面に煉瓦の高楼となり電信は蛛の巣を張るが如く汽車は八方に往来し」ていることになっており、林立する洋風高層建築とともに市内を縦横に走る蒸気鉄道が風景の主要な一角を占めている。この汽車による市街鉄道を近未来図として具体的に描き出した作品として、前出『新粧之佳人』をあげることができる。ここではヒーロー水本清が電報で呼び出されて今戸の自宅から鍛冶橋の改進党倶楽部に向かうとき、「直ちに雷鳴門なる市街鉄道の停車場へ到りしに恰かも好し鍛冶橋の方へ向つて発車せる折なれば直ちに此汽車に乗り一瞬時間に鍛冶橋へ着」すという設定になっている。つまり南翠は東京の中心部に市内交通としての蒸気鉄道を走らせていたのであるが、「鍛冶橋」の方は市区改正計画における「中央停車場」の建設予定地（現在の東京駅とほぼ同じ位置）だったから分かるとしても、どの市区改正案にも入っていない「雷鳴門なる市街鉄道の停車場」という未来駅の設定根拠はいったい何だったのだろうか。私は、当時実在した馬車鉄道のコースが着想の基盤になっていたのではないかと推測している。なぜならこの小説が執筆された頃、「浅草雷門」は東京市内を循環する馬車鉄道のターミナルになっていたからである。つまり雷門から馬車鉄道に乗って都心に向かう現実の市民たちの姿を踏まえて、その鉄道の路線を馬車に代わって汽車が走るという未来図を作家の想像力が描き出し、その未来鉄道と市区改正計画の建設が予定されている中央停車場とを結んだのが『新粧之佳人』の設定だったのではないかと、私は考えているのである。少なくとも東京市内の交通機関としての汽車という小説構想が、馬車鉄道の消滅を前提にしていたことは間違いない。

周知の通り「文明開化」の新しい都市交通機関として、鋼鉄のレールの上を馬車が走る馬車鉄道が東京に出現したのは明治十五年のことである。一八三六年にニューヨークに初めて登場し、一八四〇年代から五〇年代にかけて欧米各都市に普及したこの馬車鉄道は、欧米では蒸気鉄道が全国的な交通機関としての地位を得たのちに「都市の交通機関」として採用されるという発展経過を経て「電車」に引き継がれていった。蒸気鉄道は都市と都市を結ぶ交通には便利であっても、市街鉄道としては欠陥が多かったからである。しかし日本では「馬車鉄道の役割とその活動分野は、蒸気動力による鉄道に先行する交通機関として年ごとに拡大してい」くという逆のプロセスをたどったのであり、馬車鉄道の事業としての成功が民間における「鉄道熱」を喚起したと言われている（『日本国有鉄道百年史』第一巻、一九六九）したがって、馬車鉄道から蒸気鉄道へというラインの真只中にいた南翠や鉄腸たちが〝未来都市〟東京の市街鉄道として、蒸気鉄道を縦横に走らせたのは自然だったという見方ができるかも知れないが、馬車鉄道から蒸気鉄道への流れを〝進化〟の一点からしか見ないその発想方法に私はこだわらずにはいられない。藤森照信氏は『明治の東京計画』（岩波書店、一九八二）の中で、明治十七年の東京の市区改正案をめぐる内務省審査会で馬車鉄道を廃止するかどうかをめぐる議論の対立があったことを紹介して、次のように述べている。

明治一五年日本橋大通りにお目見得した馬車鉄道は、技術史的には畜力と機械力を結び合せた過渡的な乗り物というほかないが、しかし、実績からみると、明治三六年チンチン電車に代えられるまでの二〇年間、本邦初の都市内大量交通機関として人々の足代わりに繁く使われ、明治二一年の調べでは、五八輛、四四〇頭の馬車を走らせ、一日平均二万一八四三人を運んだという。人気の出るのは当然で、馬車や人力車に比べて運賃は格段に安く、しかもスピードは馬車に劣らず、とりわけ雨の日や荷の多い時、子連れの買物や小商人の移動に都合よく、それまで徒足しかなかった市井の人々には、自分たちにも許された最初の乗物として親しまれた。貴顕紳士が馬車と人力車を手に入れたと同じように、市民にとって、馬車鉄道は文明開化の贈物であった。長与や小沢（審査委員の中の馬車鉄道存続論者——引用者）が廃止にうなずかないのはこのことをよく知っていたからにちがいない。そう考えると、益田（委員の中の馬車鉄道廃止論者——引用者）の「我々の馬車を自由に走らせ得んには彼に道路を専有せられざることを望む」という発言はにわかに階級性をおび、いかにも毎朝高輪御殿山の自邸から日本橋兜町へ馬車を走らせる益田ならではの言い分といえよう。

この時の審査会の議論は白熱し、「最後は表決に付され、馬車鉄道は許されることになった」のだが、にもかかわらずその後の時期に書かれた未来記型政治小説の中で、馬車鉄道が排除させられているという設定がとられていることは、まさしく「階級性」にかかわってけっして小さくない問題を孕んでいるはずである。(7) この「馬車」と「馬車鉄道」の対立項に注目すれば、未来の「市街鉄道」に乗った水本清が、鍛冶橋の停車場で下車したあと改進倶楽部まで「馬車」を利用し、帰路も停車場から自宅まで「馬車」で乗りつけているという設定に、蒸気市街鉄道という想像力がもっぱら「馬車」の側、すなわち「市民」ではなく「貴顕紳士」の側に寄り添って組み立てられていることの象徴的表現を読みとることもできるが、この市内鉄道として汽車を走らせるという構想は、「都市の交通機関」としての「蒸気鉄道」の欠陥に対する視野がない——市街地の路面を蒸気機関車が走った場合に、沿線の住民がどれだけ迷惑を受けるかについての想像力を欠いているという点においても「階級性」が問わなければならないだろう。市区改正の中央停車場計画とは別に、日本鉄道会社が上野から秋葉原までの貨物線敷設計画を決定したのは明治十九年十二月であるが、この計画に対して東京市会は、道路交通が阻害されて市民の不便が大きいことと、機関車の煙突からの火の粉による沿線火災の恐れがあることを中心理由として反対決議を採択している。そして市区改正案も上野新橋間貫通鉄道を住民への影響の少ない高架線にすることを基本にしていたことなどを視野に入れたとき、馬車鉄道の線路にそのまま汽車を走らせる『新粧之佳人』の問題性が明確になってくるが、逍遙の『未来之夢』の中にも「恰も鉄道が神田から（略）汽車が来るところで、線路の通行がとまつたので」という表現があり、やはり人口密集地帯の路面を汽車が走るという未来設定が埋め込まれていたことも注目される。そして管見の範囲では未来都市の市内交通として馬車鉄道の存続を明示した政治小説はほとんどない。そのことと、ヒーローやヒロインたちのほとんどが当然のごとく「上等室」に乗り込んでくることとは共通した「階級性」に立脚していたのではないかと私は思う。

つまり〝未来列車〟を登場させた政治小説の書き手たちの多くが、鉄道が「封建割拠」を打ち壊すために物理的な面でもイメージ的な面でも大きな役割を果したことや、身分や性を異にする人間が狭い車内で身体を接心させるという新しい行動様式をもたらしたことに対しては敏感な反応を示しながら、他方における上等、中等、下等という客車の等級が明治の新しい階級格差を象徴していたという面に対しては批評性を欠いていたのである。いや、このタイプの小説の書き手たちがおしなべて、国民を「中等以上」と「下等」に大別した上で両者の権利を同じにしてはならないという政治思想に立っていた——ヒーローが「今日の我邦に於て普通の選挙を施行し下等社会の財産なく智識なきものに向ひて政事上の権利を付与」してしまったら「中等以上の社会に向ひて如何なる影響を及ぼすべきか太だ寒心すべきものあり」として普通選挙反対の演説を行い、その演説にヒロインが魅了されるところから物語が始まる『雪中梅』がその典型例である——ことと対応している、と言った方が正確であろう。「財産」と「智識」の有無にもとづいて「下等人民」を民権の対象から排除し、「中等以上」の権利実現を要求するというイデオロギーと、同じ線路の上を走りながら「上等」客と「下等」客とが決して接触することがない鉄道の上等車に（前述の通り、当時の鉄道の客車には上等中等合造車や中等下等合造車があったから中等客と下等客が同じ車輌になることはあっても、上等客が下等客と同じ車輌に乗ることはあり得なかった）、主人公たちが乗車しているという設定とは露骨なまでの相似形を描いているからである。そしてこのことを踏まえたとき、小説の中における未来設定としての鉄道と女権とがしばしば結び付いているもう一つの理由が明らかになってくる。性差（ジェンダー）よりも階層差（クラス）の方を優先させた客車の構造は、「財産」「智識」のある女性たちが同じ階層の男性政治家と知り合って協力し合うことのできる前提を提供しているだけでなく、「下等」男女の排除という点においてそれ自体が作品の構図を凝縮していると言えるのである。「二百年後」という超遠未来の時間設定を持つ牛山鶴堂『社会小説日本之未来』（明20・5上編刊、同11下編刊）の世界では、鉄道よりさらに、〝進化〟した「飛行船」が日常の交通機関になっており、物語末尾では女性の被選挙権が実現して女性閣僚も誕生しているのだが、しかし「財産無き」者には被選挙権を与えないという「下等」差別の論理がヒロインたちの側においても当然視されているのである。

4

〝鉄道と女権〟という観点から当時の政治小説を眺望し直したとき、右のような傾向に対する尖鋭な批評性を持った作品も見出すことができる。まず注目されるのは内村秋風道人（義城）の『政治小説二十三年夢幻の鐘』（明20・8

刊、表紙の題名表記は「廿三年夢幻之鐘」である。「貧且愚なる者を以て公議政体即ち立憲政体を組立るときは却て社会公衆の幸福を傷るべし」という主張に反駁して「未開の人民と雖も権理に等差ある可からず」と宣言した板垣退助の「昔の演説」[8]をヒロインが古い新聞の紙面で読んで感心する場面で第一回が始まり、第七回にはヒーロー豊原肇が、演説の中で『雪中梅』の国野基（別名・深谷梅次郎）とそっくり同じ主義の持ち主である「雪園梅次郎なる一論客」（別名・雪園基）を槍玉に上げて激しく論難し、「天賦人権平等自由の説」「普通選挙財産平均論」を力説する場面が出てくるこの未来小説が、鉄腸に代表される普通選挙反対論、権利差別論に対する批判を直接のモチーフにして書かれたことは歴然としている。[9]「財産」「智識」の有無による権利の差別を認めない豊原肇は、第一回国会議員選挙で議員に選出されながらこれを辞退したという異色の民権家として設定されている。この議員辞退は、当選した議員の顔触れを見てこれではとても「人民に満足を与ふべき所作は出来ぬ」と判断し、「根元を正せば我々志士を以て任ずる者が人民の為に不深切にして社会の為に労を竭さんからで有る依て我は寧ろ斯る予想外なる議員と国会院に上ツて不愉快なる事を議するよりも一層輿論の振起を謀て国会外より我党の議員に声援を仮すことを努むるには如かず」と決意したためである。この設定にも、民権家ヒーローが選挙で当選して政権内部に入っていくという政治小説の定型に対するラディカルな批判が認められるが、この豊原肇とともに物語の中心線を形成していくヒロイン秋野民子は「女子は男子の分に随て内を守るのみを本分とすとは毫も根抵無きの誣ひ事と考」え、「男子を激励して立憲政体の善美なる者を確立せしめ女子を鋳冶して才学練達の女政党を造り出し」て「此女党を以て彼の男党と議政権の競争を試みまして男党の人儻《もし》遂に優柔にして其力国事を負担するに不足するを認むるときは直ちに之に代りて国会に立ち天適《あつぱれ》目覚しき活劇を演じて見る」という政治理想に情熱を燃やす女性である。すでに見たように政治目標を持ったヒロインたちが女子だけの政党を結成するというシチュエーション自体は、明治二十年前後の政治小説の中においてさほど珍しいものではないが、女党が男党を〝補任〟するのではなく、「競争」

と〝交代〟を掲げている点が際立っている。また肇と同じく「天賦人権論」の立場から雪園の主張に不満を抱く民子が、「国中の婦女子」を女権の対象としており、「財産」や「智識」による差別を明確に否定しているという点も注目される。この小説の直接の続編にあたる『政治小説 鶯宿梅』（明20・9刊）には、鹿鳴館的な「女子改良」運動を民子が「貴族とか紳士とか云ふ連中が面白半ぶん慰み半ぶんに遣る所業」と斬って捨てる場面が出てくる。

こうした徹底的な平等論の言説とともに借金党や秩父事件の話が主人公たちの会話の中に織り込まれ、各地の農民たちが国会の見物ではなく生活上の切実な要求を抱いて国会傍聴団を組織しているという設定も出てくるが、この尖鋭なイデオロギー性との対応で注目されるのは、国会開設後を作品内現在にした近未来小説であるにもかかわらず、作中に〝未来列車〟がまったく登場してこないことである。鉄道そのものが排除されているのではない。小説執筆時点で実在していた鉄道しか出てこないという点においてこの作品は異彩を放っているのである。例えば前述の通り、東西両京間を移動するのに東海道鉄道という未来の鉄道が利用されるというのが政治小説の定型であったのに対して、『夢幻の鐘』ではヒーローを含む政治結社「関西自由聯合」のメンバーたちが大挙して上京するにあたって鉄道ではなく、神戸からの海路が採用されており、それを受けて『鶯宿梅』の冒頭は神戸を出港した「蒸気船」の船中場面で始まっている。民子が静岡から京都まで単身で旅行した時も鉄道による直行ではなく「瀛船」が併用されているし、作中唯一出てくる汽車の車内場面は京都大阪間鉄道――いうまでもなくこの線は早くから建設済みの鉄道であった――であり、この「明治二十三年」の小説の主人公たちは〝未来列車〟を使わず、明治二十年当時に実在していた交通機関しか利用していないという点で一貫しているのである。(10) しかも『鶯宿梅』において未来都市東京で邂逅したヒーローとヒロインが上野に遊ぶ場面ではわざわざ「人力車は僦《やと》はずに歩きながら万世橋まで到り此処より例の鉄道馬車に乗り」と明記されており、「市街鉄道」と「馬車」を軸にした『新粧之佳人』とは対照的な交通設定になっている。彼らが「上等」列車に乗ったという記述がまったくないことと併せて、この政治小説は〝客車の構造〟の枠を越えた作品として注目されてよいと私は思う。

『夢幻の鐘』の作者には「一人民も其生命自由幸福を保つに於て其権理に欠損する所無く即ち彼の忌はしき高遠なる貧富懸隔の弊なく富財分配の不平等なる害な」き社会こそが「真文明の社会」であり、「貧富懸隔の弊の惨状」あるゆえに英米両国といえども「文明の真相」にはほど遠いと断じた『新日本の商人』(明21・2刊)という著書(内村義城名義)もあり、政治的には自由党の系脈の中でも最もラディカルな、あるいはアイデアルな位置にあったと思われるが、[11]この内村とは別の流れの中から鉄道と女権にかかわる批評性を見出せる作品として、前出の広津柳浪『蜃中楼』をあげることができる。柳浪には自由民権運動との積極的な関わりを示す資料がなく、デビュー作として政治小説が書かれた動機については諸説別れているが、前述の通りこの小説は〝未来列車〟に美貌の女権運動家が乗り込むという流行のパターンで始まっているものの、この汽車は恋愛成就も政治的勝利もヒロインにもたらさない悲劇の片道列車として位置付けられている。政治小説の定型に従えば〝未来列車〟の行手には幸福と勝利が用意されているはずであり、読者はやがて敏子が志を共有する青年政治家と邂逅し、曲折の後に女子参政権と恋愛の両方を手に入れるハッピー・エンディングを予想しながらこの連載小説を読んでいたに違いないのだが、物語の展開はまったく逆のベクトルに向かっていく。彼女は「大坂改進党」の青年政治家久松幹雄と親交を結ぶものの、彼は男女同権論は認めても女子参政権には反対であり、敏子ではない女性と婚約した上に、国会開会にあわせて上京して女子参政案を廃案にするための院外運動に奮闘し、採決の結果同法案は議会で否決される。一方敏子は心身の調子を崩し、東海道鉄道に乗って大阪にやってきた最大の目的である関西大集会にも結局出席できず、国会が始まった東京に戻ることもかなわず、無為と焦燥の日々の中で「アーア東京に居つたならば……」という想いを募らせるのみであり、父親の死亡を告げる電報と参政案の否決を知らせる電報とに相次いで接したとき、ついに精神に異変が生じてしまうのである。〝未来列車〟の車内場面で始まりながら、定型としての期待の地平がことごとく破られているという点に注目すれば、当時の未来記型小説における〝列車の構造〟を、『夢幻の鐘』とは異なった視座から批評していた小説としてこの『蜃中楼』を位置付けることができると思う[12]。

『蜃中楼』から三年半後に柳浪は、『小舟嵐』という中篇小説を『都の花』に連載しているが（明23・11〜24・10）、貧農の妻が高利貸に追いつめられた末に相手を殺害してしまうこの小説では、夫が「人に勧められて鉄道工事とやらに雇はれ」た作業中に「右の手足を車に挽れ」て大怪我をしたため、貧窮の度合が一層深刻になったという設定になっている。妻は「世の中が不景気なので、百姓業では水も充分飲む事が出来ぬと、馴れぬ仕事に此大怪我、矢張百姓は百姓、鵜の真似は烏には出来ぬと後悔されたも先には立たず」と述懐しているが、神奈川県平塚の近在が物語の舞台にとられているところから考えて、この「鉄道工事」が横浜国府津間の線路敷設工事（明治二十年七月開通）を踏まえていたことは間違いないだろう。したがって、前述の通り幹線鉄道の東海道への路線変更を明治十九年七月に決定した鉄道局が、「明治二十三年の帝国議会開会前に全通せしめ」るという「非常な覚悟」をもって敷設工事を強行していた中で起こった事故として設定されていたことになり、単なる不運と言うにとどまらない必然性を背負っていたと読むことができる。そしてこのことと『蜃中楼』の設定の諸特徴とを考え併せたとき、政治小説の書き手たちが国会開設後の〝未来列車〟に楽観的な夢を託して「上等室」にヒーローやヒロインたちを次々に乗り込ませていた時期に、柳浪はいち早くその暗部を見つめていたのではないかという想像への誘惑を私は禁じ得ないのである。

注

（1）軍事的理由から中山道幹線を主張していた陸軍がこの路線変更を認めたのは、「このとき、日清戦争を決意した陸軍が、外征軍隊の輸送のために、少しでもはやくこの幹線が完成することを望んでいたのではないか」という原田勝正氏の論がある。（岩波新書『日本の国鉄』一九八四）。

（2）「半面開化」（『国民之友』一〇四号、明治二十三年一二月）。

（3）帝国鉄道協会第五回総会（明治三十五年）での演説。

（4）日本の急行列車はこの小説の連載中の明治二十年十一月に新橋横浜間と高崎横川間で走ったのが最初である。二人の男女が乗り合わせた「急行列車」も、時事性を機敏に取り入れた設定だったわけである。

（5）木曾川大垣間鉄道が開通して大垣から名古屋まで直通列車が走るようになったのは明治二十年四月、『花間鶯』中編執筆の直前だから、この場面の二人は〝未来列車〟ではなく〝実在列車〟に乗っていたわけである。下編で作中人物の一人が東京から戸塚に行く汽車の切符を買う金を盗られたという話が出てくるが、この路線も明治二十年七月の横浜国府津間開通を踏まえた〝実在列車〟である。

（6）『日本国有鉄道百年史』第二巻にもとづいて高田が算出した。

（7）ただし当時の東京の馬車鉄道は、隅田川と皇居に挟まれたせまい空間の、しかも大通りだけに限られていた。田山花袋『東京の三十年』の「明治二十年頃」の章は「その時分は、大通に馬車鉄道があるばかりで、交通が不便であつたため、私達は東京市中は何処でもてくてく歩かなければならなかつた」という一節で始まっている。

（8）堀部功夫氏が「『廿三年夢幻之鐘』の作者・内村義城」（『池坊短期大学紀要』一九八三・三）の中で、これが明治十四年九月十四・十五日付けの『大阪日報』に載った板垣の大阪戎座での演説「未開人民ト雖モ権理ニ等差アル可ラサルヲ論ス」から引用であることを指摘している。

（9）『鶯宿梅』の裏表紙に刷り込まれた『夢幻之鐘』の広告には「本書は近来世に名望を博したる著者秋風道人が平生憂世愛国の念を以て其胸中に鬱勃せる不平慷慨を淋漓たる筆硯に籍つて之を紙上に発写し出せしもの」であり、「就中彼一時世人称誉せし雪中梅花間鶯等の小説に向つて所謂一本参らせし所ありし如きは其痛快激切殆んど麻姑の痒さを掻くが如し」と記されている。

（10）大阪在住の息子から静岡の両親に帰郷の連絡が郵便で届いた場面で、「湖水蒸気に乗て夫から名古屋まで瀛車で御出でなさると晩くも明日は是非お帰りですネ」という台詞が出てくる。つまりこの小説では「明治二十三年」において静岡名古屋間の鉄道は開通しておらず、大阪から名古屋までは「湖水蒸気」経由で汽車で行けるいう設定になっているのであるが、これも作品発表当時の鉄道の実情と一致する。(厳密には「熱田」までだったが、「熱田」は名古屋の中心地である。「湖水蒸気」とは琵琶湖横断の交通機関だった「太湖瀛船」を指しているに相違ないが、この汽船会社は官設鉄道と連携して京阪神と名古屋を結ぶ連絡ルートを明治十九年に確立し、以来「太湖汽船を経由する旅客の便利さは非常に高まり、連絡旅客の人員も増加し」(『日本国有鉄道百年史』第一巻)ていた。なお鉄道の「軽便迅速」自体は評価していた内村が未来小説の創作にあたって〝未来列車〟を拒否しているのは、彼にとってのあるべき「明治二十三年」像の中心が「明治十三四年」の自由党結成時の政治理想の復元的達成として構想されていたことも連動していたと考えられる。

(11) 内村の伝記については不明な点が多い。管見の限りでは、内村に関する伝記研究は注(8)の堀部論文が貴重な調査報告として存在するのみである。

(12) しかもこの作品は、ヒロインへの全面的な感情移入を誘導するようには書かれていない。冒頭部で敏子は当時の政治小説には珍しい「中等室」に乗っているが、関西の「世論を惹起」するために派遣された彼女の大阪での行動範囲が「馬車」を常用する「紳士貴女」たちの世界に限られていることが際立たされており、「相対化」(山田有策氏「初期柳浪の文学世界——広津柳浪ノート1——」『国語と国文学』一九七三・七)の視線の存在は明確である。久松と婚約し、作品後半部で敏子の論敵となっていく松山操の女子参政権反対論は「曖昧無智の裏店社会の下等人民」の男子に投票権を与えたことを「失策」と見る評価がベースになっているが、「貴婦人」を中心に構成されている女子参政党の目標も「実産を有する女子にのみ投票権を得せしめやう」というものであり、敏子自身も「劣等の婦女子」に対する差別の発想に立っている以上、操の論理と本質的に対決することはできない。操の演説に対する敏子の論理的反駁はなく、もっぱら感情レベルの憤怒にとどまっているのは必然である。

「某の上人がためしにも同じく」――一葉『軒もる月』を読む

『軒もる月』は、〈新聞〉というメディアに発表された一葉の数少ない小説のうちの一つである。周知の通り、この短編は明治二十八年（一八九五）の四月三日と五日付けの『毎日新聞』の一面に掲載された。このため文字の分量としては四〇〇〇字足らず、直接の登場人物はただ一人で物語世界を流れる時間は午後九時からの一時間以内というごく小さな作品であるにもかかわらず、新聞読者の側はこれを読むのに四十八時間のインターバルを必要としていたことになる。この作品は後半部に入って、前半部のラインから大きく隔たった地点にハード・ランディングしていく。もちろん、中一日置いた二回分載になることを一葉自身が計算に入れていたかどうかは不明である[1]。しかし小さな世界の中でヒロインが大きく、そして急激に変貌していく『軒もる月』が、読者に一気に読み通すことを許さず、最低四十八時間の間隔を必要とする形で発表されたことは、期待の地平を裏切る衝迫力の効果という点において絶妙だったのではないかという気が私はする。

1

『軒もる月』の物語世界には、袖とその夫、「桜町の殿」とその妻というステイタスの隔たった二組の夫婦が内包されているが、そのいずれも〈嫁入り〉ではなく、〈入り婿〉という婚姻形態をとっているようである。袖の夫が入り婿であった可能性を最初に指摘したのは戸松泉氏である。氏は、筑摩書房版『樋口一葉全集』第一巻で「BII

2」と名付けられた未定稿資料の中に「小石川の白山下に木浦松五郎といへる砲兵工廠の職工あり、身は入むこにて養父母去年一昨年とつゝきてうせたれば、今は妻と我身と二つになる児なり」（傍点引用者、以下同じ）という一節があることに着目して、「恐らく夫は袖の家の「入むこ」であったと思われる」という推論を立てている（「『軒もる月』の生成―小説家一葉の誕生」『相模女子大学紀要』一九九三年三月）。未定稿と定稿テキストとは峻別される必要があるが、定稿『軒もる月』においても袖の結婚を〈入り婿〉と読むべきだと私が考える最大の根拠は、ヒロイン袖の回想の中に出てくる「父《ちゝ》の一昨年《おとゝし》うせたる時《とき》も、母《はゝ》の去年《きよねん》うせたる時《とき》も、心《こゝろ》からの介抱《かいほう》に夜《よ》るも帯《おび》を解《と》き給《たま》はず、咳《せ》き入《い》るとては背《せ》を撫《な》で、寐《ね》がへるとては抱起《だきお》しつ、三月《みつき》にあまる看病《かんべう》を人手《ひとで》にかけじと思《おぼ》し召《めし》の嬉《うれ》しさ」という一節にある。なぜならこのフレーズは、「去年」までこの夫婦が妻の側の親と同居していたことを明示しているが、当時において夫婦が妻側の両親と同居するというケースは、入り婿以外の場合にはきわめて例外的だったはずだからである。そして夫が妻の父と母を毎晩「寐がへるとては抱起」していたということは同室同居だった可能性をも示唆しているが、袖の生家は「裏屋」である。これを一葉テキストにもよく出てくる「九尺二間」と読むことができるとすれば、畳面積実質七、八平方メートルほどの狭い空間に二組の夫婦が同居するという窮屈な形態で彼らの新婚生活が営まれていたことになる。『軒もる月』の翌月に発表された広津柳浪『黒蜴蜓』では、「土間、炊場をも合せて六畳の一間」の棟割長屋に若い大工職人の夫婦と夫の養父が同居していて、酒を飲んで荒れている舅と同じ部屋の「半屏風」一枚だけで仕切られた向こう側で妻が陣痛に苦しんでいるという、今日の読者の目から見ればまことにすさまじい場面で物語が始まっており、九尺二間に二世帯同居という環境が当時の東京の裏屋にあってさほど珍しいものではなかったことがうかがえるが（『黒蜴蜓』の主人公は勤勉な大工職人であり、貧しくとも定職持っている）、何の財産もない裏屋に〈婿〉がきてくれたことは袖の両親にとって実にありがたかったに違いない。袖の結婚の経緯については「御暇《おいとま》を賜《たま》はりて家《いへ》に帰《かへ》りし時《とき》、聟《むこ》と定《さだ》まりしは職工《しよくこう》にて工場《こうば》がよひする人《ひと》と聞《き》きし」

とあるから、袖の意思の圏外で決められていたことは明白であり、また袖が素直にこの縁談を諒諾した理由も、それに応じなければ「恩愛《おんあい》ふかき親《おや》に苦《く》を増《ま》させ」ることになるという配慮が作用していたためだという。したがってこの縁談の中心目的は何よりもまず、袖の両親の老後保障にあったと考えてよいだろう。袖が結婚してから物語の現在までの経過時間を正確に特定することはできないが、(2)「桜町の殿」が返信のない手紙を発信し続け、袖がそれを読まずに葛籠の底に秘匿し続けるという状態を持続できる時間には限りがあるだろうし、「十二通」という書簡の総数も、この期間がそれほど長くはなかったことを示唆している。(三か月に一回のペースだったと仮定してもほぼ三年である。) そして前引の通り「一昨年」に父が、「去年」母がそれぞれ病死している——しかも二人とも急死ではなく、自宅療養の果てに他界している——という点から考えれば、おそらく袖の結婚以前の時期にすでに二人とも病身だった可能性が高く、したがって一人娘しか持たない病弱の夫婦が、無産の自分たちの将来の面倒を見てくれる婿を切実に探している中で実直な「職工」が見つかり、縁談がほぼ決まったところへ、「桜町の殿」の邸から「御暇を賜は」った袖が戻ってきて間もなく結婚した……という大まかな経緯を推定することは許されるだろうと思う。

したがって、このような条件下での入り婿婚に応じてくれたこと自体が袖にとっては感謝の対象であった上に、結婚後彼は親身になって両親を「介抱」し続けてくれたというのであるから、「大恩の良人」という表現はけっして大げさではなかったはずである。だが〈入り婿〉という婚姻形態について見落としてならないのは、このケースでは女性の姓と住所が婚姻によって移動しないという点である。嫁入り婚においては、女性の姓が〈父の名〉から〈夫の名〉へ移動し、住所が〈父の家〉から〈夫の家〉に移動することが、女性が結婚したことの社会的な徴として機能していた。だが入り婿婚にはこの�表れない。したがって、「桜町の殿」は「暇」を取って邸を去ったあと袖が結婚したことも出産したことも知らないまま恋文を送り続けてきていた可能性があったという点に、私は注目したいのである。これまでの『軒もる月』論は「殿」が今は人妻となり一児の母となっていることを承知の上で、以前の小間使いのもとに手紙を送り続けてきているということを暗黙の前提として組み立てられてきたが、この前提そのものが再検討されていいはずだと私は思う。前引の「御暇を賜はりて家に帰りし時、婿と定まりしは職工にて工場がよひする人と聞きし」という表現から、袖は結婚のために「御暇を賜は」ったのではなく、里に戻ってから縁談を知ったという時間的な前後関係を推認できるとすれば、婚姻によって袖の姓も住所も奉公前と変わっていない以上、「殿」が袖の結婚を知らないまま手紙を送ってきたという可能性を排除できないからである。

袖が「葛籠の底」に秘め続けてきた手紙を取り出す場面に出てくる「蘭燈《らんとう》のかげ少《すこ》し暗《くら》きを捻《ね》ぢ出《いだ》す手《て》もとに見《み》ゆるは殿《との》の名《な》、よし匿名《かくしな》なりとも此眼《このめ》に感《かん》じは変《かは》るまじ」という表現について、手紙の差出人が「匿名」になっていたと解する読みもあるが、文脈に即する限り、やはり「殿の名」は実名で封筒に書かれていたのであって、「よし匿名なりとも」は反実の仮定法だと考えるべきであろう。（袖が筆跡から匿名発信者を推定していたのだとすれば、「手もとに見ゆる」のは「殿の名」ではなく、「殿の手」でなければならなかったはずである。）同じ一葉作の『うらむらさき』では、人妻宛ての恋文が封筒の表書きを「女文字」にするという慎重なカモフラージュが施されていた。「殿」が人妻であることを承知の上で手紙を送り続けていたのだとすれば、その無警戒さは不自然過ぎると言わねばならない。「殿」と「職工」という圧倒的な身分差を踏まえても、姦通罪のリスクまで完全に無視し得たかどうか、疑問の余地が残るからである。[3] 周知の通り姦通罪は人妻の、および人妻との〝姦通〟だけを処罰の対象とした刑事犯罪であり、袖の婚姻を「殿」が知らなかったという想定に立てば、彼の意識においては、手紙を送り続ける行為に〝姦通〟は絡んでいなかったことになる。

袖に手紙を送り続けるという「殿」の行為について、関礼子氏が「返事の来ない手紙を書き続ける桜町は、一方的なメッセージの生産者として書き綴ることそのものが目的化されてしまった」と読み、「自らの位置の変更は全く考慮していない富裕な妻帯者のエゴイズム」として「桜町の位相」を規定している（「「読む」ことによる覚醒―

『軒もる月』の物語世界―」『亜細亜大学教養部紀要』一九九一年十一月)。「殿」の恋が生身の袖に向けられていたのではなく、言葉の世界における観念的な志向性を持っていた可能性については私も同感であるが、しかし「殿」からの手紙の中には「無情《むじやう》の君《きみ》よ我《わ》れを打捨《うちす》て給《たま》ふか」という文句もあり、彼が少なくとも袖に返信を要求するという程度においては双方向的な交信を望んでいたこともまた確かなようなのである。この点からも「殿」は袖が有夫であることを知らなかったと考えた方が合理的ではないかと思うのだが、さらに「殿」自身が桜町家の実子ではないという隠された可能性がここに関わってくる。

2

作品の冒頭近くに、ヒロインがこの夜の「殿」の行動の光景をさまざまに想像する次のような場面がある。

桜町《さくらまち》の殿《との》は最早《もはや》寝処《しんじよ》に入《い》り給《たま》ひし頃《ころ》か、さらずは燈火《ともしび》のもとに書物《しよもつ》をや開《ひら》き給《たま》ふ、然《さ》らずは机《つくへ》の上《うへ》に紙《かみ》を展《の》べて静《しづ》かに筆《ふで》をや動《うご》かし給《たま》ふ、書《か》かせ給《たま》ふは何《なに》ならん、何事《なにごと》かの御打合《おんうちあは》せを御朋友《ごほうゆう》の許《もと》へか、さらずば御母《おんはゝ》上《うへ》に御機嫌《ごきげん》うかゞひの御状《ごでう》か、さらずば御胸《おんむね》にうかぶ妄想《ばうさう》のすて所《どころ》、詩《し》か歌《うた》か、さらすば、さらすば、我《わ》が方《かた》に賜《たま》はらんとて甲斐《かひ》なき御玉章《おんたまづさ》に勿躰《もつたい》なき筆《ふで》をや染《そ》め給《たま》ふ。

邸内の「殿」の姿を想像する袖のヴィジョンは、就寝する「殿」→読書する「殿」→執筆する「殿」という順序で展開されていくが、これらは小間使時代に彼女が何度か「殿」の身近で実見したことのある光景がベースになっていなければ思い浮かばない想像である。このうちの「何事かの御打合せを御朋友の許へか」は、定稿に近い未定稿では「何事かの御打合を御同僚のもとへか」となっていたのが、このように修訂されたものらしい。「御同僚」から「御朋友」へという変更によって「打合せ」の性質が公的なものから私的な色彩の濃いものに変わり、「高林」から「桜町」へのファミリイ・ネームの変更とあいまって――定稿成立過程における「高林」から「桜町」への改訂に最初に注目した橋口晋作氏は「桜町」が『平家物語』等で名高い「風流貴公子」中納言桜町成範を踏まえており、「高貴な男にリアリティを与え」ているとしている。(4)――、「殿」のイメージが高級官僚的なものから有閑貴族的なものに移行していることも間違いない。だがそれ以上に私が注目したいのは、「御母上に御機嫌うかゞひの御状か」という箇所である。いま目の前にいない「殿」への想像のヴィジョンとして、この姿が袖の脳裏に浮かんだということは、「殿」が母親宛の「御機嫌うかゞひ」の手紙を書いている姿を小間使時代の袖が何度も見ていたことを物語っているが、ここからわれわれは、

①「殿」の母親が存命である。
②「殿」の実父は不在らしい。
③「殿」と母は、手紙を主たる媒体にしなければならないほどの距離で隔てられている。(5)

という三つの情報を読み取ることができるはずである。殿が桜町家の長男として亡父の跡を継いでいるのだとしたら、当然母親とは同じ邸内に同居していなければならないし、彼が分家の人間であって母親は本家の長男と同居しているのであれば、兄を飛ばして母親だけに「御機嫌うかゞひの御状」を頻繁に送るというのはやはり尋常ではない。また母親が遠地で病気療養しているのだとしたら、手紙は「御機嫌うかゞひ」ではなく「御見舞」のはずである。したがって「御母上に御機嫌うかゞひの御状か」という表現は、殿の「母上」が桜町ファミリイの外部の存在であったこと、つまり「殿」が桜町家以外に実家を持つ〈入り婿〉だったことを示唆していると読むのが最も妥当であろう。(6)

また袖が小間使いとして「殿」の愛情を受けていた頃の「奥方」の眼差しを回想する場面に、「御覧《ごらん》ぜよ奥方《おくがた》の御目《おめ》には我《われ》れを憎《にく》しみ殿《との》をば嘲《あざけ》りの色《いろ》の浮《う》かび給《たま》ひしを」という表現が出てくる。もちろんこの表現は袖の主観のフィルターを通したものであるが、夫が自邸の小間使いに思いを寄せていることを知った妻が、嫉妬でも悲哀でもなく、「嘲りの色」を浮かべるという構図から、桜町夫妻の関係の冷ややかさだけではなく、「奥方」が「殿」に対して一種の優位性を感じる位置に立っていたらしいというラインが浮かび上がってくる。通常「嘲り」とは劣位の自覚からは生じにくい反応だからであり、この「奥方」の優越感の立脚点として、〈家付き娘〉としての矜持を想定することができるのではないだろうか。[7]そして桜町家が華族だったとすれば、周知の通り爵位の継承は皇位継承権に準じて男子のみに限られていたから、「殿」とはつまるところ、男子不在の桜町家に爵位継承用員として迎えられた〈婿〉だったわけである。

「華族」制度は天皇家の「神聖な血」という神話を補強するために設けられたものであり、彼らの「血」は宮内省の管理下に置かれていた。明治十六年には「華族の養子」を皇族および華族だけに限定する太政官布達が出ているし、「新華族」を量産した明治十七年の華族令でも家族の婚姻と養子について宮内卿の許可が義務づけられており、「殿」がこの婚姻によって士族や平民から階級上昇していた可能性は低い。おそらく華族の子として生まれながら実家の家督を継ぐことのできない位置にあった彼は、「血」の論理にもとづいて別の華族のもとへ〝譲渡《トランスファー》〟されてきたのであろう。前述の通り「御母上」への「御機嫌うかゞひの御状」の執筆場面が、小間使だった袖の記憶に鮮明に刻みこまれているということは、母親への送信が殿にとって日常の中に組み込まれた行為であったことを示しているが、「御機嫌うかゞひ」とは特別な用件のない場合のコミュニケーションである。用事のない手紙を実母あてに頻繁に書き続けるという設定の背景に、「家」から「家」へ〝譲渡〟されてきた男の孤独感を読むのは大胆過ぎるだろうか。

「殿」が桜町家にあって絶対者的家長として君臨し得ておらず、また袖の結婚（および出産）の事実を知らないいま恋文を送り続けてきていたのだとしたら、たとえ袖が夫も子も捨てて「殿」のもとに走る決心を固めたとしても、二人の恋が成就する道は初めから断たれていたことになる。出奔してきた人妻を受け入れる覚悟を「殿」が固めていた可能性がきわめて低いからである。『軒もる月』に〝高貴な家に入り婿として入った男〟と〝貧しい家に婿を迎えた女〟という男女の組み合わせを読むことができるとすれば、恋の成就に向けての展開があらかじめ封殺された地平で、出口のない部屋の中における一時間足らずの袖の内面劇が語られていることになる。

3

さてこの夜、袖はそれまでの禁忌を破って「殿」からの手紙の開封と閲読を初めて実行するのであるが、これは彼女にとって反倫理的な決断によるものではなく、むしろ自己を倫理的に追いつめた結果であった。作品前半部、すなわち初出紙第一日目掲載分の最後のところに、

我《わ》れは二《ふ》タ心《ごゝろ》を持《も》ちて済《す》むべきや、夢《ゆめ》さら二《ふ》タ心《ごゝろ》は持《も》たぬまでも我《わ》が良人《おっと》を不足《ふそく》に思《おも》ひて済《す》むべきや、はかなし、はかなし、桜町《さくらまち》の名《な》を忘《わす》れぬ限《かぎ》り我《わ》れは二《ふ》タ心《ごゝろ》の不貞《ふてい》の女子《おなご》なり。

というかたちで「二タ心」という言葉が三度繰り返されている。袖は「二タ心の不貞の女子」に対する強いオブセッションの持ち主であった。換言すれば彼女の倫理は、「心」（内面）を自由領域と見なす発想を持っていなかったのである。彼女の内言によれば、合計十二通に及ぶ「殿」からの手紙を一度も開封しなかったのは「拝《はい》さば此胸寸《このむねすん》

断《だん》に成《な》りて常《つね》の決心《けつしん》の消《き》えうせん覚束《おぼつか》なさ」を予感していたためだというが、この予感は「二タ心」のオブセッションをいっそう強化していたに違いない。なぜなら夫以外の男性を「心」に思い浮かべる自体を「不貞」と見なす以上、手紙と「常の決心」とが緊張関係を形成しているという自覚そのものが「二タ心」の存在証明となってしまうからである。そしてこの夜、袖がそのことに気付いたことが発端となって開封に踏み切ったところから、作品後半部（二日目掲載分）の袖の変貌劇が始まる。開封への決断の内面過程は次のように語られる。

今日《けふ》まで封《ふう》じを解《と》かざりしは我《わ》れながら心強《こゝろづよ》しと誇《ほこ》りたる浅《あさ》はかさよ、胸《むね》のなやみに射《ゐ》る矢《や》のおそろしく、思《おも》へば卑怯《ひきよう》の振舞《ふるまい》なりし、身《み》の行《おこな》ひは清《きよ》くもあれ心《こころ》の腐《くさ》りのすてがたくば同《おな》じ不貞《ふてい》の身《み》なりけるを、卒《いざ》さらば心試《こゝろだめ》しに拝《はい》し参《まい》らせん、殿《との》も我《わ》が心《こゝろ》を見給《みたま》へ、我《わ》が良人《おつと》も御覧《ごらん》ぜよ。
神《かみ》もおはしまさは我《わ》が家《や》の軒《のき》に止《とゞ》まりて御覧《ごらん》ぜよ、仏《ほとけ》もあらば我《わ》が此手元《このてもと》に近《ちか》よりても御覧《ごらん》ぜよ、我《わ》が心《こゝろ》は清《きよ》めるか濁《にご》れるか。

「今日まで封じを解かざりし」という不作為が、袖の内部で「心強」さの証しから「卑怯の振舞」へと一八〇度転換したとき、彼女は自分の「心試し」のために「殿」からの手紙という「射る矢」と対峙しなければならなくなった。「行ひ」の「清」さだけでは「不貞」ではないことの証しにはならず、「心」の「清」さを証明するためには、手紙と直面しての「心試し」を避けてはならないという方向に袖は自分を追いつめたのである。したがって袖の手紙開封への決断は倫理的禁忌の侵犯どころか、きわめて切迫した強い倫理的要請だったわけであり、「神」や「仏」まで引き合いに出してこの行為の正当性が強調されている理由もここにある。
だが手紙開封による「試し」が自分の「心」が「清めるか濁れるか」の判定検査だったとすれば、結果はすでに見えていたと言わねばならない。なぜなら彼女の論理に従えば、「心」が「清める」ことを確認できるのは、手紙を読んでも自分の心が全く揺れ動かない場合だけに限られるはずであるが、手紙を読む以前の段階ですでに「桜《さくら》町《まち》の殿《との》といふ面《おも》かげなくば胸《むね》の鏡《かゞみ》に映《うつ》るものもあらじ」、「殿《との》だになくは我《わ》が心《こゝろ》は静《しづか》なるべきか、否《いな》、かゝる事《こと》は思《おも》ふまじ、呪詛《じゆそ》の詞《ことば》と成《な》りて忌《い》むべき物《もの》を」という葛藤を自覚している袖にとって、手紙を読んで心が平静のままでいることなどあり得ないし、「心試し」が中間領域を認めない厳格な「清」「濁」二分法にもとづいている以上、そのような心情のもとでの判定結果が「濁」となることはすでに明白だからである。したがってこの段階における「心試し」という言葉で規定されていたものは、「心」の清濁の判定〝試験〟というよりも実質的には「心」の〝試練〟ではなかったかと私は考えている。「殿」からの手紙という熱いメディアに直面してもなお、倫理が感情を制御し得るかという試練への挑戦として、この行為が決断されていたということである。

そしてここで見落としならないのは、彼女の「二タ心」のオブセッションが「殿」と「良人」という二人の男性に対する同時的な愛情の自覚にもとづく葛藤を意味してはいないという点である。彼女の内言に出てくる「良人」に関する言説は、「勿躰なや」、「大恩」、「生涯大事にかけねばなるまじき人」等、いずれも「恩」の領域に属する語彙ばかりである。つまり貧しい裏屋に婿入りして病身の両親を献身的に介護してくれた上に、子供を可愛がり、育児費捻出のために職工としての苛酷な労働時間を延長までしてくれている良人は、報恩に努めなければ道義に反するような存在であった。だがこの夫に対していささかでも「不足」を抱くことを「勿躰なき罪」という倫理に回収させていく思考によって、自分と夫との愛の実質そのものに対する考察はつねに入口以前の段階でシャットアウトされてきた。「殿だになくば我が心は静なるべきか、否、かゝる事は思ふまじ」という内言はこうした彼女の発想を端的に示している。〈恩〉と〈愛〉とは原理的には別々のカテゴリーに属するはずだが、袖の中では「大恩の良人」に対する〈愛〉を問う回路が厳重に閉鎖され、「かゝる事」と向かい合うこと自体が回避され続けてきたのである。

もちろん明治の小説にアプローチするとき、近代的恋愛観を無条件に主人公に押しつけるような愚を犯してはならないことは言うまでもない。だが「桜町の殿」の方は、「思ふ」「恋ふ」「忘れがたし」「血の涙」「胸の炎」といった手紙の「文字」群から推して、〈恋愛〉イデオロギーの影響下にあったと考えて間違いないだろう。そしてなお注目されるのは不在の「殿」の姿を想像する袖のヴィジョンの中に、「御胸にうかぶ妄想のすて所、詩か歌か」という一節が含まれていたことである。この「詩」は漢詩の可能性もないわけではないが、「妄想のすて所」という文脈から考えてやはり新体詩の方がふさわしいような気がする。漢詩も含めて一葉の小説には〝詩を書く男〟という設定がほとんど出てこない。やや誇張して言えば『軒もる月』の「桜町の殿」だけがかろうじて一葉作品における唯一の〝詩人〟なのであるが、『軒もる月』の二年前に北村透谷の『厭世詩家と女性』が発表されている。恋愛への賛歌と結婚への絶望をセットにしたこの評論が当時の知識青年たちに与えた影響の大きさはよく知られているし、また一葉が『文学界』同人たちにごく近い位置にいたことも周知の通りである。したがって作中の「桜町の殿」が『厭世詩家と女性』の影響圏に属していたと想像してもさほど突飛な発想ではないと思う。現実世界における結婚生活に対する不満足の対極に、オルターナティヴとしての〈恋愛〉を渇望するという発想は、おそらく「殿」にとってきわめて魅力的なものに映っていたと考えられるからである。そして自分の書く「詩」や「歌」は「妄想のすて所」であるというような言説を「殿」から何度も聞かされていた袖が、「殿」を通して〈恋愛〉イデオロギーの一端に触れていた可能性は十分あると考えてよいだろう。だが桜町の邸で〈恋愛〉という新しい観念に触れるというカルチャー・ショックを経験した袖が、「御暇を賜」って「裏屋」に戻ってきたとき、そこに待っていたのは、「恋愛」ぬきで「結婚」が決められていたという現実だったのである。以来彼女は「恩」を原理として生きてきた。妻としての彼女の倫理は、〈愛〉という媒介項を凍結した上で、「恩」と「不貞」との対立項を中心にして形成されてきた。夫の「恩」に報いるためには「不貞」であってはならないという枠組みで自分を縛り続けてきた袖は、自分は夫を愛しているかという問いを封殺することによって、この夜まで自己の倫理を守ってきていたのである。

「殿」からの手紙の束を開封するという行為は、最初の段階においては何よりも〝良妻〟としての資格確認が目的であったと思われる。手紙に記されているであろう「殿」の熱い言葉と対峙した時に生じる感情の高ぶりを自己の倫理が制御できれば〝試練〟としての「心試し」に耐え得たことになるが、もし制御し得なかった場合、つまり心の「不貞」が夫への「恩」を上回ってしまったとしたら、袖の前途は完全に閉塞されることになる。なぜなら本稿前節で見てきたように、かりに彼女が自己の倫理とともに夫と子供をすべて捨てて「殿」のもとに走ったとしても、「殿」の側にそれを受け入れる条件や覚悟があったかどうかはきわめて疑わしいだけではなく、「身の行ひは清くもあれ心の腐りのすてがたくば同じ不貞の身なり」という枠組みが持続する限り、彼女が「不貞」の自覚を抱いたまま夫のもとにとどまり続けることもまたきわめて難しいからである。したがってこの枠組みの中で倫理と感情との闘いという「心試し」に立ち向かうことは、結果次第では、自死か狂気に至るしかないようなきわめて大きなリスクを内包していたことになる。

4

十二通の手紙を読み通していく過程で袖の様子は、最初の一、二通では「手もとふれへて」いたのが、「三通四《さんつうし》通五六通《つうごろくつう》より少《すこ》し顔《かお》の色《いろ》かはりて見《み》」え、さらに「微笑《びせう》を含《ふく》みて読《よ》みもてゆく」というように変化していく。そしてその「微笑」を浮かべて手紙を読み進む袖について語り手は、心《こころ》は大滝《おほたき》にあたりて濁世《だくせ》の垢《あか》を流《なが》さんとせし、某《それ》の上人《しやうにん》がためしにも同《おな》じく、恋人《こひゞと》が涙《なみだ》の文字《もんじ》は幾筋《いくすぢ》の滝《たき》のほとばしりにも似《に》て、気《き》や失《うし》なはん心弱《こころよは》き女子《をなご》ならば。

とコメントしている。この「某の上人がためし」が渡辺盛遠＝文覚上人の那智の滝の荒行を指していることは言を俟たない。一葉の教養圏内に『平家物語』が含まれていたことも言うまでもないが、明治二十五年に星野天知が「今年は文覚上人の当たり年なり」と記したように、明治二十五年前後の時期に文覚（袈裟と盛遠）が『文学界』を中心にした評壇で活発に論議され、また歌舞伎や講談を含めて明治二十年代が「空前の「袈裟と盛遠」ブームともいうべき状況(8)」を呈していたという背景があり、一葉も明らかにこの文化圏の中に位置していた。明治二十六年五月十九日の一葉日記に記された「文覚上人の悟道のしをりも是れに導かれてと聞き渡るこそ尊けれ」という叙述については、北村透谷の『心機妙変を論ず』との共通性を見る藪禎子氏の指摘がある（「透谷と樋口一葉」、桶谷秀昭・平岡敏夫・佐藤泰正編『透谷と日本』翰林書房、一九九五）。妥当な見解ではあるが私はさらに、この日記の日付の直前にあたる同年四月の『文学界』に掲載された島崎藤村『人生の風流を懐ふ』（署名は「枇杷坊」）からの影響関係の方も見ておくべきではないかと考えている。藤村のこの文章には「文覚上人」という語は二箇所しか登場しないものの、この日の一葉日記に出てくる「骸臭」「肉恋」といった語彙は『心機妙変を論ず』にはなく、『人生の風流を懐ふ』の方で使用されているからである。だがそれよりもいま私が注目したいのは、明治二十六年の日記の段階と明治二十八年の『軒もる月』とでは、一葉における「文覚」の意味付けが大きく変容しているという点である。

明治二十六年の日記では、袈裟殺害の方に重点を置いて恋の煩悩を契機に悟道に至るという『文学界』的な文覚像が踏まえられていたが、『軒もる月』では同じ文覚伝説でも那智の荒行の方に焦点が当てられている。だが「某の上人」の荒行と袖の手紙閲読行為とを「同じく」で結ぶ修辞は、きわめて反・常識的なものであったと言わねばならない。文覚伝説では那智の「大滝」が「濁世」の対極からの強烈なシャワーを浴びせて煩悩の滅却を迫っていたのに対して、『軒もる月』では恋の方向へ熱く誘う「恋人の涙の文字」の方が「幾筋の滝のほとばしり」に譬えられており、したがって常識に即する限り「滝」という比喩のベクトルが正反対になっているように見えるからである。

佐藤信夫氏は名著『レトリック感覚』（一九七八）の中で、川端康成『雪国』に出てくる「駒子の唇は美しい蛭の輪のやうに滑らかであつた」という奇抜な直喩表現を例にあげて、直喩は「《ふたつのものごとの類似性にもとづく》表現である」という「古典的レトリックの定説」を逆転させ、「類似性にもとづいて直喩が成立するのではなく、逆に、《直喩によって類似性が成立する》」という有名なテーゼを提出している。「「美しい蛭のような唇」という直喩によってヒルとくちびるとは互いに似ているのだという見かたが、著者から読者へ要求される」のであり、「意外な類似性《を提案する》比較表現が直喩」なのだというのが佐藤氏の直喩論のエッセンスであるが、上人を煩悩から解脱させた滝と、袖が読む「恋人の涙の文字」とが「同じ」だと主張する『軒もる月』の強引なレトリックは、まさに「《ふたつのものごとの類似性にもとづく》表現」ではなく、直喩の力による新しい類似性の「提案」だと言えるのではないだろうか。そして明治二十六年の日記と比べてはるかに分かりにくいこの直喩の難解さこそが、「殿」の手紙を読み通すという行為を通じて、袖がたどりついた境地の独自性を強調しているのではないかと私は考えている。

前述の通り袖が手紙の閲読に踏み切ったとき、その行為は〝倫理による感情の制御〟に成功するかどうかの「心試し」という枠組みの中に位置付けられていた。ところが手紙を読み進めるうちに、袖はこの枠組み自体を踏み越えていく。「微笑」を浮かべながら手紙を読む袖の内面は次のように表現されている。

いざ雪《ゆき》ふらば降《ふ》れ風《かぜ》ふかば吹《ふ》け、我《わ》が方寸《ほうすん》の海《うみ》に波《なみ》さわぎて沖《おき》の釣船《つりぶね》おもひ乱《みだ》れんか、凪《な》ぎたる空《そら》に鷗《かもめ》なく春日《はるひ》のどかに成《なり》なん胸《むね》か、桜町《さくらまち》の殿《との》の容貌《おもかげ》も今《いま》は飽《あ》くまで胸《むね》にうかべん、我《わ》が良人《おっと》が所為《しょゐ》のをさなきも強《し》いて隠《かく》さじ、百八煩悩《ひゃくはちぼんのう》おのずから消《き》えねばこそ、殊更《ことさら》に何《なに》かは消《け》さん、地《ち》も沸《わ》かば沸《わ》け炎《ほのほ》も燃《も》へばもへよとて、微笑《びせう》を含《ふく》みて読《よ》みもてゆく、

これは明らかに、開封直前に設定されていた〝倫理が感情を抑制できるか〟という「心試し」の枠組みそのものを袖が無化してしまっていることを示す表現である。開封以前の枠組みのままであれば、袖は懸命に「心」の「雪」や「風」を抑えこもうと懸命になっていたに違いない。「炎」の「燃へ」を鎮静化させることができなかったら、自己の倫理が全面的な崩壊の危機に陥ることを自覚していたからである。したがって「雪ふらば降れ風ふかば吹け」、「炎燃へばもへよ」という放任（あるいは挑発）の姿勢は手紙閲読行為以前の袖には考えられもしなかった心境であるが、ここでなお注目されるのは、「桜町の名を忘れぬ限り我れは二タ心の不貞の女子」という強いオブセッションに拘束されていた袖が、いまや「桜町の殿の容貌も今は飽くまで胸に浮かべん」として「桜町の殿」という男性の姿を「胸に浮かべ」ることを積極的に容認すると同時に、「我が良人が所為のをさなきも強いて隠くさじ」という発想に初めて到達しているという点である。手紙閲覧以前の段階では袖は「良人」と「殿」とを比較することはあっても、それは「天上に遊べると同じ」ような上流社会と、「地上」の「裏屋」に暮らす下層社会との対比に限られていた。親から結婚相手を知らされた時の回想も「聟と定まりしは職工にて工場がよひする人と聞きし時、勿躰なき比べなれど我れは殿の御地位を思ひ合せて、天女が羽衣を失ひたる心地もしたりき」という表現になっており、彼女はそのとき自分が密かに「比べ」ているのは「殿」と「聟」との「地位」の落差だけだと認識し

ていたのである。だが階層や地位の落差は誰の目にも明らかな事実であり、比較行為がこのレベルにとどまっている限り、倫理的には安全圏の中にあった。言い換えれば、袖は「殿」と「良人」との比較を所属階級の相違だけに厳封した上で、二人を「比べ」ることを「勿躰なき」として禁じることによって自己の倫理を維持していたのである。だが手紙閲読という「滝のほとばしり」に耐える行為が「微笑」の段階に入ったとき、彼女はそれまでの硬い倫理のバリアーを破って、「良人が所為のをさなき」という言葉で、初めて夫のパーソナリティにかかわる批評の言葉を獲得し、しかもそれによって戦慄や狼狽をするどころか、「強いて隠さじ」というかたちで積極的に解き放とうとしているのである。[10] 夫の「所為のをさな」さと比較されているのは「殿」の「容貌」であるが、この「容貌」という表現は「おもかげ」というルビも含めて、単なる顔立ちにとどまるのではなく、仕草や言葉の文化性の全体まで含まれていたのだろうと思われる。

　しかし「殿の容貌を飽くまで胸に浮かべん」という決意が、倫理による感情の抑制の解禁だけを意味しているのだとしたら、袖の行き先は殿との恋に向かって直進するということになるはずであるが、それでは「恋人が涙の文字」を文覚上人の「大滝」とが「同じ」だとする直喩が読み解けない。熱い文字を書き連ねた「殿」の手紙を読み通すことによって、袖は倫理による感情の抑制から解放されると同時に、「殿」の手紙の「文字」（および小間使時代に聞いた「御詞」）にこめられた〈恋愛〉イデオロギーの引力圏からも一挙に自己を解放しまったのである。「殿の容貌を飽くまで胸に浮かべん」という決意のあと、袖は自分が「殿」と再会したという仮定に立った次のようなシミュレーションを行なっている。

殿《との》、今《いま》もし此処《こゝ》におはしまして、例《れい》の辱《かたじけ》なき御詞《おことば》の数々《かずく》、されは恨《うら》みに憎《にく》みのそひて御声《おんこゑ》あらく、さては勿躰《もつたい》なき御命《おいのち》いまを限《かぎ》りとの給《たま》ふとも、我《わ》れは此眼《このめ》の動《うご》かん物《もの》か、此胸《このむね》の騒《さは》がんものか、動《うご》くは逢見《あいみ》たき慾《よく》よりなり、騒《さは》ぐは下《した》に恋《こひ》しければなり。

いまや甘い言葉を聞いても、恨み言を言われても、死んでしまうとまで迫られても、「胸」は騒がず、「眼」も動かないという自信を獲得した袖は、「殿《との》、我良人《わがおっと》、我子《わがこ》、これや何物《なにもの》」と「高《たか》く笑《わら》」ったあと、十二通の手紙のすべてを寸断し、焼却する。その様子を語り手は「目元《めもと》に宿《やど》れる露《つゆ》もなく、思《おも》ひ切《き》りたる決心《けつしん》の色《いろ》もなく、微笑《びせう》の面《おもて》に手《て》もふるへで」と描写している。「涙の文字」で埋められた「殿」の手紙を、「微笑」とともに冷静に焼き捨てるというコントラストは、袖が「殿」の「言葉」の呪縛を断ち切ったことを示しているはずである。

初出掲載第一日目の前半部では、袖は「我《わ》れを不甲斐《ふがひ》なしと思《おも》ふな、腕《うで》には職《しよく》あり身《み》の健《すこや》かなるに。いつまで斯《か》くてはあらぬ物《もの》を」という夫の「口癖」を想起してさえ、その原因を「何処《どこ》やら我《わ》が心《こゝろ》の顔《かほ》に出《い》でゝ卑《いや》しむ色《いろ》の見《み》えけるにや」と推定して「恐《おそ》ろしや此大恩《このだいおん》の良人《おっと》に然《さ》る心《こゝろ》を持《も》ちて仮《かり》にも其色《そのいろ》の顕《あら》はれもせば」と恐れる女性であった。その袖が中一日置いた二日目掲載の後半部では、「桜町の殿の容貌も今は飽くまで胸にうかべん、我が良人が所為がをさなきも強いて隠さじ」と「微笑」する女性に変貌している。殿の手紙を読みもせず、かと言って廃棄もしないという中途半端さの中で「二タ心」のオブセッションにおののく女が、「濁世」の枠組みに縛られた袖であった。だが彼女はいまや「殿」からの熱い「文字」を読み通して「濁世」の枠組みそのものを無化すると同時に、〈恋愛〉イデオロギーからも自らを解き放っており、その強靭な精神的エネルギーの噴出を、語り手は「気や失はん心弱き女子ならば」と表現し、またその転換の急激性を語るために文覚伝説を踏まえた「某の上人のためしにも同じく」という特異な直喩表現を創り出したのではないだろうか。袖の急激な転換過程が説明によってではなく、那智の大滝に打たれる文覚上人の強烈なイメージを背景に比喩の力をよりどころにして、一気に語られているのである。「気や失はん心弱き女子ならば」という反実仮想は、袖が「心弱き女子」でなくなったことを示す。「心弱き女子」の対義語はもちろん〈心強き女子〉である。開封直前に「今日まで封じを解かざりしは我れながら心強しと誇りたる浅はかさよ」と自省していた袖は、閲読行為を経て新しい次元の「心強」き女子に変貌したのである「恋人の涙の文字」という「滝のほとばしり」に耐えてまったく新しい境地に到達した袖に、語り手は那智の文覚に匹敵するほどの強さを見ているのだと言ってもよいだろう。

密室の中の激烈な内面劇を経て一人の〈心強き女子〉が誕生したその瞬間を鮮やかに浮かび上がらせた語り手は、その直後、「月やもりくる軒ばに風のおと清し」という一文によって物語を一挙に終焉させる。小説の題名が直接的にはこの末尾表現に由来していることは言うまでもない。「軒」と「月」との組み合わせは、和歌の世界では珍しくない。野口碩氏によって「未定稿BⅡ」と名付けられた草稿には「軒端はあれてさしいる月のかげ寒きに」という表現があり、同じく「未定稿C」と名付けられた短い断片は「軒もる月のかげ寒きにきたる衣はうすけれども」という書き出しになっており、これらが『新葉和歌集』所収の尊良親王の歌「すみなれぬ板屋の軒の隙もりて霜夜の月の影ぞ寒けき」を踏まえていることは論を俟たない。だがこれらの未定稿はいずれも、かつて女塾にあって才媛としての誉れ高かった女性が「身をあやま」った「末路」という設定の中で構想されたものであった。一方定稿『軒もる月』の袖にとって、自分の育ってきた「裏屋」が「すみなれぬ」場所であったとは考えられない。

「軒（ば）」と「月もる（もる月）」に「風」が加わった古歌を通観してみると、「軒ばもる月の枕にやどる夜は山風寒く身にぞしみける」（柳川朝陽）、「我が庵はとさの山風さゆる夜に軒もる月もかげこほるなり」（尊良親王）、「淋しさをたへてもいかがしのぶべき月もる軒の萩のうは風」（法印覚雅）等、落魄・懐旧・心身の寒さを詠んだ系譜の一方で、「軒ばもる月の光のさゆるよは花たちばなに秋風ぞ吹く」（後鳥羽院）、「吹く風に雲は晴れぬる軒端より影も涼しく月ぞもりくる」（他阿）、「深き夜の月ももりくる軒ばより匂ひ身にしむ風の梅がか」（実陰）のように清明な歌の流れもあり[10]、「軒もる月」という題名は、この二つの流れのうちの前者から後者に基調を移行させつつ

（作品冒頭近くの「軒ば」にのぼった「月」が「さし入る」シーンには「風」の記述がなく、「寒気」が強調されている）、その双方を含みこんだ多義的なタイトリングとして読むことが可能なのではないかと私は考えているが、題名についてはなお考察の余地があり、本稿では提起だけにとどめておきたい。

注

（1）『毎日新聞』の通常の紙面編成から考えて、この小説の長さが二回分載に相当するという判断は容易にできたはずである。中一日空いたのは、四月四日が休刊だったためである。『毎日新聞』は題名の通り定期休刊日を持たないデイリーの新聞であり、同紙においてはきわめて珍しい休刊日が、ちょうど『軒もる月』分載の間に入っていたことになる。なおこの年の四月四日に他紙は通常通り発行されており、『毎日』の臨時休刊の理由は不明である。

（2）戸松氏は前掲論文の中で、「袖が殿のもとを去ってから二年ぐらいたっているだろうか」としているが、「二年」はあくまでも時間計算の下限値である。

（3）例えば明治二十二年八月二十一日付『読売新聞』には、正五位の華族が牛肉屋の給仕女と親しくなり、彼女が結婚した後も料理屋に誘って、美人局の恐喝を受けたという匿名報道記事が掲載されている。

（4）「『軒もる月』の世界」（『樋口一葉　丸山福山町時代の小説　小論』文旦屋、一九九四年）。ただし氏は「御同僚」と「御朋友」との異同には触れていない。

（5）行き来の自由に障害があるという意味であり、地理的な距離だけに限定して考えているわけではない。

（6）未定稿DⅡでは、定稿の「桜町の殿」に相当する箇所が「高林の若殿」となっている。「高林」から「桜町」への変更は前述の通りであるが、「若殿」とは「大殿」の存在を前提にして成立する表現である。「大殿」がいるのに「御母上に御機嫌うかゝひの御状」を出す「若殿」という設定は、婿養子だとしか考えられないと思う。（「大殿」は養父であり、「御母上」の夫とは別人。）少なくとも未定稿の段階においては「高林の若殿」が〈入り婿〉として構想されていたことは明らかだと思われる。

（7）貧家の娘の袖が両親同居の〈入り婿〉に応じてくれた職工の夫に「大恩」を感じているのに対して、富裕な上流階級の桜町家の令嬢は〈嫁入り〉ではなく〈婿取り〉婚であることを自己の優位性の拠り所にしているという対照を読み取ることもできる。

（8）鈴木啓子氏「救済の陰画――供犠としての『にごりえ』――」『論集　樋口一葉』（樋口一葉研究会編、おうふう、一九九六）。示唆に富む指摘であるが、『文学界』における星野天知や北村透谷の評論を、読み物や演劇における「袈裟と盛遠」流行の「動向のなかに位置づけられる」という鈴木氏の定位には若干の異論がある。天知が「文覚上人の当たり年」とした論拠の中に戯曲や小説の類は含まれていないし、透谷の『心機妙変を論ず』でも、文覚について天知の論（『怪しき木像』）登場以前を「幾百年の後までも人に謳はれながら、一の批評家ありて至信を看破し、思想界に紹介するものもなく今日に及びぬ」として、伝統的な文覚物語（橋供養、袈裟御前）とは一線を画しており、一方明治二十九年に相次いで出た講談筆記の文覚・袈裟物語には『文学界』の論調からの影響は認められないからである。なお鈴木氏は「芥川龍之介『袈裟と盛遠』の時代的位相」（『宇都宮大学教育学部研究紀要』四五号、一九九五年三月）でも、「明治二十年代前半を仮に貞女袈裟ブームと名づけるなら、明治二十五年は空前の文覚ブーム」であったことを実証している。

（9）良人の「所為のをさな」さの具体的な内容については、橋口氏に「「所為のをさなき」がどのような点を言っているのか、分からない。しかし、「職工にて工場がよひする人」で、「やがて伍長の肩書を持たば、鍛工場の取締りとも言はれなば」と朝早くから夜遅くまで仕事に励んでいる様子から見れば、職工として働くことの外に何程の余裕もあるまい。その点で、「桜町の殿」の優雅な生活には比ぶべくもなかろう。従って、夫の「所為のをさなき」は夫の身分に関わる面が多そうだし、物足りなさを感じるお袖には妙子の面影もなくはない」（前掲書）という「身分」の差を中心にした解釈があるが、私は同意できない。なお「妙子」とは未定稿段階における「女塾」出身という設定のヒロインに与えられていた名前であるが、妙子という固有名が明示されている断片は、「はかなき智恵に一身をあやまりし女子も末路」というラインがプロットの中心になっており、またその「はかなき智恵」の内容として、帝国大学生と恋仲になった妹の結婚費用捻出のために、妙子が「孝故なればの決心」として、金満家の中年男性の自分への想いを利用して金銭的援助を得ようとする設定が構想されていたようであり、定稿の袖の設定とは大きく異なっている。

（10） また藤原基家の「故郷の軒もる月はさ夜ふけてさえたる竹のおとぞ身にしむ」には「軒もる月」という形の表現がそのまま出てくる。「風」という文字はないものの、清風が吹いていることは明らかである。

「女」と「那美さん」——呼称から『草枕』を読む

周知の通り漱石は、明治三十九（一九〇六）年に二編の一人称小説を書いている。（一月発表の『趣味の遺伝』は前年の脱稿であろう。）言うまでもなく、『坊っちゃん』（四月）と『草枕』（九月）である。語り手はいずれも名前不明の男性であるが、[1]一方は「おれ」を名乗り、他方は「余」で貫き、それぞれの自称詞に対応して語りの文体も大きく異なっている。（『草枕』の「余」一人称という形式は前年の『倫敦塔』から『趣味の遺伝』に至る一連の幻想的な作品系列の掉尾に当たり、それらとの文体的類縁性も認められるが、物語世界としての自立性や小説としての完成度という点において一線を画している。）物語の中心となっている出来事の時間は『坊っちゃん』が明治三十八年の秋——ポーツマス日露講和条約締結の直後であり、『草枕』は同年春、日露両軍が激戦を展開していた時期に設定されている。[2]『坊っちゃん』の「おれ」の語りがまぎれもない回想体であるのに対して、『草枕』の「余」の語りは現在形を基本にした進行形のスタイルになっている。「おれ」は東京から「四国辺」の中学に赴任したものの一か月余りで辞職して帰京した男であり、語っている現在は東京に居住しているが、「余」は東京から「那古井の温泉」という架空の土地にやってきた旅人であり、語っている現在もこの地にとどまっている、というよりそのような体裁をとった語りになっている。「おれ」は文学や芸術にはまるで興味を示さないが、「画工」である「余」は画帖を携帯してつねに芸術について思いをめぐらしており、頻繁に句作や詩作を試みている。「おれ」は帰京後、当時最新の交通機関であった電車の運行会社に技手として再就職しているが、「余」の方は「近頃は電車といふものが出来たさうぢやが、一寸乗つて見たいやうな気もする」という対話者の言葉に「つまらんものですよ。やかましくつて」と即応している。

このように両作品はさまざまなコントラストを形成しており、それぞれが他方の世界を相対化し合っていることは明らかであるが、物語内容に関していえば、『坊っちゃん』には若い女性との交流が不在であるのに対して（年取った「清」というヒロインが重要な位置を占めており、また引用符で会話が再現されている女性としては「萩野」の婆さんもいるが、若い女性との会話場面は一度も出てこない）、『草枕』は若い女性との交流がストーリイの中心になっているという点が最大の差異であろう。この若いヒロインを『草枕』の語り手がどのような呼称で呼んでいるか。本稿は、ここを起点にした『草枕』論へアプローチの試みである。呼称の問題を扱う時には、出来事の場と語りの場という二つのレベルを混同しないことが肝要なので、以下出来事の場における主人公を「画工」、語り手を「余」と呼び分けておくことにする。ただし『草枕』は現在進行形スタイルであり、語られている画工と語っている「余」とはほとんど不可分の距離にある。内言表現をいずれか一方にに峻別するのは不可能に近いが、「余」はプロットには関与しないという原則は遵守したつもりである。

1

自分の名を伏せ続ける『草枕』の「余」は、宿泊場所が「志保田の家」であることは語っても、那美の父についても兄についても最後までファースト・ネームを明かさない。また応召で戦地に向う青年の名が「久一」であることは明示しても、那美の従弟である彼の姓が那美たちと同じ「志保田」であるという保証は与えていない。馬子の「源兵衛」、観海寺の「大徹」和尚と小僧の「了念」も姓は一切明かされず、引用符による発話場面を与えられた他の登場人物——茶店の老媼、志保田の家の「小女郎」、髪結床の親方、那美の元夫らしい「野武士」のような男

――は、画工と同じく姓も名も不明のままである。（老媼の娘の「御秋さん」と、以前観海寺の下級僧だった「泰安」という固有名も出てくるが、いずれも会話の中だけで語られる人物であり、物語の場面には登場しない。）名前に関して姓と名が分かる那美だけが例外的扱いを受けているように見えるが、実は「志保田那美」というフルネームは作中に一度も出てこない。

周知の通り、明治民法下では〈嫁入り〉した女性は夫の家の姓に変更することを強制され、離婚すると父の家の姓に復することを義務付けられていた。(3) 那美は「城下で随一の物持ち」に嫁いだが、以前志保田に奉公していたという茶店の老媼や髪結床の親方の話によると、「今度の戦争で」夫の銀行が倒産して間もなく志保田の家に戻ってきたようである。しかし那美自身は、自分と会っていた野武士のような男について、「あれはわたくしの亭主です」という言葉で画工を驚かせたあと「今の亭主ぢやありません、離縁された亭主です」と説明している。この受動態表現は〝わたくしが〟離縁された亭主（わたくしが離縁した亭主）とも解釈できるし、さらに「わたくし」以外の誰かによって離縁を余儀なくされた亭主という意味に取ることも可能な曖昧さを含んでいる。那美が婚家零落後に志保田の家に戻ってきたことは確かだろうし、「銀行が潰れて贅沢が出来ねえつて、出ちまつた」という噂が立っていることも間違いないが、同時に現在もなお夫との交流が続いてることも事実である。結局彼女が婚家を出てきた経緯は不明のままであるし、法的な離婚手続きが成立しているのかどうかさえ判然としない。そして「余」の語りの中に「志保田那美」という表現が一度も出てこないのは、この曖昧さにも対応しているといえる。旧姓か現姓かというレベルを超えた〝超姓空間〟を生きる女として、那美は画工の眼前を躍動していたと見ることができるからである。

このように那美は旧姓（夫の家の氏）／現姓（父の家の氏）の二項対立を超越した存在として描かれているが、彼女の父が居住する家もまた民家／宿屋のいずれへ分類も拒んでいる。画工が志保田に逗留することになったのは、那古井には「宿屋はたつた一軒」しかないからであるが、その「一軒」は「湯治場だか隠居所だかわかりません」と茶屋の老媼が言うように、私的空間と営業空間の区別が曖昧な場所である。[4] 日露開戦後客足が途絶えたため「まるで締め切り同様」だが「御頼みになればいつでも泊めてくれます」という老媼の説明は奇妙であるが、実際画工が志保田に着いてみると「客間と名のつきさうなのは大抵立切つてあ」り、「ほかの座敷は掃除してないから」という理由で、画工に割り当てられたのは、「普段使つてゐる部屋」、つまり私的スペースにあたる「六畳程の小さな座敷」であった。不意の宿泊客を拒みはしないものの、受け入れの準備を全くしていないのである。親切とも不精ともいえるこの接客姿勢は、「第一宿屋へ泊まつたかゞ問題」と思えるほどに不気味だった房州での宿泊体験を画工に想起させているが、これは「湯治場だか隠居所だか」さえ曖昧な志保田の家の特色と見事に対応しているといえる。翌朝の小女郎との会話でこの「普段使つてゐる部屋」の主がこともあろうに「奥様」(那美のことを彼女は「若い奥様」と呼んでいる)であると聞いた画工は、「昨夕、わたしが来るまではここに居た」ことも知らされる。つまり那美は画工がやって来る直前まで自分の私室として使用していた部屋を、不意の客のために急いで明け渡していたのである。しかも画工がここに到着したのは「夜の八時頃」という、部屋の移動には不向きな時間帯である。画工は到着早々「何だか廻廊の様な所をしきりに引き廻はされ」たというが、画工が「引き廻はされ」ている間に、那美は大急ぎで部屋を移ったのであろう。「嬢様」(老媼は那美のことをこう呼んでいる)について「湯治場へ御越しなされば、屹度出て御挨拶をなされませう」という老媼の予言に反して那美が挨拶に現れなかったのは、あわただしい部屋の移動に忙殺されていたからに違いない。画工は宿泊第一日目の深夜に、黙って部屋に入り込んできて戸棚を開閉する「幻影の女」を夢うつつに見るという不思議な体験をするが、彼が寝ている座敷はさっきまで那美が使っていた部屋であり、戸棚の用簞笥の中には彼女の衣類が収納されたままであった。着替えの衣類を持ち出すために、那美はこういう非常手段を取らざるを得なかったのだともいえる。

もともと宿と家を区別しない上に、いきなり画工に割り当てられたのが「お嬢さん」の私室という最もプライベートな空間である。(5) しかも多くの空き座敷があるにもかかわらず、二日目以降も画工の部屋が変更された形跡がない。「お嬢さん」の私室を見知らぬ男性客の部屋に転用するというのは破天荒な待遇に見えるが、那古井には志保田以外の宿屋が一軒もなく、志保田には画工以外の宿泊客が誰もいない。つまり画工はこの那古井という土地全体でただ一人の旅人であり、したがって家の内奥の女性のプライベート空間に入れられたのが画工に対する特別待遇を意味するのか、それとも志保田の家ではこれが通常のあり方なのかさえ曖昧なままである。画工は那美との会話の中で相手を一貫して「あなた」と呼び、那美も画工を「あなた」と呼ぶ。(6) 宿泊料とサーヴィスの交換という確固とした関係が成立していたら、このような対等の対称詞による会話は交わされなかったに違いない。那美と画工が接客業者と客でもなく、かといって友人でもなく恋人同士でもない男女……という一般的な分類を超えた関係にあることを、この「あなた」の応酬が象徴しているとも言える。また志保田の老人（那美の父）は茶席で画工を大徹和尚に「うちへ御客が見えた」と紹介しているが、この「うち」の「客」という呼称は宿の客と家の客とを区別しない曖昧さを含んでおり、だからこそ老人は、日露戦争で召集されて「暇乞」にやってきた身内（老人にとっては甥）の久一と、滞在間もない画工とを平気で同席させることもできたのである。この青年が「満洲の野に日ならず出征すべき」ことを告げられた画工が、「此夢の様な詩の様な春の里に、啼くは鳥、落つるは花、涌くは温泉とのみ思ひ詰めて居たのは間違である」ことに気付き、「朔北の曠野を染むる血潮の何万分の一かは、此青年の動脈から迸る時が来るかも知れない。此青年の腰に吊る長き剣の先からむ烟りとなつて吹くかも知れない」という感慨を抱いていく展開については多くの論があるが、画工と久一が「一堂のうちに会した」という「運命」の中には、ファミリイの内と外の間に隔てを置かない志保田の待遇の仕方も含まれていた。だからこそ画工は久一を城下まで送っていく川下りに、彼との縁の薄い自分が「御相伴」して加わることを当然として受け止めているし、小説の読者も不自然さを感じないのであるが、一介の泊まり客が宿の親戚の「出征」を送る川下りに同行するという設定が本来ならばきわめて特異なシチュエーションであることを見落としてはならない。同行するに至った経緯については一言も語らず、最終十三章をいきなり舟上の場面から始めている「余」は、それが不自然さを露呈させないために有効な技法であることを十分自覚していたに違いない。

2

あらためて言うまでもなく、画工にとって那古井は曾遊の地である。茶屋の老媼に「旦那は始めてゞ」と問われた画工は「いや、久しい以前は一寸行つた事がある」と答えており、十二章では「何年前か一度此地に来た。指を折るのも面倒だ。何でも寒い師走の頃であつた」と語られている。そしてその後に次のような述懐が続く。

何でも寒い師走の頃であつた。其時蜜柑山に蜜柑がべた生りに生る景色を始めて見た。蜜柑取りに一枝売つてくれと云つたら、幾顆でも上げましよ、持つて入らつしやいと答へて、樹の上で妙な唄をうたひ出した。東京では蜜柑の皮さへ薬種屋へ買ひに行かなければならぬのにと思つた。夜になると、しきりに銃の音がする。何だと聞いたら、猟師が鴨をとるんだと教へてくれた。その時は那美さんの、なの字も知らずに済んだ。（傍線引用者）

絵画制作のためでもなく、かといって単なる保養でもなく、「すこしの間でも非人情の天地に逍遙したい」旅の行き先として画工が那古井を選んだのは、東京のせちがらさとは正反対の悠長さの記憶が「非人情」向きの地としてふさわしいという判断を生んだものと思われる。かつて聞いた「銃の音」と、それが鴨を撃つ猟銃だったという情報との組み合わせは、再訪の現在、「満洲」の戦場を飛びかっている「銃」声への想像の対極に位置していることも間違いない。だが私がいま注目したいのは、傍線を付した「その時は那美さんの、なの字も知らずに済んだ」という一文である。以前の逗留のとき那美はこの地に不在であったらしいが、(7)「知らずに済んだ」という言い方は、「那美さん」を知らなかった前回と、「那美さん」という新たな要素の加わった今回の旅とを比較して、「那美さん」を知らなかったあの頃の方がよかった、と取れる表現になっているからである。

宿の窓から見上げた「山の端」に「滅多にこの辺で見る事の出来ない好い色が充ちてゐる」のを見た画工が早速写生に出かけようとしたとき、縁側の向こうに「那美さんが立つて居」り、その手に「九寸五分」の閃くのを見て「朝つぱらから歌舞伎座を覗いた気」になる。その直後に右に引用した述懐が来るのである。「山の端」の「好い色」と、前回遊んだ時の那古井の悠長な想い出とが重なり、その連続性を断ち切る者として那美が機能しているという構図であるが、「俗情を離れ」、「非人情をする」ためという画工の旅の目的は、当初から那美と那美が背負う物語によってしばしば遮断されてきていた。最初は、茶店で「長良の乙女」伝説と「那古井の嬢さま」との共通性を説明する老嫗の説明が具体的な身上譚に入ってきた時である。このとき画工は、

是からさきを聞くと、折角の趣向が壊れる。漸く仙人になりかけた所を、誰か来て羽衣を帰せ〳〵と催促する様な気がする。七曲がりの険を冒して、やつとの思で、こゝ迄来たものを、さう無暗に引きずり下されては、飄然と家を出た甲斐がない。

と考えて説明の続行を拒んでいる。次は志保田宿泊の第一夜に「女の影法師」を庭に見た時である。「然し出帰

りのお嬢さんとしては夜なかに山つゞきの庭へ出るのがちと不穏当だ」と考えた画工は、茶店で老媼から聞いてしまった情報に影響されていることに気付き、次のような反省をする。

――孤村の温泉、――春宵の花影、――月前の低誦、――朧夜の姿、――どれも是も芸術家の好題目である。此好題目がありながら、余は入らざる詮議立てをして、余計な探ぐりを投げ込んで居る。折角の雅境に理窟の筋が立つて、願つてもない風流を、気味の悪るさが踏み付けにして仕舞つた。こんな事なら、非人情も標榜する価値がない。

そこで「非人情」を求める画工は「詩的な立脚地に帰」るために「詩形として尤も簡便」な句作を試みるが、翌朝、「夢中で書き流した句を、朝見たらどんなだらうと」句稿を開いて、誰かが書き加えた跡を発見する。もちろん、夜中に入り込んできて戸棚を開閉した女性の仕業であることは明らかである。また昼食を終えたとき向こうの二階に「銀杏返し」の女性の姿を認め、こちらを向いたその視線が「毒矢の如く空を貫」いてくるのを感じたため、部屋の中で独想に入っても「非人情」の境地どころか、メレディスの男女の別れの歌などが浮かんできてしまう。もともと画工は今回の旅に際して「俗念を放棄して、しばらくでも塵界を離れた心持ちになれる詩」を望んでおり、「西洋の詩になると、人事が根本になるから所謂詩歌の純粋なるものも此境を脱する事を知らぬ」として退け、「凡てを忘却してぐつすりと寐込む様な功徳」を持つ「東洋の詩歌」を「非人情」の模範としていたはずである。ところが老媼から聞いた物語を背負う那美の存在感の作用によって、画工は「東洋の詩歌」ではなく「西洋の詩」の方を思い浮かべてしまい、しかもそこに「二人の間」に「ある因果の細い糸」まで想像する始末である。そしてその想像が「万一此糸が見る間に太くなつて井戸縄の様にかたくなつたら」という仮定にまで進んだとき、あわてて

「そんな危険はない。余は画工である」と懸命に自分に言い聞かせているところへ、その「因果の相手の其銀杏返し」が菓子皿を持って部屋に入ってくる。室内で向かい合っての会話はこの時が初めてである。「蚤も蚊も居ない国」をめぐるやりとりの中で画工は写生帖に「女が馬へ乗つて、山桜を見て居る心持ち」の画を描いて「さあ、この中へ御這入りなさい」と勧めるが、「まあ、窮屈な世界だこと、横幅ばかりぢやありませんか。そんな所が御好きなの、丸で蟹ね」と一蹴される。この画工の発言には伏線があった。山路を登る途中、「非人情」のためのメソッドとして彼は「是から逢ふ人物を――百姓も、町人も、村役場の書記も、爺さんも婆さんも――悉く大自然の点景として描き出されたものと仮定」することを思いつき、「是から逢ふ人間には超然とし遠き上から見物する気で、人情の電気が無暗に双方で起こらない様にす」れば「画の前へ立つて、画中の人物が画面の中をあちらこちらと騒ぎ廻るのを見るのと同じ訳になる」と考えていた。したがっていま自分を脅かし続ける「銀杏返し」の生々しい迫力への対抗処置を、「画中の人物」として二次元の世界に封じ込めることに求めて「非人情」の回復を試みたものの、彼女にあっさり否定されてしまったわけである。

これ以後も那美は画工の「非人情」への志向を脅かし続ける。六章で彼女が「裾模様の振袖」で現れて画工を驚かす場面は多くの論者が言及しているが、研究史には一つの死角がある。二章で茶店の老媼と源兵衛が五年前の那美の「嫁入り」姿の美しさを語っているのを聞いて「此景色は画にもなる、詩にもなる」という思いを抱いた画工は「矢張り裾模様の振袖を着て、高島田に結つて居ればいゝが」と老媼に話し、「たのんで御覧なされ。着て見せましよ」という答えを得ていた。そして六章で「裾模様」の「振袖姿」が「向ふ二階の椽側を寂然として歩行て行く」のを見て「思はず鉛筆を落して、鼻から吸ひかけた息をぴたりと留め」るほど驚き、その翌日、「昨日の振袖」を話題にすると那美は「見たいと仰やつたから、わざ〳〵、見せて上げたんぢやありませんか」、「山越をなさつた画の先生が、茶店の婆さんにわざわざ御頼みになつたさうで御座います」と応じ、画工は「何と答へてよいやら一寸挨拶が出な」いほど狼狽する。したがって茶店の老媼→源兵衛→那美というルートで画工の希望情報が伝わっており、それに対応した那美の「振袖姿」だったこと自体は明白なのであるが、私が研究史上の死角だと考えるのは、那美の行為が画工の希望に全面的に従っていなかったのではない、という点である。前引の通り、画工が老媼に語った希望は「裾模様の振袖を着て、高島田に結つて」というものであった。ところが、この「御お頼み」を聞いた那美はたしかに「裾模様の振袖」は着ているものの、「高島田」の方は無視している。語り手の「余」は、志保田に着いた翌朝の那美の髪型が「銀杏返し」であることを繰り返し強調しているが、しかし「振袖姿」で登場した場面の那美の髪型についての言及がない。もしも那美がこのとき「振袖」に合わせて銀杏返しを「高島田」に結い変えていたとすれば――彼がそれを望んでいたのであるから――当然髪型の変更について語られていたはずであり、したがって、髪型について一言も語られていないのは、髪型の方は「高島田」ではなく銀杏返しのままだったからにほかなるまい。那美は衣装と髪型のセットを画工が望んでいることを承知の上で「裾模様の振袖」の方だけを受け容れ、髪型の注文には応じていなかったことになる。髪を結い直す時間がなかったわけではない。二日目の昼に那美が「今しがた、源兵衛が買つて帰りました」と言っており、このとき源兵衛の口を通じて画工の希望情報を得ていただろうから、画工に「振袖姿」を見せるまでの間に二三日ほどの余裕があったことになるし、しかもその期間に画工が「髪結床」を訪ねたことがわざわざ語られているのである。つまり那美は、その気になれば結い直すことが十分可能であったにもかかわらず、あえて髪型は変えないまま「振袖姿」の方だけを画工に見せていたことになる。したがって「見たいと仰つたから、わざ〳〵、見せて上げた」と語る那美の言動には、受諾だけではなく毅然とした拒否のメッセージも同時に含まれていたのである。

しかもこの日の「裾模様の振袖」自体、五年前の花嫁道中の衣装の再現であったかどうかも定かではない。画工が五年前の嫁入衣装を目撃していないことは言うまでもなく、茶店の老媼が語ったように「もと〳〵強ひられ」た結婚だつたとすれば、馬に乗った花嫁道中が老嫗や源兵衛の眼にどんなに「美しく」映っていたとしても彼女自身にとつては再現したくなるような懐かしい想い出であったはずはないだろうし、一方志保田の家には独身時代に那美が着ていた振袖が多数保存されていたとしても不思議はないからである。那美は自分の部屋を画工に明け渡す際に「白隠和尚の遠良天釜と伊勢物語」という奇妙な取り合わせの二冊を、戸棚の書物の一番上に並べて置いていった女性である。相手が「見たい」ものよりも自分が見せたいものだけを「見せて」いた可能性が高い。五年前の馬上の「振袖」と「高島田」が強制された結婚に向う通過儀礼の象徴であったとすれば、「高島田」を欠いた現在の「振袖姿」は、「嬢様」にも「奥様」にも定位されない立場の不安定性と、[8]嘲るにせよ、危ぶむにせよ自分を「気狂」と見る周囲の眼差しを、むしろ積極的に自在性の特権へと転化させようとする那美の強い意思の表象だったのである。あるいは「是非京都の方へ」という願いを断念して「城下随一の物持ち」に「嫁入り」していった五年前の彼女と、長良乙女伝説の話題にかかわって「さゝだ男もさゝべ男も、男妾にする許りですわ」と言い切ることのできる現在の彼女との距離だと言ってもよい。美那が「蚤も蚊も居ない国」に関する会話で画工の動揺を誘発したのは、源兵衛が戻ってきたことを告げた直後であり、前述の通り画工の希望についての情報（「振袖」と「高島田」）を得ていたはずであるから、画工が「女が馬へ乗つて、山桜を見て居る心持ち」を描いた即興画の起源を彼女はただちに見抜いたに違いない。だとすれば「この中へ御這入りなさい」という言葉を彼女が「窮屈な世界だこと」「丸で蟹ね」といなしたのは、二次元の世界に封じ込めようとする画工の意図に対する抵抗というだけにとどまらず、五年前の強いられた「嫁入り」姿の世界に「御這入りなさい」と勧める画工の無神経さに対する痛烈な批判でもあったと考えるべきであろう。[9]高島田を欠いた振袖姿だけのエキジビションは、いわばこの時の批判の補強メッセージとしての意味も持っていたはずであるが、画工も「余」もそのことに気付かないままのようである。

3

志保田に「出帰り」してきてからの那美について、彼女に好意を持つ茶店の老媼は「もとは極々内気の優しいかたが、此頃では大分気が荒くなつて、何だか心配だと源兵衛が来るたびに申します」と語り、彼女を快く思わない髪結床の親方は「き印」と呼び、「村のものは、みんな気狂いだつて云つてるんでさあ」と言う。眼差しの冷暖の差は大きくても、スタンダードから逸脱する那美をマイナスととらえている点では二人の評価は共通している。

一方親方に「石段をあがると、何でも逆様だから叶はねえ」とからかわれている観海寺の大徹和尚が那美のことを「近頃は大分出来てきて、そら、御覧。あの様な訳のわかつた女になつた」と賞賛していることは周知の通りであるが、那美を話題にした会話の中で大徹だけが「御那美さん」という固有名で呼んでいるという点において例外的存在だったことも注目されてよいだろう。[10] 大徹が物語の中に初めて姿を現すのは、小説も半ばを過ぎた八章で、志保田の老人が主催する茶席へ画工の相客として招かれてきた場面である。この席で大徹が「御嬢さんと云へば今日は御那美さんが見えんやうだが――どうされたのかな」と訊ねているが、『草枕』の読者はここを読むまではヒロインの固有名を知る手がかりをまったく与えられていない。それまで画工が会話した人物は誰一人として「那美」という名を口にする者がいなかっただけでなく、画工自身も彼女の名を知ろうとしていなかったからである。四章で志保田の「若い奥さん」について「小女郎」にいろいろ訊ねているにもかかわらず、名前については慎重に質問項目から除外していた画工は、五章で那美と面識を得た後でも彼女の名前を一度も訊ねていない。したがって八章で画工は思いがけず固有名を耳にしてしまったわけであるが、続く九章で彼女と二人きりで会話する場面における「余」の語りの中に「那美」という固有名はまったく出てこない。「余」は一貫して「女」という普通名詞を使って語っているのである。(「画工」のレベルでは、那美という固有名を知った後においても以前と同じ「あなた」という代名詞で呼びかけている。固有名を避けたいという意思の表れであろう。)

画工自身に即した言説の中に「那美」という固有名が初めて登場するのは、十章の鏡が池の場面である。「血」を連想させる赤い椿が池に落ちる様子を眺めながら、「こんな所へ美しい女の浮いてゐる所をかいたら、どうだらう」と「考へ込む」うちに「温泉場の御那美さんが昨日冗談に云つた言葉が、うねりを打つて、記憶のうちに寄せてくる」という内言部分が最初であり、同じパラグラフに「御那美さん」という表現が三度出てくる。しかしその後、池の際の断崖の頂上に夕日を浴びて佇立する彼女の姿を発見して「はたりと画架を取り落」すほど驚き、池と反対側に飛び降りる姿を目撃して「又驚かされ」る章末の場面における呼称はすべて「女」に戻っている。

前述の通り、茶店で出会った老媼の固有名は不明のままであるが、画工がこの「婆さん」の顔と、以前観た「高砂」の「婆さん」の能面の記憶とが「写真に血を通はした程似て居る」と思えたのは固有名という障壁がなかったためでもあろう。固有名は個人の輪郭をはっきりさせる機能を持つからである。また「嬢様は長良の乙女とよく似ております」という老媼の言葉に刺激を受けた画工は、早速その夜志保田の蒲団の中で「長良の乙女」と「オフェリヤ」と「嬢様」とが重なり合う夢を見るが、この時点で画工は「嬢様」の名前を知らなかったし、知ろうともしていない。また十章の池の場面で画工の「御那美さん」への空想を断ち切ったのは馬子の源兵衛であるが、彼は「ずつと昔」の「志保田の嬢様」が虚無僧に恋して一枚の鏡を持ってこの池に身を投げたという伝説と、「志保田の家には、代々気狂いが出来ます」という言い伝えを語り、これを聴いた画工が「鏡を懐にした女は、あの岩の上からでも飛んだものだらう」と想像しながら見上げた岩の上に那美を見つけた場面の語りの呼称から固有名が消え、「女」に統一されるのである。画工と源兵衛との会話は次の通りである。

「なんでも昔し、志保田の嬢様が、身を投げた所がありますよ」

「志保田つて、あの温泉場のかい」

「はあい」

「御嬢さんが身を投げたつて、現に達者で居るぢやないか」

「いんねえ。あの嬢様ぢやない。ずつと昔の嬢様が」

「ずつと昔の嬢様。いつ頃かね、それは」

「なんでも、余程昔しの嬢様で……」

「その昔の嬢様が、どうして又身を投げたんだい」

「その嬢様は、矢張り今の嬢様の様に美しい嬢様であつたさうながな、旦那様」


このなかなか捗らない問答は、固有名を使えばただちに焦れったさが解消する代わりに、伝説の風趣も失われてしまう。「嬢様」という普通名詞だけで語られるからこそ成り立つ言語空間であり（「志保田の嬢様」は歴代何人も存在してきたから、事実上の普通名詞である）、画工もそれを承知しているからこそ、あえて「御那美さん」という既知の固有名を出さずに質問しているのである。『草枕』というテクストにおいては「嬢様」という普通名詞はヒロインを個人として分節化させず、物語の連鎖の中に溶解させていくことを容易にする働きをしており、それに対して「那美」という固有名はヒロインをそうした連鎖から屹立させるという力学的構図が形成されている。画工が会話の中で那美という固有名を一度も使用しておらず、語り手の「余」も「女」という普通名詞を多用しているのは、「非人情」を志向する以上当然の選択だったといえる。

十二章でひとり芸術論に耽っていた画工が襖を開けて園側に出た場面において、「向ふ二階の障子に身を倚して、那美さんが立つて居る」という表現が使われている。これが空想ではない現実の那美の姿を語り手が固有名で呼んだ最初であるが、前引の十章における空想が「御那美さん」という大徹和尚の呼称そのままのコピーであったのに対して、十二章のこの場面では「那美さん」という、微妙な差異ではあるがオリジナルの呼び方に変化している点も注目されてよい。だがその那美の手に「九寸五分」の「閃き」を見たとき、呼称はまたもや「女」という普通名詞に変換される。前引の「其時は那美さんの、なの字も知らずに済んだ」で結ばれる述懐のパラグラフが出てくるのはこの直後である。したがってこの一文には那美という女性と知り合いにならずに済んだという意味だけにはとどまらず、字義通り「那美」という固有名に触れずに済んだという意味も含まれていたと考えるべきであろう。

「其時は那美さんの、なの字も知らずに済んだ」のすぐあとに、「あの女の所作を芝居と見なければ、薄気味がわるくて一日も居られん」、「余の此度の旅行は俗情を離れて、あく迄画工になり切るのが主意であるから、眼に入るものは悉く画として見なければならん。能、芝居、若しくは詩中の人物としてのみ観察しなければならん」と自分に言い聞かせる言説が続くが、今回の那古井再訪の目的と固有名とが調和しにくいのは当然である。個人としての輪郭が曖昧な「女」という普通名詞を使用するからこそ、例えばオフェリヤや長良乙女との、あるいは「昔の嬢様」たちとのイメージの重ね合わせが容易にできるのであるが、一方那美は固有名こそ直接主張しないものの画の中になど到底収まらない固有名的な存在感を発揮し続ける女性である。『草枕』の末尾に向かって、「余」の語りは「女」と「那美」という二つの呼称の間でめまぐるしく揺れ動くことになる。

4

十二章後半で画工は蜜柑山の傍で「野武士」のような男が女と向き合っている場面を目撃するが、この場面で女が誰であるかを認識していく過程は「相手は？　相手は女である。那美さんである」という表現になっており、「女」という普通名詞から「那美さん」という固有名に変化している。ところが「今朝の短刀を連想」して「ひやり」としたあと、固有名が消えて再び「女」という普通名詞に戻る。やがて画工は那美に声をかけられ、「野武士」についての彼女の説明を聴きながら「兄の家」まで同道することになるが、十二章の最後まで呼称は「女」のままである。

戦地に向かう久一を川船で吉田の停車場まで送っていく十三章は、一転して「那美さん」という固有名の連発で始まる。十二章までは那美と画工が直接顔を合わせるのはすべて二人きりの場面だったのに対して、十三章は川船の中に六人の人間が同乗していた。「老人を中に、余と那美さんが艫、久一さんと、兄さんが、舳」で「源兵衛は荷物と共に独り離れてゐる」という配置である。これだけの人数が一堂に会した場面であるから、イントロダクション部分で那美を「女」と呼ぶのは不自然である。したがって章の冒頭部で語り手は「那美さん」という呼称を用いるしかなかったとも言えるのだが、四人の男性の同舟によって画工が初めて那美と二人きりの緊張から解放されているという状況も「余」の語りに反映しているだろうし、前章（十二章）の冒頭から画工を脅かしていた那美の持つ「短刀」が、那美の父親から久一あての「餞別」だったことが同章末尾で明らかになっていたことも影響していると思われる。川舟の中で那美が久一に向かって「短刀なんぞ貰ふと、一寸戦争に出て見たくなりやしないか」という質問を浴びせ、さらに「そんな平気な事で、軍さが出来るかい」とたたみかける場面から語りの呼称が「那美さん」から「女」に移行する。那美と短刀との関係が再び緊張の色を帯び始めてきたからであろう。

応召の従弟に向かってこんな乱暴な言葉をかけた那美の真意を特定することは難しいが、いま二つの点を確認しておきたいと思う。一つは「もと志願兵をやつたものだから、それで召集された」という久一の設定である。陸軍の場合、通常の徴兵が三年の現役と予備役四年（後備役五年）の義務を負っていたのに対して、一年志願兵は中学校と同程度の学校の卒業と経費自弁を条件に現役が一年で予備役が二年（後備役は五年）で済んでしまうという「裕福で高学歴の青年を優遇するために作られた兵役上の特権的制度」（大江志乃夫『日露戦争と日本軍隊』立風書房、一九八七年）である。[11] 一年志願兵は「特別ノ教育ヲ授ケ」られて予備役将校になるコースであったが、予備役は「戦争若シクハ事変」でなければ召集されなかったから、久一は事実上軍隊から解放されていたのが、今回の日露戦争の大量動員のために図らずも戦場に向かうことになった青年の一人なのである[12] 確認しておきたい第二の点は、父から久一への「餞別」の短刀を届ける役目を負った時の那美の行動の特異性である。「一寸頼まれものがあります」と言って画工を兄の家に誘った那美であるが、兄の家に着いてからも、椽鼻に座って「無言の儘蜜柑畠を見下ろ」すという不思議な時間が経過したあとで、初めて「おやもう。御午ですね。用事を忘れていた。――久一さん、久一さん」と声をかけ、出てきた久一に「そら御伯父さんの餞別だよ」という言葉とともに短刀を畳の上に放り投げる。「短刀は二三度とんぼ返りを打つて、静かな畳の上を、久一さんの足下へ走」り、「作りがゆる過ぎたと見えて、ぴかりと、寒いものが一寸ばかり光っ」ている。このあらあらしい「餞別」の渡し方は、「出征」する親族への刀剣贈与にともなう儀式性や厳粛性を徹底的に無化している。蜜柑畠で那美が「いゝ景色だ。御覧なさい」と言ったあとで長い間無言で見つめていたのは、

午に逼る太陽は、まともに暖かい光線を、山一面にあびせて、眼に余る蜜柑の葉は、葉裏迄、蒸し返されて耀やいてゐる。やがて、裏の納屋の方で、鶏が大きな声を出して、こけこつこううと鳴く。

という景色であった。この蜜柑畠の景色の描写は当然、前引「那美さんの、なの字も知らずに済んだ」で結ばれる述懐の中にあった那古井初訪時の「蜜柑山」の風景を連想させるものであるし、鴨を撃つ「銃の音」ののどかさ

が現在の戦争に対置されていることも想起させずにはおかない。したがって那美が長い間見つめていた「蜜柑畠」の景色が、久一に渡される「短刀」（それは「朔北の曠野を染むる血潮」に繋がっていく）と対立構図を描いていたことは言うまでもなく、戦地に向かう従弟に短刀を贈るという行為に対して那美が強い抵抗感を抱いていたことは明らかである。したがって川船の中における「短刀なんぞ貰ふと、一寸戦争に出て見たくなりやしないか」という那美の唐突な質問は、久一に「死ぬ許りが国家の為でもあるまい」と諭す一方で短刀を贈与する父親に対する抗議の念を含めた多義性を読み取るべきだろうと私は思う。

川舟の舳の会話（那美の兄と久一）が「軍隊の話」になってきた時、艫では那美が兄たちとの会話の輪から離れた那美が画工に「先生、わたくしの画をかいてくださいな」と話しかけてくる。この時の「余」の語りは「那美さん」という呼称を用いているが、彼女が「もつと私の気象が出る様に、丁寧にかいて下さい」と要請してくる場面で呼称はまたもや「女」に変換される。那美の「私の気象」と固有名とは結合しやすいが、画工の書きたい画は依然として固有名のベクトルとは調和しにくいのである。舟をおりた一行が停車場に向かう途中で画工は有名な「汽車論」の思索を経て「現実世界」に帰還することを決意するが、停車場到着以降の語りの呼称は「那美さん」に戻り、そのまま末尾に至る。この結末部の呼称の安定を支えているのが久一と同じ汽車の中に「野武士」を発見した那美の表情に現れた「憐れ」であったことは言うまでもない。しかしすでに指摘のあるように、「憐れ」が那美の「眉宇にひらめいた瞬時に、わが画が成就するであらう」というのはあくまでも画工の独断的テーゼに過ぎないのである。（鏡が池で水の浮かぶ女の画を想像した画工はその「顔」のモデルとして、固有名の「御那美さん」を思い浮かべていた。そして「どこか物足らない」と感じでその「物足らない」ものを考究した末に「御那美さんの表情のうちには此憐れの念が少しもあらはれて居らぬ。そこが物足らぬのである」という結論に辿りつくのであるが、彼は那美に〝不足〟するものだけを探しており、〝過剰〟の可能性については一貫して思考を閉ざしている。）同様に、結末部で前夫の乗った汽車を見送る那美の表情に「「憐れ」が一面に浮いてゐる」という彼の判断も主観のうちのものでしかない。画工は「那美さん」の肩を叩いて「それが出れば画になりますよ」と話しかけるが、それに対する那美の反応が何一つ語られていないという点を見落としてはならないだろう。たとえ「余が胸中の画面」が「この咄嗟の間に成就した」とのだとしても、その「胸中の画面」の「那美さん」と、現実の那美との間には埋めがたい距離が存在することを示唆しながら、『草枕』は幕を閉じているのである。

注

（1）漱石の六編の長編一人称小説の語り手は男性五人と雄猫一匹であるが、『行人』を除く五編の語り手はすべて固有名が不明（「名前はまだない」という「猫」は無名）である。『行人』にしても長男が「一郎」で次男が「二郎」という固有性の希薄なネーミングであり、短編も含めて語り手の無名性、匿名性は漱石の一人称小説が特徴だといえる。

（2）『草枕』の物語時間は明治三十七年春と三十八年春の二つの可能性を指摘する向きもあるが、作品末で久一が向かう戦場は「満洲の野」である。明治三十七年春にはまだ日露戦争は始まっていなかったし、「満洲軍」も編制されていなかった。「朔北の曠野」「遠き、暗き、物凄き北の国」という表現の連鎖は、明治三十八年一月の旅順占領以降、陸軍の主戦場が本格的に北に移ったことが踏まえられている。ちなみに明治三十八年二月から三月にかけての奉天会戦では日露両軍合わせて七十万人近い兵力が投入され、双方に厖大な死傷者が出ている。漱石作品の虚構内の時間を繋ぎ合わせると、画工が「非人情の旅」に出かけた半年後に、物理学校を卒業して間もない坊っちゃんが「四国辺のある中学校」に赴任するために東京を発ったという時間的関係になる。

（3）アジア・太平洋戦争後の新民法下で夫婦の姓は法律上は選択が可能になったものの、離婚後の復姓義務の方は新民法施行後も約二十年間存続したことは本書のIで触れてある。

（4）知られているように、『草枕』のモデルとなった熊本県小天の前田案山子別邸は将来の隠居所として建てられたものであり、「泊まりたいという人々が増え、後から部屋を継ぎ足して、しだいに旅館としても使えるようになっ」たのだという。（安住恭子『『草枕』の那美と辛亥革命』白水社、二〇一二年）

（5）家屋面積の大小の差異はあるが、女性のプライベートな生活空間喪失の問題は、『門』においてヒロインお米の発病の一因となって顕在化している。

（6）那美が画工を「先生」と呼ぶ例が二回出てくるが、一度目は屋外で「野武士」と別れた直後に画工に呼びかける場面であり、彼の残像が色濃く残っていた。二度目は最終章の川舟の中で「先生、わたくしの画をかいて下さいな」と注文する場面であるが、舟の中には画工のほかに三人の男性が同乗していた。聞き手と話し手が二人きりの会話の中では画工に対する那美の対称詞はすべて「あなた」である。

（7）画工が那古井を初めて訪れた頃に那美が城下で暮らしていたとすれば、那美の「御嫁入り」から「もう五年になります」とあるから、画工の曾遊は「五年」（あるいは四年）前以上には遡れないことになるが、那美は画工との会話で「東京」にも「京都」にもいたことがあると語っており、独身の彼女が東京や京都で修業中だった時期に画工那古井の初訪があったとも考えられる。（那美が「京都」の男性と恋愛関係にあったことは確かなようであり、城下の男との結婚のために無理矢理京都から呼び戻されたという物語を想像することも可能である。）また画工の初訪時には「岡の上の本家」の方に居住していた可能性もないではないが、それだったら顔を合わせないまでも「那美さんの、なの字」くらいは噂に聞いていた方が自然だろうと思う。

（8）この二つの呼称についてはすでに伊藤忠氏に「那美は〈嬢様〉と〈奥様〉の境界、志保田の家の〈内〉と〈外〉の境界を逍遥する〈女〉である」という指摘がある（「挑発する〈境位〉――『草枕』のヒロインを読む」『作品と歴史の通路を求めて　〈近代文学〉を読む』翰林書房、二〇〇二）。

（9）この場面について、即興画が「誰の姿を写したものであるか」了解可能であった那美の「画工に対する〈敵意〉」を読む伊藤忠氏の論（前注に同じ）がある。

（10）最終章の川舟の中で那美の兄が「那美さん」と呼ぶ場面があるが、これは「兄さんが妹に話しかけた第一の言葉」

の冒頭であって二人称的要素が強いし、注6の通り同舟者が複数いたため「話しかけ」る相手を明示する必要もあった。那美を話題にした会話の中で彼がどんな呼称を用いていたかは不明である。なお漱石作品には兄と妹の組み合わせが目立つが、兄妹の対話場面はそれほど多くないが、その中で兄が妹に「さん」付けで名前を呼んでいるのは『草枕』だけである。「本家の兄たあ、仲が悪い」という髪結の親方の言葉に従えば、「那美さん」という兄の呼びかけは妹に対する敬意ではなく、むしろ精神的距離の遠さの表れであろう。

(11) 学校在学中徴兵猶予になっていた者は卒業後「抽選ノ法ニ依ラスシテ徴集」されるが「一年志願兵ヲ志願シタル者ハ此限ニアラス」という徴兵令の条項があり、一年志願兵を志願しないと徴集される確率が高くなる仕組みになっていた。

(12) 『趣味の遺伝』の「浩さん」は「志願兵から出身した歩兵中尉」で、日露戦争で召集されて戦死したという設定になっている。「浩さん」の本名は「浩一」であり、『草枕』の「久一」と類縁性が強い名前である。

〝翔ぶ女〟と〝匍う女〟――小林多喜二『安子（新女性気質）』の可能性

1

周知の通り、『安子』というタイトルで知られている小林多喜二の長編小説は初刊テキスト（改造社版創作集『地区の人々』所収、一九三三年五月）における改題を踏襲したものであり、『都新聞』（一九三一年八月一日〜十月三十一日）連載の初出テキストは『新女性気質』という題名であった。一般には改題の施された作品は新しい方の表題で呼んでおくべきだろうが、『安子』についてはそう簡単には処理できない問題がある。なぜなら初刊が出たのは小林多喜二虐殺の三か月後であり、「改題のいきさつはあきらかでない[1]」とされている「安子」への題名変更がはたして作者自身の意図にもとづいているのかどうか、疑問の余地があるからである。

『新女性気質』の改題に関する小林多喜二自身のコメントとして残された唯一の資料は、一九三二年八月二十一日付けの家族宛書簡の中に記された「今まで書いてある小説を改造社とか、中央公論社に頼んで本にしてもらったらいゝ。江口渙や大宅壮一に困っている事情を話して、口をきいてもらったらいゝだろう。「新女性気質」は題が悪いから「石狩川」という題に直して何処かの本屋に頼むこと」という箇所である。ここから確認できるのは、この時点で小林多喜二が『新女性気質』という原題に不満を抱いていたことと、「石狩川」という改題案を持っていたことの二点である。「石狩川」と「安子」とではタイトリングのベクトルにだいぶ違いがあり、「石狩川」への改題構想が『党生活者』脱稿とほぼ同じ時点で語られていることを考えても[2]、それから虐殺までの半年の間に再度べクトルを修正する方向での改題プランが作者の中に生まれねばならなかった契機は想定しにくいという気が私はする。

また「安子」という題名選択は、作品に登場してくる田口恵、安子の姉妹のうち安子の方を主人公とする認識が前提になるが、その読み方にも疑問の余地がある。残された腹案メモによると、当初はむしろお恵の方に重点を置いて原構想が立てられていたことは明らかである。もちろん腹案と実際の作品展開との間には相当なズレがあり、しかも前編だけで打ち切られているのであるが、少なくとも安子が主人公でお恵が副主人公と云う序列を作者が与えていたとは考えがたいというのが読者としての率直な感想である。したがって、本稿では便宜上この作品を「安子」と呼んで論を進めていくことにするが（「新女性気質」も「題が悪い」と作者が明言しているので）、この表題にはなお懐疑的な立場を私がとっていることを最初に断っておきたい。

2

小林多喜二の作品系列の中で『安子』がそれほど重視されてこなかった原因の一つは、これが多喜二の唯一の新聞小説だという点にあるようである。一番端的なのは、小田切秀雄氏の次のような評価である。（『小林多喜二　増補版』有信堂、一九六九）

簡潔な見事な描写をふくむ作品の展開のうちで、新しい人間になりつつある姉妹の文学的表現がかなりのていどに実現されているわけである。

しかし、妹が能動的で姉がひかえめという違いはありながら、いずれもが、まったく信頼すべき男を通じてまったく信頼すべき運動に近づき、自分自身にたいしても相手の男との関係においても、いささかも暗いかげの生ずることがない――こういう理想主義的な描き方がこの作品には一貫して流れていて、作品を単色の明るいものにしているのである。この作品が従来の小林多喜二論でとりあげられることが少なかったのは、このような新聞小説的な浅さに拠っている。運動の上げ潮の時期の、甘く上げ潮的な作品ということができるであろう。

だがこうした断定の底には〝新聞小説＝通俗小説〟という偏見が先入観として作用しているのではないかという気が私はする。「ホームランを出すんでなかったら、打たない」[3]という「ホームラン主義」者を自任して一作一作に全力を投入し、自信のない作品は発表しないポリシイを持っていた小林多喜二が、入獄中の経済的支援として彼の同志たちが『東倶知安行』の未発表原稿の雑誌掲載の話を無断で決めてしまったことに執拗にこだわったことはよく知られている。[4]その多喜二が彼の文学の極北とも言える『党生活者』を書いた時点でなお『新女性気質』の改題出版に意欲的な姿勢を示していたという情報は、少なくとも作者の自己評価としては「浅く」も「甘く」もなく、「ホームラン」を目指して取り組んだ作品としての手応えがあったことを物語っているはずである。

『都新聞』への連載を予告する「作者の言葉」の中で、彼は今度の小説では「今の「困難な時代」をそのまゝに表現」する「特徴的なタイプ」の造形という「大それた仕事」に挑もうとしているのだと宣言している。そして「一個人の性格」が「その時代の最も生きた表現」になっている例として『オブローモフ』や『ルージン』をあげているが、彼に最も直接的なインパクトを与えていたのはこれらの十九世紀ロシア文学の名作ではなく、当時邦訳が刊行され始めていたソヴェート連邦の最新小説『静かなるドン』だったと思われる。『安子』は、このショーロホフの未完（当時）の大河小説に対する小林多喜二の感動と興奮の絶頂において構想された作品なのである。

『静かなるドン』の最初の邦訳である外村史郎訳の鉄塔書院版は、一九三一年四月に第一巻が、同年七月に第二巻が出ている。刊行後間もなくこれを読んだ小林多喜二は、その衝撃を「私はプロレタリア文学として、この位おゝらかな、大河の悠やかな流れのように、小さい感情のミジンだに表に出ていない（癪にさわった云い方をすれば）心憎いまで悠長な作品を見たことがない。この悠長さは、われ〳〵日本のプロレタリア作家の手の届きうる遙か、遙か彼方にある。私はこの作品に対して位、嫉妬を感じたことはない。――私達は全くこのような意味での「悠長なプロレタリア作品」を、今迄一つも持っていない」[5]（傍点原文、以下同じ）というかたちで表現していたが、この大胆な提言はプロレタリア作家同盟の内外で波紋をよんだらしい。二か月後に彼は『「静かなるドン」の教訓』というエッセイを書いてこの「悠長」発言の真意を説明している。

（略）昨年の春「ナップ芸術家の新しい任務」及び「芸術大衆化に関する決議」によって、われ〳〵の作品の内容を共産主義的に武装しなければならない、ということが云われてから、その意義を一面的にしか理解出来なかった結果、例えば党のスローガンをそのまゝ説明するような作品の傾向を生んだ。それは作品の中に文字通りスローガンを持ち込み、或いは取り上げられる題材を所謂尖鋭化した闘争的場面に限定し、すべての生きた現実の多様性を抽象し、われ〳〵の作家が各々持っている種々な特質を、その「質」の上でも「題材」の上でも狭く固定しようとした。――そこに平均化の傾向が生まれてきたのである。どの作家の作品をとってみても、その殆どすべてが大体に於て似たような筋道をとり、手軽に似たような（イヤ同じ）決着にたどりついている。それが取り扱われる人間についても、どんな新しいタイプの人間を持ってきても、それは極めてバタ〳〵とわれ〳〵の都合いゝ（！）人間に生れ変ってしまう。

（略）

私が「悠長なプロレタリア作品」を主張した根拠は以上のようであった。

宮本顕治が云うように、ビラがまかれ、すぐ大衆の間の動揺が起り、デモやストライキが起るという式の現実の観念的省略が、われ〳〵の作品の底を貫いていた根本的な欠陥であった。そしてこのことが、作品の内容の共産主義化の一面的な機械論的な理解から来ているのだ。われ〳〵が、われわれの基本的な観点から、生きた多様な現実を取り上げてゆくということは、何もその多様な現実をわれ〳〵の観点から公式化したり、抽象化したりすることではないのだ。このことがハッキリと理解されていなかった。

＊

それから又、一方私が「悠長な」と云ったのも、この公式化、現実の手ッ取り早い観念的省略に対して云われた言葉であって、われ〳〵の基本的態度の安易化、或はそこからの逸脱化を少しでも意味してはいなかったのである。そう理解するものは、私がわれ〳〵の当面している問題と「静かなるドン」をどのように結びつけてそう云ったのかという点には眼をつぶってたゞ（言葉としては極めて不完全に云われた）「悠長な」という言葉にのみとらわれているからなのである。

このエッセイは一九三一年八月十七日と十九日付けの『国民新聞』に分載されたものだが、その執筆デートが「八・一一」と明示されている点に注目したい。なぜならちょうどこの月の十日から十二日にかけて立野信之が『都新聞』に『二つの偏向と新たな任務について』という文章を発表しており、十一日付けの紙面では「作品主義」の「揚棄」が主題になっていたからである。プロレタリア文学運動が直面している「作品の公式化」の「偏向」と、その「偏向に対する偏向」として生まれてきた「プロレタリアートの当面する階級的必要を殊更に避け」る傾向は、そのいずれも「我々の陣営に根強く植付けられてゐたところの「作品主義」が「階級的行動として文学運動の諸問題を、作品にのみ背負はせてきた」ことに由来しており、「文学運動の組織の仕事の中でのみ、正当に解決出来るものなのだ」というのが立野の論旨である。それは古川壮一郎名で発表された蔵原惟人論文『プロレタリア芸術運動の組織問題』に導かれて文学運動と農村・工場との結び付きの強化を決議した作家同盟七月臨時大会の組織方針を踏まえたものであり、小林多喜二も全体として同じ路線に立っていたのは言うまでもないのだが、「今われ〱の作家が、その題材に対し、主題の取扱いに対し、「一般化」と「平均化」の傾向に陥っているとき、それがそれらの作家の作品製作の上に於ける個人的な努力によっては、決して成し遂げられるものでなく、其根源の深く、且つ根本的な（その傾向の生じたことも、又その傾向の克服も、組織の問題に触れなければならない）[6]」、「われ〱は古川壮一郎の論文を中心に、困難な組織問題の解決に到達した。で、今や我我はその強力な組織の上に立って、『作品の問題』を日程にのぼせなければならない処に来た[7]」という多喜二の立場と、立野の主張との間には、「作品の問題」と「組織の問題」との関係の捉え方において微妙な差異が認められる。作家同盟の方針を積極的に支持しながらも、しかし立野のように「（作品の『偏向』が）組織の仕事の中でのみ、正当に解決出来る」と言い切ってしまうオプティミズムには承服しかねる違和感を多喜二は持っており、その気持ちを募らせたのが『静かなるドン』の圧倒的な衝迫力だったのではないだろうか。したがってわざわざ執筆デートを「八・一一」と明示した『「静かなるドン」の教訓』には、立野に対する部分的な反論のモチーフがこめられていたのではないかと私は思う。

『静かなるドン』を読んだとき、小林多喜二は「同じプロレタリア芸術を作っている」者として自分は「非常な残念さを耐え」ながら、「日本のプロレタリア作品にアイソをつかしている人があったら、この作品を読んでみてくれ、そして私達に対する憤怒を忘れてくれ」と「云わざるを得ない」と告白しているが[8]、その痛切な思いをこめた「悠長なプロレタリア作品」創造の提起が文学運動の中であまり共鳴を呼ばず、むしろ階級的逸脱に向かう「偏向」の文脈で受け止められたことによって、彼はさらに「非常な残念さ」を味わねばならなかった。この二重の

「残念さ」から導き出されてくる実践命題は、「悠長なプロレタリア作品」の実作を自分の手で創りあげて作家同盟の仲間達と一般の読者の前に提出してみせることしかない。こうして前掲連載予告に言う「大それた仕事」の構想が多喜二の中に生まれてきたのではないかと私は考えているが、その発表舞台として新聞が選ばれたのは、それが長編小説向きのメディアであることに加えて、「日本のプロレタリア作品」に好意的でなく、また左翼関係の事情にも精通していない読者層をあえて主要対象に据える必要があったからではないだろうか。[9] そのような読者が読んでプロレタリア文学に「アイソをつか」せないだけの力を持った作品に着手することは、表現のレベルでいえば伏字解読のコードを共有しない読者を相手にすることであり、いわば伏字への〝甘え〟を断ち切ったところで主題を実現していくというきびしい試練を自らに課すことでもあったはずである。(『静かなるドン』は当時の言論抑圧体制の下でも、伏字を必要としない作品であった。)『一九二八・三・一五』や『蟹工船』の作者があえてこうした新しい冒険に挑んだ意欲作として、この作品は構想されたようなのである。[10]

3

「悠長なプロレタリア作品」を目指す新しい試みは、まず『安子』冒頭の設定に表れている。恋愛がらみで地主の息子を傷つけて逮捕された田口三吾の裁判を傍聴するために、母親と妹お恵が札幌地方裁判所に到着したところから物語時間が始まるが、「裁判の日」と名付けられた第一章において語り手は二つの公判廷を提示している。一つは第二号法廷における三吾の傷害事件の判決公判であり、もう一つが第三号法廷の公判であるが、この三号法廷の様子がすべてお恵の視線に即して描かれている点に注目したい。

裁判所のいかめしい空気に威圧されておどおどしながら控室に入ってきたお恵が最初に見たのは、あわただしく出入りする弁護士や給仕たちの姿であり、つづいて代書人と売店のおかみさんの「へ、奴ッこさん等、アワ喰ってやがる」、「今日は大変でしょうよ」という会話を耳にする。この日の札幌地裁には、いつもとは違う緊張が漂っていたのである。そこへ「どかくと」控室に入ってきて「無遠慮に大きな声を出し合って、どこが裁判所の控室かという風」の数名の男達の出現に、お恵はすっかりおびえてしまうが、そのうち集団の中に「すっぽりと黒いダマ・マントをかぶった子供のように小さい女の人」が一人混じっていることに気が付き、その女が「男ばかりの皆の中にチャンと入って、当たり前に話している」ことに「非常に奇妙な」感じを抱く。彼らが何者なのか、お恵にも母親にも理解できなかったが、やがて三号法廷の公判が始まって控室を出ていく彼らを見送った代書人から「あれア、みんなロシアの真似をしてるアカだよ」、「あの連中は金持のいない、貧乏人だけの天下を造ろうとしてるんで、自分らでは何も悪いことをしているとは考えていないんだよ」という説明を受ける。まもなく二号法廷の方の公判も始まり、実刑判決を言い渡された三吾が「弱々しいほゝ笑み」を残して引き立てられていった後、お恵は三号法廷からさっきの傍聴人たちがドヤドヤと出てきて、七八人の被告たちと「元気でやれ」「頑ンばれ」と互いに声をかけあっている光景を目撃し、「兄の淋しい姿」と思い較べる。そして裁判所の向かいにある刑務所で三吾と「最後の面会」をするための手続きを待っているとき、別の囚人に会いにきていたと思われる「キリッとした眉をした、利口そうな女」が面会許可がなかなかおりないことで門衛に鋭く抗議している姿を見て、この女も「さっきの「キョウ……」何とか党の仲間ではないか、と思」う。

この日三号法廷ではどんな事件の公判がおこなわれていたのか、お恵には見当もつかなかったし、語り手も直接それについては語ろうとしていない。しかしお恵が札幌にやってきたこの日は、「飽きる程の長い冬のあとで、ようやく春が来かゝっていた」ころであり、「雪解のザクくした道が歩き難かった」となっている。場所が北海道だという点を考えて、これは四月の初め頃だろうと思われる。一方『安子』後半部は大山郁夫の新党結成問題を軸にして進められているから、史実との対応においてこの小説の物語時間が「一九二九年」に設定されていることは間違いないが、一九二九年のこの季節に札幌地裁でおこなわれた治安維持法関係の裁判で真っ先に想起されるのは同年四月二日に行われた「三・一五事件」(一九二八年の全国一斉検挙事件)判決公判である。この日の裁判所にいつもと「違う」緊張をもたらしていた『安子』冒頭の三号法廷の設定に、現実におけるこの裁判の投影を読んでもそれほど不自然ではないだろう。したがって『安子』が「三・一五」判決公判から始まっているのだとすれば、一九二八年四月の渡や工藤たちの札幌地検への身柄送検のところで終わっていた小説『一九二八・三・一五』との連結器が『安子』の三号法廷に埋め込まれていたという見方も成立するわけである。少なくとも三号法廷で裁かれる被告達とその傍聴支援にかけつけてきた同志たちという存在が『三・一五』につながるさまざまなドラマを想像させることは確かであるが、『安子』の語り手は三号法廷のドラマを直接には何ひとつ語ろうとせず、隣の二号法廷の非政治的な傷害事件の公判の方に視座を据えて、お恵の視線だけに即した語りに徹していることが注目されるのである。その結果――三号法廷の関係者達を〝前衛〟と呼ぶことができるとすれば――、〝いぶかしげに見詰められる存在としての前衛〟とでも言うべき視座設定が成立しているが、これは小林多喜二の作品系列においてはきわめて珍しいパースペクティヴになっているはずである。

そしてさらに興味深いのは、この日の三号法廷の人々との出会いがお恵に一種のカルチャー・ショックを与え、彼女の脳裏に忘れがたい印象を残しているのに対して、三号法廷の関係者たちの方は二号法廷の傍聴にきていた貧しい農民母娘など眼中になく、自分たちを見つめるお恵の視線にも全然気が付いていないという描かれ方になっている点である。(裁判所の控室に入ってきてから閉廷後の激励のエールにいたるまで、三号法廷傍聴者たちの関心と視線は三号法廷にしか向けられていない。)治安維持法関係の政治的大事件を裁く法廷の隣に、貧しさに由来する小さな刑事事件の法廷を布置し、前者の関係者たちの後者に対する無関心を示した上で、後者の傍聴にきた娘の方を語り手が物語り開始の主人公に選んでいるという設定に、『静かなるドン』の読書体験の衝撃を媒介にした小林多喜二のこれまでの自作に対する批評意識を見ることができると思う。三号法廷に集まってきたマルクス主義者たちの視界を超える視野の広がりを、作品は内包しているのである。

物語時間が「裁判の日」から動くのは、第三章にあたる「母娘の途」の章の「三」である。札幌から帰村する親子を乗せた汽車が「片側に雪を一杯にうけた防雪林の中を、もの憂いこだまをかえして、進んでい」く場面が「二」の結びであり、三吾が起こした事件のために村に住めなくなったお恵たちが離村する日を描いた「三」は、「そんな日にふさわしくない程、ホカ〳〵と温かい日だった」、「もう本当に春が来ていた。街道のどんな処にも、畑の中にも、草藪の中にも、幾つものにわかの川が出来て、コポン、コポンと音をたてながら、雪解けの水が溢れるように流れていた」という自然描写で始まっている。この季節は四月の末ないし五月の始め頃だと思われるが、だとすればこの章の「二」と「三」の間には一九二九年四月の「四・一六事件」が空白表現として挿入されていることになる。あの三号法廷支援メンバーたちのうち何人かはこの大検挙事件で逮捕されたに違いないし、お恵に強い印象を与えた「黒いダルマ・マント」の女もその中の一人だったかも知れないという想像も可能であるが、多喜二自身「四・一六」で連行され家宅捜査を受けた体験が物語の進行時間に含まれているはずのこの事件を、語り手が完全な空白表現にしているのは、「裁判の日」でお恵の視線を選びとらせた視座設定の延長上にある。当時「四・一六」は厳重な報道管制のもとに置かれていたからお恵には当然不可視の事件であった。一九二九年の四月に彼女に見えていたのは季節の移り変わりだけだったのであり、語り手はそのお恵の視線に沿い続ける立場を頑強に守っているのである。語りたいことが山のようにある「四・一六」を空白表現に封じ込め、自然描写だけで語り手にこの時間を通過させることは、『一九二八・三・一五』の作者にとっては相当勇気のいる作業だったに違いない。「悠長なプロレタリア作品」創造への志向と決意の強さをうかがうことができる。

4

物語時間におけるお恵の年齢は「二十になったばかり」と明示されているが、妹の安子の方ははっきりしない。安子は小学校で連続して級長を務めるほど成績のよい少女だったが、家が貧しいため女学校への進学を断念せざるを得ず、「上の学校に入る友達が、それぐ〳〵札幌や小樽の下宿に出てくる頃、安子は飯屋で働くために小樽の街に出てきた」となっているから、数え十四歳の年に村を出てきたことになる。[11] また「妹は、小樽へ出てきてから二三年もしないうちに、見違えるように変っていた。それはひどくお恵を驚かした」という叙述に従えば、安子の離村から現在まではまだ二年ほどしかたっておらず、一九二九年における彼女の年齢は数え十六歳〈満十四、五歳〉くらいという計算になるのだが、しかしこれだと、組合活動家の山田と結婚して特高から「シャンなおかみさん」とからかわれたりする安子の形象と合致しにくいのである。昭和初期の満十四、五歳の結婚はレアではなかったとはいえ、それなりに目立ったはずであるが[12]、作中では誰も人妻としての安子の若さを問題にしている形跡がない。しかも「お恵の方が小柄だし、顔も小作りなので、二人並んで歩いていると、安子の方が姉のように間違われた」、「姉の読んでいるのを聞いていて、何時のまにかそれを覚えてしまい、上級のお恵を反対にからかったりすることがあった」というエピソードも、四学年の差のある小学生姉妹の設定としてはやや不自然である。安子はお恵より一、二歳年下で作品内現在の時点で数え十八ないし十九歳くらいと考えておいた方が、彼女のイメージにそぐわしいような気がする。

安子の年齢計算と形象との矛盾は離村から彼女の現在までの時間的経過を「二三年もしない」と記した一行に由来するわけだが、ではここの部分を「四五年」に変換して読んでおけばよいかというと、そう単純にはいかない問題がある。なぜなら、安子は小学校卒業間際に「月形村争議」と遭遇しているが（「卒業間際」といっても、担任教師が進路調査をおこない、上級学校進学希望の生徒達が「居残り勉強」を始めてまもない時期だから、おそらく六年生の二学期であろう）、お恵や安子たちが居住していたことになっている架空の「砂田村」の隣村「月形村」は石狩川河畔に同名の村が実在し、一九二七年秋に大規模な小作争議がこの地で実際に起きているからである。この年の九月二十九日から十月二日にかけて大地主達が立毛差押えを強行して小作人代表を総検束したことをきっかけにして爆発した月形村争議は、小樽合同労働組合の応援も得て「労働団体の指導協力と村民の大多数をふくむ大衆闘争による二ヵ月余にわたった大争議[14]」に発展し、農民側が勝利した北海道農民運動史上に名高い大闘争である。そして当時小樽合同組合に関係していた小林多喜二がこの争議に関心を持っていたことは、差押え強行の直前に月形村隣村の砂浜村（「砂田村」というネーミングはここからヒントを得ていると思われる）を泊まりがけで訪ねていることや、小説『防雪林』の舞台のモデルに月形村争議を選んでいることなどからも明らかであり、その「月形村争議」が実名で作品に導入されている以上、安子は一九二七年、つまり作品内現在の二年前に小学校六年生でなければならなかったわけである。したがって安子を小学校卒業間際に月形村争議に出会わせ、「新労農党」結成をめぐる渦の中でマルクス主義活動家と結婚させるという設定上の要請が、この二つの事件の史実的な時間拘束の強さによって安子の年齢を暦の進行を上回る速度で成熟させてしまっているのではないだろうか。

このように「月形村争議」は小林多喜二にとって決して軽い素材ではなかったはずであるが、それを『安子』の作品の世界の中に取り入れるにあたって、現実には勝利した争議が小説では敗北させられていることに加えて、二人の月形村の女性が直接登場していることに読者は注目しておく必要がある。物語時間が始まる四か月前、三吾が傷害事件を起こしたという報を聞いたお恵は、駐在の巡査に連れられて母と一緒に市街地の警察署にかけつけたとき、そこで偶然一人の若い女が「素人淫売」で連行されてくる場面を目撃する。

（略）角巻を着た、髪の根がガクリと崩れた若い女が顔を覆って両眉を大きくしゃッくりながら、廊下の暗い隅で泣いていた。

「月形の小作争議が負けてから市街地に出てきていた山上とこの娘だよ……。」

「山上のヨシちゃん？」

お恵はびっくりして云った。それならば少し知っていた。

「そう、ヨシと云っていた。あんなことをやった罰だと云えば、それもそうだが、ワケを聞けば可哀想なもんだね……。」

「ん……そうだろうね。」

「あれから山上は食うに食わずの暮しをやっていたらしいんだ。何処へ仕事を頼みに行っても、狭いところだし、争議のことが祟る、なか〳〵雇ってくれないらしい。で、ちょく〳〵ヨシの稼いでくる金で、今迄何んとかやってきたらしいんだからな。」

当直の巡査が帳簿を持って、引継ぎに入ってきた。引継ぐと、その巡査が留置場の方へ、暗い廊下で泣いている女を引張って行った。女はそれが分かると、何か口早に云って、急に激しく泣き出した。

「馬鹿ッ、何を泣きやがるんだ。――精一杯、自分でうまいことをして置いて！」

それを聞くと、その女を検挙してきた巡査の顔が――瞬間、暗く動いた。そして、

「一円五十銭貰ったらしい……。」

と、独り言のように云った。

お恵は、留置場の方へダン〳〵低くなって行く泣き声をジイと聞いていた……。その声に耳をすましている

と、彼女は自分の身体が知らないうちに顫わさってくるのを覚えた。――身体を売るということが、言葉では分るが、まだお恵にはそれが本当はどういう事であるかよくは分らなかった。然し、兄がこれから若し何年も懲役に行くとしたら、一番上である自分が何んとかして行かなくてはならない。兄があんなに働いていえさえ、暮しが苦しかったのだ。少しの余分な食べ方をしなくても、小作料さえ滞ったし、借金が殖えていった。(中略)その兄がいなくなる。お恵は自分の前にこれから置かれる暮しが、そのまゝ見える気がした。

山上の娘の泣き声が、今ではお恵にはその一つ〳〵が硝子の屑のように、身体に突き刺さってきた。

「金はもらって、楽みはして、――一体何が足りなくて、ギャア〳〵云うんだ!」

そんなことを云っているのが聞こえてきた。お恵は聞いていられなかった。彼女はソワ〳〵と立ち上がった。然しすぐ又坐ってしまった。

『安子』全編を通して最も印象的な場面のひとつである。周知の通り、貧しさの故に「素人淫売」に走る女性という設定は小林多喜二の初期作品に繰り返し出てくるパターンであるが、単なる貧困のためだけではなく、小作争議の敗北という重たいシチュエーションが重ねられたのはこの山上ヨシが初めてである。やや似たケースとしては『東倶知安行』の水沢老人の娘が想起されるが、生計のすべてを娘の売春に依存しながら北方の僻地で困難な活動を続けているこの身体障害の老社会主義者の姿には、悲劇か否かの判断を超えた壮絶さが感じられるのに対して(女性を道具視する発想を批判することは容易であるが、そこだけに収斂し切れない重たさが残る)、月形村争議においておそらく積極的なメンバーとして動いたと思われるヨシの父親の場合は、敗北と追放の後は農民運動を続けている様子がなく、「ヨシの稼いでくる金」は職を失った一家が「食う」ためだけに使われているのであり、その悲惨の構図は救いようがない。だがこの争議敗北後の暗澹たる挿話と並んで、もう一人の月形村の女性が登場させられていることを見落としてはならないだろう。

村を追われて小樽に出発する日、お恵たち母子は「月形村の、母親とも顔見知り」の「四十位」の「おかみさん」と馬車で乗り合わせる。小作争議の時「地主の家の前へ『糞』をバラ撒いてきた」という武勇伝を持つ彼女は、三吾が地主の息子を傷付けてから一家の離村にいたる経過をお恵から聞いて「そいじゃ、お前さんとこの村では、みんな黙っていたのかね」、「百姓はね、畑が無かったら食って行けないんだからね。――又、それを黙って見ている奴も奴だネ、お前さんとこの村は……！」という砂田村民批判の言辞を吐く。二年前、砂田村は月形村と連帯して闘うのではなく逆に争議の切り崩しに助力する方向で動いていたのである。このおかみさんの言葉は争議に敗れた後もなお、小作人たちが団結して闘った経験に対する誇りが月形村村民たちの中に生きていることを示している し、さらに山上の一家が村を追われて市街地に移らねばならなくなったとき、月形村の人々は決して「黙って見ていた」のではないことを物語っているはずでもある。したがって「山上ヨシ」と「おかみさん」という二人の月形村の女性の登場は、争議自体は敗北に終わったとしても農民が団結して戦った経験を持ったことの意味は決してなくなっていないことと、しかし闘争経験にもとづく村民たちの団結があっても山上家の悲劇を救い得ていないというシビアな現実もまた存在することとの両面を浮かび上がらせていると言えるだろう。前掲連載予告の中にあった「困難な時代」という言葉がここであらためて想起されてくる。闘いの部分的な勝利を勇ましく歌いあげたり、部分的敗北にうちひしがれたりする「現実の観念的省略」を克服して「生きた多様な現実」を作品化するためには、あえて敗北の闘いに変えた月形村争議の後日談を、二人の女性キャラクターの配置によって単なる「悲惨」だけでも、また公式的な「不屈」だけでもない両義性において描き出そうとした作者の意欲的試みを見ておく必要がある。

5

作中で月形村の女性が出てくるのは右に引いた二つの場面だけであるが、その両方に居合わせているのはお恵ただ一人である。（山上ヨシが連行されてきたとき、お恵の母親は三吾との面会手続きのために別室へ出かけていて不在であった。）ヨシの悲劇を聞いても同情を抱く心の余裕はなく、ただちに自分の「暮し」を思って身体が「顫え」てしまうお恵が、月形村の二人の女性が象徴する闘いの現実の両義性の唯一の目撃者に選ばれていることの意味は小さくないと私は思う。そうしたお恵の発想を通してしか見えないものを注視していこうとする作品の姿勢が、そこに表れているからである。

お恵が、マルクス主義者の山田と一年ほど接触しただけで果敢に運動の中に飛び込んでいく安子と対照的に描かれていることは言うまでもいない。この姉妹のコントラストを最も鮮やかに照らし出しているのは、虐殺されたドイツの女性革命家ローザ・ルクセンブルグに対する二人の反応の違いであろう。安子はローザの獄中書簡集の邦訳を読んだ時、「これが自分と同じ「女」の人かと思」い、「ジッと坐っていることが出来ない程の恥しさ」を感じるが、そのローザの話を妹から聞かされたお恵は「その「ローザ何とかという女」も、キット妹のようなところのある、それに何よりもそんな事をしていても、どうにか食って行ける女の人だろう」という考えがまず浮かぶ。また安子が「われ〳〵は踏みつぶされた蛙のように生きてはならない」というローザの言葉を紹介して「ね、砂田村の百姓なんて、本当に踏みつけられた蛙みたいに生きているのね」と姉に同意を求めたのに対して、お恵は共鳴するところか「自分でも分らずに、妹にムカ〳〵と腹立たしい気持が湧いて来」て「あたかも、自分が踏みつけられた蛙のように生きているのだ、と云われたように思」って憤慨する。こうした二人の対照を、私は〝翔ぶ女〟（妹）

と〝匍う女〟(姉)という言葉で表現しておきたいのであるが(「一生地べたをノロノロと匍いまわる」というお恵の内言が作中に出てくる)、注目したいのはこの対比を〝進んだ〟者と〝遅れた〟者という単純な優劣序列の図式でとらえる発想を語り手が拒もうとしている点である。

安子のような身軽さを持ちえないお恵に語り手が丁寧なまなざしを注いでいることは、「お恵の肩」と名付けられた章の設置にも表れている。章題が意味するものは、父のいない貧農の家の長女であるお恵が自分の肩に背負っている「兄のいなくなった後を自分たちの腕だけで日暮しを立てて行かなければならない、その全部の重み」のことである。

お恵は一寸立ち止まって妹の姿を見送った。一緒に歩いているとき、口吃ったり、うつむいたりしていたのに、クルッと人が変ってしまったように、如何にも安子らしく活発に着物の前をパッ、パッとはじき上げながら、肩を振って歩いて行く。――妹は自分で向って行ける一つの目的を持っているのだ、お恵はそう思った。彼女はしばらくそのまゝの恰好で立っていた。

然し自分はどうだろう。自分を待っているものは何んだろう――お恵は二つも三つも折れ曲った小路の奥にある薄暗い室を思い出した。そこには、ボロ切れのかたまりのようになって、母親が寝たきりになっている。そしてそれらの全部が、お恵の上にのしかゝってきている。――妹のように肩を振り、着ものゝ前をハジき上げて歩くことが、これで出来るだろうか。たゞ、山田の話をきいていた時、僅にそれに似た気持にはなったが、――お恵は又出鼻をクジかれてしまったのだ。今迄よりも「日暮し」のために、そのことだけのために、働いて行かなければならなくなった。それは頭に触れられて、折角のばした頭を直ぐ殻の中へ引っこめてしまう蝸牛そっくりだった、しかも、どんなことをやって行くのでも、妹にくらべて、何んとのろいだろう。その点でも、又お恵は蝸牛に似ている気がした。

お恵は歩く気さえしなかった。

「あたしは、ほんとうに蝸牛みたいだ……」

お恵は自分にでも云いきかすように、ブツブツ独り言を云った。――蝸牛！ この言葉は然し本当はそれ以上にお恵に似ていた。――重い殻を背負って、それを引きずって行かなければならない蝸牛！ それこそお恵そのものだった。


すべてを犠牲にして運動に献身しなければならないという倫理的要請と、親兄弟を抱えた長男の立場とのディレンマが多喜二自身にとって深刻な問題であったことはよく知られている。それは例えば『東倶知安行』では、六人の家族を抱えて「勤めを離れて、次の日からすぐ食っていける自信はまるでな」く、「勝手に飛び廻れる次男坊でもな」い「私」の、「お前だけに養わなければならない親と子があるんじゃない」という声を頭で是認しながら実際の行動では「にえきらない」仕事しかできない自分に対する「はがゆさ」と「悲しさ」というかたちで描かれていた。つまり家族の生活に縛られて革命運動に全面的に献身できないことが、もっぱら「プチブル性」を清算しきれない自己の弱さとしてのみとらえられていたのであり、それは『一九二八・三・一五』が不屈の前衛的労働者の「渡」を頂点に据え、母親の問題で動揺する「佐多」を底辺とする革命性の序列構造《ヒエラルヒー》を作りあげていたことと繋がっている。だが『安子』は、身軽に〝翔ぶ〟ことのできる安子を革命性の序列の上位に置き、肩に家族の生活の重みを背負って〝匍う〟ことを強いられたお恵を下位に位置付けるという構図にはなっていない。そこにそれまでの自作に対する作者の批評意識を認めることができるだろうと、私は思うのである。

革命家と知り合って間もなく運動の中に飛び込み、またたく間に活発な積極性を発揮し始める安子自身には、この序列主義につながる発想が認められる。安子の行動力のエネルギー源には「口惜し」さがあるが、口惜しさと優越感とは表裏の関係にある。彼女が小学校時代に体験した最大の口惜しさは女学校への進学を断念しなければならなかったことであるが、その時の衝撃の中心になっていたのは「自分よりもズッと、ズッと下（成績が――引用者）のもの」が「「金」があるから」上の学校に進めるのに、首席の自分は貧困のために行けないことへの怒りであった。そこには不合理を不合理として認識できる健全さと同時に、成績序列の下位の者に対する上位者の優越感が働いていたことも否めない。事実先に引用したように、姉のお恵よりも成績のよい安子は「姉の読んでいるのを聞いていて、何時の間にかそれを覚えてしまい、上級のお恵を反対にからかったりすることもあった」し、「お恵が一生懸命大きな声を出して勉強していても、安子は小馬鹿にしたように、鮒をつかみに行ったり」するというかたちで自分の成績のよさを鼻にかけて、理解度の遅い者を馬鹿にする傾向を持っていた。他人から笑われるのが死ぬほど悔やしく、他人を笑う立場に立っていたいという気持ちが安子の中には常在しており、だからこそ月形村争議が彼女には無性に「うれしかった」のである。月形村の地主の家の前に人糞が撒かれるという事件が起きた時、同級の地主の娘をからかう子供たちの攻撃の先頭に立った安子が「思い切り意地が悪かった」のは、その前にこの娘を含む上級学校進学予定者たちから「上の学校に行けないんで、口惜しいべ」という嘲りを受けていたからであり、月形村争議はこの娘が「「上の学校」へ行けなくなったら！」という空想を喚起することによって、安子を大いに興奮させた。実際には争議は小作側の敗北に終わり、地主の娘たちは予定通り女学校に進学して村を離れ、一方安子は飯屋の住み込み店員になるために小樽に出てきたのであるが、「学校に入れなくても、本を読むことでは、上の学校に行ったものに負けてはいない」という競争意識を彼女は持ち続けており、それが店で知り合った山田たちの啓蒙を短期間で受け入れる基盤の一つになっていたことを見落としてはならないだろう。またローザ・ルクセンブルグを読んだ時に彼女が感じた「恥しさ」も、この序列主義的な発想と無関係ではない。ローザの存在を知ることによって同じ「女」としておだやかでない気持ちにさせられたという安子には、この「ドイツの偉い女の革命家」に負けたくないという意識が彼女の飛翔に拍車をかけていたという側面がある。

一方お恵にはそうした発想が見られないが、そのことによって当時の革命運動が内包していた盲点と言える部分を照らし出す働きをしている点に注目しておく必要がある。治安維持法にもとづく監視と弾圧の体制のもとで、スパイ（特高）の存在や警察権力による恣意的な検束を不当、異常なものとして厳しく排斥するよりもそれを闘争の日常の中に抱えこんでしまい、その日常性に耐えることをもって前衛の不屈性、戦闘性の証しと見なす傾向が当時の運動には存在していた。それは『安子』では例えば、留守の間に自宅にやってきた特高刑事に対する山田の「俺のいないときは、さっさと帰ってくれよ」、「お互い仕事の邪魔だから」といった台詞にも表れているが、最も端的なのは組合の演説会の最中に安子が検束されたとき、佐々木がお恵に向かって「今度のことは君の妹にはいゝことなんだよ。君の妹は留置場は初めてだろう？　みんなこういう試練を経て一人前の闘士になって行くんだよ」という説明をおこなう場面であろう。たしかに「口惜し」さを原動力として運動に参加してきた安子は、検束――留置という「試練」を経て「闘士」に鍛えあげられていくタイプの女性である。警察の取り調べ室で巡査から顔面を殴打されたとき彼女はたじろぐどころか、「あんな虫ッけらみたいな「犬」奴に殴られたかと思っ」て「口惜し涙」を流し、「あの畜生」たちに対する憎悪の念をますます募らせていっているのであり、その限りでは佐々木の判断は間違ってはいない。だが私が注目したいのは、佐々木の説明を聞いたお恵の心の中の反応が「そうかも知れない。それはお恵にも分かる気がした。然しそのことが今妹の身の上に現にふりかかって来ているのだと思うと、とてつもなく恐ろしいことのように思われた」というかたちで描かれており、単なる意識の〝遅れ〟としてだけで片付けられていない点である。佐々木には、治安維持法による弾圧を「恐ろしい」と思う感情の少なさの度合によって前衛性の序列を決めていくという発想が含まれているが、恐怖を作り出している不当な源を絶つために闘うよりも、むしろ恐怖に耐える強さを一人一人に厳しく要求し合う倫理主義が、のちに「転向」の雪崩現象をもたらす原因の一つになっていたことを考えたとき、このお恵の「恐ろしさ」の描述の意味は小さくない。戦後になって宮本百合子がプロレタリア文学運動崩壊の内因に触れて、

社会主義リアリズムの問題はそのものとして、治安維持法の改悪からひきおこされた恐慌は恐慌として、率直明白に別な二つの問題として取扱うところまで、当時のプロレタリア文学者たちは社会人として、理論的に成熟していなかった。悪法によって恐慌する人間の自然なこころを、そのまま主張するのが、階級的な文学の声であると知るところまで、文学的に成長もしていなかった。勇ましくあらねばならず、恐怖を知らないものであろうとした。そのために、こわい、いやだ、それはまちがっている、という声々を治安維持法に向かって発せず、かえって、緊張した顔をわきに向け集めて、社会主義リアリズム論争、文学指導の政治的偏向という主題に熱中した[14]（略）そのようにおさなかった。稚くこわばって、まじめであった。

という指摘をおこなっているが、「恐怖を知らないもの」の極北的なイメージを持つ小林多喜二自身が、お恵という〝匍う女〟の造形を通して、ごく崩芽的なかたちではあるがこの「階級的な文学の声」を視野にとり入れようとしていたと見ることができるからである。

だが、作品『安子』が後半部に進むにつれてこうしたお恵の視線が次第に後景に退いていき、山田、佐々木の視線が前面に出てくることによって作品の前半部が持っていた相対的な構造のひろがりとふくらみが失われ、テンポの「悠長」さが維持されなくなってきていることは否めない[15]。〝達成〟の作品ではなく、〝可能性〟の作品として評価しなければならない理由がそこにあるわけだが、しかし「妹が能動的で姉がひかえめという違いはありながら、

いずれもが、まったく信頼すべき男を通じてまったく信頼すべき運動に近づき」という小田切氏の断定は、後半部についても不正確だと私は思う。〝餌う女〟であるお恵が非合法の運動に少しずつ深入りしてくる過程において山田との出会いが大きかったことは確かだし、また佐々木からのプロポーズを抜きにしては考えられないだろう。だがお恵にとってこの山田や佐々木が持っていた意味を、「信頼すべき運動」に誘い入れる「信頼すべき男」としての役割で片付けてしまうのは粗雑すぎるし、恋愛体験の提供者というところにポイントがあるのでもない。飯屋をやめて組合の専従活動家になり山田と結婚するという決意を安子から聞かされたとき、お恵は「此頃考えてみると、自分でも奇妙に思うほど、ウキ〳〵した軽い気持になっていた」ことに気が付く。この段階では彼女は山田に対して自分が「ある淡い気持」を持っていたのだと思っているが、それが異性と知り合ったことによる心のときめきというだけのものではなかったことは、山田と一緒になった安子への生活援助を自主的に開始した彼女の心情の中でこの時の気持が、「曾てお恵は自分がそういう方面のことが色々と分かりかけて、不思議と軽く、ウキ〳〵した気持になったことを覚えている。それはその途中で消やされてしまったが、よく考えてみれば、この気持が若しも、そのまゝ延ばされていたならば、妹の方へ行けたかも知れない気持だった。そうだとすれば、今その仕事をやっている妹を幾分でも「みてやる」ことは、お恵にはせめてもの気持だった」というかたちで反芻されていることからも明らかである。そして語り手はこのお恵の「ウキ〳〵した気持」の意味がさらに鮮明になってくる場面として、彼女の働く工場の労働者を組織するという仕事を山田から依頼された時のお恵の内面を丁寧に語っている。

お恵はうれしかった。

「豆撰工場」をやめることなしに、この仕事が出来る！　それは今時分が背負っている生活を無責任に投げ出さなくても、出来るということだった。――前にお恵は、この貧乏な労働者や百姓のための運動が、その当の貧乏な労働者や百姓になかく出来ないことを奇妙に思ったことがあった。然し矢張りそれはそうではなかった。殊に山田の話をきくと、工場の中でやって行く仕事が組合の本当の基礎になる重要なことであることも分かった。お恵はようやく殻を振り落せたうれしさを感じた。（略）

お恵の仕事は謂わばたゞ「豆撰工場」に仲間を見つけてゆくことでしかなかった。一人二人と。――けれども、あのつらい工場に日暮しのためにアクセク働きに行くということ以外に、それだけのことでもやって行く仕事が出来たということは、お恵を自分でも驚くほど元気づけさせるものだった。

独りになると、お恵はさっきとは別な、静かなまゝに身体の底からくるような興奮を覚えた。お恵は今迄こんなに気持が軽く街を歩いたことがなかった、と思った。明るい通りで、人はまだゾロゾロと歩いていた。道の両端には色々な夜店が出ていて大声で叫んでいた。――然しお恵はその中を、自分一人で歩いているような気持がした。今迄自分は工場の人たちとあまり親しく話をしなかった、これはよくない、今度から皆の仲間に入っておしゃべりを始めなくてはならない、そのおしゃべりをしているうちに、こっちに引入れる人を見付けよう（略）……お恵はそんなことを、子供のようにムキになりながら、考え考え歩いた。

――だが不思議だ、人間ってたったこれだけのことで、こんなにも身体がウキく軽くなるものだろうか？

これまでただ「日暮し」のためだけに生きてきたお恵にとって、今まで一度も味わったことのない「うれしさ」を体験させてくれたのが小樽の革命的労働運動の世界だったのであり、それは〝餇う女〟として無彩色の生を強いられてきた彼女が初めて見いだした有彩色の〝青春〟の可能性だったと言えるだろう。兄の三吾は村の青年団の幹事として活躍し、月形村争議の時は「健全な思想の立場から、争議を一日も早く終わらせるように尽力した」という。しかし彼の青春は「貧しい二人にとっては、日暮しと色恋はそんなに別ものではなかった」ことが「「若い」二人をお互いに不満にさせ」ていく中で恋愛が挫折し、親友だった地主の息子に恋人を奪われて傷害事件を起こして逮捕されるという無残な破局を迎えていた。一方積極的な性格と次女の「身軽さ」に恵まれて好きな男性と所帯を持ち、貧しさなど意に介する風もなく組合運動で飛び回っている安子は、青春の輝きを確実に手に入れているように見える。この対照を目の当たりにしているお恵が「妹の方」の世界の方に青春の可能性を見たのは自然な心の動きであり、しかしそれは安子のように無給の専従活動家の道を選択できた——つまり普通の「労働者や百姓」でなくなった——人間だけの特権であると考え、一種の羨望の念を持って眺めていた彼女が、「今自分が背負っている生活を無責任に投げ出さなくても」できる「仕事」があると聞かされて元気づき、「ウキ〱」した興奮を覚えていく内面過程を見落とした読みは乱暴過ぎるだろうと私は思う。

注

（1）新日本出版社版『小林多喜二全集』「解題」。
（2）『党生活者』の脱稿は一九三二年八月二十五日である。
（3）一九三〇年十一月十八日付け斉藤次郎宛書簡。同月二十七日付け西田伊策宛書簡にも同様の表現が見える。
（4）前注斎藤宛書簡、および同月二十二日付け佐藤績宛書簡。
（5）（6）『四つの関心』（『読売新聞』一九三一年六月十一日〜十五日）。
（7）『当面の課題』（『都新聞』一九三一年八月十六日〜二十日）。
（8）『読みたい本と読ませたい本』（『戦旗』一九三一年八・九月号合併号）。

（9）『新女性気質』連載開始直前に書かれた注7の文章の中に、「われ〳〵は工場労働者に対しては、大体に於いて「オルグ」のような質の作品しか持っていないし、農民についても「不在地主」のような質の作品しか持っていない。だから我々は「オルグ」や「不在地主」を読まないような大多数の労働者農民に対しては、一つの作品をも与えることなしに放てきしているのだ。それでいゝのか。全くよくない。（略）ぼくは「オルグ」や「不在地主」の入って行かない層こそ、一日も放って置けない重大な層だと考える」という箇所がある。

（10）投獄歴のあるプロレタリア作家同盟書記長を一面の連載小説欄に起用するにあたっては、警察関係からの圧力や社内の抵抗があった可能性がある。『都新聞』一面の新連載小説の予告は一面に掲載されるのが普通だったにもかかわらず、小林多喜二の「作者の言葉」は十四面掲載になっているが、これは懸賞当選小説の場合と同じ扱いで執筆依頼作家としては異例の措置であった。また連載開始の前日付けの一面に多喜二を揶揄するような匿名の短文が掲載されているという奇妙な事実もある。多喜二と編集者にとって『都新聞』の一面に小説を載せ続けること自体が階級闘争としての側面を持っていたようである。

（11）周知の通り当時は六年制の尋常小学校（義務制）の上に高等科が置かれていたが、これは主として中等教育機関に進学しない子供たちを対象にした課程であり、女学校への進学希望を持つ地主の娘たちがわざわざ高等科を経由するという遠回りのコースをとった可能性を想定しにくい。（男子の場合は高等小学校を経て中学に進学ケースは珍しくなかったが、女子は結婚が急がれていた。）その娘たちといっしょに卒業したお恵は尋常小学校しか出ていなかったと考えるべきだろう。

（12）ちなみに小林多喜二と初めて知り合った時の田口タキの年齢は数え十七歳、小林家の同居人になったのが十九歳、正式に求婚された時は二十四歳である。

（13）手塚英孝「『不在地主』の背景」（『多喜二と百合子』一九五五年十月～一九五六年六月）。

（14）「作家の経験」（『展望』一九四七年一月）。

（15）その原因については、作品外的事情としてはそれまで非党員だった小林多喜二がこの小説の連載中に共産党に入党したことが微妙な影響を与えていた可能性や、この連載と並行するかたちで『転形期の人々』の連載が『ナップ』十月号から始まっており、多喜二にとって初めての経験であった二本同時連載の負担の問題なども考えられる。また大山郁夫の新党結成の評価を無視できないだろう。コミンテルン第六回大会の決議を踏まえて新労農党を労働者階級に対する裏切りととらえて攻撃を集中した当時の共産党の方針の誤りは今日明らかになっており、したがって新党を激しく批判する山田たちの言説は説得力に欠けるところがあるのだが、『安子（新女性気質）』の作者自身がこの方針を全面的に支持する立場に立っていたため、作品の深みを犠牲にした強引さを持ち込まざるを得ず、それが後半部の「悠長な」展開を妨げていたかという可能性である。

〈付記〉小林多喜二の引用はすべて新日本出版社新版『小林多喜二全集』によった。仮名遣いも引用本文に従った。

IV

紫の座蒲団――『それから』論のために

漱石の『それから』が〝指輪の物語〟であることや、〝植物の物語〟であることについては多くの言及がある。かつて平岡常次郎との結婚に際して長井代助が菅沼三千代に贈った真珠の指輪は、生活費工面のために一度質屋の蔵に入る。代助が三千代に手渡した「紙の指環」（紙幣）によって指輪が取り戻されたとき、夫に内緒の秘密の共有の象徴に変容していく……という指輪の物語が『それから』のプロットに大きく関わっていることは明白であるし、椿、アマランス、白百合、鈴蘭、君子蘭等、作中に氾濫する植物の記号性が大きな意味を有していることも歴然としている。ただ『それから』には〝座蒲団の物語〟という糸も織り込まれていることについては、あまり注目されてこなかったと思う。

『それから』の中に「座蒲団」が頻出するわけではない。「座蒲団」という単語自体は合計三回（うち一回は「蒲団」という省略形）登場するだけである。また青山の長井本家、神楽坂の代助の住居、小石川の平岡夫妻の新居によって形成されるトライアングルが空間の大部分を占めているこの小説の中で、「座蒲団」は小石川の家にだけしか出てこない。しかし『それから』のプロットはこのアイテムなしには動かなかったと言っても過言ではない、と私は考えている。本稿では、この隠された物語の糸を集点を合わすところから『それから』論へのアプローチを試みてみたい。

1

『それから』の中に「座蒲団」の語が初めて出てくるのは、十二章で代助が三千代を訪ねる場面である。前章の仕組まれた歌舞伎見物の場で佐川の娘と引き合わされた代助は、その夜を赤坂（の、おそらく待合）で（おそらく芸者とともに）過ごし、その翌日、「三千代の事を思ひ出さざるを得な」い自分を発見する。さらにその翌日、「渝らざる愛を、今の世に口にする者を偽善家の第一位に置」くという彼の「論理」が「自分が三千代に対する情合」の持久性を否定することを「彼の頭」は「承認」するものの、「彼の心《ハート》は、慥かに左様だと感ずる勇気がな」いという内面劇を体験する。十二章は「嫂の肉薄」と「三千代の引力」の双方を恐れた代助がそこから逃走するために旅行を思い立つ場面で始まるが、旅行案内を調べているうちに代助は「三千代の方に頭が滑つて行つ」てしまい、「今夜は已めだ」と門野に言い残して三千代を訪ねる。平岡の家は夫の常次郎（以下、平岡）が不在で三千代は一人で新聞を読んでいた。

（引用A）「そんなに閑なんですか」と代助は座蒲団を敷居の上に移して、縁側へ半分身体を出しながら、障子へ倚りかゝつた。（傍線引者、以下同じ）

「座蒲団」が登場する最初の場面である。この座蒲団は来客用のものだったと思われるが、「縁側へ半分身体を出しながら、障子へ倚りかゝつた」という代助の姿勢は奇妙なまでに不自然だと言わねばならない。小石川の家は座敷が平岡の書斎を兼ねていたが、座敷に通されて座蒲団を勧められた代助はわざわざそれを縁側との境界のところに移動させ、座敷の内なのか外なのか曖昧な位置と姿勢で三千代と対話しているのである。

代助が小石川を訪ねて三千代と二人きりになったのはこれが二度目である。一度目は、三千代に工面を依頼されていた金額の一部にあたる二百円の小切手を届けに行った晩であるが（八章）、このとき代助は玄関の「上り口の二畳」で三千代と向かい合っている。三千代も座敷に上がれと言い出さない。「洋燈も点けないで、暗い部屋を閉て切つた儘二人で坐つて」いるということもまた不自然な構図であり、用足しから戻って洋燈を持ってきた下女が、「襖を締める時、代助の顔を偸む様に見て行つた」のも当然だったと言える。この日代助は結局、座敷に上がらないまま三千代の元を去っている。したがって引用Aは、代助が座敷で三千代と二人きりで対話する最初の場面だったことになる。

では代助の不自然な位置取りと姿勢は、座敷で三千代と二人きりになる緊張から逃れるためのものだったのだろうか。しかし「その時代助は三千代と差向で、より長く坐つてゐる事の危険に、始めて気が付いた」（傍点引用者、以下同じ）という叙述が出てくるのは次の十三章であり、十二章の段階では代助まだ「差向」の「危険」に気付いていなかったはずなのである。第一、引用Aに続くのは有名な「紙の指環」の場面である。指環を嵌めていない「湯から出たての奇麗な繊い指」を「代助の前に広げて見せ」る三千代を見た代助は、旅行費用として所持していた紙幣を取り出し、躊躇する三千代に「指環を受け取るなら、これを受取つても、同じ事でせう。紙の指環だと思つて御貰いなさい」という論理で受け取らせようとする。

> 三千代はでも余りだからとまだ躊躇した。代助は、平岡に知られると叱られるのかと聞いた。三千代は叱られか、賞められるか明らかに分からなかつたので、矢張り愚図々々してゐた[1]。代助は、叱られるなら、平岡に黙つてゐたら可からうと注意した。三千代はまだ手を出さなかつた。代助は無論出したものを引込める訳には行

かなかつた。已を得ず、少し及び腰になつて、掌を三千代の胸の側迄持つて行つた。同時に自分の顔も一尺許の距離に近寄せて、
「大丈夫だから、御取んなさい」と確りした低い調子で云つた。三千代は顎を襟の中へ埋める様に後へ引いて、無言の儘右の手を前へ出した。紙幣は其上に落ちた。其時三千代は長い睫毛を二三度打ち合はした。さうして、掌に落ちたものを帯の間に挟んだ。

よく知られた場面である。代助は三千代に指一本触れていない。三千代に手渡されたのは紙幣だけであり、紙幣の使用目的である指環は、もともと平岡と「一つ店」で代助が購入して三千代に贈った〝公然〟たるウェディング・ギフトである。にもかかわらずこの場面の描写には〝姦通〟のイメージを連想させずにはおかないエロティシズムの香りが漂っているが、いま注目したいは、前述の通りこの「紙の指環」贈与の前後において代助が「三千代と差向」の「危険」をまだ感じていないという点である。引用Aの不自然さが、「三千代と差向」の「危険」を感知した結果でなかったことは明らかである。代助の位置と姿勢の不自然さの原因は他に求められなければならない。二度目に「座蒲団」が出てくるのは、十三章で代助が三千代と「差向」の「危険」に「始めて気が付」く直前の場面である。

（引用B）　座敷へ来て見ると、平岡の机の前に紫の座蒲団がちゃんと据ゑてあつた。代助はそれを見た時一寸厭な心持がした。土の和れない庭の色が黄色に光る所に、長い草が見苦しく生えた。

この日の代助は縁側へ移動していないが、「紫の座蒲団がちゃんと据ゑあつた」ことが「厭な心持」を惹起した

のはなぜだろうか。(「厭な心持」の直後に「庭」の叙述が出てくるのは、代助がすぐに座蒲団から眼をそらしたことの証左である。)

「平岡の机の前に紫の座蒲団がちゃんと据ゑてあつた」という表現は、以前からこの座蒲団がそこに置かれており、かつ代助がその存在を意識していたことを物語っている。では代助がこの座蒲団を最初に意識したのはいつだったのだろうか。伝通院の近くに家を構えた平岡夫妻を代助が初めて訪問した日、「座敷へ通ると、平岡は机の前へ坐つて、長い手紙を書き掛けてゐた」と明記されている。このとき当然平岡は「机の前」の「紫の座蒲団」に坐っていたはずであり、代助の視線がそれをとらえていたことも間違いない。代助が最初に座蒲団を意識したのはこの時だったはずである。そしてそこですでに不快感を受けていたからこそ、引用Bの場面で平岡自身は不在だったにもかかわらず、座蒲団が以前と同じ場所に同じように「ちゃんと」置かれて存在感を発揮していることに「厭な心持」を抱いたのであろう。だとすれば引用Aの場面で代助が座蒲団をわざわざ縁側寄りに移動させて不自然な姿勢を取った理由も見えてくる。この時も代助は平岡の机の前に「ちゃんと据えられてあ」る「紫の座蒲団」に「厭な心持」を抱いており、「紫の座蒲団」ではない客用の座蒲団をなるべく「平岡の机」から遠ざけようとしていたのである。

2

「紫の座蒲団」が意味するものは明らかである。言うまでもなく〝三千代の夫〟の座の象徴であるが、ここで読者は平岡たちの結婚と京阪支店への転勤とが「同時」だったという設定に注目しておく必要があるだろう。なぜなら二人の結婚を「周旋」した代助は、彼らの新婚家庭を訪ねる前に新橋駅で二人を見送っていたことになり、つまり彼は二人の〝結婚〟は知っていても、〝夫婦〟になった二人の生活を実見したことがなかったからである。代助が夫婦として三千代と平岡の〝生活〟を本格的に目にしたのは、結婚から三年を経て東京に戻ってきた二人を小石川の新居に訪ねた時が最初であり（裏神保町の宿ではまだ〝生活〟を見たわけではなかった）、そのとき生々しく彼の眼に映ったアイテムが「紫の座蒲団」だったのである。比喩的な言い方をすれば三年前には代助は平岡の「座蒲団」を見ないまま新橋で別れていたのであり、「指環」「白百合」「銀杏返し」等『それから』論で注目を集めてきたアイテム群がいずれも「再現の昔」――過去の記憶の正確な復元ではなく、「昔しから三千代さんを愛してゐた」という変形された記憶の生成――に代助を向かわせていたのに対して、「座蒲団」は「昔」に見たことがなかったからこそ、「今」そのものとして代助を揺り動かしているというコントラストの構図を見ることができる。

「代助は此細君を捕まへて、かつて奥さんと云つた事がない。何時でも三千代さん〳〵と、結婚しない前の通りに、本名を呼んでゐる」という叙述が四章に出てくる。三千代と親しい関係にあり、平岡から三千代との結婚希望を打ち明けられてその実現のために尽力したという経緯を持つ代助は、三千代との距離において平岡との対等性を主張できる特権を与えられていると思い込んでいたようである。三千代への贈物を一緒に購入したとき、平岡は「小さな時計」を選び、代助は「比較的大きな真珠を盛つた」指環を選んでいる。婦人物の時計は小さいに決まっているという常識を考慮に入れても、この文脈は代助の指環の方が平岡の時計より高価だった可能性を強く示唆している。先行研究で指摘されている通り、当時はまだ結婚指輪の風習が一般化していなかったとはいえ、新郎の目前で新婦への贈物として高価な指環を選んだ代助の行為はやはり異例の部類に属していたと思われる。平岡に対する厭味とも取られかねない危険を代助が堂々と冒すことができたのは、右の特権性への自信があったからにほかなるまい。結婚後も「奥さん」と呼ばずに「三千代さん」と名前で呼び続けていることと同根である。

この特権性への自信は、新橋駅で三千代と共に関西に向けて出発した平岡の眼に「得意の色」を見たときに初めて揺らいだが、しかし二人が関西に居住している限り、遠く離れた平岡夫妻を〝夫婦〟として代助が実感する機会はなかったといってよい。それだけに小石川の家で見た平岡の「紫の座蒲団」は、代助にとっては衝撃的だったに違いない。平岡専用のこの座蒲団は、〝夫〟と〝友人〟との差異は決定的であり、三千代との距離における代助の特権的な位置など存在していないことを彼に痛感させたのである。

「紫の座蒲団」に坐ることのできるのはただ一人、平岡だけである。そして平岡が不在の時は、その座蒲団が彼の存在感を代行していたとすれば、引用Aで代助が自分に勧められた客用の座蒲団を、「平岡の机の前」に置かれていた「紫の座蒲団」から遠ざけたのは当然だったと言える。そしてこの日、初めて平岡不在時の座蒲団が発散する磁力線を浴びた代助が、その直後に「紙の指環」を三千代に受け取らせたとき、座敷には不在の平岡に代わる「紫の座蒲団」の〝視線〟が存在していたのである。紙幣を渡しただけに過ぎないこの場面に〝姦通〟を連想させるエロティシズムの香りが漂っているのも、この座蒲団の〝視線〟が背景にあったことと無関係ではない。「紫の座蒲団」の前で演じられた「紙の指環」の贈与行為は、不在の夫の視線に対する代助の反発としての側面も持っていたからである。神楽坂の自宅に戻った代助はその夜、「薔薇の香のする眠りに就い」ている。

三千代に「紙の指環」を渡したことによって代助は旅行の費用と意欲を失い、「嫂の肉薄」と「三千代の引力」の双方と向かい合うことになる。翌朝青山の兄が来訪して本家での昼食に招かれるが、この昼食は佐川令嬢との見合いの席として設定されたものであり、令嬢が帰っていったあと父から「大した異存もないだろう」と尋ねられても代助は「煮え切らない答をし」て父を失望させる。「紙の指環」の贈与がなく、そのまま代助が旅行に出かけてしまっていたらこの見合い自体が成立しなかったわけであるから、「紫の座蒲団」は『それから』のプロットに深く関わっていたわけである。

この昼食会から四日ほど後、令嬢たちを新橋に見送ったあと代助は、「父子絶縁の状態」をシミュレートして

「それから生ずる財産の杜絶の方が恐ろし」いと考える。

もし馬鈴薯が金剛石より大切になつたら、人間はもう駄目であると、代助は平生から考へてゐた。向後父の怒に触れて、万一金銭上の関係が絶えるとすれば、彼は厭でも金剛石を放り出して、馬鈴薯に齧り付かなければならない。さうして其償ひには自然の愛が残る丈である。其愛の対象は他人の細君であつた。

これもよく知られた箇所であるが、「其愛の対象は他人の細君であつた」という代助の感慨は、不在の平岡に代わる「紫の座蒲団」の強烈な残像によって増幅されていたはずだと私は思う。（蛇足ながら、「金剛石」は物質的な贅沢ではなく、代助が考える文化的精神的な高尚さの喩である。）

「自然の児にならうか、又意志の人にならうかと代助は迷つた」という有名な一句で始まり、白百合の香り漂う神楽坂の書斎で代助が三千代に愛の告白をする場面に至る十四章が『それから』全編のクライマックスであることは言うまでもないが、代助はもともと「臆病」を自任していた男である。この章の冒頭ではまだ「迷つ」ていた代助が告白実行に踏み切るまでの過程においても、「座蒲団」の磁力が秘かに働いていたと私は考えている。縁談を断る決心をして青山を訪ねた代助は、嫂の梅子にだけ「僕は今度の縁談を断らうと思ふ」と告げ、「姉さん、私には好いた女があるんです」と打ち明ける。その帰路、代助は「自分は今日、自ら進んで、自分の運命の半分を破壊したのも同じ事だと、心のうちに囁い」ているが、しかしこの時点では「運命」はまだ「半分」しか破壊されていない。三千代への思いは代助の心の内部に止まっていたし、長井本家の〝家長〟たる父にも兄にも伝えておらず、梅子は「貴方から直に御父さんに御話なさるんですね。それ迄は私は黙つてゐた方が好いでせう」という穏やかな対応を見せている。「好いた女」が「他人の細君」――姦通罪の対象――であることは依然として伏せられたままである。したがってこの段階では、引き返しはまだ十分可能であった。この翌日代助は門野に三千代を呼びに行かせ、「今日始めて自然の昔に戻るんだ」と自分に言い聞かせているが、私が注目したいのはその前夜の代助の行動である。青山を出た代助は「今夜中に三千代に逢って己れを語って置く必要」を感じて「三千代のゐる方角」へ向かったのであるが、この時は平岡が在宅していた。

（略）平岡の家の傍迄来ると、板塀から例の如く灯が射してゐた。代助は塀の本に身を寄せて、凝と様子を窺つた。しばらくは、何の音もなく、家のうちは全く静であつた。代助は門を潜つて、格子の外から、頼むと声を掛けて見様かと思つた。すると、縁側に近く、ぴしやりと脛を叩く音がした。それから、人が立つて、奥へ這入つて行く気色であつた。やがて話声が聞えた。何の事か善く聴き取れなかつたが、声は慥に、平岡と三千代であつた、話声はしばらくで歇んで仕舞つた。すると又足音が縁側迄近付いて、どさりと尻を卸す音が手に取る様に聞えた。代助は夫なり塀の傍を退いた。さうして元来た道とは反対の方角に歩き出した。

平岡の姿も三千代の姿も見えないにもかかわらず——あるいは見えないからこそ——、〝夫婦〟としての二人の身体性が生々しく感じられる描写である。やがて代助はこの「自己の行為」に「汚辱の意味」を感じ、なぜ「斯かる下劣な真似」をしたのかと「怪し」んでいるが、家の中にいる夫婦の会話や物音を塀に「身を寄せ」て「凝と」聴いていた彼の姿は、今日の語彙を援用すれば〝ストーカーまがい〟とでも形容したくなるような異様な構図である。三千代の姿も平岡の姿も見えない世界に対して、聴覚だけが物音や会話を探っていたのではない。この時の彼の脳裏には、座敷の「平岡の机の前」に据えられた「紫の座蒲団」——三千代の夫の座を象徴するアイテムが、くっきりと浮かんでいたに違いないのである。それは幻視というよりむしろ透視に近いだろう。平岡と三千代の動きについては代助は想像することしかできないが、机の前の座蒲団の映像の記憶だけは今も座敷にあるはずの実物と寸分の相違もなかったはずだからである。先日、彼が現実に見た座蒲団は不在の平岡の存在感を代行していたが、この場面では現実の音と声で伝わってくる平岡と三千代の〝夫婦〟としての身体性が、見えない座蒲団の映像を代助の脳裏に現出させていたのである。代助の「下劣な真似」もまた座蒲団の磁力の所産であったと言えば、牽強付会に過ぎるだろうか。代助が「明日は是非共三千代に逢はなければならないと決心した」のは、このストーカーまがいの行動から帰宅した直後なのである。平岡だけが専有している「紫の座蒲団」への欲望、すなわち一種の王座簒奪願望が代助を行動に踏み切らせたことは確かであろう。

三四年前の代助が平岡と三千代との結婚のために尽力した主因は、「僕の未来を犠牲にしても、君の望みを叶へるのが、友達の本分だと思つた」ことなどではない。三千代の兄が病死した時のことが「遂に三巴が一所に寄つて、丸い円にならうとする少し前の所で、忽然其一つが欠けたため、残る二つは平衡を失つた」と回想されているが、「残る二つ」とはもちろん代助と三千代である。母と兄が死に、父は日露戦争のとき勧められた株で失敗して「潔よく祖先の地を売り払つて、北海道へ渡」ることを決めたという家族状況の激変の中で、三千代の結婚が急がれていた。「親類はあれども無きが如し」だというから、三千代の父は、兄と母を一度に失った三千代を結婚させた上でなければ北海道に出発できなかったからである。したがって当時代助が三千代との結婚を望んでいたとすれば、条件は整い過ぎるほど整っていた。(三千代は代助との結婚を期待していたようであり、三千代の父も財産家の次男である代助の求婚を願っていたに違いない。)にもかかわらず代助は、その時のことを「平衡を失つた」と回想している。不安定感の原因は、結婚条件が完備されていたということ自体にあったとしか考えられない。七章に「代助は此二三年来、凡ての物に対して重きを置かなくなつた如く、結婚に対しても、あまり重きを置いてゐない」いう一節がある。裏返せば三千代の身辺に異変が相次いだ「三四年前」には、彼はまだ「結婚」に「重きを置いてゐ」たということになる。また十一章には、代助が「あらゆる意味の結婚が、都会人士には、不幸を持ち来たす」という結婚観の持ち主であり、その根底には「渝らざる愛」というものに対する不信があることが明示されていた。したがって「三四前」の代助は、自分と三千代との「渝らざる愛」を信じることができないままの結婚を肯定することができなかったのだと考えることができる。当時の代助はそれほど「結婚」に「重きを置いてゐ」たのである。十一章の「渝らざる愛」という言葉は「都会人士の代表者として、芸妓を撰んだ」という文脈の中で語られているが、五章では代助が「学校を出た時少々芸者買をし過ぎて、其尻を兄になすり付けた覚はある」という過去の逸話が明かされていた。「学校を出た時」とは三千代の身辺が急変した時期とほぼ一致している。代助は友情を優先して三千代への愛を断念した苦しさを紛らわすために「芸者買」に走ったのではなく、むしろ「渝らぬ愛」への不信と「結婚」の急接近に挟撃された葛藤からの逃走として「都会人士」の「芸者」に溺れたのではないだろうか。だとすれば結婚の条件と必要性が整ったとたんに「芸者買」に夢中になった代助の姿を見た三千代が、代助に「棄て」られたと感じたとしても不思議はない。白百合の書斎での告白場面で、「僕は三四年前に、貴方に打ち明けなければならなかつたのです」と言う代助に、三千代は「打ち明けて下さらなくつても可いから、何故」、「何故棄てゝ仕舞つたんです」と泣きながら詰問している。三千代は代助から愛されていなかったとも思っていないし、平岡に〝譲られた〟とも思っていない。「棄て」られたと思い続けてきていたのである。この三千代の問いかけに対して、代助は謝罪はするものの理由の説明は回避し通している。「三四年前」の代助にとって、親友の平岡が三千代への愛を打ち明けてきたことは、むしろ僥倖だったとさえ言えるかもしれない。なぜなら平岡の望みを実現するために尽力することは、死んだ親友の妹（とその父）を窮地から救済するとともに、もう一人の親友「の為に泣く」という二重の美談の主人公になることで彼の「道念」を満足させつつ、「結婚」の場から鮮やかに退場することを可能にしていたからである。

語り手は「今の自分から三四年前の自分を回顧して見ると、慥かに、自分の道念を誇張して、得意に使ひ廻してゐた。鍍金を金に通用させ様とする切ない工面より、真鍮を真鍮で通して、真鍮相当の侮蔑を我慢する方が楽である」という「今」の代助の内面を語っている。「三四年前」とは代助が平岡と三千代の結婚実現に動いた時期に他ならないが、「今」では「真鍮を真鍮で通」す方が「楽」だという価値観に転換しているもかかわらず、かつての結婚周旋行為は「今日に至つて振り返つて見ても、自分の所作は、過去を照らす鮮やかな名誉であつた」という。つまり「今」においても、代助は当時の自分の行為が「鍍金」だったとは考えていなかったことになる。代助の別の言葉を援用すれば、それが「偽善」行為だったとは彼は「今」も認識していないのである。当時の代助に、三千代との結婚願望を無理に抑圧したという意識がなかったことの証左であろう。『それから』は、この「今日に至つて」も「過去を照らす鮮やかな名誉」と自己規定されていた記憶が、三千代との交流を通じて次第に変形されていく物語である。

3

『それから』に「座蒲団」がもう一度出てくるのは、白百合の書斎での告白から三日目、代助が小石川を訪ねた時である。

（引用C）　三千代は二人の間に何事もなかつたかの様に、
「何故夫から這入らつしやらなかつたの」と聞いた。代助は寧ろ其落ち付き払つた態度に驚かされた。三千代はわざと平岡の机の前に据ゑてあつた蒲団を代助の前へ押し遣って、

「何でそんなに、そわ〳〵して居らつしやるの」と無理に其上に坐らせた。
一時間ばかり話してゐるうちに、代助の頭は次第に穏やかになつた。車へ乗つて、当もなく乗り回すより、三十分でも好いから、早く遊びに来れば可かつたと思ひ出した。

厳密にいえば表記は「蒲団」であるが、「平岡の机の前に据ゑてあつた」という修飾はこれが引用Bと同じ「紫の座蒲団」であることを明示している。代助はこの日、彼の欲望を募らせていた「紫の座蒲団」をついに手に入れることができた。それも三千代に「無理に」坐らされる、という形においてである。三千代の代助に対する行動の表現に語り手が「わざと」や「無理に」という主観に関わる副詞を用いているのはこの場面だけであるが、さらに初めてこの座についた代助の頭が「次第に穏やかになつた」というところに私は注目しておきたい。引用Bでは代助に「厭な心持」を起こさせていた座蒲団が、引用Cでは彼の頭を「穏やか」にさせているのである。もちろんBの座蒲団が不在の平岡の存在感を放射していたのに対して、Cの座蒲団は三千代から〝夫〟の座を与えられたという象徴性を持っていたために「心持」が変化したのは当然だと言えるが、喜びでも嬉しさでもなく「穏やか」という形容動詞が選ばれている点に留意することによって、この座蒲団の色が「紫」であることの意味を探り当てることができるからである。

ダヌンチオの「青色と赤色」のエピソードが五章に出てくることは周知の通りである。

（引用D）（略）ダヌンチオと云ふ人が、自分の家の部屋を、青色と赤色に分つて装飾してゐると云ふ話を思ひ出した。ダヌンチオの主意は、生活の二大情調の発現は、此二色に外ならんと云ふ点に存するらしい。だから何でも興奮を要する部屋、即ち音楽室とか書斎とか云ふものは、成るべく赤く塗り立てる。又寝室とか、休息室とか、凡て精神の安静を要する所は青に近い色で飾り付をする。と云ふのが、心理学者の説を応用した、詩人の好奇心の満足と見える。

代助は何故ダヌンチオの様な刺激を受け易い人に、興奮色と見做し得べき程強烈な赤の必要があるのだらうと不思議に感じた。代助自身は稲荷の鳥居を見ても余り好い心持はしない。出来得るならば、自分の頭丈でも可いから、緑のなかに漂はして安らかに眠りたい位である。いつかの展覧会に青木と云ふ人が海の底に立つてゐる背の高い女を画いた。代助は多くの出品のうちで、あれ丈が好い気持に出来てゐる。つまり、自分もああ云ふ沈んだ落ち付いた情調に居りたかつたからである。

この引用箇所から、①代助は赤色を好んでいない。②代助にとって青色は、「安静」「安らか」「落ち付いた情調」と結びついている、という二点を確認することができることは言うまでもない。『漱石文学全注釈8　それから』（若草書房）の脚注（佐々木英昭注）でも紹介されているが、このダヌンチオ（D'Annunzio は日本ではダンヌチオともダヌンチオとも表記されるが、「ダンヌチオ」の方が原音に近いらしい）の部屋の塗り分けエピソードの出典についての言及した平石典子氏の研究がある。氏はそれがアルベルタ・フォン・プットカーメルの「『ガブリエーレ・ダンヌツィオ』という本をもとに書かれたものである」として、この本の該当箇所を訳出している。（「感覚の饗宴――ガブリエーレ・ダンヌツィオと日本の世紀末――」『比較文学研究』一九九一・一一）

家の中を、生の二つの大きな基調の表現としての二つの色に支配させるという考えは非常に特異なものである。あらゆる色調の緑と赤が、カッポンチーナのそれぞれの空間を飾っているのである。居間や、仕事や研究、或いは何か精神力を必要とすることをやる気にさせなければならない部屋は赤が支配している。特別の愛情をもって設えられた音楽室やアトリエも赤である。逆に緑は、この上なく厳格な黒いオリーヴ色から、五月の葉の最も明るい色合いまでを含めて、落ち着きや安楽、或いは休養のためにあらゆる空間を支配している。

平石論文の注でドイツ語原文が引用紹介されているので対照が可能であるが、「緑と赤」の原語は Grün und Rot である。Blaue ではなく Grün なのであるから、ダンヌチオの「生の二つの基調の表現としての二つの色」は紛れもなく「緑と赤」である。したがって原語の「緑」が『それから』ではあえて「青」に変換されていたことになる。(2) もちろん日本語の「青」はしばしば「緑」をも包含する色彩概念として使用されることが多く、完全な誤訳というわけではない。しかし十章では「庭の隅に咲いた薔薇の花の赤いのを見るたびに、それが点々として眼を刺してならなかった。（略）其時は、いつでも、手水鉢の傍にある、擬宝珠の葉に眼を移した」という「葉」の色が「緑」であることが明示されており、八章には代助が君子蘭の葉の切口の「緑色の濃い重い汁」を見て「其香を嗅がうと思つて、乱れる葉の中に鼻を突つ込」み、「不思議な緑色の液体に支配され」る場面も描かれていた。引用Dの後半部においても赤を忌避する代助の心情傾向が語られた直後に「自分の頭丈でも可いから、緑のなかに漂はして安らかに眠りたい」という叙述が続いており、代助にとって「赤」の対極に位置しているのは明らかに「緑」であり、したがって「ダヌンチオ」の部屋の色の対比は原文に忠実な「赤」と「緑」のままで挿入された方が明らかに平仄が合うはずである。にかかわらず、誤訳ではないにしてもわざわざ「緑」が「青」に変換されたのはなぜだろうか。私は「紫」が赤と青の混合色であるという点に注目すべきだと考えている。赤と緑を混ぜると灰色にしかならないが、赤と青を混ぜれば「紫」になる。ダンヌチオの部屋を塗りわける色が「赤色」と「青色」という二色で表現されたことによって、「紫」はこの対照的な二つの情調を同時に含有する色彩になったのである。したがって『それから』における平岡の座蒲団の色の特定は、「作者の美術的意識」といったテクスト外の要因よりも、「紫」だったからこそ代助にとって「厭な」赤にも「穏やか」な青にもなり得たというテクスト内の必然的性を重視すべきだと思う。比喩的にいえば、緑と赤を混ぜて「紫」になるのが『それから』の世界なのである。

縁談の進展を求める父の呼び出し状が届いたのは、「紫の座蒲団」に坐らされた代助の紫の情調が赤から青に反転したこの日の夕方である。父子会談の席で父は、多額納税者である佐川の令嬢との縁談に自分が執着する真の理由──「さうえふ親類」を持つことの「便利」と「必要」──を初めて明かす。この「露骨過ぎる」理由説明を聞かされた代助は「寧ろ快く感じ」、「父に対して何時にない同情」を抱き、「私は何うでも宜う御座いますから、貴方の御都合の好い様に御極めなさいと云ひた」いという気持ちさえ起こる。だがそれを抑えて縁談拒否の意思を父に明言したのは、「三千代と最後の会見を遂げた今更、父の意に叶う様な当座の孝行は代助には出来かねた」ためである。三千代との「最後の会見」とは百合の香の下での愛の告白ではなく、三千代が「平岡の机の前に据ゑてあつた蒲団」を「わざと」と勧め、「無理に」坐らせた場面を指していることは言うまでもない。逆に言えば白百合の告白の後であっても、紫の座蒲団に坐るという象徴行為の以前であったならば、代助は「父の意」に応じていた可能性がまだあったことになる。「紫」の座蒲団の「赤」の反発力がプロットに大きくかかわっていることは先に見ておいたが、反転した「青」の吸引力もまたプロット展開に決定的ともいえるほどの力を及ぼしていたのである。代助が小石川から神楽坂に戻った時刻は特定できないものの、彼が「座蒲団」に坐ってから「夕方」に父と会談するまでのタイムラグはせいぜい半日ほどであろう。だがこの僅かの時間差が、「元来が何方付かずの男」であった代助の縁談拒絶を不可逆のものに変えてしまっていたのだといえる。「私には結婚を承知する程の勇気がありませんから、断るより外に仕方がなからうと思ひます」という返答に対して父から「ぢや何でも御前の勝手にするさ」、「己の方でも、もう御前の世話はせんから」と告げられたあと、代助は「落魄」を想って「ぞつと身振」するものの、「三千代は精神的に云つて、既に平岡の所有ではなかつた」と考え、「死に至る迄彼女《かのおんな》に対して責任を負ふ積」

になっているが、この「精神的に云つて、既に平岡の所有ではなかつた」という自信をビジュアル的に支えていたのはまぎれもなく、情調が赤から青に反転した「紫の座蒲団」の映像記憶だったはずである。

4

「己の方でも、もう御前の世話はせんから」という父の言葉は、扶養停止の最後通告だったというわけではない。事実このあと梅子から届いた手紙は、「例月の物」を代助が受け取りに来ないことについて青山では、父は「打遣つて置け」と言い、兄は「困つたら其内来るだらう。其時親爺によく詫らせるが可い。もし来ない様だつたら、おれの方から行つてよく異見してやる」と「呑気」に構えていることを伝えている。この段階ではまだ父も含めて長井本家では代助義絶を本気で考えていなかったのである。その青山サイドを代助義絶に踏み切らせたのは縁談拒否発言ではなく、平岡の手紙によってもたらされた〝姦通〟問題であった。縁談拒否が父に「よく詫らせるが可い」という程度で済まされようとしていたのは、親族の情愛だけではない。この段階で無職の代助を義絶してしまえば衣食の道を失った代助が生活に追い詰められて何をするか分からない不安があり、それよりも扶養を継続しておいた方が無難だという「実業家」としての計算も働いていたと思われる。だが刑事犯罪につながる〝姦通〟となると、「社会上の地位」と「家族の名誉」[4]を守るためには代助が〝罪人〟となる前に、急いで長井家から追放しておく必要があったのである。[3] 平岡からの手紙を持った誠吾が「御父さんの使」として神楽坂にやってきたのは平岡への告白の翌々日であるが、短い会話のやりとりを経て「もう生涯代助には逢はない」という父の言葉を伝え、「おれも、もう逢はんから」と言い置いて去ることになる兄の来訪時刻は朝の「八時過ぎ」である。これはその日の早朝に父や兄が平岡の手紙を読んだ可能性が高いことを示唆しているのではないだろうか。前日に届いていたら、夜遅くであっても、車夫を送って代助を呼び付け、手紙の内容の真偽を糺したはずだからである。手紙を目にしたのが午前六時頃だったとしても、[5]その長い手紙を精読し、父子で相談して方針を決め、誠吾が人力車で神楽坂に乗り付け、代助を尋問して義絶を通告する……という一連の行動が僅か二時間ほどで完了してしまったことになる。（前日手紙が青山に到着していて対策会議に時間を費やしていたとしても、その夜のうちに方針が決定したのである。）長井父子は、佐川令嬢との縁談の時は煮え切らない代助のペースに合わせて返事を得るまでに四か月も待つことができていた。それだけに今回の迅速さが一層際立つわけであるが、青山から神楽坂に兄を急行させた平岡の手紙には、代助本人が姦通を認めたために自分が三千代と代助を告訴する権利を有していることだけではなく、自分が新聞の経済記者であり、実業界の名を知られた長井家の経営の暗部の暴露と絡めて姦通スキャンダルを報道できる立場にあることも示唆されていたに違いない。[6]つまり長井本家と代助との財産関係を熟知している平岡があえて本家に宛てて出した手紙には、恐喝罪に問われないような慎重さで暗に守秘の対価を求める強請の要素が含まれていた可能性か高いのである。少なくとも長井本家サイドが強請の匂いを感知したからこそ電光石火で〝代助切り〟を決行したことは確かであろう。

ところで平岡がこの長い手紙を出すことができたのは、代助が平岡に会って三千代への愛を直接伝えたからであり、この会見が代助放逐に向けての事態を急転させたわけであるが、代助と平岡との会見の過程にも「座蒲団」が微妙に関わっている。呼び出し状から五日後にやってきた平岡に、代助は「僕は三千代さんを愛してゐる」と宣言し、「三千代さんを呉れないか」と頼んでいるが、この大胆な行動を支えていたのは「三千代さんは公然君の所有だ。けれども物件ぢやないから人間だから、心迄所有する事は誰にもできない」という「所有」の論理であり、[7]その裏付けになっている「精神的には、三千代は平岡の所有ではなかつた」という自信は、前述した三千代との「最後の会見」で「紫の座蒲団」に初めて坐った体験の鮮烈な記憶に支えられていた。「紫」の情調が「赤」から「青」

に反転したこの体験がなければ、彼が平岡への告白に踏み切ることはなかった可能性が高かったのである。

しかし平岡への告白のあと、座蒲団の「紫」は「青」から「赤」に再度反転する。平岡と会った翌日、小石川家の近くを「彷徨」くが、平岡から絶交を言い渡された代助は門を叩くことができない。「門の前を二三度行ったり来たり」しても、中に入ることも中を覗くこともできない。「軒燈の下に来るたびに立ち留まつて、耳を澄ました」という代助の姿は、前述した〝ストーカーまがい〟の行動の反復だといってよいが、物音の聞こえたあの晩とは違って、今回は「家の中の様子は丸で分からな」い。「三千代は今死につつある」という想像さえ抱いた代助は、「自分は平岡のものに指さへ触れる権利がない人間だと云ふ事に気が付」く。このとき見えない家の中に彼が透視していたに違いない座蒲団の「紫」は、再び情調を「青」から「赤」に変えたのである。語り手は「其晩は火の様に、熱くて赤い旋風の中に、頭が永久に回転した」と語る。平岡が青山宛の長い手紙をいつ書いたのか特定できないが、作品の時間構成にもとづく文学的イメージとしては、代助が小石川の家の前を彷徨していたそのとき、家の中で平岡が三千代と代助の姦通を主題にした長い手紙を書いていたという映像を描くことができるが、ここで読者は代助が初めて二人の新居を訪ねた場面（六章）を想起する必要がある。在宅中の平岡は、前引の通り「机の前に坐つて長い手紙を書き掛けてゐる所であつ」た。「手紙」の上にわざわざ「長い」という形容詞を付した語り手の意図は明白であろう。六章で代助と読者の前に明示された平岡の姿は、代助にも読者にも見えなかった十七章の平岡の姿を先取りする映像になっていたのである(8)。そして六章の平岡が「紫の座蒲団」を敷いており、それが代助に「厭な心持」＝「赤」の情調を誘発していたことは前述の通りであるが、十五章で情調をいったん「青」に変えた「紫」が十七章の夜、再び「赤」に反転したとき、家の中では平岡が六章と同じ場所で同じ行動（「長い手紙」執筆）をとっていたというイメージの構図に注目しておきたい。（六章の平岡はいわば〝未来の手紙〟を書いていたのである。）「紫」は再び情調を「赤」へ反転させた、というより「青」が剥落したと言うべきかも知れない。

兄から平岡の手紙の内容の真偽を問われて「本当です」と答えた段階では、代助は「彼自身に正当な道を歩んだといふ自信」があり、「三千代と抱き合つて、此焰の風に早く己れを焼き尽すのを本望とした」にもかかわらず、その直後に義絶を言い渡されたあと彼は三千代のもとに向かっていない。彼が「職業を探し」に家を飛び出し、「赤」が乱舞する世界に包囲されるところで小説は終わっているが、この末尾の混乱の中で代助の脳裏から三千代が完全に抜け落ちていることを見落としてはならない。「焰の風」は、末尾の「赤」とは繋っていないのである。義絶宣告の前後の短時間のうちに「赤」自体が変質したと見るべきであろう。「三千代と抱き合つ」て「焼き尽」されることを望んだ「焰の風」の「赤」が「青」との結合によって「紫」を志向していたのに対して、ラストシーンで代助を囲繞する「赤」は「紫」から「青」が剝落してしまった残滓である。そして後者の「赤」の起点は、前々日の夜、代助が「紫」の再反転の中で感受した「赤い旋風」に他ならない。三千代から隔離されたあの「赤い旋風」の風圧が、「焰の風」というロマンティックな願望を三千代もろとも吹き飛ばしてしまった結果が最後の「赤」の乱舞だったのである。しかもその「赤い旋風」を代助が感じとっていたのとほぼ同じ時間に平岡は「紫の座蒲団」に坐って「長い手紙」を執筆していたのであり、その手紙が長井本家に代助の義絶を即断させたという経緯を辿れば、『それから』に隠された〝座蒲団の物語〟を浮上させることの重要性を確認することができると思う。

『それから』完結から半年後に連載スタートした『門』の第一回は、「宗助は先刻から縁側へ座蒲団を持ち出してきて」という書き出しで始まっている。〝座蒲団の物語〟として『それから』を読んできた者にとってはまことに興味深い。そして『門』の最後は冒頭と同じ縁側の場面で終わっているが、そこには座蒲団への言及が一切ない。また物語の途中に宗助が「大きな芭蕉を二枚剪つて来て、それを座敷の縁に敷いて、其上に御米と並んで涼」む場面があり――夫婦の横並びという構図は漱石作品ではきわめて珍しい[9]――、また座敷の中心が「宗助の机の前の座蒲団」から病臥の御米の「蒲団」に移行するなど、「座蒲団」という視座からも『それから』と比較してみたい作品であるが[10]、それについての考察は別稿に譲りたいと思う。

注

（1）この場面で、視点人物である代助の眼を超えて語り手が三千代の内面に入り込んでいるという指摘もあるが、直後に代助が「叱られるなら」と発話しているのであるから、「叱られるのか」と「叱られるなら」との間に、〝叱られるか賞められるか分からない〟という趣旨の三千代の発話があったと考える方が自然だろうと思う。

（2）このドイツ語原書を漱石は所蔵しており、『それから』連載直前に小宮豊隆と二人で講読したと推定されている（前掲佐々木英昭注釈）。したがって漱石は原語が Blaue ではなく Grün であることを熟知していたはずである。

（3）平岡の手紙を持って代助のところにやってきた誠吾は、「平岡」という差出人名を指して「此男を知つてゐるか」「元も同級生だつて云ふが、本当か」と訊ねているが、三章で代助は父と「そら御前の所へ善く話しに来た男があるだらう。己も一二度逢つたことがある」「平岡ですか」「そう平岡。あの人なぞは、あまり出来の可い方ぢやなかつたさうだが、卒業すると、すぐ何処へ行つたぢやないか」という会話を交わしており、平岡という友人の存在を父が認知していたことは明らかである。独身時代に「善く話しに来た」というのだから、兄の誠吾も父以上に平岡を知っていたと考えるのが妥当であろう。にもかかわらず姦通罪が迫ってきたとき、彼らは平岡そのものを自分たちの知らない赤の他人にしてしまうことで長井本家に累が及ぶのを防ごうとしている。つねに「家族の名誉」を優先するという点において、父も兄も一貫していることを確認できる。

（4）『それから』は東京到着を知らせる平岡の「走り書きの簡単極ま」る「端書」と、青山からの父の「封書」が同時に神楽坂に届くところから始まり、平岡が青山に送った長い封書が兄の手で神楽坂にもたらされことによって代助が青山から放逐されるところで終わるという首尾照応になっている。

（5）『彼岸過迄』（明治四十四年）には「速達便」が出てくるが、『それから』（明治四十二年）の時代には速達制度はまだ誕生していなかった。東京の速達郵便制度がスタートしたのは明治四十四年二月である。

（6）十三章で平岡は代助と「君の家の会社の内幕でも書いて御覧に入れやうか」「書くのも面白いだらう。其代り公平に願ひたいな」「無論嘘は書かない積だ」という会話を交わしている。平岡の手紙を読んだ代助はその内容について「本当です」と兄に答えているが、平岡が長井の会社の裏面に関する情報を本当に摑んでいるかどうかについては代助は知り得る立場にない。平岡は手紙の中で上記のような会話を代助と交わしたことを仄めかしたのだと思われる。そういう会話を交わしたという事実については、代助にとって「本当」のことである。

（7）長井本家に届いた手紙は「二尺」をはるかに超えているから巻紙の毛筆書きであることは間違いないが、六章の平岡も「筆を机の上に抛げる付ける様にして座を直した」とあり、やはり巻紙の毛筆書きだったと推定することができる。

（8）三千代の「所有」という発想が顕著になってきて――「紫の座蒲団」が〝家長〟の支配権の象徴としての性格を鮮明にしてきて以降、三千代と梅子が物語の世界から姿を消していく。平岡の手紙の処理に動いたのは父と兄であり、それまで活発に登場していた梅子はただ「泣いてゐる」という間接情報が伝えられるだけである。『それから』最終章の登場人物が代助、平岡、誠吾という男性三人であるという構図はホモソーシャルという観点からも興味深い。

（9）『三四郎』に小川三四郎と里見美禰子が川の畔の草の上に並んで坐る場面があるが、もちろん二人は夫婦ではない。なお『三四郎』も末尾場面に女性が不在であるという点で『それから』と共通しているが、『門』は夫婦の会話場面で終わっているという差異もある。また崖上の坂井邸を訪ねた宗助は、主人の「書斎」で「柔らかい座蒲団」を勧められ、会話が弾むうちに思いがけない安井の消息を聞いて蒼くなる。指摘されているように、坂井が「避難」場所だと言う書斎は女性が立ち入ることのできない空間であり、このような男性二人だけの密室の「座蒲団」は『それから』には出てこない。また鎌倉の寺に参禅に出かけた宗助は割り当てられた個室の「座蒲団」の上で座禅を組み続けるが、男性一人だけの密室の「座蒲団」の場面も『それから』にはない。なお京都の学生時代に宗助が安井から御米を紹介されたとき、御米が「紫の傘」を差していたことを宗助は記憶している。『虞美人草』の藤尾がクレオパトラのイメージとともに「紫色の着物」で登場し、最後に「紫の絹紐」を付けて死ぬ「紫の女」であることは周知の通りであるが、「影の様に静かな女」として宗助が認識した御米の傘の「紫」は藤尾の系譜ではなく、『それから』の「座蒲団」の「紫」の方に繋がっていると見るべきであろう。

(10)『門』以降の漱石作品における「座蒲団」を通観しておくと、『行人』で下宿暮らしを開始した二郎を嫂のお直が初めて訪ねてきて対話する場面で、二郎は「今迄自分の坐ってゐた蒲団の裏を返し」て床の間の前に直して「「さあ此方へいらつしやい」と勧」め、躊躇する嫂を見て「「まあ好いから其処へ坐つて下さい」と重ねて」勧めている。「此処」から「其処」への言い換えも微妙であるが、狭い部屋の中で、二郎は自分が敷いていた座蒲団を裏返して移動することによって二人の距離関係を決定したのである。また男性視点と女性視点とが対等に交錯する『明暗』では津田夫妻の茶の間には長火鉢を挟んで由雄の座蒲団とお延（延子）の座蒲団が置かれていることが明示され、温泉の旅館で「二つの座蒲団」が「物々し」く置かれているのは清子が泊まる部屋であり、そこに招かれた由雄は「距離」を感じている。主客でいえば清子が主（あるじ）で由雄が客という構図になっている。（なお岩波書店新版『漱石全集』の後記によると、漱石作品における「座蒲団（座布団）」の「座」の表記は、原稿の「坐」が初出・初刊で「座」に改められているケースが多いようであるが、本稿の引用は活字化された本文に拠って「座」で統一した。）

補注　『それから』前々年の『虞美人草』には「座布団」という表記が何回か出てくる。（原稿・初出には「蒲団」という表記が一箇所あるが、初刊では「布団」で統一されている。）小野清三が羨望する甲野欽吾の書斎は「西洋間」だから座布団はない。甲野家の「座敷」で小野は対座していた藤尾が席を立ったとき、彼女が「敷き棄てた八反の座布団」を見つめているが、彼の視線は「座布団」そのものよりも、その下からのぞく金時計らしき輝きの方に注がれている。金時計はもちろん藤尾の〝夫〟の座を象徴するアイテムである。また上京してきた井上孤堂・小夜子父娘の寓居にも「座布団」が登場する。孤堂は「座布団を買はうと思つて」わざわざ電車に乗って出かけている。彼が購入した「座布団」は「三枚」である。二枚を父と娘が使うのは当然として、残る一枚は来客用ではない。孤堂は小野が小夜子の許婚者だと信じて（あるいは信じようとして）おり、他の二枚と同柄のこの座布団は明らかに〝未来の夫（婿）〟たる小野用として購入されたものである。他の什器類は小野と小夜子と二人「一所」に買物させるつもりでいた孤堂が、それに先がけて座布団三枚だけは自ら買いに出かけている。そこに父から二人への密かなウェディング・ギフトの意味を見出すこともできるだろう。小野の来訪で始まり父娘の対話で終わる第九章は「（孤堂が）床の間の風呂敷を包を解き始める」という一句で結ばれているが、この風呂敷包の中身が三枚の「座布団」である。孤堂が選んだ座布団の柄が「八丈まがいの黄な縞」であることを明示する語り手は、それ以前に小夜子を「黄に深く情深きもの」と呼び、また「女郎花」に喩えていた。「黄」が小夜子のシンボル・カラーとして藤尾の「紫」と対比されていることは言うまでもない。小夜子との結婚を辞退したい気持を隠して孤堂を訪ねた小野の視線は、「座敷」の「真中」に「新調の座布団が敷いてある」のを真っ先に捉えている。（このときの小野の暗い気持は、「平岡の机の前の紫の座蒲団」を見たときの代助の「厭な心持」とベクトルが正反対である。）甲野家の座布団は自分の欲望の対象である金時計を見え隠れさせることによって小野を藤尾に吸引する作用力を発揮し、井上家の座布団は自分が望んでいない「過去」に縛り付ける桎梏の象徴として小野に圧迫を加えている。『虞美人草』は最後に小野が「紫」の藤尾の「金時計」を拒んで「黄」の「座布団」の主に納まるという方向を示唆して収束するが、しかしこの急転は「良心」や「道義」に連なる「真面目」の故であって小夜子への愛に目覚めた結果ではない。『虞美人草』に出てくる二箇所の「座布団」はいずれも『それから』の「座蒲団」のような両義性は持っていないようである。

妹と姉、それぞれの幻像──芥川龍之介『秋』を読む

芥川龍之介『秋』の研究史上において、作品の読みを動かす画期的な提起が二度あったと思う。一度目は一九七〇年代劈頭、三好行雄氏の論[1]が出た時であり、二度目は一九九〇年代初頭の山崎甲一氏の「「秋」──彼等三人の内面の劇[2]」が登場した時である。三好氏の論の功績についてはあらためて説明するまでもあるまい。作品の表現に即して、「信子は愛人を妹に譲り、文学の才能を犠牲にして平凡な男と結婚する──そこにドラマの発端があるように見えて、実は仔細に読めば、作者はそれを確たる事実としてはいちども断言していない」ことを論証して『秋』の読みを大きく揺るがした三好論以降、これとどう対峙するかという課題が、『秋』論者にとって避けて通ることのできない峰として屹立してきたことは周知の通りである。

ただ三好論もそれ以降の論者も、結婚の翌年に信子と再会したとき、姉の前で「抑へ切れない嫉妬の情」を露わにする照子の像について、姉に向って無邪気に感謝を表明していたかつての「少女」から、俊吉の妻となった一人の「女」への「成熟」あるいは「変貌」を見るというラインが当然の前提として持続されてきた。もちろん例えば酒井英行氏のように、一年前に姉を出し抜いた照子の行為に「エゴイズム」を見出す見解[3]はすでに提出されていたが、しかしその酒井氏の論においても、独身時代の照子の「エゴイズム」は彼女の「少女らし」さの中に収斂させられていた。こうした強固な照子「変貌」「成熟」説の伝統に対して、真っ向から異を唱えたのが山崎氏の論である。

「一見姉妹愛にあふれている二人」であるが、実は照子には「信子が結婚する前から」すでに「嫉妬の情」が

「根を張っていた」という読みを基本線とする山崎氏は、高商出身の青年と結婚して大阪に向かって出発するとき、照子が信子に手渡した手紙の「少女らし」さを再検討し、「姉を「思つて」の「涙」で「溢れ」んばかりの照子の「少女らしい手紙」が、実はその底に「たぎる」ような隠微な感情を秘めていた」とする。そしてこの感情は信子が俊吉と一緒に外出するとき、照子を同伴したことによって生まれたものだという。

照子が俊吉を「好き」で「愛」していたことが事実であったとしても、彼女のその気持ちを根底から動かしていたのは姉への「嫉妬の情」と考えなくてはならないであろう。「同伴」者であるにもかかわらず「時々」仲間外れにされ、「何時も」偽善的な妹思いの態度《ポーズ》を見せつけられていた照子の、姉への「抑え切れない」「燃えるやう」な「不平」の念がその根底に潜んでいるとみるべきである。

『秋』の導入部で語り手は、女子大学在学中の信子が俊吉といっしょに「展覧会や音楽会へ行く事が稀ではなく、「大抵そんな時には、妹の照子も同伴であつた」が、「妹の照子だけは、時々話の圏外へ置き去りにされる事もあつた」ものの、「照子は子供らしく、飾窓の中のパラソルや絹のシヨオルを覗き歩いて、格別閑却された事を不平に思つてもゐないらしかつた」と語っている。三好氏が、『秋』では信子と俊吉の愛のかたちや信子の文学的才能が「他人のなかの信子像」の範囲にとどまるようになっているとしたのは、伝聞記述が多用される冒頭部の語りのスタイルに注目したからであるが、同様に、「不平に思つてもゐないらしかつた」という語り手の表現が、照子が「不平」を持っていなかったことの事実性を直接保証していないことも確かである。姉と従兄と度々「同伴」しながら、「時々話題の圏外へ置き去りにされ」てきた照子の内面への想像力を視野に入れつつ、「少女らしい手紙」の読みの検討から『秋』へのアプローチを開始してみたいと思う。

信子が中央停車場で手渡された照子の「少女らしい手紙」の内容を読者が知ることができるのは、大阪の郊外で専業主婦としての生活に入った信子が、「時々理由もなく気が沈むと、きつと針箱の引出しを開けては、その底に畳んでしまつてある桃色の書簡箋をひろげて見た」というナレーションのあとにこの書簡が直接引用されている場面においてであるが、錯覚してはならないのは、照子の書簡が全文引用されているのではない、という点である。まず引用の冒頭が「――」で始まっているが、これはまぎれもなく省略記号である。つまり引用は省略記号から始まっているわけであり、省略された内容を読者は読むことができない。また引用末尾も「……」で終わっている。(4)だがそれ以上に私が注目したいのは、引用符が三箇所存在している点である。冒頭の引用符はもちろん引用の慣例として何の問題もない。問題は「御姉様は私の為に、今度の御縁談をお決めになりました」という文で始まる段落の初めに付されたカギと、「御姉様。もう明日は大阪へいらしつて御しまひなさるでせう」で始まる段落の初めに付されたカギである。(5)連続する段落であれば引用符のカギは不要であり、ここに付された二箇所の引用符は、カギとカギとの間にも省略が存在することを示していると見るのが妥当であろう。つまりこのテクストにおいて照子の書簡は前後が省略されているだけでなく、途中も抜粋されているのである。もちろん小説である以上、文章の冗長さを避けるという作家レベルでの配慮があったことは間違いないだろうが、照子書簡が作品外に実在するわけではない以上、書簡の全文を簡略な内容の文章に設定する自由を作家は持っていたはずである。また作品レベルで考えれば、照子書簡のどの部分を抜粋し、どの部分を省略するかという取捨選択は、信子自身の視線の遠近法に即していると読むべきであろう。先述の通り、照子の書簡の抜粋がテクストの中に登場してくるのは、信子が最初にこれを読んだ場面ではなく、大阪で「時々」読み返すという文脈の中においてであり、さらに抜粋のすぐ後に「信子はこの少女らしい手紙を読む毎に、必ず涙が滲んで来た」（傍点引用者、以下同じ）、「大抵はじつと快い感傷の中に浸つてゐた」という叙述が続いている。信子が何度もこの書簡を読み返して内容を熟知してしまっているという状況の下で書簡が引用されているのである。したがって信子にとって「快い」部分だけが抜粋されていると考えるのが自然であろう。言い換えれば信子にとって「快」くない部分は省かれているのであり、この抜粋という濾過装置を経ていることによって、読者が眼にする抜粋書簡は、信子が中央停車場で受け取った書簡のオリジナル（以下、停車場書簡）よりもはるかに「感傷」の純度が高くなっているはずなのである。

照子の抜粋書簡から読者が得ることができる情報は、次の四点になるだろう。

①照子が「俊さんに差上げる筈の手紙」が紛失するという事件があり、照子は姉の信子が持ち去ったと確信している。

②信子、照子の姉妹と俊吉の三人で帝劇で観劇した夜、信子が照子に俊吉が好きかと訊ね、好きならば自分が「骨を折る」から俊吉の所へ行け、と言った。

③その姉妹の会話から二三日後に、信子の縁談が「急に」決まった。

④照子は自分の俊吉への愛を知った姉が、妹の恋の成就のために犠牲になって「心にもない」結婚を承諾してくれたと信じていると、書簡にはそう書かれている。

①の信子が照子の「手紙」を持ち去ったという推測記述が、推測された信子にとって「快」の領域に属している以上、彼女が手紙持ち去ったのは事実だと判断してよいだろう。したがって①から③は出来事《ストーリイ》のレベル、④が因果

関係を付与した物語《プロット》のレベルという分類になる。したがって問題の中心は④がはたして照子の心情そのままの吐露なのか、それとも照子による作為的な物語なのか、そしてもしも作為だったとしたらその理由はなにか、という点である。

照子が「俊さんに差上げる筈の手紙」の内容を読者が直接読むことはできないが、それがラブレターとしての色彩が濃い文章であったこと自体はまず間違いない。そしてそれを書いた照子は「御姉様も俊さんが好き」だということを認識していても、俊吉に対する自分の恋情を姉に打ち明けるタイプの妹ではなかったし、葛藤に悩んで恋を封印する妹でもなかった。そして姉から「好きならば、御姉様がきつと骨を折るから、俊さんの所へ行け」と言われたとき、感謝はしてもけっして辞退はしない妹でもあった。いまさらジラールの「欲望の三角形」論を持ち出すのはいささか気がひけるが、独身時代の俊吉と信子との外出がしばしば照子と「同伴」だったという経緯は、ジラール理論を想起させずにはおかないようなシチュエーションである。当然のことながら俊吉は、照子にとっても幼少時から親しんできた従兄であり、従兄と従妹の恋愛は当時の定型の一つであった。照子を主体にして考えれば、俊吉が欲望の対象で、信子がメディエイターという構図になる。照子にとって、姉はまさしく欲望の〈モデル〉であり、同時に〈ライバル〉でもあるという両義的な存在だったわけである。信子が「俊さんを好き」だからこそ、俊吉の妻の座を求める欲望が照子の中に醸成されていった可能性は十分ある。

姉の信子がライバル化してくるにつれて、姉に勝ちたいという欲望が増幅してくるという力学の磁場の中で、照子は「俊さんに差上げる筈の手紙」を書いたわけであるが、この手紙――ラブレターと一目で分かるような手紙――を、彼女が本当に俊吉宛に出すつもりだったかどうかは定かではない。「大事なその「手紙がなくな」るような場所に置いたこと自体、姉の「嫉妬」を挑発する行為でなくて何であろうか」と指摘する山崎氏も、本来は俊吉宛の手紙であったことを前提にしているようであるが、さらに一歩進めて、この手紙がもともと姉に盗み読みされることを目的として書かれたものであるという可能性——俊吉宛のラブレターという偽装を通じて、俊吉への熱い思いを姉に伝えるための手紙であり、姉に持ち出されて読まれること自体が主目的だったという可能性——を想像してみることはできないだろうか。照子が想定していたメッセージの本当の受信者は、最初から信子ただ一人だったのではないか。実際に俊吉に読まれることはないという安心感が前提にあったからこそ、照子は手紙という場において自分の恋心を大胆に言語化することができたのだとも言えるはずだからである。照子の抜粋書簡の方には、この手紙紛失事件について「あの手紙がなくなつた時、ほんたうに私は御姉様を御恨めしく思ひました」と書かれている。手紙が本当に俊吉宛のもので、それを俊吉と仲のよい姉に盗み読まれてしまったのだとしたら、「御恨めしく思」うという程度で済む話ではないだろう。手紙紛失時点と書簡執筆時点とのあいだのタイムラグを考慮に入れても、〝恋文を姉に盗み読まれてしまった妹〟という設定から期待されるパニックの量と、実際の書簡の表現の平凡さとの落差は不自然なほど大きい。「俊さんに差上げる手紙」ではなく、「俊さんに差上げる筈の手紙」という表現になっている点も、微妙といえば微妙である。

　照子の側に即せば、俊吉への純愛の言葉を大胆に散りばめた手紙を姉に読ませることによって、彼女は信子を〝かわいい妹の恋のために自分を犠牲にする優しい姉〟になるか、さもなければ〝妹の可憐な恋を踏みにじる冷酷な姉〟になるかという二者択一状況に追い込んだことになる。経緯からすればこの姉妹の関係は、本来、照子の方が〝姉のために自分の恋心を封印するかわいい妹〟でいるか、〝姉の「好きな」人を奪う悪い妹〟になるかという二者択一を迫られていたはずだったにもかかわらず、手紙事件の効果によって照子の倫理的葛藤は消え去り、信子の方が一方的に追い込まれてしまうという逆転の構図が現出したわけである。[6] 信子が照子の手紙を読んで間もなく、信子、照子、俊吉の三人で「帝劇を見物」するというイベントがあり、その晩、信子が照子に「俊さんは好きか」と尋ね、「好きならば、御姉様がきつと骨を折るから、俊さんの所へ行け」と言ったという経緯に間違いがないとすれば、この夜の帝国劇場の照子はすでに手紙を読んでいるはずの姉の視線を強く感じながら、俊吉に対する恋心が姉に伝わるような振る舞いをしていただろうし、信子の方は妹が俊吉をどれほど好きなのかその度合いを子細に観察していたはずである。（この日の照子はもはや「同伴」された妹ではない。姉妹関係性だけに限定すれば、この日の帝劇見物の主役は照子の方であった。照子の強い視線を感じ続けなければならなかったわけであり、ここにも手紙事件がもたらした逆転現象を見ることができる。）その結果、信子は〝優しい姉〟になる道を選択し、そのわずか「二三日」後に「縁談が急にきま」ったのだと、少なくとも照子はそう考えたはずである。そして「俊さんに差上げる筈の手紙」がもともと信子に読まれることを目的として書かれたものであったとすれば、停車場書簡の方でも、〈手紙〉というメディアに対する自覚的な戦略が発揮されていたと考えることができる。私は感謝の言葉に満ちあふれたこちらの書簡もまた、姉のライバルとしての可能性を根絶するための照子の戦略であった可能性を考えている。前日に認めたこの書簡を、照子が姉に手渡したのは「中央停車場から汽車に乗らうとする間際」であったという。発車直前まで、つまり書簡をめぐる直接的な姉妹の会話が可能な時間内には手渡さなかったわけであるが、これも羞恥や躊躇のためだけではない。信子がこれを初めて読んだ時には汽車はもう動き出してしまっており、妹は眼の前にはおらず、感謝にあふれた妹の言葉とそれが喚起するイメージだけが姉の心に残ることになったが、それは偶然の所産だったのだろうか。

　しかしこの時点で照子と俊吉との間に恋愛関係が成立していたわけではない。抜粋書簡には「御姉様も俊さんが御好き」という推測は明記されいているものの、奇妙なことに「俊さんが」誰を「好き」かということについては一言も言及がない。もしも停車場書簡に俊吉は信子を好きだと書かれてあったとすれば、それは信子にとって最も「快い」内容であるから、信子の心の遠近法に即した抜粋においてそれが省略されるはずはないし、逆に俊吉は照子を好きだなどとと書かれてあったとしたら、信子がこの書簡を読み返して「快い感傷の中に浸」ることなどできるはずがない。停車場書簡は間違いなく、「俊さん」の意中に関する言及をわざと避けていたのである。したがって書簡手渡しの時点において、照子にとって信子は依然としてライバルであり続ける可能性を残していたわけであり、だからこそ照子は書簡が生成するイメージの力によって、信子を〝優しい姉〟の圏内に閉じこめておく必要があったわけである。「御姉様がきつと骨を折るから、俊さんの所へ行け」という自分の発話が、大げさな感謝の言葉で飾られつつ、文字として反復記録されているこの書簡を読んで、信子は妹の恋のための優しい応援者としての自分の役割をあらためて認識させられたに違いない。

大阪で書簡を読み返している信子は、照子と俊吉の結婚のためにどんな「骨を折つた」のだろうか。信子は「結婚後忘れたやうに、俊吉との文通を絶つ」ているし、照子が俊吉と結婚するまでのあいだ一度も上京していない。当時の電話の普及率を考えれば、事実上手紙だけが大阪東京間の通信手段だった時代である。信子が俊吉に照子との結婚を勧めるようなメッセージを送っていた可能性はなかったと考えてよいだろう。だが結婚した信子が俊吉に手紙を出していないこと自体が、照子と俊吉の結婚のための消極的な尽力という側面を持っていたはずである。文通は〝途絶えた〟のではない。「俊吉との文通を絶つた」という表現は、俊吉から手紙が来たのに信子が返信しなかった、あるいは今後文通は控えたいという意思を信子が伝えたというような経緯があったことを想像させる。もしも人妻となった信子と俊吉との間に文通が行われていたとすれば、その主たる内容の一つは文学関係の話題だったはずであるが（独身時代の信子は俊吉と盛んに文学談義をおこなっていた）、信子はその俊吉との文学談義を、結婚を機に断ち切っていたのである。文壇に進出した俊吉の創作を読んだ時も、信子は祝意や感想を書き送るという行為を一切していなかったことになるが、この一種の不作為こそが信子にとっては〝優しい姉〟としての協力行為としての意味を持っていたのである。俊吉との文学談義は照子には入り込めない特権的な空間であり、俊吉との文通が照子の恋を妨害することになると信子が考えていたとすれば、それは妹に対する優越感の裏返しであり、「快い感傷」を支える基盤でもあった。

照子と俊吉との結納が済み俊吉が山の手の郊外に新居を構えたという情報を信子が得たのは、「母の手紙」によってである。つまり中央停車場であれほど感謝に溢れた書簡を信子に手渡した照子が、いよいよ俊吉との婚約が整ったとき、自分で手紙を書いて姉に報告するという行動を取っていないのである。婚約成立以前は、「大学の文科を卒業したとか、同人雑誌を始めたとか云ふ事は、妹から手紙で知るだけであつた」とあるように、俊吉との文通を絶っている信子は、もっぱら妹の手紙を通じて俊吉の動静を知らされていた。ところが俊吉との婚約成立という肝心の情報については、照子からの報告がない。もちろん既婚の長女に母親が次女の婚約を知らせてくること自体は自然であり、母が知らせてくれれば情報伝達は完了するとはいえ、しかしそれだけでは妹が姉に直接手紙を書かなかった理由にはならない。むしろあの抜粋書簡の文面を考えれば、〝これもすべて御姉様のお陰です〟といった感謝の言葉を連ねた婚約報告が照子から届いて然るべきところだからである。にもかかわらず、照子からの手紙は来ない。母の手紙を読んだ信子は「早速母と妹へ、長い祝ひの手紙を書」いている。母と妹はまだ同じ家に住んでいたから、信子は母と妹のそれぞれに別々の長い手紙を書いたのではなく、二人宛に一本の長い手紙を書いたのだと思われる。その「長い祝ひの手紙」の一部が引用されているが、それは「何分当方は無人故、式には不本意ながら参りかね候へども……」という候文であり、照子の抜粋書簡とは著しく異なった堅苦しい文体である。おそらく「母の手紙」が候文で書かれていたのに対応させたものと思われるが、しかし妹から感謝にあふれた熱い手紙を受け取っていたとしたら、信子は妹に宛てて候文とはまったく違う文体の手紙を書いていたに違いない。（文学的才能の実質は別にしても、信子は小説を書く女性である。）ではなぜ照子は婚約という重大ニュースを、直接自分の筆で姉に報告しなかったのだろうか。その問題に進む前に、もう少し大阪の信子の方の考察を続けたい。

2

周知の通り、照子の停車場書簡を読み返す信子の内面を語る語り手は、先に引用した「読む毎に、必ず涙が滲んできた」のすぐあとに、

殊に中央停車場から汽車に乗らうとする間際、そつとこの手紙を彼女に渡した照子の姿を思ひ出すと、何とも云はれずにいぢらしかつた。が、彼女の結婚は果たして妹の想像通り、全然犠牲的なそれであらうか。さう疑ひを挟む事は、涙の後の彼女の心へ、重苦しい気持ちを拡げ勝ちであつた。

という言説を配置している。これがあるために読者は、信子の結婚における「犠牲的なそれ」以外の要因への想像力を喚起され、信子が俊吉ではなく高商出身の青年と結婚した真の原因の探求に向き合わされてきた。さまざまな見解がこれまでに提出されてきているが、『秋』はその原因を特定することの不可能なテクストであり、すべての想像は可能性の範囲を超えることはできないだろうと思う。まず「彼女はなぜ俊吉と結婚しなかったのか？」という設問の立て方そのものに疑問の余地がある。「彼女の未来をてんでに羨んだり妬んだりした」という「同窓たち」。「彼女と俊吉との姿が、恰も、新婦新郎の写真の如く、一しよにはつきり焼きつけられていた」という「同窓たち」。いずれも女子大学の信子サイドの「同窓たち」に限られており、俊吉サイドの大学の友人たちは含まれていない。信子の突然の結婚をめぐって、信子の「同窓」たちが「彼女はなぜ俊吉と結婚しなかったのか？」という問いを立てていろいろ噂をしたことを明示する語り手は、その一方で、俊吉の周囲では二人の関係がどんなかたち

で話題になっていたかについては何も語らない。俊吉との「間がら」を問う「同窓たち」に対して「彼等の推測を打ち消しながら、他方ではその確かな事をそれとなく故意に仄めかせたり」する女子大生信子の姿は語られていても、大学生俊吉が自分の周囲にどんな対応をしていたかについては語り手は沈黙を守っている。したがって俊吉の友人たちの側で、〝俊吉はなぜ信子と結婚しなかったのか?〟という話題が巻き起こっていたかどうかさえ定かではなく、俊吉が信子と結婚しないことは彼の友人にとっては初めから当然のことであった可能性も否定できないのである。したがって『秋』を論じるにあたって、信子の側の「同窓」たちと同じレベルで、〝信子はなぜ俊吉と結婚しなかったのか〟という、俊吉との結婚という選択肢が実際に存在していたことを当然の前提にした問いを立てるわけにはいかないのである。

照子の「俊さんに差上げる筈の手紙」を盗見した信子は、それによって追い込まれた優しい姉/冷酷な姉の択一状況の中で〝優しい姉〟の方を選択したわけであるが、右の引用にあった「犠牲的」だけとは言い切れないものとは何だろうか。その考察にあたって、信子が妹に俊吉との結婚を勧めたのが手紙事件から間もない帝劇見物の晩であり、その二三日後に高商出身の青年との縁談が纏まったという時間的経緯に再度注目したいと思う。

作品冒頭部の語りは噂の羅列であるが、「学校を卒業して見ると、まだ女学校も出てゐない妹の照子と彼女とを抱えて、後家を立て通して来た母の手前も、さうは我儘を云はれない、複雑な事情もないではなかつた。そこで彼女は創作を始める前に、まづ世間の習慣通り、縁談からきめてかかるべく余儀なくされた」という言説だけは噂ではなく、語り手自身の責任に属する例外的な情報提示である。女子大を卒業した彼女が、遠からぬ時期に結婚することを「余儀なく」されていたことは確かだと考えてよい。したがって、帝劇見物以前に信子は自分の結婚が急がれていることや、高商出身の青年との間に縁談が持ち上がっているという話を俊吉に伝えていたと考えるのが自然であろう。つまりこの日の帝劇見物は信子にとって、自分の縁談に対する俊吉の反応を確かめる最後の機会でもあったのである。しかも前述の通り、信子は帝劇に来る直前に照子の手紙を盗見していたのであり、照子の強い視線を感じつつ、いままでとは違った眼で、俊吉と照子の二人の様子を観察しなければならなかった。そしてその二三日後に、信子の縁談が決まったというのである。結局、信子は俊吉の口から、今回の縁談を是非断ってほしいといった内容の言葉を聞くことはなかったし、言外の態度から感知することもできなかったものと思われる。(同時に、俊吉は明確な拒絶の意志も示さなかったと思われる。明確な拒絶があったならば、俊吉の創作の「捨鉢」さを感じた時に「後ろめたいやうな気」を抱くという信子の内面劇が生成されるはずはないからである。)とすれば、近々の結婚を「余儀なく」されていた信子にとって、もはや高商出身の青年との縁談を承諾する以外の道は残されていなかったのである。こう考えると、帝劇直前に盗読した「手紙」の存在は、信子にとってはむしろ格好のアイテムとして機能していた可能性がある。〝俊吉から求婚されなかったために別の男との縁談を承諾した女〟という図は、「才媛の名声を担」ってきた信子を傷付けずにはおかないが、〝かわいい妹のために自分を犠牲にした優しい姉〟という美談ならば、彼女のプライドはむしろ美しく彩りされて輝くことができるからである。「御姉様がきつと骨を折るから、俊さんの所へ行け」という信子の言葉は、彼女自身が美談の主役となるためには絶好の台詞であった。この台詞を妹に向かって発したからこそ、信子は美談の主役としての位置を獲得することができたのである。そしてこの美談の〝美しさ〟を裏書きしてくれるアイテムが、大阪で信子が繰り返し読む停車場書簡であったことは言うまでもない。

前引の通り、語り手は冒頭部で「彼女は創作を始める前に、まづ世間の習慣通り、縁談からきめてかかるべく余儀なくされた」と語っていた。裏返せば、「縁談」を決めた〝後〟で「創作を始める」というプログラムを、信子が思い描いていたことを示唆する表現である。「三百何枚かの自叙伝体小説を書き上げた」という噂の信憑性の低さはすでに研究史上の定説になっているが、この噂の火元として「自叙伝体小説」執筆の構想を信子自身が誰かに話していた(あるいは仄めかしていた)可能性までは否定できない。しかし実際には小説が書き上がらず、「早晩作家として文壇に打つて出る事」を「殆ど誰も疑はな」い同窓たちの眼差しに囲繞された信子が、周囲の目に映る彼女のイメージと、自分の作家的到達度とのギャップに焦燥感を抱いていたことは十分考えられる。「自叙伝体小説」が作家自身の体験が豊富でないと書きにくいタイプの小説であることを勘案すれば、小説が書けない理由を、彼女が自分の作家的才能の問題ではなく、人生経験の不足に求めようとしていた可能性を想定しても、それほど突飛ではあるまい。人生経験を重ねていけば小説が書けるようになるのではないか、という希望である。だとすれば、東京から大阪へという空間移動、母や妹と同居する独身者から専業主婦へという環境の激変とセットになっている今回の縁談に対して、信子が「作家」への夢との関係で一種の期待を抱いていたということも考えられないわけではない。新婚数か月を経て信子が「夫の留守の内だけ、一二時間づつ机に向ふ事にした」とき、夫は「愈々女流作家になるかね。」と云つて、やさしい口もとに薄笑ひを見せた」とある。このことは、縁談から結婚に至る過程において信子が自分には作家になる夢があり、結婚後しばらくしたら創作活動を再開したい旨を事前に夫に話し、夫がそれを了解していたという経緯があったことを物語っているはずである。

ところが実際に机に向かってみると、「思ひの外ペンは進まな」い。そのうちに夫は襟の替えが切れるというアクシデントに気分を害して「小説ばかり書いてゐちや困る」と厭味を言い出し、その二三日後には襟飾りの絽刺をする信子に向かって「その襟飾りにしてもさ、買ふ方が反つて安くつくぢやないか」とねちねちした調子で言う。もともと信子の創作活動をめぐる夫との協定が、家事に支障をきたさない限りにおいてというような条件付きであったらしいことは「夫の留守の内だけ、一二時間づつ」という執筆時間の限定からも窺うことができる。[7] 家事に支障のない限りにおいてという枠内でしか執筆を許されず、家事の不十分さがただちに妻の創作活動に対する不満に直結するという環境の中で、信子は寝室で「もう小説なんぞ書きません」と泣きながら夫にすがりつき、「翌日彼等は又元の通り、仲の好い夫婦に反」る。そんな繰り返しの中で、「何時か机に向つて、ペンを執る事が稀になつ」

ていく。皮肉な見方をすると、ここで彼女は自分の小説の筆が進まない理由についても「犠牲」の美談を生きることができたと言えるかもしれない。創作放棄の代償として、〝愛する夫のために「才媛」を封印し、作家の夢を断念した妻〟という新しい自己イメージを、〝かわいい妹のために自分を犠牲にした優しい姉〟という自己イメージの上に加算することができたのだと見ることもできるからである。

文壇に進出した俊吉の小説を雑誌で読んだ信子が、「その軽快な皮肉のうしろに、何か今までの従兄にはない、寂しさうな捨鉢の調子が潜んでゐるやうに思はれ」、「と同時にさう思ふ事が、後めたいやうな気がしないではなかつた」という心境を味わったのは、このような時期であった。「思はれ」たのは、自分の縁談の話に異を唱えなかったとはいえ、やはり俊吉は信子が別の男と結婚したことで心に痛手を受けていたという解釈に立脚した快感であり、「気がしたの」は、それによって貞淑な妻としての自己イメージを強化していたからである。この「思」いと「気」を体感した信子が、「それ以来夫に対しても一層優しく振舞ふやうにな」り、「何時も晴れ々々と微笑」するようになった理由はここにある。語り手は、その直後に信子が「東京で式を挙げた当時の記憶」を夫に話し、「夫には、その記憶の細かいのが、意外でもあり、嬉しさうであつた」ことを語る。「何故それ程忘れずにいるか、信子自身も心の内では、不思議に思ふ事が度々あつた」とあるが、結婚式をめぐる信子の記憶の密かな奥底にあったものは式当日の俊吉の視線と表情だったのではないかと私は考えている。従兄である俊吉は、当然、東京在住の親族の一人として信子の結婚式に列席していたはずである。当日の信子は、おそらく式場の俊吉の表情にどこか「寂しさうな」ものを見たような気がしてはいたものの、確信を持つことはできずにいた。だがいま俊吉の小説の背後に「寂しさうな捨鉢の調子」を見出した信子の脳裏に式の日の光景があらためて蘇ってきたとき、俊吉の表情は〝好きな女性と結婚ではなかった男〟としての翳を持つ映像として信子の記憶の中で染め直されたのである。またこの修正的に再生された映像が担保となって、〝かわいい妹の恋のために自を犠牲にした優しい姉〟という自己イメージが〝互いに好き合っていた恋を妹のために犠牲にした優しい姉〟というイメージの方向へグレードアップされていたことが、照子と俊吉の結婚式に彼女が欠席した謎を解く鍵になる。

照子の結納が済んだことを知らせる「母の手紙」が届いたのは、信子が自分たちの結婚式の細かい記憶を夫に語ったの日から間もない時期であった。母と妹宛に信子が書いた「長い祝ひの手紙」は、前引の通り硬い候文体であったが、語り手はその「長い」手紙の中から、結婚式への不参加を告げる箇所だけを抜き出して引用している。信子にとって、「祝ひ」よりも式不参加の方が手紙の中心であったことへの注意が喚起されているのである。東京大阪間の時間的距離が今よりはるかに遠い時代だったとはいえ、実の妹の、しかもたった一人の妹の結婚式である。人妻となっていても姉が妹の結婚式に出ることは不自然ではないし、子供も舅姑もおらず、旅費の工面に苦労するような経済状態でもないという状況を考えれば、信子の結婚式出席を妨げる障害は特になかったはずである。（実際俊吉と照子の結婚式の当日、信子は自宅にあって独りで昼食をとっているだけである。）しかも前述の通り語り手は、この信子の長い返信が母の手紙を受け取って「早速」書かれたものであることを明示していた。信子は結婚式出席の諾否について夫との相談というプロセスを経ていないのである。信子はやむを得ない事情によって出席できなかったのでもなければ、夫の了解が得られなかったからでもなく、自らの意志で出席しなかったのだとしか考えられない。俊吉の創作の背後に信子が感じとった「寂しさうな捨鉢の調子」とそれゆえの「後ろめたいやうな気」→自分たちの結婚式の記憶の修正的再生→母からの手紙→信子の返書という連鎖の文脈の中で眺めたとき、妹の結婚式に出席した場合の自分の表情のシミュレーションへの懸念が、彼女の欠席決定の原因だったと考えることができる。見てきたように、この時期、俊吉が本当はやはり自分のことを好きだったのではないかという信子の〝ヒロイン〟意識が強度を増してきていた。また照子は自分のために姉が恋を譲ってくれたのだと思いこんでいると、信子はそう信じている。となると、結婚式場で二人の眼に映る自分の表情は明る過ぎでもいけないし、暗過ぎてもいけないという高い難度が要求されるという思い込みが信子にはあり、適切な表情がシミュレートできない以上、彼女の自意識が描く自己像は、むしろ式に姿を見せないことによって〝美しい犠牲的な姉〟のイメージを維持するという方向を選択したのではないだろうか。欠席すること自体が姉の優しさの証しだと妹だけが理解してくれれば、それでよかったのである。結婚式への不参加を告げる手紙を書いたその晩、照子の結婚のことを夫婦の話題にする場面に、「彼女が妹の口真似をするのを」夫が聞くというエピソードがわざわざ挿入されている。大阪に来てからこの時点まで信子は一度も照子に会っていない。したがって信子が照子の「口真似」をしたとき、照子の口調に関する最新のデータは中央停車場での別離場面であったはずである。照子の口真似をした信子の脳裏に浮かんでいたのは、何よりもまず、〝姉の犠牲にひたすら感謝し続ける妹〟の幻像であり、口真似を通してその像を身体的に確定させることによって、結婚式欠席という自分の選択の〝美しさ〟を裏付けようとする微妙な心理的力学を読み取ることもできる。(8)

3

信子が大阪移転以来初めて上京し、照子と俊吉の新居を訪ねたのは、翌年の秋のことである。俊吉の台詞の中に「十三夜かな」というフレーズが出てくるので、この十三夜が年に一度の月見の「十三夜」だとすれば新暦の十月頃になる。照子と俊吉が結婚したのは「師走の中旬」だったというから、信子は新婚十か月の妹夫婦の家庭を訪ねたことになる。信子自身の結婚から起算すれば約一年半後である。

訪ねてみると、最初は家には俊吉しかおらず、照子、女中という順番で帰宅してくる。一年半ぶりの姉妹の再会は涙と笑いのにぎやかなものであったが、女中が戻ってきたとき照子が明らかな変調を見せる。

其処へ女中も帰つて来た。俊吉はその女中の手から、何枚かの端書を受け取ると、早速書傍の机へ向つて、せつせとペンを動かした。照子は女中も留守だつた事が、意外らしい景色を見せた。「ぢや御姉様がいらしつた時は、誰も家にゐなかつたの。」
「ええ俊さんだけ。」――

女中が俊吉に渡した端書とは、自宅の郵便受けから取り出した来信ではなく、購入したばかりの真新しい端書であったことは言うまでもない。（葉書を受け取った俊吉は読まずに書き始めている。）俊吉は妻が使いに出たあとで、女中に端書を買いに行かせていたのである。そのこと自体は照子の眼にも明らかであった。「ぢや御姉様がいらしつた時は、誰も家にゐなかったの？」という照子の質問の核心は、信子が訪ねてきた後で夫が女中を使いに出したのか、それとも女中も使いに出して俊吉一人だけのところへ信子が訪ねてきたのかという一点にあったはずである。前者であれば夫は妻の留守中に意図的に信子と二人きりの場を作り出したことになり、後者であれば二人きりになったのはただの偶然の所産に過ぎなかったことになる。したがって「ええ俊さんだけ」という姉の返事と、それに続く「旦那様に感謝しろ。その茶も僕が入れたんだ」という夫の台詞は、照子の不安を解消する方向にはたらく言説だったはずである。ただし照子の不安が解消するには、夫と姉が口裏を合わせて嘘をついている可能性がないという前提が必要であり、その可能性を照子が完全に否定できていたのだとしたら、そもそも女中が使いに出た時間と信子来訪の時間との前後関係をめぐる疑問を口にする必要もなかったと言える。したがって照子がこの質問を口にしたということ自体が、照子において信子のライバル性がけっして過去のものになっていなかったことの表れである。

ここで読者は、前年、中央停車場で照子が姉に手渡した書簡の中に、「御姉様も俊さんを御好き」とは書かれていても、「俊さん」が誰を好きなのかという点については一切言及がなかったことをあらためて想起すべきであろう。俊吉が誰を好きなのか不明確なまま、姉は高商出身の青年と結婚して東京を去った。その後俊吉と結婚にいたるまでの間も、結婚した後も、照子は俊吉の「愛」を確信することができなかったようである。俊吉はたしかに「優しい」夫であるが、しかしそのことは自分が愛されていることの確かな証しにはならない。そしてこの不安は、俊吉が心の中で本当に愛している女性はやはり信子なのではないのかという疑念を喚起せずにはおかない。秘密の行為としての〝姦通〟への不安ではなく、純粋に内面の問題としての愛への疑念である。見てきたように、照子は恋愛成就のために戦略的に行動してきた女性である。戦略的に行動する者はそのぶん猜疑心も強い。戦略を用いて姉を俊吉から遠ざけ、俊吉との結婚を手に入れることできたものの、彼の「愛」を手に入れたという確証が得られない中で、〝心の中で夫が愛し続けている女性〟という姉への疑念が膨らんでくる。俊吉との婚約が成立したとき、照子がその連絡を母親に任せて自分では姉に手紙一本書出さなかった理由もここにあったのではないかと思う。「こんな処を照子が見たら、どんなに一しよに泣いてくれるであらう。照子。照子。私が便りに思ふのは、たつたお前一人ぎりだ」とあるように、大阪の信子が生活の空虚感を照子の幻像を「便り」にして生きてきたことについて繰り返す必要はあるまいが、それと同じ時間、東京の照子の方は姉の幻像に脅かされ続けていたというドラマが『秋』には内包されているのである。

信子の新居訪問には〝姉に感謝し続けてくれている妹〟の姿を確認するという目的が含まれていたが、この姉の来訪は照子にとってはただ懐かしいだけでなく、怖れていたライバルの登場という側面も持っていた。この日の夕食のあと、俊吉は文学に関する得意の議論を展開する。大阪で文学に関する会話の機会を奪われていた信子は、この久々の文学談義で「若返」る思いを抱くが、注目したいのは「ミユウズは女だから、彼等を自由に虜にするものは、男だけだ」という俊吉の独断的な発言に信子と照子が「同盟して」反対する場面において、音楽や詩の男性神アポロを引き合いに出して反論を展開したのが信子ではなくて照子の方であったと明記されている点である。かつて独身時代三人で外出したとき、照子一人が「話の圏外へ置きざりにされる事」が珍しくなかった(9)。この夜の議論で照子が姉と一緒になって、いや姉以上に熱弁をふるって夫に反撃したのは決して姉と「同盟」したかったからではない。文学の分野においても自分が信子と互角、あるいはそれ以上に議論できる女性であることを、照子は夫と姉の両方に向かって懸命にアピールしていたのである。いまや照子は、俊吉と信子の文学的話題から「置きざり」にされるわけにはいかない。照子を脅かしていた姉の幻像の中心部には、俊吉と活発な文学談義を交わしてきた女子大学時代の「才媛」のイメージが息づいていたからである。

その夜ふけ、俊吉は庭に出て「誰を呼ぶともな」く、「ちよいと出て御覧。好い月だから」と声をかける。部屋にいたのは信子と照子の二人である。したがって信子には照子の返事を聞いてから行動する、照子を誘って一緒に庭に出る、照子だけを行かせて自分は残る等の選択肢もあったはずであるが、彼女は妹を残して「独り」で庭に降りる。照子と俊吉の新居は家が軒を並べている「せせこましい」住宅地である。そんな狭い住居の庭で、しかも屋内に照子がいる状況下において、信子が照子の夫から愛に関する言葉を期待したとは考えがたい。信子が妹を置き去りにするかたちで俊吉と二人きりになるような行動を取ったのは、夕食時に「私も小説を書かうかしら」と「熱のある眼つき」で語った自分の言葉にがはぐらかされてしまっていたので、それに対する真面目な返答を聞きたかったのだとも言えるし、照子不在の二人きりの場面でさっきよりもレベルの高い文学論議を交わすことを期待していたのだとも言える。俊吉と自分だけの——照子では代替不能の——文学的な絆を確認することができれば、〝愛する夫のために「才媛」を封印した妻〟という自己イメージが、現に文壇で活躍している作家よって裏打ちされたことになるからである。俊吉と二人だけで夜の庭に出ることが妹の眼にどう映るかという点に信子が神経を使わなかったのは、〝ひたすら姉に感謝し続けてくれる妹〟という照子の幻像が生きていたからであろう。もちろん無意識のレベルにまで降りれば、眼の前で俊吉と二人きりになっても腹を立てない照子の姿を見ることによって、照子の感謝の気持ちの強さを確認したいという衝動が働いていたのかも知れない。

しかし二人きりになっても、俊吉はほとんど何も語らない。「小説を書かうかしら」という信子の言葉に対しても、「ミユウズは女だから」というジョークでしか応じなかった夕食の時以上の発話をしないし、信子を相手に文学に関する議論を欲している様子も見られない。このとき、俊吉が信子の作家的才能を認めていないと同時に俊吉の心中には信子のための特別な席など用意されていないことが、信子に明らかになった。作家的才能を夫のために犠牲にした妻という美しい自己像も、俊吉の創作の「捨鉢な調子」と自分との関わりという幻像も、このとき一挙に崩壊してしまったのである。十三夜の月が照らす庭で俊吉と二人だけの会話の場を持つというロマンティックな状況は、信子にとっては無惨な幻滅体験しかもたらさなかったわけである。鶏小屋で信子は「玉子を人にとられた鶏」に自分を見立てている。「玉子」を俊吉、「人」を照子とみなす主流説に対して、「玉子」を俊吉と読む新解釈が提出されるなど議論を呼んできた箇所であるが、私はこのシーンにおける「玉子」とは大阪で信子が支えにしてきた幻像そのものだったのではないかと考えている。ただしこの時点ではまだ、〝ひたすら姉に感謝し続けてくれる妹〟という照子の幻想の方だけはかろうじて生き残っていた。

一方、庭におりなかった照子はどうだったか。俊吉は信子を鶏小屋に誘っている。鶏小屋の位置は「庭の隅」である。せまい庭だとはいえ、照子の視線の届かない場所である。姉の幻像に脅かされて続けてきていた照子が、自分を残して姉が一人でさっさと夫のあとについて庭におりただけでなく、照子の視界の外の闇に二人揃って姿を消したという事実を前にして心穏やかでいられたはずはない。

二人が庭から返つて来ると、照子は夫の机の前に、ぼんやり電燈を眺めていた。青い横ばいがたつた一つ、笠に這つてゐる電燈を。

見えないエリアで夫と姉がどんな話をしていたか照子には分らないし、それを聞きただすこともできない。照子が坐っていた場所は「夫の机」の前である。「俊吉の机」ではなく、わざわざ「夫の机」という表現が使われている点にも注目しておきたい。さきほど信子は庭で幻像を砕かれて、「玉子を人にとられた鶏」に自分を見立てていたが、同じ時間、照子は夫の机の前に坐ってやはり「玉子を人にとられ」る恐怖を味わっていたのである。照子にとっての「玉子」はもちろん俊吉であるが、しかし玉子をとられた鶏小屋の鶏がおとなしく「寝て」いたのに対して、照子はけっして「寝て」などいない。

翌朝俊吉が法事のために外出し、姉と妹は二人きりの会話の時間を持つ。照子は「隣の奥さんの話」「訪問記者の話」「俊吉と見に行つた或外国の歌劇団の話」等を積極的に姉に話すが、これらはアトランダムな雑談などではない。自分と俊吉がいかに仲のよい夫婦であり、作家の妻として自分がいかに尽力しているかということを、照子は遠回しに姉にアピールしていたのである。したがって昨夜のことを踏まえれば、この会話自体がすでに相当緊張を含んでいたのであるが、「照さんは幸福ね」という信子の言葉をきっかけにして、姉妹の会話は一気にレッドゾーンに突入していく。

「御姉様だつて幸福の癖に」と言い返す妹に向かって、姉は「さう思はれるだけでも幸福ね」と応じる。続いて照子が「でも御兄様はお優しくはなくつて?」と「恐る恐る尋ねた」のは、信子の幸福の有無を心配したためではない。俊吉への愛を犠牲にして「心にもない結婚」を「晴れ晴れ」と行なってくれた姉が〝優しい姉〟であり続けるためには、この妹の問いに対して、たとえ嘘であってもイエスと答えなければならない。一年前、妹のために犠牲になってくれる優しい姉の位置に信子を追いやった照子は、いま、この問いを発することによって、あらためて妹思いの優しい姉の役割を信子に求めたのである。いまここで信子から大阪の暮らしが幸福ではないなどと発言されてしまえば、それは照子にとって信子から〝優しい姉〟の役割放棄――ライバルとしての行動開始を宣言されたに等しい意味を持つ。まして昨夜、十三夜の月の下で自分の視界の外で夫と二人だけで会話をしていた姉である。信子の返答次第では彼女が脅かされてきた姉の幻像が現実化する恐怖感があったからこそ、照子は「恐る恐る」尋ねたのである。だが信子は幸福宣言を返さない。「新聞に眼を落としたなり、わざと何とも答えな」い信子の心情ついて、「憐憫を反撥した」と語り手は語るが、「憐憫」というのは完全な信子の勘違いである。憐憫どころか、この時の照子は必死だったのである。だからこそ、姉から幸福宣言を聞けなかった照子は泣き出してしまう。それでもなお信子は自分の「幸福」を口にせず、「私は照さんさへ幸福なら、何よりありがたいと思つてゐるの」という慰め方に出ている。〝妹のために犠牲になった優しい姉〟という最後のカードを切ることによって、妹の感謝の言葉を再度引き出したいという信子の欲望を読むことができるが、彼女はそのあとに「俊さんが照さんを愛してゐてくれれば」という一句を付け加えた。夫婦の「幸福」の基準を夫からの「愛」の有無に限定したのである。さきほど照子が「幸福」について尋ねたのが「御兄様」の「お優し」さであったことを想起したい。照子は「幸福」の基準のバーをわざと低目に設定していたふしがある。照子は俊吉が「優しい」夫であることは間違いないものの、愛してくれているかどうかについては確信が持てず、その空隙に入り込んでくる姉の幻像に脅かされてきていた女性である。「俊さんが照さんを愛してゐてくれれば」という姉の一言は、照子の急所を突いた。幸福の基準のバーが「優」から「愛」へと一挙に高められたのである。それを、こともあろうに昨夜俊吉と二人だけの時間を庭で過ごした信子の口から聞いたのであるから、照子はとうとう「嫉妬の情をあらはに」して、これまで言い出せなかった言葉を発する。「ぢや御姉様は――御姉様は何故昨夜も――」。この「も」という助詞についてはすでに山崎氏の注目があるが、嫉妬の誘因が「昨夜」の件だけだったのではなく、姉の幻像の呪縛力の期間がいかに長かったかということをこの助詞がを表していると思う。そしてこの照子の言葉と表情によって、信子の方は〝妹の犠牲になった優しい姉に感謝し続けてくれている可憐な妹〟という照子のイメージもまた幻像に過ぎなかったことを痛感する。残っていた最後の幻像も打ち砕かれてしまったのである。

信子は俊吉が帰宅するのを待たずに照子の家を辞す。人力車の上で信子は「既に妹とは永久に他人になつたやうな心もち」に襲われている。信子は大阪での自分を支えていた幻像――自己イメージと妹のイメージ――のすべてを失って夫のもとに戻っていくのであるが、東京に残った照子もまた姉と永久に「他人になつたやうな心もち」を味わっていたに違いない。姉妹は表面上和解したとはいえ、照子を苦しめていた姉の幻像が一年半ぶりの姉との再会によって今まで以上に呪縛力を強化してしまったからである。今回の一泊二日によって美しい幻像の崩壊を味わった姉と、反対に恐ろしい幻像に一層脅やかされることになった妹。ラストシーンで信子は「秋」と呟くが、「秋」は照子にも確実に訪れていた。やがて二人には、それぞれの冬が訪れるに違いない。

ところで山崎論文は、「彼等三人の内面劇」という副題からも分かるように、『秋』は「「最初から」俊吉を含む「彼等三人」の内面の劇（ドラマ）として描かれている」という見方を基本にしているが、私の考えでは『秋』はむしろ俊吉の内面を切り捨てたところに成立している作品である。独身時代の信子を俊吉がどう思っていたのか。照子となぜ結婚したのか。照子と信子がいる前で、なぜ「誰を呼ぶともな」く、月見の声をかけたのか。信子一人が庭に出てきたとき、なぜ妻も呼ばなかったのか。妻を屋内に残したまま、なぜ信子を「庭の隅」の「鶏小屋」に誘ったのか。鶏を見てなぜ「寝てゐる」と信子に囁いたのか……。これらの疑問を解く鍵は作品の中から慎重に取り除かれている。俊吉の内面は読者に対しても固く鎖されたままである。周知の通り『秋』は、男子大学生を視点人物にした長編小説『路上』が未完に終わったという経緯を踏まえて、その翌年に書かれた短編小説である。俊吉の内面を隠蔽し通すことによって、この小説は完結することができたということもできる。

作品を読む限り、俊吉一人が無傷のままである。だが壮絶な姉妹の心理闘争劇の圏外に俊吉の位置が固定されたことによって、ホモソーシャルの問題が素通りされてしまっているという面を見逃すことはできない。「ミュッズは女だから、彼等を自由を虜にするものは、男だけだ」という俊吉の「詭弁」は、芸術家の特権性というだけにとどまらない問題点を内包しているが、皮肉や警句による俊吉の仮面が語り手によって厳重に保護されており、その「詭弁」と対峙する力学の生成があらかじめ封じられてしまっている。もちろんそれを、秀しげ子との交際等を踏まえた芥川自身の misogyny に帰着させるつもりは私にはない。それはおそらく、ジェンダー視点に立った文学史レベルの問題になってくるはずだろうと私は考えている。

注

(1) 初出は「芥川龍之介のある終焉――仮構の生の崩壊」(『国文学』一九七〇・一一)。「ある終焉――「秋」の周辺――」と改題して『芥川龍之介論』(筑摩書房、一九七六)に収録。

(2) 初出は関口安義編『アプローチ芥川龍之介』(明治書院、一九九二)。『芥川龍之介の言語空間――君看雙眼色』(笠間書院、一九九九)に収録。

(3) 「「秋」の世界――虚と実の葛藤」(『藤女子大学国文学雑誌』一九八八・九)。『芥川龍之介の迷路』に収録。

(4) 山崎氏はこの「……」を照子自身が記したものと読んでいるが、私は照子の停車場書簡にはなかった引用者による省略記号だと考えている。信子から母と妹宛ての手紙の引用箇所も文の途中から「……」に切り替わっているが、これが語り手による省略記号であることは明白である。

（5）この引用文によって、停車場書簡が、信子たちが大阪に向かって出発する前日に書かれたものであることがはっきりする。したがって「私が今日鶏を抱いて来て、大阪へいらつしやる御姉様に、ご挨拶なさいと申した事をまだ覚えてゐらつしつて？」という一文の「今日」は明らかに出発の前日である。山崎氏は照子が「「中央停車場」迄わざわざ鶏を抱いてくる演出《ポーズ》をしなくてはならなかった」と述べているが、照子が中央停車場に鶏を抱いて行ったというのは解釈の多様性の範囲を超えた誤読であろう。

（6）夏目漱石『こゝろ』の「先生」も、お嬢さんに対する「苦しい恋」をKから告白されてしまったことによって、Kを裏切って自分の恋の成就をめざすか、自分の恋を断念してKの良友であり続けるかという択一状況に追い込まれている。水洞幸夫氏「芥川龍之介「秋」論――誰が〈玉子〉を取ったのか」（『金沢学院大学文学部紀要』二〇〇〇）に、「信子の〈恋譲り〉は、先生がKに対して行った行為の裏返しの意味を持つのではないだろうか」という指摘がある。ただしKや照子の方が相手を択一状況に追い込んだという視点は水洞論文にはない。

（7）信子が作家的才能に恵まれていたという前提に立った読みが誤りであることは論を俟たないが、しかしだからとって信子に作家的才能がなかったと断定するのも早計過ぎよう。家事に支障をきたさない範囲内で妻の執筆活動を認めるという、一見もの分りがよいように見えてそのじつ性別役割分業の秩序の維持を要請する夫の態度が、いかに有夫の女性表現者たちを苦悩させてきたかという歴史性と、『秋』のこの場面はクロスしている。この点を見落とすと信子に対して女性蔑視的な不公平な評価を下すことになると私は思う。

（8）母と妹にお祝いの手紙を書き送った日の晩、妹の口真似をして夫を面白がらせた信子が、「でも妙なものね。私にも弟が一人出来るのだと思ふと」と語り、「当り前ぢやないか」と夫に呆れられるシーンがある。この信子の言葉はいろいろな解釈を呼んできたが、俊吉が婿養子に入ったことと無関係ではないだろうと私は考えている。『秋』は登場人物の姓が一切明かされない作品である。したがって従妹の関係にある俊吉と信子・照子とが同姓であるかどうかは不明のままであるが――父につながる血縁か、母につながる血縁かも明らかにされていないため同姓、異姓の両方の可能性が内包されている――、信子・照子姉妹には父や兄の影が見られず、結婚後夫といっしょに大阪に移住した信子の結婚が婿取り婚であったとは考えがたいから、男子相続正統主義を基軸にした明治民法の〈家〉制度に基づいて、照子と俊吉との結婚は、俊吉が婿養子として照子の〈家〉に入るというかたちであった可能性が高い。つまり俊吉は結婚と同時に、照子の母親と養子縁組みをして戸籍に入ってきたことになる。信子の婚姻と除籍によって一人減っていた実家の戸籍に、俊吉が養子として新たに入りこんでくることの実感的発見が、「弟が一人出来るのね」という信子の言葉に含まれていたと考えるべきであろう。ちなみに、太平洋戦争後に成立した新民法（現行民法）は、〈家〉制度の廃止にともなって、明治民法が認めていた「婿養子」規定を削除しており、したがって現在の日本には法的な「婿養子」は存在していない。

（9）「妹の照子だけは、時々話の圏外へ置きざりにされる事もあつた」という表現の「時々」に注目して照子が「置きざり」にされたのは「時々」に過ぎないとする論もあるが、大阪で信子は「時々理由もなく気が沈む」と「きつと」信子の書簡を取り出して「読む毎に必」涙を滲ませている。『秋』における「時々」という副詞は　頻度の低さを強調する表現ではないと考えるべきであろう。

「錯覚」と「想像」、あるいは「づかづか」と「すたすた」

――梶井基次郎『檸檬』の結末部

1

今年（二〇一一年）は梶井基次郎の生誕一一〇年にあたる。[1] 東京帝国大学一年生だった梶井が『檸檬』を同人誌『青空』創刊号に発表した一九二五年から起算しても八十有余年になるが、この二十枚にも満たない短編小説は、二十世紀末に生まれた世代にも確実に読み継がれている。『檸檬』を取り上げた私の勤務校のゼミナールは今年も学生たちによる白熱した議論の火花が散り、この作品の生命力をあらためて認識させられた。学生たちの議論が白熱するのはもちろんこのテクストが多義的な豊饒さを有しているからであるが、しかし結末部の有名な丸善「大爆発」想像場面は、専門研究者も含めて強いバイアスが形成されてきており、それが作品世界との向かい合いを困難にしているのではないかという思いもある。丸善の中で画本を積み重ねて築いた「幻想的な城」の頂上に「私」が檸檬を置いた後の、「第二のアイデイア」「奇妙なたくらみ」「黄金色の爆弾」「奇怪な悪漢」「大爆発」「丸善も粉葉みじん」といった刺激の強い言葉の連鎖について、「画集の上にレモンをのせて、それを一滴の爆弾に擬してほくそ笑む」（日沼倫太郎）、「「私」の第二の企みとは、丸善の棚に積みあげた画本の上に一個の檸檬をのせて、それを黄金色に輝く恐ろしい爆弾に擬することだった」（内田照子）、「レモンへの拘りは、「私」に第二のアイディア、「奇妙なたくらみ」を思いつかせる。レモンを「黄金色」の爆弾にしたてて、気詰りな丸善を木端微塵にしようというのである」（安藤靖彦）、「彼を憂鬱にする丸善の書棚に、爆弾に見立てたレモンを置き去りにして出てくるところで終わる」（鈴木貞美）、「そのとき天啓のように一つのアイディアが思い浮かぶ。積み上げた画集の上に檸檬を据えつけ、そのまま丸善を立ち去ってみたら。そうしたら気詰まりな丸善はその洋書棚を中心に大爆発を起こし、どんなにかこの重苦しい気分は晴れるだろう」（古閑章）等、同系統の解釈が強固な読みの本流を形成してきたことは周知の通りであるが、(2) この解釈について二つの抜本的な問題を指摘しなければならないと私は考えている。第一は、「私」が丸善の中で想起した「第二のアイデイア」の中身に〝檸檬爆弾〟が含まれていたのかどうか、換言すれば「私」が檸檬と爆弾を結びつける発想を思い浮かべたのはいつ、そしてどこかでだったのかという問題であり、第二は、丸善が「粉葉みぢん」になるという幻想に「私」は一瞬でも浸ることができたのかどうかという問題である。

まず第一の問題であるが、『檸檬』末尾の表現は次のようになっている。

（引用A） 不意に第二のアイデイアが起つた。その奇妙なたくらみは寧ろ私をぎよつとさせた。

——それをそのままにしておいて私は、何喰はぬ顔をして外へ出る。——

私は変にくすぐつたい気持がした。「出て行かうかなあ。さうだ出ていかう」そして私はすたすた出て行つた。

変にくすぐつたい気持が街の上の私を微笑させた。丸善の棚へ黄金色に輝く恐ろしい爆弾を仕掛けて来た奇怪な悪漢が私で、もう十分後にはあの丸善が美術の棚を中心として大爆発をするのだつたらどんなに面白いだらう。

私はこの想像を熱心に追求した。「さうしたらあの気詰りな丸善も粉葉みじんだらう」

そして私は活動写真の奇体な趣きで街を彩つてゐる京極を下つて行つた。

この引用から明らかな通り、丸善の中で「不意に」思いついたという「第二のアイデイア」は、積み上げた画本と檸檬を「そのままにしておい」て丸善を「出て行く」という行為を指している。『檸檬』論で必ずといってよいほど言及されてきた梶井の未発表詩『秘やかな楽しみ』(一九二三年)は、「丸善の洋書棚の前」で「色のよき本を積み重」ね、「その上にレモンをのせて見」て「美し」さや、「快」さを得るという内容であるが、その最終スタンザは、

奇しきことぞ　丸善の棚に澄むはレモン
企みてその前を去り
ほゝえみてそれを見ず、

となっている。爆破幻想などまったく出てこないこの詩の「企み」は、「丸善の棚」にレモンを置いたまま「その前を去」るという行為(「見ず」という不作為も含めてよいかも知れない)を指しているとしか考えられないが、引用Aの文脈における「第二のアイデイア」も明らかにこの「企み」の線上で読まれるべきはずである。そして『檸檬』の中で「私」が檸檬を「爆弾」に見立てる想像が出てくるのが、丸善を出たあとの「街の上」においてであったことも明白である。

にもかかわらず、丸善の中で「私」が思い浮かべた「第二のアイデイア」の中にすでに檸檬と爆弾の結合想像が含まれていたとする〝誤読〟の系流が、二十一世紀の今日にいたるまで脈々と続いてきたのはなぜだろうか。未定稿からの影響がその一因であったことは間違いないと思う。周知の通り、『檸檬』の前年に試みられ、一般に『瀬

山の話』という仮題で知られている一連の草稿群の中に、『檬楹』（檸檬の誤記）という小見出しの付いた断章が含まれている。本稿ではこちらの方を便宜上『瀬山檸檬』と呼んでおくことにするが、この『瀬山檸檬』では、丸善の書棚で「奇怪な幻想的な城郭」の上に檸檬を置く試みに続く場面の描写が次のようになっている。すでに繰り返し引用されてきた箇所であるが、論の展開上引用しておかないわけにはいかない。

（引用B）　見わたすと、その檬楹の単色はガチヤガチヤした色の階調を、ひっそりと紡錘形の身体の中へ吸収してしまって、輝き渡り、冴えかへってゐた。私には、埃っぽい丸善の内の空気がその檬楹の周囲だけ変に緊張してゐる様な気がした。私は事畢れりと云ふ様な気がした。
次に起った尚一層奇妙なアイデヤには思はずぎよっとした。私はアイデイアに惚れ込んでしまったのだ。私は丸善の書棚の前に黄金色に輝く爆弾を仕掛に来た——奇怪な悪漢が目的を達して逃走するそんな役割を勝手に自分自身を振りあてゝ、——自分とその想像に酔ひながら、後も見ずに丸善を飛出した。あの奇怪な嵌込台《セッティング》にあの黄金色の巨大な宝石を象眼したのは正に俺だぞ！　私は心の裡にそう云って見て有頂天になった。道を歩く人に、
その奇怪な見世物を早く行って見ていらっしゃい。と云ひ度くなった。今に見ろ大爆発をするから。——(3)

つまり『瀬山檸檬』においては、丸善の中で積み重ねた本の頂上に檸檬を置いた後の「次に起った尚一層奇妙なアイデヤ」の内容が、檸檬を爆弾に見立てて仕掛ける「奇怪な悪漢」の想像であったことは明白である。そして「私」は「その想像に酔ひながら」、「丸善を飛出し」ているのであり、檸檬＝爆弾＝悪漢の想像の連鎖すべてが丸善の中で生成されている。だがこの非公表テキストの存在は定稿『檸檬』の読みを救けるのではなく、むしろ誤読

を誘発する働きをしてきたようである。引用Bから引用Aへの改稿過程で、「それをそのままにして何喰はぬ顔をして外へ出て行く」という「第二のアイデイア」の内容を明示するあらたな表現が挿入され（『瀬山檸檬』では直前に置かれていた「私は事畢れりと云ふ様な気がした」という心情描写が、『檸檬』では「私はしばらくそれを眺めてゐた」という行動描写に変更されていることも注目されてよい）、檸檬と爆弾の結合想像の叙述が丸善を出た後の場面に移されるという顕著な修訂が施されており、両者を比較すれば、未定稿『瀬山檸檬』から定稿『檸檬』への過程において、檸檬＝爆弾＝悪漢というアイデイア生成の時空が、丸善を出る前から出た後へ、丸善の内部から外部（「街の上」）へと大きく改変されていたことは明らかである。にもかかわらず、「「爆弾」「奇怪な悪漢」等々の想像は、第二のアイディアから外され、微笑しつつ街上を行く主人公の心のなかのものになっている」（『梶井基次郎研究』明治書院、一九七六）という須藤松雄氏の正確な指摘を例外として、引用Bに誘引されるかたちで強固な〝誤読〟の系譜が形成されてきたのである。

また『瀬山檸檬』（引用B）の「私」が丸善を「飛出」しているのに対して、『檸檬』（引用A）の「私」は丸善を「すたすた出て行」っているが、これが『檸檬』で檸檬を袂に入れた「私」が丸善に入ろうとする場面における、「「今日は一つ入つて見てやらう」そして私はづかづか入つて行つた」という表現と対になっていることは言うまでもない。この日「私」は檸檬を持って丸善に「づかづか」入り、檸檬を画本の山の頂上に放置したまま「すたすた」出てきたわけであるが、この二つのオノマトペはいずれも『瀬山檸檬』の方には出てこない。『瀬山檸檬』における丸善入店場面は「丸善の中へ入るや否や私は変な憂鬱が段々たてこめてくるのを感じ出した」となっており、丸善の外部から内部への入り方については、『瀬山檸檬』の語り手はほとんど関心を示していない。そしてこの語り手の無関心は、引用Bの通り、丸善の内部から外部への再移動についても「飛出した」という表現だけで済ますことのできた視線と共通しているはずである。

2

『檸檬』の原型は『瀬山檸檬』よりもさらに一年古く、一九二三年の日記草稿ノートに記された所謂『「檸檬」を挿話とする断片』（本稿ではこの断片の中の『檸檬』の挿話部分だけを、『断片』全体と区別するために便宜上『ノート檸檬』と呼んでおく）にまで遡及できることは周知の通りであるが、丸善の中で積み重ねた画本の頂上に檸檬を置いてそのまま店を出てきた「私」が、「その日一日　そのレモンがどうなったことかと思ひ回らしては微笑んでゐた」というところで『ノート檸檬』は終わっており、前述の詩『秘やかな楽しみ』と同じく、「爆弾」も「悪漢」もまったく出てこない。したがって『ノート檸檬』から『瀬山檸檬』への改稿において檸檬と爆弾を結合させる想像が初めて登場し、そして『瀬山檸檬』から『檸檬』への過程で爆弾想像場面が丸善内部から外部へと変更されたという経緯になるが、さらに私はこの三種のテキストにおけるオノマトペにも注目してみたいと思う。

梶井は「擬態語、擬音語もよく作品に用い」る作家とされているが（鈴木二三雄）、鋭敏な聴覚を持つ作家としても定評がある通り、「チユクチユクチユク」で始まって「ヂー」にいたるまでのつくつく法師の鳴き声の「文法の語尾変化」のようなプロセスが詳細に記され、「チン、チン」「チン、チン」というコオロギの声で結ばれる『城のある町にて』や、「ヂュッヂュッ」という鶯の笹鳴きの声を描写した『冬の日』、あるいは喧噪の中の幻聴音を「グワウツ――グワウツ」と表現した『器楽的幻覚』等、擬音語系オノマトペについては繊細な趣向が凝らされている例が少なくないのに対して、擬態語系オノマトペの方はそれほど目立たない。「眼をぎよろぎよろさせてゐる」（『城のある町にて』）、「ずるずる滑つて行つた」（『路上』）、「がみがみおこつて来る」（『椽の花』）等ほとんどが常套的な用法であり、幻想的な主題の『Kの昇天』でさえ、「或る瞬間から月へ向つて、スウッスウッと昇つて行く」という意外なほど平凡なオノマトペが使用されている。[4]

では『檸檬』はどうだろうか。『ノート檸檬』から『檸檬』に至る改稿過程を辿ってみると、『ノート檸檬』では七頁分の文章全体を通じてオノマトペがまったく出てこない。『瀬山檸檬』では、丸善内部の描写にオノマトペが三度登場してくる。

また呪われたことには一度バラバラとやって見なくては気が済まないのだ。

本の色彩をゴチヤゴチヤと積み上げ一度この檬樆で試して見たらと自然に私は考へついた。

見わたすと、その檬樆の単色はガチヤガチヤした色の階調を紡錘形の身体へ吸収してしまって、輝き渡り、冴えかへってゐた。

本の頁をめくる様子の描写において常套表現の「パラパラ」ではなく「バラバラ」が採用され[5]、色彩を乱雑に積み上げる「ゴチヤゴチヤ」と、色の諧調の「ガチヤガチヤ」とが微妙に使い分けられるなど、梶井テクストにしては珍しく擬態語系オノマトペに趣向が凝らされている。そしていずれもカタカナ表記が用いられているが、このカタカナ表記オノマトペの登場と同時に『ノート檸檬』の「レモン」というカタカナ表記が[6]、『瀬山檸檬』では「檬樆」に改められているため、「私」が丸善に入ってから「アイデヤ」を脳裏に浮かべるまでの語りの中に、三つの擬態語を除くとカタカナ表記の普通名詞が一切出てこないという特色を見出すことができる。言うまでもなく当時丸善は西洋への貴重な窓口であり、店内はきらびやかな舶来の品々や洋書籍で溢れていた。『瀬山檸檬』には「私」

が店に入る前についての語りには「オードキニン」「オードコロン」「カツトグラス」「ロコヽ」といったカタカナ外来語が頻出していたにもかかわらず、実際に丸善に入って以後「アイデヤ」の誕生までの叙述には、「日頃大好きだったアングル」という形容詞付きの固有名表記を唯一の例外として、カタカナ表記の名詞が出てこないのである。このカタカナ名詞の消失した言語空間の中にカタカナ表記オノマトペが鮮やかに浮かび上がってくるという『瀬山檸檬』の表現方法の力学は、そのまま定稿『檸檬』にも受け継がれている。そして『檸檬』ではさらに引用Aの通り、「カーンと冴へかへつてゐた」という新しい擬態語系オノマトペが付け加えられている。一般には擬音語として使用されることの多い「カーン」が擬態語として加えられたことによって[7]、画本を積み上げた「幻想的な城」の頂点に檸檬を置いて空気が一変する場面描写の現前性がいっそう強化されていると言えるが、『檸檬』になると擬態語の表記をめぐるダイナミズムの場としての丸善描写が、「づかづか」と「すたすた」という平仮名表記の擬態語系オノマトペが前後に配置されることによって、いっそう立体的な表現の構造が創り出されている[8]。カタカナ表記オノマトペが直接的には画本というモノに関する表現であるのに対して、「づかづか」と「すたすた」は「私」の身体行動の様態を通して心情を暗示するオノマトペであり、カタカナ表記と平仮名表記は、擬音語系オノマトペがまったく出てこないという共通項を持ちつつ、一方ではモノ／心身という対立項も形成しているのであり、この力学が丸善内部の場面を描く言説空間を効果的に支えている。梶井作品では異例とも言えるオノマトペの構造である。

さて『瀬山檸檬』から『檸檬』への改稿過程で「づかづか」「すたすた」というオノマトペが付加されたことは、『檸檬』の語り手が『瀬山檸檬』の語り手とは違って、丸善に入って行った時の自分と出て行った時の自分の心情の差を語りの場で凝視しようとしていることの証しでもあるだろう。（もちろん「づかづか」は接近には用いても離遠には用いにくい語であるから、両方を「づかづか」で統一することはできないが、「すたすた」で統一することは語法的には可能だったはずである。）一般的には現代語の「づかづか」は荒々しさと重々しさが感じられる歩行の様を表わす擬態語であり、「すたすた」は軽やかさと、一心さが感じられる歩行の様子を表わす擬態語である。『檸檬』の「づかづか」場面は、

何処をどう歩いたのだらう、私が最後に立つたのは丸善の前だつた。平常あんなに避けてゐた丸善が其の時の私には易やすと入れるやうに思へた。

「今日は一つ入つて見てやらう」そして私はづかづか入つて行つた。


という叙述になっているが、「易やす」と「づかづか」とは小さな対立関係を形成している。「易やすと入れるやうに思へた」という事前の予想と、「づかづか入つて行つた」という実際の行動との間の落差を語り手は見逃していない。「づかづか」という緊張や荒々しさに支えられなければ「私」は丸善に入店できなかったのである。このように「づかづか」には「易やす」とはいかなかった重たさが含まれていたのに対して、丸善を出る時の「すたすた」には軽さが含まれている。[9] この対比を考えるとき、「私」が丸善に入る時は袂に檸檬を保持しており、出る時は檸檬を手放していたという檸檬の所有／非所有の差異にも注目しておく必要があるだろう。丸善に入る直前には、

――つまりは此の重さなんだな。――

その重さこそ私が尋ねあぐんでゐたもので、疑ひもなくこの重さは総ての善いもの美しいものを重量に換算して来た重さであるとか、思ひあがつた諧謔心からそんな馬鹿げたことを考へて見たり――何かさて私は幸福だつたのだ。

という語りになっており、檸檬の持つ象徴的な「重さ」が強調されていた。したがって「すたすた」の〝軽さ〟の方も檸檬を手放した後であることと関連していなければならないはずである。「それをそのままにしておいて私は、何喰はぬ顔をして外へ出る」という「第二のアイディア」とは、「檸檬の周囲だけ変に緊張してゐるやうな」異質性が「埃つぽい丸善の空気」の中に実現しているという絵柄を保存したまま自分だけが立ち去ることであるが、同時にそれは「私」が檸檬を放棄するということでもあった。丸善入店後、「幸福な感情は段々逃げて行」き、「憂鬱」さに包まれていた「私」に「先程の軽やかな昂奮」を取り戻させてくれたばかりのその檸檬を店に置き去りにして手ぶらでを出ていくには、相当な決意が必要だったはずなのである。「出て行かうかなあ。さうだ出て行かう」という「私」の逡巡は、大切な檸檬を放棄する決意を獲得するまでの過程であった。辞書によれば「すたすた」には「ふりかえりもしないで、どんどん歩いてゆくような様子」という意味が含まれているが[9]、檸檬への未練を断ち切るために「私」は「ふりかえりもしないで」急ぎ足で立ち去る必要があり、語り手はそのことを明確に認識しているからこそ、店を出て行く時の足取りを「すたすた」というオノマトペで表現しているのであろう。従来「第二のアイディア」の中身として丸善爆発幻想が措定されてきた原因の一つは、「奇妙な企み」の中身が檸檬を「そのままにしておいて私は、何喰はぬ顔をして外へ出る」だけだったとしたら、あまりにも内容に乏し過ぎるという不均衡感にあったのかも知れないが、だとしたら「私」にとって檸檬を〝手放す〟という決断の重さが軽視されてきたと言わねばならないだろう。

　ではなぜ爆弾に見立てるという発想を抱く前に、「私」は檸檬を手放す決断をしたのだろうか。積み重ねた本の頂上に檸檬を置いた光景を「私」は「しばらく」「眺めて」いるが、このとき「私」は、この光景の神秘性が加藤周一氏のいう「一回性」[10]の魅力にあることを直感したのではないかと私も思う。「城」を取り壊して画本をすべて書棚に納め、檸檬を袂に入れて静かに丸善を出て行くのが書店におけるマナーである。だがそうすれば檸檬は何の変哲もない、まさしく「ありふれ」た一個のアイテムに変じてしまうこともまた明らかである。たった一顆の檸檬が場の空気を一変させてしまう奇跡的な力を発揮し得たのは、〝いま、ここ〟という限定された時空間においてのみのものであり、かりに持ち帰った檸檬を「私」が袂に入れて翌日再び丸善を訪れ、再び画本を積み重ねてその頂上に檸檬を据えたとしても、今日の光景が反復されることは決してない。もしも反復されてしまえは、凡庸な日常的時間の中に組み込まれるというそのこと自体によって、この日の奇跡のような輝きは永遠に失われてしまうからである。したがっていま眼の前に出現した光景を記憶の中に保存するためには「城」を取り壊してはならないし、頂上の檸檬もそのままにしておかなければならない。檸檬が光景の奇跡性を支えている以上、檸檬を自分の手に取り戻した瞬間に「上出来」の光景は瓦解してしまうに違いない。そのことが「私」が檸檬を手放す決心をした第一の理由であったことは明らかである、しかし檸檬放棄の理由はそれだけにとどまるものではない。

3

一回性の光景を保持するため檸檬を手放した「私」は、檸檬置き去りの代償として、「気詰まりな丸善」が「粉葉みじん」になるという「面白」い幻想に、つかのまでも浸ることができたのだろうか。本稿冒頭に掲げた第二の問題であるが、未定稿『瀬山檸檬』の段階においてもこの問題は微妙であった。前出の引用Bだけだと「爆弾」、「悪漢」、「大爆発」の連鎖に「私」は浸り切っているように見えるが、しかしその後に続く言説は次のようになっている。

……ね、兎に角こんな次第で私は思ひがけなく愉快な時間潰しが出来たのだ。

何に？　君は面白くもないと云ふのか。はゝゝ、そうだよ、あんまり面白いことでもなかったのだ。然しあの時、秘密な歓喜に充されて街を彷徨いてゐた私に、

——君、面白くもないぢやないか——

と不意に云った人があったとし玉へ。私は慌てゝ抗弁したに違ひない。

——君、馬鹿を云って呉れては困る。——俺が書いた狂人芝居を俺が演じてゐるのだ、然し正直なところあれ程馬鹿気た気持に全然なるには俺はまだ正気過ぎるのだ。


つまり回想する語り手自らが、爆破幻想の際の精神の演技性（「狂人芝居」）を最後で明確に認めているのである。定稿『檸檬』における爆破想想場面は引用Aの通りであるが、ここであらためて注目したいのは、これが反実仮想の仮定形で貫かれているという点である。

丸善の棚へ黄金色に輝く恐ろしい爆弾を仕掛けて来た奇怪な悪漢が私で、もう十分後にはある丸善が美術の棚を中心として大爆発をするのだつたらどんなに面白いだらう。（傍点引用者、以下同じ）

この反実仮想表現は、現実には檸檬が爆弾に変容しないことも、自分が「奇怪な悪漢」ではないことも、丸善「大爆発」など起こりはしないことも、すべて「私」が十分認識していたことを物語っている。反実であることを承知の上で「私」は「この想像を熱心に追求した」のであり、したがっていくら熱心に追求しようとも「さうしたらあの気詰りな丸善も粉葉みじんだらう」という反実仮想の圏外に出ることはないのである。では「私」は失敗し

てしまったのだろうか。

『檸檬』冒頭部に、「錯覚」と「想像」に関する奇妙な語りが挿入されている。

時どき私はそんな路を歩きながら、不図、其処が京都ではなくて京都から何百里も離れた仙台とか長崎とか——そのやうな市へ今自分が来てゐるのだ——といふ錯覚を起さうと努める。私は、出来ることなら京都から逃出して誰一人知らないやうな市へ行つてしまひたかつた。（略）希はくは此処が何時の間にかその市になつてゐるのだつたら。——錯覚がやうやく成功しはじめると私はそれからそれへ想像の絵具を塗りつけてゆく。何のことはない、私の錯覚と壊れかかつた街との二重写しである。そして私はその中に現実の私自身を見失ふのを楽しんだ。

『瀬山檸檬』にはまったく存在しなかったパラグラフであるが、『檸檬』を考察していく上できわめて重要な箇所である。この語りの内容のポイントは次の三点である。

①「錯覚」は一般には心ならずも陥ってしまうものであるが、「私」は意識的に「錯覚を起さうと努め」ている。
②「錯覚を起さう」という努力はしばしば「成功」を収めている。
③錯覚が「成功しはじめ」たタイミングを待って、「私」は「想像の絵具を塗り付け」、「現実の私自身を見失ふのを楽し」むという習慣を持っていた。

「努」力によって錯覚を起こし、そこに想像の絵具を塗りつけて、現実の自分を見失うのを楽しむことができる。これは誰もが真似できるというものではなく、一種の特技と見なしてよいだろう。「私の錯覚と壊れかかつた街との二重写し」という表現は、「壊れかかつた街」という「現実」が消失していないという点では反実仮想と同じように見えるが、「錯覚」の像と「街」の像とが同じ画面の中で「二重写し」になっているというヴィジョンそのものが非現実的であり、だからこそ「現実の私自身を見失ふ」ことが可能だったのである。一方反実仮想は、仮想内容と現実とが一つの画面の中で重なり合うというヴィジョンを生成しない。反実であることを片時も忘れない「現実の私」を意識し続けるのが反実仮想であり、したがって「現実の私を見失ふ」ことは原理的に不可能なのである。そう考えたとき問題になってくるのは、冒頭部で明らかにされていたこの「錯覚」の特技を、「私」が結末部において一切使用しようしなかったのはなぜかという点である。

冒頭部の「錯覚」と結末部の「想像」との関係について、従来は「かれは現実にないもの、現実に不可能なものをつねに錯覚によって手に入れる」(三好行雄)という共通項によって把握され、「(結末の想像は――引用者)京都の裏通りを歩きながら、そこを仙台か長崎であるように錯覚することを楽しんだ、あの心の動きと、基本的には同じものである」(磯貝英夫)というラインで読まれてきたが、語りの現在から「其頃」を回想している語り手はむしろ冒頭部と結末部とをコントラストとして意図的に描き出しているのだと私は思う。檸檬が爆弾と化し、丸善が大爆発するという「錯覚を起さうと努」めればそれに「成功」する自信を「私」は持っていたし、またその上に「想像の絵具」を塗りつけて「現実の私自身を見失ふのを楽し」もうと望めばできる道筋も見えていたはずである。にもかかわらず、丸善を出た「私」は「錯覚」の特技を一度も試みることなく、いきなり「想像」に向っているのである。したがって反実仮想の圏内にとどまり続けたのは当然の結果なのであるが、なぜ「私」は「錯覚」への努力で始まって「現実の自分を見失ふのを楽しむ」ことに至る得意のプログラムを封印したのだろうか。

周知の通り、語り手によって回想されている「其頃」とは、「えたいの知れない不吉な塊が私の心を終始圧へつづけてゐた」時代であった。「其頃私は見すぼらしくて美しいものに強くひきつけられたのを覚えてゐる」と語る語り手は、四つの挿話（事例）を挙げている。第一が「壊れかかつた街」、第二が「花火」、第三が「びいどろ」、第四は抽象度のやや高い「二銭や三銭のもの——と云つて贅沢なもの」である。（前述した「錯覚」「想像の絵具」は第一の挿話の後半部に出てくる。）各挿話はそれぞれ、

そして私はその中に現実の私自身を見失ふのを楽しんだ。

そんなものが変に私の心を唆つた。

その幼児のあまい記憶が大きくなつて落魄れた私に蘇つてくる故だらうか、全くあの味には幽かな爽やかな何となく詩美と云つたやうな味覚が漂つて来る。

さう云つたものが自然私を慰めるのだ。

という文で結ばれている。いずれも肯定的評価に属する表現ではあるが、しかしこれらが「えたいの知れない不吉な塊」に対して有効性を発揮し得ていなかったことは、檸檬を購入した直後の「私」の心情が次のように語られているところから逆照射することができる。

始終私の心を圧へつけてゐた不吉な塊がそれを握つた瞬間からいくらか弛んで来たと見えて、私は街の上で非常に幸福であつた。あんなに執拗かつた憂鬱が、そんなものの一顆で紛らされる――或ひは不審なことが、逆説的な本当であつた。それにしても心といふ奴は何といふ不可思議な奴だらう。

ここに語られた「幸福」感と「不審」「不可思議」という表現は、「始終私の心を圧へつけてゐた不吉な塊」が「一顆」の檸檬を「握」る「瞬間」までは――つまり花火やびいどろの力では――決して「弛」むことがなかったことを示している。したがって第一の挿話に含まれていた「錯覚」経由の「楽し」みも「不吉な塊」を「弛」ませるものではなかったはずであるが、ここで注目したいのは、この日檸檬と出会った時も「私」が「錯覚」プログラムを起動させていなかったという点である。

私は何度も何度もその果実を鼻に持つて行つては嗅いで見た。それの産地だといふカリフオルニヤが想像に上つて来る。漢文で習つた「売柑者之言」の中に書いてあつた「鼻を撲つ」といふ言葉が断れぎれに浮んで来る。そしてふかぶかと胸一杯に匂やかな空気を吸込めば、ついぞ胸一杯に呼吸したことのなかつた私の身体や顔には温い血のほとぼりが昇つて来て何だか身内に元気が目覚めて来たのだつた。……

「錯覚」を通さないカリフォルニヤへの「想像」は「二重写し」ではないし、明朝建国期の中国の知者の文章の連想も「現実の私自身を見失ふ」という方向には進まない。それどころか「そしてふかぶかと」以下の一文は、かつてなかったほどの身体性をもって「現実の私自身」が実感されてきたことを物語っている。花火やびいどろ等の魅力が「落魄」した「私」を「慰める」という消極的なかかわり方であったのに対して、檸檬の方は「身内に元気」を「目覚め」させてくれるという身体的な積極性を発揮しているのである。これは「生活がまだ蝕まれてゐなかつた以前」に、「私」が好きだったという丸善の店頭に並ぶきらびやかな舶来品の数々から受けた時のインパクトともまた明らかに異なるものであった。

実際あんな単純な冷覚や触覚や嗅覚や視覚が、ずつと昔からこればかり探してゐたのだと云ひ度くなつた程私にしつくりしたなんて私は不思議に思へる――それがあの頃のことなんだから。

「昔からこればかり探してゐたのだと云ひ度くなつた」という表現は、今回の檸檬との出会いが「まだ生活を蝕まれてゐなかつた以前」と、「不吉な塊が私の心を圧へつけてゐ」た「其頃（=あの頃）」の両方を通じて「私」が初めて味わった新しい感覚体験であったことを示している。この新しい感覚体験によって「私自身」の身体性を鼓舞される昂揚の中で「私」は久々に丸善に入ることを決意する。檸檬が「今」のびいどろとも「以前」の丸善とも異なる力を秘めているからこそ、「平常はあんなに避けてゐた丸善」と対峙できる可能性を期待したのである。画本を積み重ねた「幻想的な城」の場面はあらためて引用するまでもないが、ここでも「私」は決して「幻想」に浸っていない。「城」はあくまで比喩であって幻影ではない。画本は画本であり、丸善は丸善であり、頂点に置いた檸檬はあくまでも檸檬のままである。

檸檬を置き去りにして「すたすた」丸善を出てきた「私」が「街の上」で「大爆発」想像を思いつくまでに、すでにこのような内面過程があった。檸檬は一貫して「私自身を見失ふ」こととは反対のベクトルに「私」を誘引していたのである。しかし「私」が「現実の私自身」と対峙するためには、檸檬からも〝自立〟する必要があった。「私」が檸檬を手放して丸善を出る決意をしたのは、奇跡的に現前した一回限りの光景を保持するためのやむを得ない犠牲というだけにとどまるのではない。檸檬をあえて手放したことによって、「現実の私自身」と直接対峙する初めての闘いが始まっていたのであり、結末部の最大のドラマはそこにあったと私は考えている。『檸檬』は檸檬との出会いと別れによる「私」の変容の試みの物語なのである。

檸檬爆弾の「想像」を「熱心に追求」したという「私」の「熱心」さの中には、自己内部における前述の「錯覚」プログラム起動の誘惑との闘いという要素も含まれていた。これを起動させれば、過去の経験に照らして爆発の想像を呼び出してその中で「現実の私自身を見失ふ」ことが可能だったはずであるが、前述の通り「私」はあえてその道を封印している。そしてこの封印こそが檸檬を手放したあとの最初の闘いだったのであるが、「私」はどうやら今回はその誘惑に打ち勝つことができたようである。檸檬を爆弾に見立てる想像をあくまでも反実仮想の圏内に繋留しておくこと。それは檸檬体験によって得た「現実の私自身」を見失わない道を今度は檸檬抜きで進むという選択であり、その意味では作品末尾で「私」が想像の中で爆発させたのは実は丸善ではなく、むしろ「不吉な塊」の圧迫を受ける中で「私」が慣れ親しんできた「錯覚」プログラムの方であったと見ることもできる。それは、大切な檸檬を手放して徒手空拳で「街の上」に出るという行為を成し遂げたエネルギーの所産であろう。昨日までの「錯覚」と今日の「一顆の檸檬」の奇跡。そのいずれにも依拠しないで「私」は「現実の私自身」と向き合ったのである。「そして私は活動写真の看板画が奇体な趣きで街を彩つてゐる京極を下つて行つた」というテクスト最後の一行は、そうした「私」の変容を示す表現である。「活動写真の看板画」という今まで視野に入っていなかったものを「奇体」というニュートラルな形容表現――この「奇体な」という形容表現を「奇怪な悪漢」「奇怪な幻想的な城」の「奇怪な」と同義語としてとらえる論[11]もあるが、私は両者の差異に注目するべきであり、「奇怪」から「奇体」への表現の微妙な変化の方を重視したいと考えている――に対応する視線が獲得されているからである。「俺が書いた狂人芝居を俺が演じてゐるのだ」といった告白を挿入ずにはいられなかった『瀬山檸檬』末尾の混乱は、『檸檬』の簡潔な末尾の中で見事に昇華されているのだと私は思う。

注

（1）梶井が三十一歳の若さで病没した一九三二年三月二十四日は、前年の「満洲事変」によってアジア・太平洋戦争が始まってから半年後、関東軍による虚構国家「満洲国」建国宣言の三週間後であり、日本プロレタリア文化連盟に対する大弾圧が始まった日にあたっている。二月に前蔵相井上準之助を暗殺した血盟団がこの月、三井財閥の団琢磨を殺害し、五月十五日には海軍青年将校を中心とするメンバーが現職首相犬養毅を殺害する（五・一五事件）という血腥い暗殺の季節の中で政党政治が終焉し、事実上の軍部独裁体制が開始されようとしていた時期であった。

（2）『日本文芸鑑賞事典』第八巻（ぎょうせい、一九九七年）所収の『檸檬』の項を執筆した八幡政男氏は、「作品のあらすじ」の中で、「「私」はその檸檬を丸善の積み上げた画の本の頂に載せて、何くわぬ顔で外へ出る。まもなく「私」の頭の中で1個の爆弾と化した檸檬が爆発して気詰りな丸善は粉葉みじんに吹きとんでしまう」と書いている。丸善の外へ出たあとで想像が浮かぶという時間的関係を明記した数少ない例の一つであるが、氏は「第二のアイディア」の部分をそっくり省略してしまっており、「第二のアイディア」の中身を氏がどうとらえているかは不明である。

（3）引用本文は筑摩書房新版『梶井基次郎全集』第一巻（一九九九年）によった。旧版全集では促音便も他の文字と同サイズであったが、新版全集では小字で翻刻されている。編者によると、梶井は「日記や草稿ノートに書き始めた当初より、促音便「つ」を小さくしている」という。なお「檸檬」表記がすべて上下逆でしかも「檸」が「檬」となっているのも梶井の草稿のままだということであり、旧版全集でも註で指摘されている。

（4）『檸檬』以外では、『愛撫』は原稿用紙八枚というごく短い分量の中で七回オノマトペが使用され、うち五回が擬態語系である。また『雪後』は主人公が妻に「ロシアの短編作家の書いた話をしてや」る場面で、その「話」の内容部分において「ハタハタ」「ビユビユ」「ドキドキ」といった片仮名オノマトペが反復的に多用されている。この「ロシアの短編作家」がチェホフで、当該作品が『たわむれ』であることは周知の通りであるが、『たわむれ』の対応箇所にはオノマトペが一つも出てこない。物語内容も、原作では一人暮らしをしているほどの大人の主人公を「少年」と呼ぶなどデフォルメが目立つ。理科系の研究者と設定された主人公が「間違つゐるかも知れないぜ」という注釈つきで語った話であり、意図的に独自の口調が工夫されているのだと考えることもできる。なおノートに残された『雪後』の草稿と定稿のオノマトペを比較すると、「ハタハタ」と「ドキドキ」は草稿にはなく、改稿過程で増補されたものであることが分かる。このほか『ある心の風景』は、第四章の川の場面で片仮名表記のオノマトペが三回使用されているが、そのうち擬態語系は一つだけであり、クライマックスで朝鮮の鈴から聞こえてくる「コロコロ、コロコロ」という希望の音ももちろん擬音語系である。

（5）「私」が丸善で見ていたのは「画集の重たいの」であり、特に好んだのはドミニク・アングルの「橙色の重い本」である。『ノート檸檬』では「アングルの分厚な本」となっていた。「パラパラ」ではなく「バラバラ」が使われているのは、この画本の重い質感を表現するためであろう。

（6）『ノート檸檬』の「レモン」は一箇所だけ漢字表記がある。それが「檬檸」という上下逆の表記になっていることは筑摩書房旧版全集でも指摘されていたが、二〇〇八年七月の明治古典会七夕大入札市に梶井基次郎のノート全十六帖が出品された機会に、私はそのプレビュー会場で実物を確認することができた。

（7）梶井のノートには、三好行雄氏が注目する「第一と第二のステイルの違ひが、カーンと来なければ駄目」というメモ様の記述がある。また『貧しい生活より』という未発表断片にも「苦くなった紅茶を頭がカーンとしてしまふまで飲んで」という表現が使われており、いずれも擬態語系である。「カーン」というオノマトペの非擬音語的使用は梶井の文体の特徴の一つと言ってよいかも知れない。

（8）『瀬山檸檬』（引用B）と『檸檬』（引用A）に共通する平仮名の擬態語系オノマトペとして「ぎよつとした」もある。明らかな心情表現である。

（9）小学館『日本国語大辞典』第二版は、「すたすた」を「足つきかるく、ふりかえりもしないで、どんどん歩いてゆくような様子」と説明している。

(10)『文学とは何か』角川選書、一九七二)の中で加藤氏は『檸檬』を作品例に採り上げて、「彼(梶井基次郎――引用者)が必要としたのは、レモン一般ではなく、いわんや固体一般でもなく、商品一般でもなくて、そのレモンである。そしてその日、そのところで、そのレモンによっても、別の日、別のところで、ふたたび経験されることのないものである」と述べている。

(11)日比嘉高氏「身体・空間・心・言葉――梶井基次郎「檸檬」をめぐる――」(『佛教大学研究所紀要別冊　京都における日本近代文学の生成と展開』二〇〇八年十二月)。「活動写真の看板画が奇体な趣きで街を彩つてゐる京極」という表現の「奇体」と「彩」に注目し、この末尾場面を丸善内部の「幻想的な城」との関連性を強調する。氏の論においても「私」が檸檬を手放して丸善を出てきたことの意義が軽視されているように思われる。

演出、看破、そして「勇者」――〝反《アンチ》美談〟小説としての『走れメロス』

一九四〇年五月の『新潮』に発表された『走れメロス』は七十年を超える受容史を持っているが、これほど強固なバイアスに囲繞され続けてきた小説も珍しい。「明るく健康的な中期作品」という太宰神話と、全国の学校現場で教科書教材として広く使用されてきた歴史との相乗作用による呪縛力は圧倒的であり、感動的名作と受け取るか、不自然さに鼻白むかの違いはあっても、いずれも〈友情と信実の物語〉という枠組みが不動の前提になってきた。もちろんこの壁と対峙しようとする試みがなかったわけではない。例えば研究と教育の両面からこの作品にアプローチした田中実氏が、「失敗作」論を提起したことはよく知られている（「お話《プロット》を支える力――太宰治『走れメロス』」『小説の力――新しい作品論のために』大修館書店、一九九六）。刑場にたどり着いたメロスがセリヌンティウスに向かって、

「私を殴れ。ちから一ぱいに頬を殴れ。私は途中で一度、悪い夢を見た。君が若し殴つてくれなかつたら、私は君と抱擁する資格さへないのだ。殴れ」

と叫ぶ有名な場面について、田中氏はここでメロスは自分が疲れ果てて迷った時のことだけを友に詫びているが、それ以前に彼は妹の婚礼の場で「一生このままここにゐたい、と思」い、城に向って走り始めても「幾度か、立ち止まりさうにな」っており、そしてその心情を語り手が「メロスほどの男にも、やはり未練の情があつた」述べて

いる点に注目して、次のような果敢な批判を展開した。

（略）ここになると、メロスに人並みの「未練」が残り、その「未練の情」を断ち切るための努力をしなければならなかったという。メロスが詫びているのは山賊を倒し、峠を下りた後の迷いのことだけ、もし、メロスがセリヌンティウスに真実、心の底から詫びるとすれば、疲労の極限で見た「悪い夢」よりも、まず健康で丈夫なときのこの人並みの人情を発揮したことこそ詫びるべきだったのではないか。メロスがそうだとすれば、それを語っている〈語り手〉こそ宴会のときのメロスの思いや隣村に行くときの逡巡を取り上げる必要があった。にもかかわらず、〈語り手〉はその逆、作品末すべてを祝福のなかに包み込んでしまった。このことは小説としても破綻していると言わざるを得ない。『走れメロス』はこの点で構造上、同情の余地なき失敗作である。

作品研究史に新たな地平を切り拓いた鋭い提起であることは間違いないが、しかし「作品末すべてを祝福のなかに包み込んでしま」う〈語り手〉という氏の規定は、依然としてハッピー・エンディング論の枠組みの中にとどまっている。というより氏は「〈幸福なお話〉こそ、この小説の向かうところだった」にもかかわらず、「それを支えるための〈ことばの仕組み〉が十分に組織されていな」いという落差に「失敗作」のゆえんを求めており、構想としてのハッピー・エンディングを前提にして論理が組み立てられているのである。だがそもそも、本当にこの小説は「〈幸福なお話〉」を指向していたのだろうか。私の『走れメロス』論はこの疑問から出発する。

1

前引の「悪い夢を見た」というメロスの叫び（以下、発話「悪夢」）を読んだ読者は当然のことながら、村からシラクスへの帰還途中における、

先刻の、悪魔の囁きは、あれは夢だ。悪い夢だ。忘れて仕舞へ。五臓が疲れてゐるときは、ふとあんな悪い夢を見るものだ。メロス、おまへの恥ではない。

というメロスの内言（以下、内言「悪い夢」）を想起する。しかしそれは読者が物語世界の外にいて、語り手とともに物語のすべての場面に立ち会っているからこそ可能なのである。一方物語世界の内側にいるセリヌンティウス、王、刑場の群衆たちは、これまた当然のことながら誰もこの場面を見てない。内言場面にはメロス一人しかおらず、いわば野外の密室だったからである。したがって刑場の群衆には、眼前の裸の男が友に向って何を詫びているのか、その具体的な特定ができなかった――あるいは刑場におけるメロスの謝罪理由説明はシニフィエを特定させない種類のシニフィアンであったという設定上の事実が、これまでの『走れメロス』論では軽視されてきたように思われる。群衆が知っている情報量と、語り手および読者が知っている情報量との間には格段の開きがあることを、われわれはまず確認しておく必要がある。

「途中で一度、悪い夢を見た」というメロスの説明は、きわめて曖昧な表現である。「悪い」思念が浮かんだという内面レベルのことだという意味にもなるし、実際に行なってしまった「悪い」行為を比喩的に告白しているとい

う意味にもとれる。群衆を前にして、メロスは友に向かって〝赦せ〟ではなく、「殴れ」というきわめて具体的な行動要請を行なっているにもかかわらず、殴られるべき理由の説明の方はいちじるしく具体性を欠いているのである。「殴れ」と「悪い夢を見た」とは、言葉の抽象性の度合いにおいて対極に位置していると言っても過言ではない。もちろんこの場面でメロスが殴られる理由を延々と説明し始めたりすれば物語の芸術性がぶち壊しになってしまうことは明らかであり、メロスの発話はきわめて短いものでなければならなかったことは言うまでもない。しかしその制約下においても、彼は「悪い夢を見た」以外の表現を選択できたはずなのである。

内言「悪い夢」は、いったん走るのをやめて「まどろんでしまつた」メロスが、水の音で覚醒した直後の言説である。周知の通り、『走れメロス』の材源となったシラーの原詩（Bürgschaft）の小栗孝則訳『人質　譚詩』（以下『人質』）では、メロスは疲労と乾きで体が動けなくなったとき、自分のせいで友が死んでしまうことを神に嘆いているものの、疾走すること自体の放棄への誘惑を感じてはいないし、「まどろんでしま」うという設定もない。したがって当然のことながら、「悪い夢」にあたる表現は一度も出てこない。しかし『走れメロス』の方のメロスがまどろんだのは、生理的に疲れ果てて力尽きた結果ではない。

ああ、もういつそ、悪徳者として生き伸びてやらうか。（略）正義だの、信実だの、愛だの、考へてみれば、くだらない。人を殺して自分が生きる。それが人間世界の定法ではなかつたか。ああ、何もかも、ばかばかしい。私は、醜い裏切り者だ、どうとも、勝手にするがよい。やんぬる哉。――四肢を投げ出して、うとうと、まどろんでしまつた。

「まどろんでしまつた」こと自体は意図的ではなかったとしても、「四肢を投げ出」すという行為が「まどろ」みに身を任せる準備体勢であったことは論を俟たない。葛藤や逡巡といった内面劇のレベルを超えた、努力の積極的放棄という明らかな行為レベルの出来事である。後でも触れるが、メロスの「悪」を判断するポイントが約束を守り抜くために努力し続けたかどうかにあったことを考えれば、夕暮れの刑場で彼が友に詫びなければならなかったのは、何よりもこの完全な努力放棄の事実だったはずである。引用の通り、「人を殺して自分が生きる」という明らかな認識に立った上での「四肢」投げ出しだったのであるから、セリヌンティウスに向かって〝途中で一度、眠ってしまった〟と言わなければ、殴られるべき理由の「正直」な説明にはならなかったはずであり、(婚礼の宴でメロスは妹に向かって「おまへの兄が、一ばんきらひなものは、人を疑ふ事と、それから、嘘をつく事だ」と述べている。また内言「悪い夢」の直後には「ゼウスよ、私は生まれた時から正直な男であつた」という自己規定が出てくる)、しかも内言「悪い夢」の方は前引の通り、「五臓が疲れてゐるときは、ふいとあんな悪い夢を見るものだ。メロス、おまへの恥ではない」という人間一般の生理現象への回収によって、やすやすと倫理的漂白作業が済まされていた。「悪い夢を見た」と名付けることで、実際に「四肢を投げ出して、うとうと、まどろんでしまつた」という最も重大な背信行為の行動性が隠蔽されているのである。行為レベルではなく内面劇のレベルにすり替えられたからこそ、「恥ではない」という自己鼓舞が可能だったのだとも言える。

したがって刑場でセリヌンティウスに向かって発した「途中で、一度、悪い夢を見た」というメロスの説明は、二重の曖昧さを帯びていたわけである。第一は物語世界内の人間たちには具体的内容が特定できないという意味における曖昧さであり、第二は発話「悪い夢」の〝出典〟である内言「悪い夢」自体が疾走の放棄という行為レベルでの背信を覆い隠して「恥ではない」という自己評価を導いていたという意味における曖昧さである。メロスは隠蔽性の強かった内言「悪い夢」を、刑場でさらに曖昧なかたちで〝抜萃〟して友人に謝罪していたのである。メロスは「悪い夢」だけを詫びており、「未練の情」を捨象しているという田中氏の指摘は貴重であるが、しかし内言

「悪い夢」を知らないままの群衆は、発話「悪い夢」を聞いてむしろ婚礼の場の未練の可能性の方を想像していたかも知れない。メロスが妹の婚礼のために死刑を三日延期してもらったという情報は群衆に知れ渡っていたはずである。（そうでなければ多数の群衆が処刑見物に集まり、メロス到着を見てどよめくはずがない。妹の婚礼を終えたメロスが処刑されるために日没までに戻ってくるかどうか、おそらく市民の間で大きな関心を集めており、さまざまな予想や噂が飛び交っていたに違いない。ちなみに『走れメロス』の材源の一つとされる小学校教材「真の知己」（注1参照）の主人公が処刑前の帰省を許された理由は老父母との最後の別れのためであり、それに比べるとメロスの方が切実性がやや弱いという見方もできる。老父母は息子処刑によって喪失だけを味わうが、メロスの妹の方は兄を失ったあとも善人の伴侶を得ているからである。）「たつた一人の妹」の婚礼の感傷の昂まりや決別の辛さといった「未練」ために一度は出発を躊躇したものの、それを振り切って一目散に走り続けて今ぎりぎりで間に合った……という物語の方が人々の思い描きやすいパターンであり、「あつぱれ。ゆるせと、口々にわめ」く群衆の期待とも合致するからである。「悪い夢を見た」というメロスの曖昧な説明は、対・群衆という物語世界内の視点に即せば、むしろ「婚礼」前後の動揺を容易に想像させることによって、帰途の「まどろんでしまつた」方向への想像を遮断する効力を持っていたとさえ言えるのである。（「未練の情」のときメロスは「幾度か、立ちどまりさうになつた」ものの「えい、えいと大声で自身を叱りながら走つ」ており、その後疾走から徒歩に切り替わっても、帰還に向けての行動の連続性自体は維持されている。メロスの村とシラクスとの距離は「十里」と明述されているが、フルマラソンのコースとほぼ同じ道のりを全力で疾走し抜くのはかえってリスクが大きい。また少しでも速力を緩めたら間に合わなくなる距離というわけでもないから、徒歩への切り替えもセリヌンティウスの生死に重大な影響は与えていない。語り手の語りに即する限り、メロスが帰還の努力を放棄したのは「四肢を投げ出し」て「まどろんでしまつた」場面が唯一である。）そしてこのメロスの説明の曖昧さは、メロスの頬を殴ったあとでセリヌンティウスが、今度は自分が殴られるべき理由を説明する「私はこの三日の間、たつた一度だけ、ちらと君を疑つた」という言葉の具体性との間に明確なコントラストを形成しているはずである。「君が若し私を殴ってくれなかつたら、私は君と抱擁する資格さへないのだ」とメロスは言う。この仮定形表現は、裏返せば〝君が殴ってくれれば、私は君と抱擁する資格が得られる〟というテーゼの承認を友に要求していたことになる。もともと妹の婚礼のために帰村している三日間の人質としてセリヌンティウスを「置いて行」くというメロスと国王との約束は当人の了解抜きで結ばれていたが、これは『人質』との大きな相違点の一つである。『人質』では、王と約束したあとメロスは自分で「友」(「セリヌンティウス」という固有名は原詩に出てこない)の家を直接訪ねて事情を説明し、依頼と承諾というプロセスをきちんと踏んでおり、その後で友は王のもとに出頭して捕縛され、メロスはそのまま出発するという経緯になっている。一方『走れメロス』では、セリヌンティウス不在の王城内で、

「この市にセリヌンティウスといふ石工がゐます。あれを、人質としてここに置いて行かう。私が逃げてしまつて、三日目の日暮まで、ここに帰つて来なかつたら、あの友人を絞め殺して下さい」

「願ひを、聞いた。その身代わりを呼ぶがよい」(傍点引用者、以下同じ)

という経緯で、メロスと王との間で「あれ」を「人質」として三日間勾留するという契約が成立してしまっており(「日暮まで」というメロスの申し出は、王によって「日没まで」と微妙に変更されている。「日暮」より「日没」の方が限定性の強い契約であることは言うまでもない)、その後でセリヌンティウスが深夜、王城に召喚されて投獄される。たしかにこの深夜の再会場面でメロスは「一切の事情を語」り、セリヌンティウスは「無言で首肯」いているものの、しかし王との契約がすでに締結されてしまっている以上、この「語」りと「首肯」きは、〝依頼と承諾〟には

該当しない。強いていえば〝追認〟であろうが、王の眼前においてセリヌンティウスには王とメロスの約束の不承諾という選択肢など残されていなかった。本人の承諾を得る以前にメロスが友人を「人質としてここに置いて行」くという約束を王と結んでしまった『走れメロス』のメロスと、友を訪ねて依頼し承諾を得ている原詩のメロスとの懸隔は大きい。[1] この改変によって「友と友の間は、それでよかつた」という原詩になかった簡潔な一行が、二人の「友」の間にだけ成立している信頼と友情の、常識を凌駕する絶対性の表現として際立つことになったのであるが、しかしそれはまた、もしもこの信頼関係の絶対性が少しでも揺らいだならば、本人の意思を無視したメロスと王との約束は暴挙以外のなにものでもなくなってしまう、という意味も持っていたはずである。[2] 完璧な美談か、さもなければ極端な暴挙か。一切の中間領域を許さない峻厳な二分法の世界へと大きく改変された設定の中で、太宰のメロスは村に向かってシラクスを出立したのである。メロスの帰還努力の持続がこの信頼関係の絶対性の証しであった以上、「一度」だけだったにせよ、「人を殺して生きる」という考えにとらわれて「まどろん」だ――走り続けながら考えたのではなく、走ること自体を放棄した――という事実がある以上、たとえメロスが日没までに帰還してセリヌンティウスの命が助かったとしても、毀損された絶対性は簡単には回復し得なかったはずである。

『人質』では依頼と承諾という手順を踏んでいたため、メロスが約束の日限までに戻ってくれば二人の友情は無傷のままであった。したがって抱き合う前に殴り合う必要などまったくない。謝罪も殴打もなく、ただちに「二人の者はかたく抱き合つて／悲喜こもごもの気持ちで泣いた」となっているのはごく自然である。一方、依頼と承諾を欠いた『走れメロス』では、単にメロスが日没に間に合っただけでは抱擁に進むことができない。二人の男が「ひしと抱き合ふ」前に「力一ぱい」殴り合うというオリジナル場面が設定されなければならなかったゆえんである。しかし帰途で疾走を放棄して「まどろんでしまつた」ことを曖昧に隠したまま、拳骨だけで「抱擁する資格」が取得できるというのは、考えてみれば随分虫のいい話である。[3] しかもメロスは「頬を殴れ」というかたちで、殴打される身体部位まで指定しているのである。当人の了解抜きの人質入獄という暴挙を支えた信頼関係の絶対性とは、それほどに軽いものだったのだろうか。

またそもそも、メロスが「悪い夢を見た」こととーーそれが内面劇であろうと行動であろうとーー、セリヌンティウスが獄中で「ちらと君を疑つた」こととは、拳骨の交換によって相殺し合えるような等価性を持っていたのかという問題もある。メロスが刻限に間に合わなければセリヌンティウスは、依頼も承諾も抜きのまま友の身代わりにされて殺される。一方セリヌンティウスが「たつた一度だけ」友の信実を疑ったとしても、メロスの生死には何の影響も与えない。両者の軽重の差は歴然としている。したがって物語世界外の眼から見れば、「殴つてくれなかつたら私は君と抱擁する資格さへ無いのだ。殴れ」というメロスの虫のいい申し出に対して、セリヌンティウスは〝「悪い夢」を見た君には私と抱擁する資格などない〟と突き放す権利を確実に有していた。「ちらと君を疑つた」のが事実だったとしても、である。そしてセリヌンティウスが友を突き放していたとしたら、完璧な美談か極端な暴挙かという、自身が設定した厳しい二分法の基準からメロスが逸脱していたことと、「悪い夢を見た」という曖昧な説明がこの二分法的判定を回避しようとするものであったことが、白日のもとに曝されることになったはずである。

2

では物語世界内でメロスの申し出を黙って受けいれたセリヌンティウスは、自分の権利に無自覚だったのだろうか。メロスの申し出を受けたセリヌンティウスの反応を叙述した箇所の全文は次の通りである。

セリヌンティウスはすべてを察した様子で首肯き、刑場一ぱいに鳴り響くほど音高くメロスの右頰を殴った。殴ってから優しく微笑み、「メロス、私を殴れ。同じくらゐ音高く私の頰を殴れ。私はこの三日の間、たった一度だけ、ちらと君を疑った。生れて、はじめて君を疑った。君が私を殴ってくれなければ、私は君と抱擁できない」

この言説にはさまざまな仕掛けが施されている。まず語り手は「すべてを察した様子で」という表現を用いているが、セリヌンティウスが察した「すべて」とは何だろうか。セリヌンティウスも、内言「悪い夢」場面を情報としては知り得ていないはずである。にもかかわらず、ここでわざわざ「すべてを察した様子で」と語る語り手は、メロスが「悪い夢を見た」という曖昧な表現で朧化して語ったその具体的内容をセリヌンティウスが察知していたことを強く示唆している。つまりセリヌンティウスは、婚礼の時のメロスの「未練の情」も、帰途で「まどろんでしまった」ことも、気持ちを取り戻して疾走を再開したことも、もちろん細部は別にしてもそれらの骨格の「すべて」を「察」した上で、友の虫のいい要求を受け容れ、彼に「抱擁する資格」を与えるために頰を殴ったのである。メロスが曖昧にしていたものを「すべて」見抜き、友の申し出を突き放す権利が自分にあることを承知の上で、黙ってメロスの要求に従ったのである。厳密にいえばメロスの申し出には「頰」という殴打部位の指定と「力一ぱい」という強度の指定はあっても、回数への言及はなく、何回殴るかという数量はセリヌンティウスに委ねられていた。殴打を一回だけで止めたのはセリヌンティウスの判断であり、場の主導権は明らかにメロスからセリヌンティウスに移行している。しかしメロスを一回殴打しただけでは、群衆が見守る光景は一方向的な赦しの構図で終わってしまうが、彼の「優し」さの要諦は、殴った直後に「私を殴れ」と要求し返すことによって、友と我とをあえて対等の地平に並べ直し、とっさに双方向性を演出した点にある。そしてそれがメロスのひそかな望みであることもセリヌンティウスが「察し」ていたことを、語り手は「すべて」という表現の中に含めているのだと私は思う。

セリヌンティウスは「私を殴れ」に続けて、「同じくらゐ音高く私の頬を殴れ」と指示している。この「同じくらゐ」いう一言によって、自分が「ちらと君を疑つた」ことと友の「悪い夢を見た」こととの等価性を、人質にされた側のセリヌンティウスが群衆に向かって宣言したのである。このセリヌンティウスの言葉と行為のおかげで群衆はメロスの「悪い夢」の内容を「ちらと君を疑つた」と同程度の内面劇だという類推を前提にして〝美談〟に酔うことができた。『走れメロス』は三人称小説であるが、視点人物はメロスと王だけであり、セリヌンティウスの内面が直接語られることはない。しかしそのために、セリヌンティウスが本当に「ちらと疑つた」ことがあったかどうかを語り手が保証できない構造になっていることも見落としてはなるまい。メロスの「悪い夢を見た」発言が意図的に不完全な告白だったのに対して、セリヌンティウスの「ちらと疑つた」発言の方は演出のための、あるいはサーヴィスとしての偽の告白だったという可能性をテクストは否定しないのである。セリヌンティウスの〝告白〟の直前に語り手は「優しく微笑み」という描写を挿入しているが、心から懺悔して赦しを乞う場合、人は微笑むことができるだろうか。

3

こうして「すべてを察した」セリヌンティウスの「優し」い演出によって、刑場には二人の男が「ひしと抱き合ひ、それから嬉し泣きにおいおい声を放つて泣」き、群衆がみな「歔欷」するという完璧な〝美談〟の光景が現出した。「群衆の背後から」この光景を「まじまじと見つめてゐた」のがディオニス王である。彼が二人に近づいて「どうか、わしも仲間に入れてくれまいか」、「おまへらの仲間の一人にしてほしい」と依頼し、群衆が「王様万歳」

と歓声をあげるという展開については、感動の一方で批判も出ている。しかし感動するにせよ、強引さや不自然さを感じるにせよ、批判者も含めてこの場面を〝暴君の改心〟と読む解釈では共通しているのだが、王は本当に改心したのだろうか。とりあえず三つの点に注目しておきたいと思う。第一は歔欷する群衆の「背後」で王だけは「まじまじと見つめてゐた」というナレーションが、彼が感動の輪に加わらす冷静さを保っていたことを示唆していることであり、第二は「暴君デイオニス」という呼称の問題であり、第三はシラーの原詩との異同である。

呼称の問題として私が注目したいのは、テクスト全編を通じて語り手がこの王を「暴君」と呼ぶのは二箇所しかないという事実である。シラクスから動かない王が場面の移動にともなって物語の最初と最後にしか登場しないことは当然であるが、取り押さえられたメロスを王が尋問する最初の場面の中で一度だけ「暴君デイオニス」と呼んで以降、語り手はメロスが出発するまで一貫して彼を「王」と呼んでいた。その語り手が最後の刑場の場面において、あらためて「暴君デイオニス」という最初の呼称を反復しているのである。つまり王に対する呼称は「暴君デイオニス」から形容抜きの「デイオニス」(あるいは「王」)へと変化しているのではなく、男同士の抱擁を見たあとでも依然として「暴君デイオニス」のままであるということを、語り手は強く示唆しているのである。原詩『人質』における呼称の方は最初の「暴君デイオニス」から最後の「王」へという明快な移行を示しているのであるから、『走れメロス』における「暴君デイオニス」の反復はきわめて意図的であったことは間違いない。だが原詩との異同はそれたけではない。『人質』では王はこの日刑場に臨席しておらず、城内にあって「この美談」の顚末を伝え聞いた後に二人を玉座に呼び寄せ、群衆不在の王城内で「二人をまじまじと見つめ」ているのに対して、『走れメロス』では王が刑場で群衆とともに一部始終を実際に現場で「まじまじと見つめてゐた」という設定に改変されている。報告として間接的に伝え聞くのと、実際に直接見るのとでは何が違うのか。言うまでもなく、前者が報告者による解釈や評価、意味付けが施され、取捨選択され編集された情報でしかないのに対して、後者では王自身が見たいもののすべてを見ることができる。〈耳〉（情報）と〈眼〉（目撃）の差である。そして原作を改変してまで〈眼〉を与えられたディオニスが、群衆の涙の輪に加わっていないのである。彼は眼前の光景が演出された美談であることを見抜いていた可能性が高い。

これら三点だけを総合しただけでも、『走れメロス』の語り手が〝暴君の改心〟を単純に信じていないことは明らかだと思う。語り手はむしろ群衆と王との差異を暗示しているのである。セリヌンティウスが演出した〝完璧な美談〟に感動する群衆の背後で、王だけは群衆の見ないものを見ていた。王はこの美談の光景が、曖昧な告白と偽の告白によって演出されたものであることを見抜いていた。そう考えたとき「おまへらの仲間の一人にしてほしい」という王の言葉は、『人質』とはまったく異なった意味合いを持ってくる。二人だけの神聖な友情の空間に割って入ろうという厚かましい申し出などではない。殴り合い、抱き合い、泣き合って群衆の感動を喚起している二人の男にも欺きがあることを見抜いた上で、自分をその「仲間の一人」に加えてくれと言っているのである。ひとり涙を流さない王が口にした「信実とは、決して空虚な妄想ではなかつた」というフレーズは、率直な感動の吐露などではなく、むしろ反語（あるいはアイロニー）であろう。「人の心はあてにならない」とあからさまに人間不信を公言することと、隠蔽によって人間信頼の美談を演出することとの間にどれほどの違いがあるのか。メダルの裏表ではないのか。王の口から発せられた「仲間」という言葉は、感動的に見える〝美談〟の光景を一瞬にして相対化してしまう力を秘めている。もちろん私は、この王が作者の代弁者だなどと言いたいのではない。王もまた相対的な位置を占めているのであるが、冒頭の尋問シーンでメロスに「おまへには、わしの孤独がわからぬ」と言っていた、その王の「孤独」が物語の最後まで癒やされることはない。いや王は刑場でむしろ「孤独」を一層深めたかも知れないのである。「おまへらの仲間の一人に入れてほしい」と発言した「暴君デイオニソス」の暗い内面に対する想像力を、『走れメロス』は読者に求めている。王は今後人間に対する信頼を回復したかのように装うかも知れないが、そうなったとしてもそれは改心ではなく演技であり、人間不信の表現方法が変化したに過ぎない。語り手は「万歳、王様万歳」と歓喜する群衆に、今後の平和も幸福もけっして約束していないのである。王の改心について「こんなにすぐ人の気持ちは変わるものだろうか。信実とは空虚な妄想ではなかったとあるが、ほんとうにそんなにかわるのだろうか」という疑問を中学生が提出したという教育実践報告があるが（木下ひさし「メロスを教室で読む――読みの教材としての『走れメロス』――」『日本文学』一九八八年七月）、この生徒は裏側からこの物語の正鵠を得ていたと言えるかも知れない。

周知の通り、『走れメロス』の最後に一人の少女が登場してきて緋のマントをメロスに捧げる。シラーの原詩のどの邦訳にも出てこないこの少女の唐突な出現の意味について、さまざまな解釈が提出されてきた。しかしその多くがハッピー・エンディングの彩りという枠組みの中でのにとどまっているような気がする。だが私はこの少女自身が終始無言であるという点にまず注目しなければならないと思う。自らの登場の意味についても行為の意味についても自身では何も語らず、語り手またも何一つ説明しないこの少女は、物語の中における全き〈他者〉である。そしてこの突然現れた〈他者〉の行為をとっさに言葉によって意味付けたのは、やはりセリヌンティウスであった。やはり、と書いたのは、セリヌンティウスに殴られて以降メロスは単独では一言も発しておらず、言説の主導権が完全にセリヌンティウスに移っていたからである。（物語におけるメロスの最後の発話は、殴り合いから抱き合いに移行する直前の「ありがたう、友よ」という謝辞であるが、これはメロスとセリヌンティウスが「二人同時に言」った言葉である。メロス一人だけに礼を言わせず、あくまでも二人は対等であるという体裁を保持したのも、セリヌンティウスの演出だったと見ることができる。）発話の主役をメロスが務めるかたちで始まったこの物語は、少女の無言の行為を見たセリヌンティウスがメロスに「教へてやつ」た、

「メロス、君は、まつぱたかぢやないか。早くそのマントを着るがいい。この可愛い娘さんは、メロスの裸体を、皆に見られるのが、たまらなく口惜しいのだ。」

というてきぱきした発話のクローズアップと、それを聞いたメロスの物言わぬ「赤面」で閉じられている。このメロスからセリヌンティウスへの発話主体の移行は、冒頭部の「暴君デイオニス」という表現が終末部でそのまま反復されていることと対照的である。ディオニスは改心しておらず、劇的に変化したのはメロスとセリヌンティウスの関係性の方なのである。

原詩にはない少女登場の意味と、少女登場を意味付けるセリヌンティウスの言説とは厳密に区別されなければならない。セリヌンティウスの言説はあくまでも解釈の提示であって、真相の謎解きではない。セリヌンティウスの意味付けは、一見するとこの少女の登場と行為をほほえましいエピソードとして規定することによって、〝美談〟の錦上に華を添えようとしているように見える。しかしセリヌンティウスが「悪い夢を見た」「殴れ」というメロスの発話を聞いてただちに「すべて」を見抜いていたことを知る読者は、一見明快に見える彼の言説が多義性を帯びていた可能性を読み取ることもできるはずである。少女の行為に「まごつ」くメロスに向かって、セリヌンティウスが「教へてやつた」という語り手の表現に注目するならば、彼の言説は歓声をあげてどよめく群衆には聞き取れなかったようである。叫んだのではなく囁いたのである。「ちらと君と疑つた」という〝告白〟が群衆に聞こえることを意識したパブリックな言説であったのに対して、「裸体」云々の意味付けの方は友にしか聞こえないパーソナルな言説である。この言説によってセリヌンティウスは、ただメロスの非着衣を指摘したかっただけだったのだろうか。彼は少女が捧げた「マント」を、「まつぱだか」を「皆」の視線から覆い隠すアイテムとして意味付けているが、「まつぱだか」とは単に衣服を身に着けていないというだけの意味なのだろうか。

セリヌンティウスは「この可愛い娘さんは、メロスの裸体を、皆に見られるのが、たまらなく口惜しいのだ」と説明している。〃たまらなくは恥ずかしいのだ〃というのであればマントを捧げた少女の心理解釈として受容しやすいが（shameful ではなく shy としての恥ずかしさ、である）、「たまらなく口惜しいのだ」という解釈の提示は奇妙である。なぜなら「皆」の目に映るメロスの裸体は、友情と信実のためになりふり構わず疾駆し続けてきた男の誠意の証しであり、むしろ賞賛に値するものであったはずだからである。群衆がメロスの裸身を揶揄嘲笑していたのならば「たまらなく口惜し」く思う少女が存在しても不思議はないが、刑場の群衆たちがメロスの裸体を見て笑ったなどという叙述はもちろんない。「歔欷」し「歓声」をあげる群衆はみな感動し興奮しているのであり、彼らの目にメロスの裸身はむしろ輝いて見えていたに違いないのである。[4] にもかかわらず、あえて「メロスの裸体を、皆に見られるのが、たまらなく口惜しいのだ」というマント解釈を提示するセリヌンティウスの「まっぱだか」「裸体」が、メロスの非着衣だけを指しているのではないことは明らかであろう。「すべて」を見抜いた上で感動の殴り合いと抱き合いの場面を演出したばかりのセリヌンティウスは、マントを捧げる少女の姿を目にしたとき、この少女もまた「すべて」を見抜いた存在であることを感じ取ったに違いない。「メロスの裸体」には「悪い夢」という言葉によって隠蔽されていたものの「すべて」であるばかりか、さらにその言葉を受けて自分が完璧な〃美談〃を演出したということまでもが含まれていたとセリヌンティウスは直感したのである。「可愛い娘さん」に仮託された「たまらなく口惜しい」という感情の主語が、じつはセリヌンティウス自身だったと考えれば「裸体」と「口惜しい」との繋がりがは理解しやすい。「すべて」を察した上で〃美談〃を演出していたセリヌンティウスは、「信実とは、決して空虚な妄想ではなかつた」、「おまへらの仲間の一人にしてほしい」という王の反応を見た段階ですでに、看破した者による密かな皮肉のメッセージの可能性を感じ取っていた可能性があるが、群衆が「王様万歳」という「歓声」をあげる中で無言でマントを捧げる少女が出現したとき、彼は「すべて」を見破る者の存在を確信したはずである。マントの色は「緋」である。相馬正一氏は「もともと、緋色のマントは王侯貴族の着用するもので、手柄をたてた家臣の武勇を讃えて主人が与えることも多い」と述べているが（『評伝太宰治』筑摩書房、一九九五）、『走れメロス』は新約聖書に直接題材を採った『駈込み訴へ』と同時期に書かれた作品であり、死刑宣告を受けたイエスが着せられた被服の色にも注目してみる必要があるだろう。この色は英語版のマルコ伝とヨハネ伝では purple だがマタイ伝では scarlet であり、当時の日本語訳聖書（大正改訳版）では「緋色の上衣」と訳されていた。このとき兵士たちはイエスが「ユダヤの王」を僭称しているとして王冠の代わりに荊冠をかぶらせ、ローマ時代の皇帝や王が着る紫の衣の代わりに自分たちの上衣を着せて嘲笑したのだという。この「緋色の上衣」（現在流布している新共同訳聖書では「赤い外套」）に当たる新約聖書ギリシャ語正典の *χλαμύδα κοκκίνην* は「兵士のマント」を指すということであるから（『希和対訳脚注付　新約聖書2　マタイ伝下』岩隈直訳、山本書店、一九八九）、太宰も精読していた聖書を媒介にすれば、「緋のマント」は衆辱のイメージにも繋がっていたはずである。また「緋衣」は仏教では最高位の僧しか着用できない法衣のことであるが、「赤衣」は「アカゴロモ」と訓めば緋衣と同義になる一方で「セキイ」と音読すれば獄衣・罪人という意味になる。さらに牽強附会をおそれずに付け加えれば『走れメロス』から間もない時期に書かれた『服装に就いて』には、主人公が「赤い着物のせいで」災難に遭うというエピソードが最後に出てくる。したがって「緋」という語彙選択も、赤い被服という色彩イメージも、〝褒美〟や〝賞讃〟のラインとだけ結び付くものではなく、その反対方向への想像力も喚起する両義的な色だったことを見落としてはならないと思う。[5]

友の「教へ」を聞いたメロスは「ひどく赤面」するが、ここでまず見誤ってはならないのは、メロスを赤面させたのが少女の登場ではなく、それを意味付けたセリヌンティウスの〝言葉〟だったという点である。[6] 少女という〈他者〉自体ではなく、この他者の無言の行為に対して「この可愛い娘さんは、メロスの裸体を見られるのが、たまらなく口惜しいのだ」という意味付与をしたセリヌンティウスの言葉の力がメロスを赤面させたのである。そして次に注目したいのは、赤面したメロスがあわててマントを身に纏った、というような叙述が一切ないという点である。「マントを捧げた」というナレーションは、メロスがマントを受け取ったのか、それともマントはまだ少女が捧げ持った手にあるのかを特定しにくいが、セリヌンティウスの「君は、まつぱだかぢやないか」という現在形によって、メロスがまだマントを纏っていないことは明らかである。「早くそのマントを着るがいい」という友の助言にもかかわらず、赤面したメロスは裸体をマントで覆い隠すことをせずに立ち尽くしたままなのである。なぜメロスはマントを着ないのか、それについて語り手は何の説明もしないまま物語を閉じている。

「まつぱだか」「裸体」という友の言葉が単なる非着衣の指摘だけではないということは、メロスにも伝わったと思う。見方を変えれば、セリヌンティウスのメロスへの「教へ」は、先ほどの殴り合いと抱擁が「すべて」を察した自分の演出であったことを婉曲に伝えていたことにもなる。「すべてを察し」た「優し」さの意味がメロスに伝わってしまえば、二人は対等の関係ではなく、明からさまな優劣関係になる。もちろん優位に立つのはセリヌンティウスであり、メロスが劣位に立つ。この圧倒的な優劣関係を相互が自覚してしまえば、「友と友の間は、それでよかつた」という信頼と友情の絶対性は、もはや幻想とすら持続できない。『走れメロス』は〈友情と信実の物語〉を装いつつ、結末部にいたってその崩壊を秘かに描き出しているのである。しかも群衆は今、完璧な友情〝美談〟が暴君を〝改心〟させた奇跡の現場の目撃者として感動の輪に包まれている。その「皆」の視線がメロスを赤面させずにはおかない。

「勇者はひどく赤面した。」語り手は物語の最後で、メロスを初めて語り手自身の言葉で「勇者」と呼んでいるが、「メロスは激怒した」という冒頭の一行と「勇者はひどく赤面した」という末尾の一行との首尾照応は決して単純なものではない。「メロス」から「勇者」へという語り手の呼称の変化は、前述した「暴君デイオニス」という呼称の反復との対照においても注目されなければならない。言うまでもなく、この言葉の〝出典〟は、先に引いておいた内言「悪い夢」に続く「メロス、おまへの恥ではない。やはり、おまへは真の勇者だ」というメロスの自己承認である。そしてこの自己承認が直前の「真の勇者、メロスよ。今ここで、疲れ切つて動けなくなるのは情無い」という自己鼓舞の内言を受けていることも言うまでもないが（いずれの「勇者」も語り手自身の評言ではない）、これまで私が見てきた物語の流れに即せば、語り手が結末部のメロスを単純に「真の勇者」と認めていないことは明らかである。「勇者」という末尾の呼称は語り手自身の評価ではなく、刑場で歓声をあげる「皆」の視線に映ったメロスの虚像であり、それはむしろメロスが背負わなければならない重たい十字架だったのではないだろうか。[7]「勇者」は赤面してもマントを身に纏うわけにはいかない。「皆」の前で美談の虚偽性を認めることになってしまうからである。メロスからすれば「早くそのマントを着るがいい」というセリヌンティウスの忠告に、優位に立つ者の残酷さを見たのかも知れない。[8]ではマントによる隠蔽をきっぱりと拒絶して、さっきの私の告白は真実ではなかったと叫ぶことができるかというと、それもまた不可能である。「私を殴れ」というメロス自身の言葉が起点となって、いま刑場全体が大きな感動に包まれているだけでなく、親友の「優し」さが〝美談〟を演出してくれていたことも彼は知ってしまっており、新たな告白はその友人の共犯性を暴くことにもなるからである。完璧な美談か、極端な暴挙かという峻厳な二分法の設定を自ら作り出しながら、刑場でその回避をはかったメロスはそのツケとして、最後に選択不能の窮地に置き去りにされたのである。結末部で「メロスは語り手を置き去りにした」という戸松泉氏の論があるが（『〈小説〉のかたち・〈物語〉の揺らぎ――日本近代小説「構造分析」の試み』翰林書房、二〇〇二）、置き去りにされたのは明らかにメロスの方である。メロスを追い込んだのは少女を意味付けセリヌンティウスの言葉であり、その「佳き友」の言葉によって、マントを纏うことも棄てることもできず、群衆の歓声の中にただ一人「赤面」して立ち尽くメロスを置き去りにしたまま、語り手は物語を閉じてしまっているのである。

ふだんは、その本性をかくしてゐるやうですけれども、何かの機会に、たとへば、牛が草原でおっとりした形で寝てゐて、突如、尻尾でピシッと腹の虻を打ち殺すみたいに、不意に人間のおそろしい正体を、怒りに依って暴露する様子を見て、自分はも髪の毛の逆立つほどの戦慄を覚え、この本性もまた人間の生きて行く資格の一つなのかも知れないと思へば、ほとんど自分に絶望を感じるのでした。

（略）ふとその血を見て、この咳もまた何かの役に立つかも知れぬとあさましい駈引きの心を起し、ゴホン、ゴホンと二つばかり、おまけの贋の咳を大袈裟に附け加へて、ハンケチで口を覆つたまま検事の顔を見た、間一髪、

「ほんたうかい？」

ものしづかな微笑でした。冷汗三斗、いいえ、いま思ひ出しても、きりきり舞ひをしたくなります。（略）検事のあんな物静かな侮蔑に遭ふよりは、いつそ自分は十年の刑を言ひ渡されたはうが、ましだつたと思ふ事さへ、時たまある程なのです。

自分は起訴猶予になりました。けれども一向にうれしくなく、世にもみじめに気持で、検事局の控室のベンチに腰かけ、引取り人のヒラメが来るのを待つてゐました。

あらためて断るまでもなく、『走れメロス』の八年後に書かれた『人間失格』からの引用である。自分の正体を見抜かれ暴かれることへの恐怖と、正体を見抜かれたにもかかわらず暴かれないことの苦痛。罰されることへの怖れと、罰されないがゆえの地獄。このアンビバレンツが『人間失格』の中の三冊の手記を貫いていることは周知の

通りである。通説では「中期」の『走れメロス』と「後期」の『人間失格』とは対極的作品として扱われ、「『人間失格』は、『走れメロス』の世界をみずから破壊する意図のもとに書かれた作品と読むこともできる」という論もある（川島至「太宰治における〈背徳〉」『国文学』一九七・二）。しかしむしろ『走れメロス』は『人間失格』の先駆として位置付けることも可能な作品ではないだろうか。少なくとも『走れメロス』におけるセリヌンティウスの「優しい」い「微笑」と、『人間失格』の検事の「ものしづかな微笑」――この二つの「微笑」の距離は意外なほど近い。『人間失格』の検事の「微笑」場面の原型が、短編『あさましきもの』（一九三七）の第三エピソードの検事の「薄笑ひ」まで遡ることはよく知られているが、『走れメロス』は『あさましきもの』から三年後に書かれた作品である。もちろんこの三年の間に太宰は小山初代との心中未遂と離婚から石原美知子との再婚にいたる実生活上の激動を体験しており、それにともなって創作活動が「前期」から「中期」へと転換したというのが太宰伝の常識であるが、しかしだからといって『あさましきもの』から『走れメロス』との関係を断絶と不連続の面だけで規定するのは早計過ぎよう。「前期」の『あさましきもの』における検事の「薄笑ひ」から「後期」の『人間失格』における検事の「微笑」への変奏の道程に、「中期」の『走れメロス』のセリヌンティウスの「微笑」を中間項として挿入してみることは、決して荒唐無稽な作業ではないと私は考えている。(9)

4

太宰治には、〝燈台美談〟と名付けたくなるような幻の物語構想があった。津島美知子氏が『太宰治の回想』の中で「（昭和二十二年）二月六日、母校青森中学に招かれて講演した。このときの講義内容は、随筆『一つの約束』に書ている灯台守と遭難者の話（略）などであったらしい」というかたちで言及し、山内祥史氏による詳細な「年

譜」でも同年「二月六日」の項に、疎開中に母校青森中学の全校生徒を対象にした講演を依頼された太宰が、

「難破して燈台に漂着した人が窓にしがみついてふと下を見ると燈台守の親子が夕餉を楽しんでゐるところであつた。その親子の団欒を乱してはならぬと思つて、この漂着した人は救を求める叫びをあげず、そのまゝ浪に呑まれてしまつた」という話をし、「小説家が書かねば誰もこの浪にのまれた人の心の美しさを世に告げる人はないであらう」といつた（略）

と記されている「話」である。これは、この母校講演の二年前に発表された[10]太宰のエクリチュール群の中に、微妙な差異を伴いながらを見せながら三度出てくる話の反復である。

むかし、デンマークの或るお医者が、難破した若い水夫の死体を解剖して、その眼球を顕微鏡でもつて調べその網膜に美しい一家団欒の光景が写されてゐるのを見つけて、友人の小説家にそれを報告したところが、その小説家はたちどころにその不思議の現象に対して次のやうな解説を与へた。その若い水夫は難破して怒濤に巻き込まれ、岸にたたきつけられ、無我夢中でしがみついたところは、燈台の窓縁であつた、やれうれしや、たすけを求めて叫ばうとして、ふと窓の中をのぞくと、いましも燈台守の一家がつつましくも楽しい夕食をはじめやうとしてゐる、ああ、いけない、おれがいま「たすけてえ！」と凄い声を出して叫ぶとこの一家の団欒が滅茶苦茶になると思つたら、窓縁にしがみついた指先の力が抜けたとたんに、ざあつとまた大浪が来て、水夫のからだを沖に連れて行つてしまつたのだ、たしかにさうだ、この水夫は世の中で一ばん優しくてさうして気高い人なのだ、といふ解釈を下し、お医者さまもそれに賛成して、二人でその水夫の死体をねんごろに葬つ

たといふお話。

（『雪の夜の話』）

「難破して、自分の身が怒濤に巻き込まれ、海岸にたたきつけられ、必死にしがみついた所は、燈台の窓縁。やれ、嬉しや、と助けを求めて叫ばうとして、窓の内を見ると、今しも燈台守の夫婦とその幼い女児とが、つつましくも仕合わせな夕食の最中だつたのですね。ああ、いけない、と男は一瞬戸惑つた。遠慮しちやつたのですね。たちまち、どぶんと大波が押し寄せ、その内気な遭難者のからだを一呑みにして、沖遠く拉ち去つた、とまあ、こんな話があるとしますね。遭難者は、もはや助かる筈はない。怒濤にもまれて、ひよつとしたら吹雪の夜だつたかもしれないし、ひとりで、誰にも知られず死んだのです。もちろん、燈台守は何も知らずに、一家団欒の食事を続けてゐたに違ひないし、もし吹雪の夜だとしたら、月も星も、それを見てゐなかつたわけです。結局、誰も知らない。事実は小説より奇なり、なんて言ふ人もあるやうですが、誰も知らない事実だつて、この世の中にあるのです。しかも、そのやうな、誰にも目撃せられてゐない人生の片隅に於いて行はれてゐる事実にこそ、高貴な宝玉が光つてゐる場合が多いのです。それを天賦の不思議な触角で捜し出すのが文芸です。」

（『惜別』）

難破して、我が身は怒濤に巻き込まれ、海岸にたゝきつけられ、必死にしがみついた所は、燈台の窓縁である。やれ、嬉しや、たすけを求めて叫ばうとして、窓の内を見ると、今しも燈台守の夫婦とその幼き女児とが、つゝましくも仕合わせな夕食の最中である。あゝ、いけねえ、と思つた。おれの凄惨な一声で、この団欒が滅茶々々になるのだ、と思つたら喉まで出かかつた「助けて！」の声がほんの一瞬戸惑つた。ほんの一瞬である。たちまち、ざぶりと大波が押し寄せ、その内気な遭難者のからだを人呑みにして、沖遠く拉し去つた。

もはや、たすかる道理はない。

この遭難者の美しい行為を、一体、誰が見てゐたのだらう。誰も見てやしない。燈台守は何も知らずに一家団欒の食事を続けてゐたに違ひないし、遭難者は怒濤にもまれて（或るいは吹雪の夜であったかも知れぬ）ひとりで死んでいつたのだ。月も星も、それを見てゐなかつた。しかも、その美しい行為は儼然たる事実として、語られてる。

言ひかへれば、これは作者の一夜の幻想に端を発してゐるのである。

けれども、その美談は決して嘘ではない。たしかに、そのやうな事実が、この世に在つたのである。

ここに作者の幻想の不思議が存在する。事実は、小説よりも奇なり、と言ふ。しかし、誰も見てゐない事実だつて世の中には、あるのだ。さうして、そのやうな事実にこそ、高貴な宝玉が光つてゐる場合が多いのだ。それこそ書きたいといふのが、作者の生甲斐になつてゐる。

（『一つの約束』）

このように繰り返し語られた「話」の特徴が、まず遭難者の行為が誰にも見られていないという点にあることは言うまでもない。太宰が自分を見つめる他者の視線を意識する人物の内面劇を描き続けた作家であるだけに、このエピソードにおける人間どころか、「月」や「星」にさえ見られていないという視線の徹底的な不在性が際立つが、さらに男が「内気な遭難者」となっている点が重要である。「勇者」だったからでもなく「優し」かったからでもなく、彼はただ「内気」だったのである。「内気」さのゆえに「ほんの一瞬戸惑つ」ているうちに落命してしまったというところに「高貴な宝玉」としてのこの「話」の核心がある。彼は一家の「団欒」を邪魔しないために我が身を犠牲にしたのではない。「浪にのまれ」、「怒濤にもまれ」、アクシデントとして死んでいったのであり、したがってそこには自己犠牲さえ存在せず、自己英雄化への欲望が忍び込む余地もまったくない。しかも彼が窓越しに

「団欒」を見たのは一般の民家ではなく、「燈台守」の一家である。常識的に考えて、燈台守とは日頃から人命に対して人一倍強い使命感を抱いて精神を緊張させている職業であろう。窓縁の外にびしょ濡れの男の姿を発見したとすれば、「一家団欒」を邪魔する闖入者として迷惑がることなどあり得まい。急いで彼を招き入れて親切を尽くしただろうし、家族もみんな喜んで協力したに違いない。したがって無償性——死の代償の不在——という点においても、この話は徹底しているのである。(11)

「その美談は決して嘘ではない」と言えるためには、これほどまでに自意識を徹底的に排除したシチェーションが必要不可欠であった。だがこの条件を完全に満たすような「嘘ではな」い「美談」を、小説として「書」こうとすれば大きなディレンマに直面することになる。小説には語り手が必要であるが、語り手が誕生した途端、たとえ物語世界内の視点人物をことごとく排除したとしても語り手自身が「見る」者の機能を引き受けざるを得ず、そして「見る」者が作動してしまえば「嘘ではな」い「美談」の根本条件が消失してしまうからである。月も星も見ていないという厳格な限定によって、例えばアンデルセンの『絵のない絵本』のように「お月様」の視点で語るという手法さえあらかじめ封じられている。「見る」者の完全な不在の場にしか「美談」は成立しないし、一方語り手は（語り手自身も含めた）誰かの眼を通さなければ語ることができない。したがって「美談」を語ろうとすれば自己撞着に陥るほかはない。事実、活字として発表された一九四四年の三つのエクリチュールでは、いずれも〝燈台美談〟の小説化が行われていない。『雪の夜の話』は語り手の女性が兄から聞いた話を要約して語っているのであり、『惜別』は語り手である「一老医師」が、仙台医学専門学校時代に清国留学生の周樹人（魯迅）から聞いた話の記憶を再生しているという設定である。小説家である兄は妹に話して聞かせただけであり、医学から文学への転身に向かった魯迅も日本人の友に「即興の譬話」として語っただけである。いずれの話者も小説創作能力の持ち主として設定されていながら、この話を小説に書くことはせず、シノプシスの提示だけで終わらせている。そして

『一つの約束』は津島美知子が「随筆」と書いている通り、太宰の生前には単行本に収録されなかったエッセイであるが、「それをこそ書きたい」という筆者の未来に向けての願望の表明になっている。[12] まだ小説として一度も書いていないという自覚があったからこそ、その二年後の母校の講演で太宰は「小説家が書かねばならぬことはどんな点にあるのか」という文脈の中であえてこの話をあげたのであろう。講演が行われたのは太宰が死ぬ二年半前であるが、この時点においてもなお〝燈台美談〟は太宰にとって、小説家として「書いた」話ではなく、まだこれから「書かねばならぬ」小説構想のモデルだったのである。一九四四年というアジア・太平洋戦争末期の言論統制の極限状況の中で三度も紹介していた話を、太宰は終戦から半年後、――中学を出たばかりの少年を語り手にして「新しい時代」「日本再建」等の語が頻出する『パンドラの匣』の連載完結の翌月――、母校の中学生たちに向けた講演の中でもう一度繰り返している。このことは「嘘ではな」い「美談」に対する太宰の思い入れの強さとともに、それを書く方法を見出すことの困難さを物語っていると思う。太宰にとって、「美談」のハードルはかくも高く厳しいものだったのだとも言える。

一方群衆の目の前で〝美談〟が演出され、その後も刑場で「皆」が「見た」光景によって〈美しい友情と信頼の物語〉が群衆の間で語り継がれていくことを予期させる『走れメロス』の世界は、「天にもとどろくような美談」どころか、太宰が定義する「美談」とは明らかに逆方向のベクトルを持った自意識の網目の世界である。現実の反転としてのメルヘンの構築でもなければ、美談を目指して不首尾に終わった作品でもない。誤解を恐れずに言えば、シラーの美談が〝反《アンチ》美談〟小説として鋳造し直されているところにこそ、『走れメロス』の真骨頂を見るべきなのである。自分の没後、『走れメロス』が中等教育現場の国語教材だけではなく、義務教育課程の道徳教材としても広く使用されているという現実を知ったならば、冥界にいる作家は「激怒」するだろうか、それとも「赤面」するだろうか。少なくとも「歓声」をあげないことだけは確かだろうと私は思う。[13]

注

（1）長部日出雄氏が『桜桃とキリスト　もう一つの太宰治伝』（文芸春秋、二〇〇二）で『走れメロス』着想の源流として、『高等小学読本　巻二』所収の「真の知己」を挙げている。この話では、死刑を宣告されたピチュスを故郷の老父母に会わせてやるために、親友ダモン自らが進んで「彼の願をお聞入れ下さるやう願ひます。其の代わりに私を獄中に入れて、万一期日に至つて彼が帰つて参りませんやうなことが御座いましたならば、私をお仕置き下さいませ」と願い出るという設定になっている。長部氏は『走れメロス』と『人質』との設定は共通しているととらえているが、本稿で指摘したように両作品の設定の間にも重大な差異があり、この三つのテクストを並べると、王とメロスとの間で契約が結ばれたあとで初めて王城に召し出された『走れメロス』のセリヌンティウスと、自らの意思で友の人質になることを志願した「真の知己」のダモンとが対極に位置し、両者の中間に、メロスが「友」の家を訪ねて人質役を依頼して承諾を得る『人質』が入るという構図になる。なお国定『高等小学読本』は『修身』と同様に男子用と女子用の二種類があった。（ただし男子用教科書には「男子用」の文字がなく、女子用バージョンにだけ「女子用」の文字が印刷されているというジェンダー的非対称が顕著な表記になっている。）両方に共通の話材もあるが、この「真の知己」は女子用読本には採録されていない。ホモソーシャルの色彩の濃い編成であり、「知己」の範疇から「女子」が排除されていたことが分かる。

（2）唐突な例をあげると、漱石『こゝろ』のKは、養父母が自分を大学医科に進学させるつもりで東京の学費を出してくれるのを承知で、「医者にはならない覚悟をもつて」上京した。「養父母を欺くのと同じことではないか」と詰る「先生」に対して、Kは「道のためなら、その位の事をしても構わない」と答えたという。この強引な論理は、大学の文科に進んだKがひたすら「道」を求めて「精進」し続けることによってのみ正当性が保証されるものであり、精進が停滞すれば単なる卑劣な詐取でしかなくなってしまう。この中間を許さない二分法の苛酷さ彼の自殺の背景にあったはずであるが、本人への依頼と承諾を欠いたまま「あれを、人質として置いて行」く約束をしたメロスの乱暴さは、進学と学費をめぐるKの行動と一脈通じるところがあると見ることもできる。

（3）設定はまったく異なるが、太宰の弘前高校時代の習作の一つである『花火』の中に、自分の「獣欲」の犠牲になって病死した小間使いを供養するために花火を打ち上げて死んだ「兄」について、語り手である「弟」が「兄貴の虫のよさ、つまり、人間一匹殺しておいて花火十発で、（略）功罪相殺したと思つて居るらしい其の虫のよさ」を批判する場面がある。「功罪相殺」の「虫のよさ」という点において、『走れメロス』へのアプローチの補助線になり得る作品である。

（4）少女がメロスに恋をしたという解釈もあるが、しかし少女がメロスの裸体を自分だけのものにしておきたいと望んでいたのだとしたら、群衆が皆感動している裸体を、恋する少女だけが誇らしいものと感じていなかったことになる。

（5）ナサニエル・ホーソンのTHE SCARLET LETTERは二十世紀初頭から「緋（の）文字」という邦訳が定着していた。周知の通り「緋文字」は清教徒の社会で姦通に対する罰としてヒロインが装着を義務付けられた緋色の文字Aのことであり、「罪」「恥」を表す烙印だったこの文字は物語の展開とともに次第にさまざまな多義性を帯びてくるものの、最後までマイナス性が消滅することはない。「緋文字」と「緋のマント」という色彩の共通性だけでなく、『緋文字』をディムズール牧師の方に焦点を合わせれば、曖昧な告白がかえって信徒たちの称讃を増幅したことによって彼の呵責がいっそう募り、最後に彼の身体上にも「緋」の文字が出現するという構図が『走れメロス』との関連で注目される。また牧師の秘密を無邪気に見抜く少女パールは、深紅の衣服を纏うことによって「生きている緋文字」のイメージを鮮明にしている。

（6）ハッピー・エンディングの定説に疑義を呈して「（メロスが――引用者）「赤面」したのは、単に自分が裸であるからたけではなく、「真の勇者」として認められたからでもない。むしろ逆で、「少女」という他者に出会い、それまでの観念的・英雄的・劇場的自己を恥じたのではないだろうか」とする丹藤博文氏の重要な提起がある（『教室の中の読者たち――文学教育における読書行為の成立』学芸図書、一九九五）。群衆の前に「劇場」を演出した主役はセリヌンティウスの方であるという私の見解を丹藤氏に押しつけるつもりはないが、しかし氏の解釈においても、マントの少女が登場して以降の最終場面における発話者がセリヌンティウスただ一人であるという設定の意味が見落とされているということは指摘しておいてよいだろう。またこの少女について「読みようによってはあたかも小悪魔のように登場している」とし、メロスの〈自意識〉を、よりいっそうしたたかなものとして再生させている」という読みを提示している鎌田広己氏「『走れメロス』論——主人公の〈肉体〉と〈自意識〉を主題として——」(『国文学論叢』一九八九・三)でも、セリヌンティウスの言葉による意味付けは看過されている。斎藤理生氏「饒舌・沈黙・含羞——『走れメロス』の語りづらさ」(『月刊国語教育』二〇〇八年一月)は「末尾の少女とメロスも無言である」ことに着目しているが、「しかし娘は捧げるという行為で意志を伝えようとしている。メロスは未だその意志を親友に説明してもらわなければ理解できない」という氏の論理展開は、少女の行為に対するセリヌンティウスの解釈をそのまま物語の真実とみなす従来の読みの枠組みを踏襲しており、少女の他者性が消されている。

(7)　内言「悪い夢」直後の自己鼓舞の中の「勇者として死ねる」というフレーズはよく知られている。日没に間に合って戻ってきたメロスに対して王との約束通り絞首刑が執行されていれば、圧制者暗殺を企てて堂々と処刑されたという意味においてはメロスはたしかに「勇者として死ね」たと言うことができる。したがって処刑中止は「勇者として死ねる」機会を奪ってしまったという見方も成り立つが、「暴君」ディオニスがそのことまで承知の上で意図的に免罪という残酷な〝刑罰〟を与えていた可能性も、テクストは内包していると思う。

(8)　戦後太宰が河盛好蔵に宛てた書簡の中で、「優」という字が「すぐれる」とも「やさしい」とも訓めることを指摘して、「人を憂へる、人の淋しさ侘びしさ、つらさに敏感な事、これが優しさであり、また人間として一番優れてゐる事ぢやないかしら」と書いていることはよく知られているが、この後に「さうしてそんなやさしい人の表情は、いつでも含羞であります」という文が続く。「含羞」を表情に浮かべない優しさは、それによって優位に立てば立つほど相手に対する残酷さを強めることになる。自らは「赤面」することなく、てきぱきと友に「教」えるセリヌンティウスの姿に「含羞」が感じられるだろうか。

(9) 太宰が創作した「検事の微笑」の系譜には、『女の決闘』も含まれる。同名の鷗外訳テキストを下敷きにしてそれを「私(DAZAI)」が自由に書き換えていくというスタイルのこの作品には、原作および鷗外訳には出てない「老獪な検事」と「芸術家」との一問一答場面が挿入されている。「あなたは、どちらの死を望んだのですか」という検事の問いに対して芸術家が「どちらも生きてくれ、と念じてゐました」と答えると、検事が「はじめて白い歯を出して微笑」んで、「さうです。それでいいのです。私はあなたの、今の言葉だけを信頼します」と言う。語り手の「私(DAZAI)」は「検事も、それを信じました」と解説するが、仕掛けの多い小説であり、この「微笑」は『あさましきもの』の検事の「薄笑ひ」と対立するものではなく、むしろ類縁関係としてとらえられるべきであろう。『女の決闘』は『走れメロス』と同時期の作品である。

(10) 小説『雪の夜の話』と『惜別』が一九四四年の作であることは間違いないが、エッセイ『一つの約束』はある雑誌に発表され、作家生前には単行本に収録されなかった。雑誌の切り抜きは存在するものの、掲載誌は山内氏の丹念な探索をもってしても不明であり、「一九四四年発表」を確認することができなかったという。一九四四年は没後に初めて単行本収録された際の付記にもとづく「推定」である。なお東郷克美氏は一九四四年から一九四五年の太宰について「文学的生涯の実質的頂点は、前期の『晩年』でも、『斜陽』『人間失格』の後期でもなく、この時期にこそある、とさえいえるかもしれない」(『太宰治の手紙』大修館書店、二〇〇九年)という見解を提出しているが、太宰が〝燈台美談〟を繰り返し語ったのは東郷氏の言う「この時期」に集中している。また津島慶三氏「祖母周辺の人々」(『太宰治研究　7』和泉書院、二〇〇〇)に、彼が日本医科大学予科生だった時期に「何のために小説を書くんですか」という質問に対して太宰が「美談を書くのが小説家の使命なんだ」と答え、「美談」の例としてこの〝燈台美談〟を語ったという回想が出てくる。津島氏が医大予科に入学したのは一九四三年だというから、氏が太宰からこの話を聞いたのは一一九四三年以降ということになる。

(11) もしこの遭難者の死を誰かが見ていたとしたら、やがて燈台守の耳にも情報が入る可能性が高い。もしも自分の一家の「団欒」光景が、ほかならぬ難破船からの遭難者の死を招いたことに思い至ったならば、燈台守は強い衝撃を受けたに違いない。そうなると彼が船の安全を守るプロフェッショナルであるだけに、人一倍自責の念に苦悶するという新しい悲劇生成の可能性が内包されてしまうことになり、このような〝負の代償〟のおそれを完全に封殺しておくためにも、誰にも見られていないことが〝燈台美談〟の無償性にとって必須の条件だったわけである。

(12) 戦時中に書かれた『一つの約束』は、引用部分のすぐあとに「第一線に於いて、戦つて居られる諸君。意を安んじ給へ。一隅に於ける諸君の美しい行為は、かならず一群の作者たちに依つて、あやまたず、のこりくまなく、子々孫々に語り伝へられるであらう」という、戦地兵士への呼びかけの形をとった文が続く。だが「一群の作家たち」いう言い方には、「私」自身はその中に含まれていないというニュアンスがある。「私」が「それをこそ書きたい」の「それ」が、戦地における兵士たちの「美しい行為」とは異なっているという密かなメッセージを読み取ることができるのではないかと私は思う。

(13) 太宰のエッセイ『一歩前進二歩退却』(一九三八)の中に「作品を、精神修養の教科書として取り扱はれたのでは、たまつたものぢやない」という一節がある。この文章から『走れメロス』までの二年間に「前期」から「中期」への転回があったとする定説に従うとしても、『走れメロス』と同時期の太宰のエクリチュールに「辻音楽師」という自己規定が繰り返し出てくることもまた周知の事実であり、「辻音楽師」と「精神修養の教科書」とが相容れないことも明白である。

名前はだれのものか——あとがきを兼ねて

名前はだれのものか。

私がこの問題と初めて向き合ったのは大学生時代である。ヴェトナム戦争をめぐって国際的な反戦の世論と運動が拡大していた時期である。第二次世界大戦後にアジア各地で勃興した民族独立運動は冷戦構造の中で多様な経緯を辿ったが、一九六〇年代のヴェトナム戦争は、アメリカ合衆国の軍隊が直接介入したという点で際立っていた。この超大国の軍隊が相手にしたのは、物量技術ともに劣っているはずの小さな農業国のゲリラ兵士たちであったが、合衆国がいくら軍事攻撃をエスカレートさせても、南ヴェトナム解放戦線とヴェトナム民主共和国側の優勢が強まるだけであり、もともと派兵の根拠として「ドミノ理論」だけしか持っていなかった合衆国は国際的な孤立を深めていき、合衆国内の世論も次第に反戦の方向に転じていった。またそれ以前から人種差別撤廃を求める公民権運動が全国的な展開をみせており、ワシントン大行進でマーティン・ルーサー・キングが有名な“I have a dream”演説を行ったのは一九六三年夏である。キングはやがてヴェトナム戦争反対を公的に表明した直後の一九六八年、兇弾に倒れた(1)。

このような時代状況の中で独自の闘いを開始していた一人のアフリカ系アメリカ人アスリートがいた。その姿を通して、私は〈名前はだれのものか〉という問題と初めて向き合うことになったのである。彼は一九六四年に異例の若さで世界へビー級タイトルを獲得し、その後も九度連続して王座を防衛しながら無敗のままタイトルを剥奪され、ボクシング界から追放された。一九六七年、合衆国軍への入隊を拒否して有罪判決を受けたためである。「ルーイヴィル（アリの故郷──引用者）ではいわゆるニグロの人々が犬並の扱いを受けているのに、なぜやつらは俺に軍服を着て、一万マイルも離れたところに行き、ヴェトナムの茶色の人々に爆弾や銃弾を浴びせろなんて言うんだ？」という彼のコメントは、ヴェトナム戦争中に発された歴史的言説の一つになっている。「蝶のように舞い、蜂のように刺す」敏速華麗なスタイルでヘビー級に革命を起こした優秀な格闘家《ファイター》の彼は、人種差別と戦争に対する果敢な闘士《ファイター》でもあったが、彼の闘いには名前をめぐる権利闘争が含まれていた。世界チャンピオンを獲得して間もなく、彼は〝本名〟のキャシアス・クレイを「奴隷名」として拒否し、[2] 今後はイスラム名「モハメド・アリ」を自分の正式名とすると宣言した。リング・ネームではなく、従来の〝本名〟そのものを廃棄するという彼の言明はなかなか受け入れられず、当初は「クレイ」と呼び続けるメディアが多かったが、彼はあらゆる機会をとらえて「アリ」と呼ばれることを要求し続けた。[3] やがてヴェトナム反戦の国内気運の高まりとともに、追放チャンピオンのアリに対する眼差しに明らかな変化が現れてくる。投獄も追放もおそれずに信念を貫いて権力と対峙したアリが、六〇年代の合衆国を象徴する存在の一人になっていったことは周知の通りである。そして彼が「アリ」という呼称を非妥協的に要求し続ける理由に対する理解が広がっていき、ついにメディアの呼称はすべて「アリ」で統一され、「クレイ」は〝本名〟でも〝別名〟でもなく、〝旧名〟という扱いになった。my name をめぐる権利闘争において彼は全面勝利を収めたのである。

（1）キング暗殺の二か月後に、公民権に積極的だった上院議員ロバート・ケネディが暗殺された。その三年前には急進的な反人種差別運動の指導者だったマルコムXも暗殺されている。もちろん指導者たちだけではない。例えば〝I have a dream〟演説が全米報道された直後にアラバマ州の黒人教会で四人の少女が爆殺され、一九六五年には同州で非暴力デモ行進中の青年が警察官に射殺されるなど、公民権運動の中で不正不当な暴力によって多くの命を奪われた。

（2）トマス・ハウザー『モハメド・アリ　その生と時代』（一九九一、邦訳一九九三）に「キャシアス・マーサレス・クレイ。彼はケンタッキーの白人で、俺のひいじいさんを所有していて、自分の名前を俺のひいじいさんにつけたんだ。そして俺のじいさんの名前がつけられ、俺の親父の名前がつけられ、そしていまの俺の名前になっているんだ」（小林勇次訳）というアリからの聞き書きが記されている。同書の著者の調査よると、アリの父方の曾父母は四人とも「自由黒人」と記録されており、「史料ではクレイ家の奴隷だったという証拠はないが、昔は奴隷だった可能性が大きい」ということである。

（3）メディアだけでなく、ボクシング界でもこの呼称を拒む者は少なくなかったが、「クレイ」と呼び続けた挑戦者とのタイトル・マッチで、試合中に“What's my name?”と叫びながらアリが相手に連打を浴びせ続けたというエピソードは伝説ではなく、映像記録として保存されていることを、ピート・マコーマック監督のドキュメンタリー映画『フェイシング・アリ』（二〇〇九、日本公開二〇一二）で確認することができた。

＊

ヘビー級のリングへの復帰を果たしたアリが、アスリートとして致命的ともいえる長期ブランクを克服して世界チャンピオンに返り咲いたのは一九七四年であるが[1]、その翌年に日本で名前をめぐる「人格権訴訟（一円賠償訴訟）」が始まった。NHKのテレビ・ニュースが崔昌華（チォエチャンホァ）牧師を、本人の意思表明に反した「さいしょうか」という日本読みで報道したことに対して、「戦前、日本政府の命令で強制的に名前を変えさせられたというにがい経験」（いわゆる「創氏改名」である）を持つ同氏が訂正を要求したにもかかわらず、NHKが「慣用」を盾にとってしてこれを拒んだため、氏は謝罪広告と損害賠償一円を求めて訴訟を起したのである。人格権として[2]の呼称を法廷の場で争う画期的な裁判闘争であり（名前の呼び方をめぐる訴訟が上級裁判所まで進んだのはこれが世界最初の事例だったという）、訴訟自体は一九八八年の上告審で原告敗訴が確定したものの、しかしその最高裁判決は判決理由の冒頭で、

氏名は、社会的にみれば、個人を他人から識別し特定する機能を有するものであるが、同時に、その個人からみれば、人が個人として尊重される基礎であり、その個人の人格の象徴であって、人格権の一部を構成するものというべきであるから、人は、他人からその氏名を正確に呼称されることについて、不法行為法上の保護を受けうる人格的な利益を有するものというべきである。

と明言し、「他人からその氏名を正確に呼称される」権利が「人格権の一部」であるとする司法判断を示したのである。十数年がかりの長い裁判であったが、この十数年の間に、名前に関するメディアの「慣用」は大きく様変わりし、NHKを含めた日本のメディアは固有名について、本人が呼ばれたい呼び方を尊重する原則を採用するようになってきた。作家の呼称表記についても、例えば「李恢成」は、一円訴訟開始直後に刊行された『日本近代文学事典』（講談社）や『新版現代作家事典』（東京堂）では「ら行」で立項され、「りかいせい」という読みが登録されていたが、最高裁判決後に出た『作家小説人名事典』（日外アソシエーツ）は「ら行」立項ながら、読み方については「りかいせい　Yi Hoe―seong　イ・フェソン」と表示されており、一九九四年刊行の『増補日本現代文学大事典』（明治書院）では「あ行」立項、読みは「いふぇそん」になっている。コロニアリズムの根本問題が解消したわけではもちろんないが、「一円訴訟」が人格権としての呼称に対する慣行を大きく揺り動かしたことの意義は小さくない。

モハメド・アリは〝「本名」で呼ばれない〟ことを求めてレイシズムと闘い、崔昌華牧師は〝本名の通りに呼ばれる〟ことを求めてコロニアリズムと闘った。基本的人権としての呼称というテーマを浮かび上がらせたこの歴史的な出来事に同時代人として立ち会ったことが、本書のモチーフの淵源の一つになっている。

(1) 一九七四年は徴兵拒否の一審無罪判決に対して連邦最高裁判所が逆転無罪判決を出した年である。アリは一九七〇年にリング復帰を勝ち取っていたが、無罪が確定したこの年、七年ぶりで世界タイトル・マッチに臨んだ。この時アリはすでに三十歳を過ぎていたのに対してチャンピオンのフォアマンは絶頂期の強打者であり、挑戦者不利の予想が強かったが、アフリカ大陸で開催される史上初めての世界タイトル・マッチとしての画期的な意義も持ったこの試合で、アリはボクシングの常識を破る頭脳的な戦法を用いてＫＯ勝ちを収め、タイトルを奪還した。この劇的な経緯は、開催地ザイール共和国（現コンゴ民主共和国）の首都の名前をとって「キンシャサの奇跡」と呼ばれている。

(2) 損害賠償請求金額を「一円」にしたのは、「一円とは通常貨幣の基礎単位であるように、氏名を正しく民族語音読みで呼ぶことは基本的人権の基礎であ」ると考えたからだという。（崔昌華氏『名前と人権』（酒井書店、一九七九）

＊

〝呼ばれたい名前で呼ばれる権利〟は今日でも全面的に確立されているわけではない。その遅れた分野にジェンダーの問題が深くかかわっている。例えば戦後の新民法は「婿養子」という制度を廃止した。娘の夫を婚姻と同時に養子として〈家〉に迎え入れるという「特殊な縁組形態」を明治民法が認めていたのは、その家族法体系が〈家〉の存続を根幹としていたためであり、一方新民法の理念は〈家〉制度を否定していたから、「婿養子」が廃止されたのは当然である。現行民法には、近親間の婚姻禁止規定の中に「ただし、養子と養方の傍系親族との間では、この限りではない」という一行がある。養親子は法律上「血族」に含まれるから、養子と養方の「直系親族」との婚姻は法的に禁止されているのである。にもかかわらず、社会通念としての「婿養子」は依然として根強く残存し続けている。例えば長谷川町子『サザエさん』のフグ田マスオは妻の親族と同居しているが、今日、マスオが「磯野」家の「婿養子」だと誤認する人はさすがに少ないとしても、マスオの姓が婿養子か否かを見分ける指標になっているという誤解者はまだ多いだろうと思う。『サザエさん』においては妻のサザエの方が「磯野」から「フグ田」に改姓しているから夫のマスオは「婿養子」ではない、という誤解である。この認識は根本的に誤っている。かりにマスオの方が「磯野」に婚姻改姓していたとしても、マスオが磯野家の「婿養子」になったわけではないことは、「フグ田」に婚姻改姓したサザエがフグ田家に「嫁入り」したわけではないことと同断である。現行法体系の中に「婿養子」は存在しない。姓のいかんを問わず婚姻届によって新しく編まれた戸籍の構成員はサザエとマスオの二人だけであり（タラ誕生後は三人）、夫婦の姓の選択によって元の戸籍との関係に距離の相違は生じないというのが現行民法の規定であるが、民法施行から七十年を経てもなお、この理念が国民に共有されているとは言いがたい。マスオは「フグ田」姓のままであることによって、「婿養子」という誤解をかろうじて免れているのであり、そしてこの「婿養子」という幻が、「夫婦は、婚姻の際に定めるところに従い、夫又は妻の氏を称する」という民法の規定にもかかわらず、大部分の夫婦が「夫の氏」を称している実態の一因にもなっているようである。妻の姓を選んだ夫は〝婿養子に入ったのか〟という誤解を受けることが多く、社会的不利益も被りやすいのである[1]。

　民法が廃止したはずの「婿養子」を、今日でもそれが存続していると思い込む誤解の根強さの原因は、戦後の歴代行政府がほぼ一貫して新民法の精神の普及浸透に努めるどころか、逆に〈家〉制度の温存と復活を推進してきたことにあるだろう。新民法には親族、血族、姻族はあっても「家族」という言葉はない。「戸主、家族その他家に関する規定は、これを運用しない」という「日本国憲法の施行に伴う応急的措置に関する法律」（一九四七）を継承して、「戸主」とともに「家族」という用語も新民法から追放されたのは、明治民法において「戸主」と「家族」が「家」制度を支える重要なタームだったからである。新民法に先立つ日本国憲法では、「配偶者の選択、財産権、相続、住居の選定、離婚並びに婚姻及び家族に関するその他の事項に関しては、法律は、個人の尊厳と両性の本質的平等に立脚して、制定されなければならない」第二四条二項という〈家〉制度否定（同条一項が「両性の合意」「夫婦の同等」規定である）条項の中で「家族」に言及されている。「家族」の語は大日本帝国憲法には入っておらず、新憲法で新しく導入された用語である。そしてこの憲法条項の言う「法律」の基本法として成立した新民法の方では旧民法にあった「家族」というタームが消去されており、新憲法が取り入れた「家族」と、新民法から消えた「家族」とではシニフィエが異っていたことは明らかである。新しい憲法の「家族」は旧い〈家〉の否定に立脚した新しい概念なのであり、したがって戦後の行政府はこの新しい「家族」概念を国民に徹底させていく環境整備と教化の義務を負っていたにもかかわらず、歴代内閣はそれをネグレクトし続けてきた。その結果、〈家〉制度を拒否する言説と、「家族」間の愛情的関係を否定する言説との相違を識別できないような誤った認識が、今なお〝常識〟として生き続けている。新しい「家族」の権利のためにこそ旧い〈家〉制度を廃止しなければならないという、憲法が示した新理念が国民的に浸透していれば、例えば婚姻届提出時における「夫の氏」と「妻の氏」の選択率は理論値の五〇％に漸近してきていなければおかしいはずであるが、現実には「夫の氏」選択率が九〇％以上を保持し続けている。婚姻改姓は妻の氏を選ぶのがノーマルであるという法律無視の〝常識〟の力は依然として強い。戦後の法体系が「婿養子」を廃止しているという明らかな事実の認識さえ国民に共有されていない責任は、「国務大臣・国会議員・裁判官その他の公務員は、この憲法を尊重し、擁護する義務を負う」（第九九条）という憲法規定にもかかわらず、たかだか二十世紀前半の五十年間だけに存在したこの法制度が、あたかも〝日本古来からの伝統〟であるかのような錯覚を意図的に温存助長してきた歴代の為政者にある。しかし同時に、われわれも自省しなければなるまい。「この憲法が国民に保障する自由及び権利は国民の不断の努力によってこれを保持しなければならない」という憲法第一二条の規定は、自由と権利保持のための「不断の努力」を権利主体としての国民一人一人にも義務付けているからである。われわれは「不断の努力」をしてきただろうか。

また現行法は夫婦同姓を義務付けており、もともと同姓の夫婦でない限り、婚姻届提出に際して二人とも改姓しないという自由を認めていない。婚姻改姓を希望する夫婦は一方が改姓すればよく、改姓を望まない夫婦はそれぞれ別姓のままで婚姻届が受理されるという方向への法改正を求めた選択制夫婦別姓運動は、〈名前はだれのものか〉をめぐる人権闘争としての性格も持っている。(2) フェミニズムとジェンダー研究の隆盛が、〈姓(名前)と性(ジェンダー)〉の問題を浮上させたことは当然であるが、私が奇妙に感じたのは、フェミニズム研究者たちにおいてさえ——自身がどういう名前で呼ばれるかについての権利意識は高いにもかかわらず——、自分が研究対象とする作家をどういう名前で呼ぶかという問題に対しては意外なほど関心が薄いという非対称的現実である。〝呼ばれたくない名前で呼ばれない〟こと、〝呼ばれたい名前で呼ばれる〟ことを人格権としてとらえるならば、自分が研究対象としている作家の名前についても、これまでの「慣用」に対して無批判であってはならないだろう。人権論とジェンダー論の交差するエリアに、作家をどう呼ぶべきかという問題が検討課題として浮上してこなければおかしいし、その際、作家自身がどう呼ばれることを望んでいたかの考究が不可避であることは言うまでもない。にもかかわらず、作家の名前についての議論を要請する声はほとんど聞こえてこなかった。十九世紀の作家の呼称については依然として旧来の「慣用」が無批判に踏襲されてきている。人権という観点から作家の呼称を見直すべきではないかという私の主張は、残念ながらほとんど共鳴者を得ることができないまま今日にいたっている。

(1) 新民法は「婿養子」を廃止したが、もちろん「養子」制度は認めている。だが「養子」は当然養親と同姓でなければならない、というのも誤解である。「養子の氏」について民法は「養子は、養親の氏を称する。ただし、婚姻によって氏を改めた者については、婚姻の定めた氏を称すべき間は、この限りではない」と規定しており、法律上「夫婦の氏」の方が「養親の氏」よりも優先されているのである。

（2）　中村桃子氏『婚姻改姓・夫婦同姓のおとし穴』（勁草書房、一九九二）でも紹介されているが、諫山陽太郎氏『別姓結婚物語』（創元社、一九九二）の中に、別姓結婚への道程を回顧して「なんで日本では、自分がこう呼んでほしい名前で呼んでもらうまでに、こんなにも大変な苦労がいるのだろう」、「きっと「姓」が個人のものではないからだろうな」と語る箇所がある。

＊

作家の呼称がジェンダーに関わる重要な問題であることに私が気付いたのは、ある小さな研究会で曙の『婦女の鑑』の発表を引き受けたことがきっかけである。発表準備を進める中で私は文学史や事典類の記述の杜撰さにも啞然としたが、それとともにこの作家を「木村曙」と呼ぶという「慣用」がまったく疑問視されていないということに疑問を抱くようになった。彼女が「曙」名義で発表した五つの作品の作者名はすべて無姓の「曙女史」の三文字だけである。周知の通り、妾腹に生まれた彼女が二十年にも満たない短い生涯の中で、「木村」という父の姓と「岡本」という母の姓との相剋を生きたことは伝記調査からも容易に想像できる。したがって「曙女史」という署名に〝無姓空間〟（あるいは〝超姓空間〟）としての雅号への希求が込められていたと断定することはもちろんできないにしても、少なくともその可能性に一度思いをめぐらせてみることは文学研究者としての責務だろうと思う。にもかかわらず、ただ「慣用」という理由だけで、本人が一度も作家名として使用したことのない「木村曙」と呼ぶことは、人格権侵害の暴力ではないかと私は考えたのである。

しかし『婦女の鑑』論を書いた頃の私は、まだこの問題の大きさを十分には自覚していなかった。当時の私は、「樋口一葉」という呼称の使用については抵抗を持っていなかったのである。一葉は生涯を一つの姓だけで過ごした女性であり、二つの姓の相剋に悩んだ曙とは違って「樋口一葉」という署名が実在すると思いこんでいたからである。（その頃刊行した私の著書のタイトルは『樋口一葉論への射程』である。）ところが研究を進めていくうちに、一葉においても「樋口一葉」という姓と雅号を組み合わせた署名を本人が使用したと確認できる公表文章が一つもないという事実に気が付いた。雅号の「一葉」名義で書かれた小説には「樋口」という姓が冠されておらず、一方本名のなつ子（夏子）名義の和歌には多く「樋口」姓が冠されるという明確な使い分けを見出すことができる。若くして樋口家の戸主となり、生涯を一つの姓だけで通した一葉においても、「一葉」という雅号は姓からの解放空間として志向されていた可能性が高い。したがって「慣用」として広く定着している「樋口一葉」という呼称もまた、署名との異同という本文《テキスト》の正確さのレベルにとどまらず、故人の人格権を侵害しているかも知れないのである。

曙と一葉だけではない。作家の本名使用が定着する以前の雅号使用が一般的だった時代を調べてみると、紫琴、いなぶね、らいてう等、雅号の上に姓を冠することを由としない一連の女性作家の系譜を発見することができるし（らいてうは自伝の中で、自筆の署名には姓を冠したことがないと明言している）、〝無姓空間〟としての雅号を求める作家の人格権と、姓を冠して誌面の統一を図ろうとするエディター側の編集権との相剋の痕跡を推認することもできる。民族名の表記に関してはシリアスな配慮をするようになってきた文学事典も、日本人作家、とりわけ女性作家の名前の呼び方については人格権的内省はほとんどなされておらず、近代文学研究における〈姓と性〉は残された課題の多い分野だと思う。

またこのテーマには、作品の固有名タイトルや作中人物の呼称におけるジェンダー的非対称の問題にもひろがっていく。男性に比べて女性の方が無姓（ファースト・ネームだけ）で表示される傾向が強いというデータ自体に意外性はないが、私が強調したいのは、有姓表示＝人権的、無姓表示＝抑圧的といった単純な二項対立でとらえるのは単純過ぎるということである。〈家〉の伝統の中においては〝姓からの疎外〟と〝姓への幽閉〟の二重性こそが問題の核心存在しているのであり、したがって〈姓と性〉の問題はきわめて入り組んだ複雑な構造になっている。

二十世紀初頭に流行した家庭小説にはヒロインのファースト・ネームだけをタイトルにした作品の系列があるが、彼女たちはおしなべて男性から眼差される存在として描かれている。同時期に発表された漱石『三四郎』のヒロイン美禰子が名詞を持ち歩く女性として設定されている点に私は注目してきた。彼女の名詞には「里見美禰子」というフルネームが印刷されているが、この名詞の実用性は皆無である。実用性のない名詞であるからこそ、里見恭助の「妹」という視線でしか自分を見ない周囲に対する彼女のひそかな自己主張を読み取ることができるはずである。〝姓からの疎外〟に対する抵抗であり、家庭小説の姓を奪われたヒロインの系譜の中に布置してみることによって彼女の闘いの孤独さがいっそう浮かび上がってくる。一方一九二〇年代に擡頭してきた野上彌生子『真知子』、中條百合子『伸子』等の姓を呼ばれないヒロインの流れは、〝姓への幽閉〟からの解放を目指して無姓の雅号を選んだ一連の女性作家たちとも共通する主体回復への意思の表象であり、里見美禰子と伸子は根本において同じものを目指していたのだ、というのが私が考えた見取り図である。

＊

私が本書を纏めようと思い立ったのは、二〇一一年三月の大震災と原子力発電所事故の衝撃と無関係ではない。あの人災と天災との複合した惨事に「ことばを失う」（高橋源一郎）混乱の真只中で、私は文学者たちの「ことば」を待った。川上弘美の『神様　２０１１』等を最も早い例として次第に届いてきた作家の言説群の中で、私がひときわ感銘を受けたのは、津島佑子の「「夢の歌」から」（日本ペンクラブ編『いまこそ私は原発に反対します。』二〇一二）である。

津島の文章は、オーストリアの「先住民」であるアボリジニのミラール族が福島原発事故直後に国連事務総長宛に送った書簡の紹介から始まっている。かれらはウラン鉱山の地元住民である。オーストラリア政府はかれらの反対を押し切って一九七〇年代にウラン採掘事業を開始したのであるが、このウランが東京電力で使用されていることを知ったかれらは、「福島第一原発の事故は私たちにも責任の一端がある」と考えてウラン採掘にあらめて反対し、巨額の使用料も返上する決意をかためた、と事務総長宛書簡には書かれていたという。（われわれは、日本の核エネルギーの原料が、地球上のどの地域で採掘されているのかと想像してみたことがあるだろうか。オーストラリアのかれらの地元で採掘されたウラン鉱石がアメリカで濃縮処理を施されてから日本に運ばれていたのである。）「この流れを知り、どんなに途方に暮れ、そしてかれらの決意にただ、頭を垂れる思いに打たれた」という津島は、

核実験による「死の灰」におびやかされ、さらにウラン採掘の作業でも放射能被害をまぬがれなかったアボリジニのかれらには、原子力についていくらでも怒る資格があり、そして今度の福島原発事故について、日本はふたつも原発事故について、日本はふたつも原爆を落とされた国だというのに、どうして原発をやたらに増やしつづけきたのか、と厳しく問い詰める資格もあるだろうに、むしろウラン鉱山の所有者として責任の一端を感じ、そのことをとても悲しんでいる、というのだ。原発事故の責任も、その悲しみ、苦しみも、さらに「核のない世界」を願う心をも、わたしたちは日本のひとたちと共有しています、と告げてくれていたことになる。日本の東京という大都会に住み、東京電力の電気を否応なく使っている私は、この気品に充ちたメッセージを、どのように受けとめればよいものか。

と書いている。そしてさらにビキニ環礁（現マーシャル諸島）を含む太平洋諸国諸地域における核大国の核実験の放射能被害受難と反核の闘いの歴史に触れ、

日本への原爆投下と太平洋での核実験をきっかけに、「ネイディブ・パシフィック」とも呼ばれる先住民諸国とニュージランド、オーストリアのひとびとが「あらゆる核の否定」を決意したというのに、ふたつの原爆を経験した当の日本は、この列島がまるで太平洋に面していないかのように、太平洋からの声には背を向け、

ひたすら原子力による経済発展に突き進みつづけ、そのあげくに、今度の原発事故で厖大な量の放射能を大切な太平洋にまき散らしてしまったのだ。（略）太平洋のひとびとにどれだけ迷惑をかけているか、重すぎるその責任から逃れることはできない。事故を起こした日本国に住む私たちはどうして、太平洋の隣人たちからの声に応え、「核のない未来」に向かわずに済まされるだろうか。

「太平洋の隣人たち」に及ぼした「迷惑」への「責任」という視点は、津島の文章を読むまで私には欠落していた。原発事故による太平洋放射能汚染に対して、日本の漁民の生活権と国民の食の安全という視野を超えることができなかった私は恥ずかしながら、太平洋に「隣人」がいるという認識さえほとんど持ち合わせていなかったのである。

津島佑子がこのような視野から「3・11」と向かい合ったのは決して偶然ではない。周知の通り津島は早くから、アイヌ、ブルトン[1]、マオリ[2]、ユーラシア遊牧民、台湾「原住民」（これが正式名称である）、メキシコ先住民等、「先進文明」によって言葉を奪われ、見えない存在にさせられてきた諸民族に対してオリエンタリズムとは異なる敬意を寄せ続けてきた作家である。事故直前に刊行された『黄金の夢の歌』は中央アジアのキルギスと中国東北部を舞台にした長編小説であるが、この作品には〝名前の権利〟に対する鋭敏な感覚が貫流している。例えば中国の史料文献に出てくる「堅昆」という遊牧民族の呼称表記について、「漢族と騎馬遊牧民たちが議論し合って決めた漢字表記であるはずはないので、これは漢族からの一方的な表記でしかなく、騎馬遊牧民たちがどのように自称していたのかわからない」という語り手のコメントが挿入されている。中国周辺の民族名について中国側からの呼称である漢字表記をそのまま使うという「慣用」に抗して、あくまでも「自称」にもとづいて名前を呼ぼうとする主人公は、キルギス共和国に到着したとき「「キルギス」をわたしとしては、いったいどのように呼べばいいのかという問題にまず、悩まされ」ている。テクストには直接書かれていないが、「キルギス」はソヴェート連邦時代のロシア語呼称にもとづいた表記であり、独立後の現在では当然のこととしてキルギス人自身による自称表現を尊重しなければならないと主人公は考えていたはずなのである。

このように〝本人が呼ばれたい名前〟を最優先するという津島の徹底した姿勢は、言葉の芸術にたずさわる専門家としての誠実さを示していると同時に、相手をどう呼ぶかという問題が、われわれの無意識裡に潜在しているコロニアリズムやレイシズムが鋭く剔抉されるトポスとして重要性を持っているということを、この作家は確実に認識している。そしてこの認識が徹底していたからこそ、あの混乱の中で真っ先に「太平洋の隣人たち」への想像力を発揮することができたのだと思う。

本書の収録論文は、初出の大部分が二〇一〇年までに書かれたものであり、二〇一一年以後の現実を前にしていかほどの力も持っていないことは言うまでもない。ただ津島祐子の文章に出会って、「核」の問題と「呼称」の問題との繋がりの糸を喚起されたことが、本書の刊行を思い立つ契機の一つになったこともまた確かなのである。

（1）　主としてフランスのブルターニュ西部に住む、ケルト系のブルトン語を言語とする人々がブルトン人であるが、かつてブルターニュの公教育でブルトン語を話した生徒は「ぼくは野蛮な言葉を話した悪い子供です」とフランス語で書かれた木札を首からぶら下げて立たされたという話を津島は紹介し、それが日本帝国がアイヌ、琉球、東アジア植民地の言語や日本語内「方言」を撲滅するために採用した言語教育の方法と酷似していることを指摘している。このブルターニュの「罰札」の史実は、アンリ・ジオルダン編『虐げられた言語の復権』（邦訳一九八七）で詳述されているが、津島はフランス滞在中にアイヌ叙事詩をフランス語に翻訳して出版する企画が決まったとき、それならば「日本人の私も少しはフランスの少数民族の世界に近づかなければ失礼にあたる」と考えてブルターニュについて勉強し、実地探訪もしたという。帰国後に書かれた長編小説『かがやく水の時代』（一九九四）はフランスとアメリカを舞台にした長編小説であるが、実在の地名表示が極力排されている中にあってフランス国内では唯一「ブルターニュ」だけが実名を明記され、ブルトン語が重要な役割を果たしている。

（2）「ニュージーランド」という国名は宗主国のイギリスが名付けた英語名であり、先住民のマオリ語による呼称は「アオテレオア」である。津島はこのことを紹介した上で、この国の呼び名として「ニュージーランド」と「アオテレリア」を対等に扱っている。

＊

本書は四つのパートから成る。Ⅰは〈名前とジェンダー〉をめぐる私の研究の一つの集大成を目指して書いたものであり、この表題が本書全体のタイトルになっている。題名、署名、作中人物の呼称という三つのレベルにおける「姓と性」の歴史的考察を通じて、そこには〝姓からの疎外〟と〝姓への囲い込み〟という相反する二つの力の同時作用があるということを浮かび上がらせようとしたつもりである。私にしては珍しい大風呂敷であるが、思い切って大風呂敷を広げなければ書けなかった論考でもある。したがって随所に粗さが目立つことは先刻承知、覚悟の上である。

Ⅱは、Ⅰに至るまでの里程標的な性格を持つことになった論考を集めた。Ⅱの積み重ねを踏まえてⅠが生まれたという時間的関係にある。したがってⅠとⅡとで部分的に重複する箇所が目立つという、単行本としてはいささか品位を欠く体裁になってしまったが、論の成り立ち上やむを得なかったことをお断りしておく。

Ⅲは〈名前〉からはテーマがやや離れているが、〈ジェンダー〉を主軸にした論考を選んでまとめたパートである。Ⅳは名作と呼ばれる近代小説の抜本的な読み直しの試みであり、前著『〈名作〉の壁を超えて――『舞姫』から『人間失格』まで――』の続編的性格を持つ。〈名前とジェンダー〉とは直接かかわっていないが、論を底流する問題意識は共通しているという自負があり、あえて本書に収めることにした次第である。

モハメド・アリが my name をめぐる果敢な闘いを開始してから半世紀の歳月が流れ、いまや生きたレジェンドとなった彼は七十歳を超えた。当時青春の真只中にいた私は、馬齢の証しとして日本国家から「前期高齢者」のレッテルを頂戴した。しかも阴病中（闘病という言葉を私はあまり使いたくない）の身である。本書が私にとって最後の著書になるのではないかという予感がしないでもない。しかし私が文学研究分野の片隅で細々と続けてきた、名前の権利をめぐる〝たった一人の闘い〟の小さな結晶であり、〈姓と性〉の問題に対する関心を多少なりとも喚起することができたならば、著者として望外の喜びである。

本書の刊行にあたっては前著に続いて翰林書房のお世話になった。先の見えない不安定な経済状況の中で、このきわめて地味なテーマの本の出版を快諾していただいた同書房の今井肇・今井静江両氏に心からお礼を申し上げたい。

また本書の所収論文には、駒澤大学における私の授業が原型になっているものが含まれている。学生に刺激を与え、学生から刺激を受ける。この双方向的な関係の中で教育と研究とが有機的に交叉する知の現場としての教場という貴重な空間がなければ生まれ得なかったと思われる論文も少なくない。研究者としては孤独な営為であったが、よき学生たちに恵まれ続けた――よき教師ではなかったにもかかわらず――私は果報者だとあらためて思う。本書は私から学生諸君への、ささやかな返礼のつもりでもある。

最後に、本書が二〇一三年度駒澤大学特別出版助成を受けていることを記して謝意を表したい。

八月十八日

高 田 知 波

初出一覧

I

姓と性——近代文学における名前とジェンダー　（『駒澤國文』二〇一〇・二）

II

雅号・ローマンス・自称詞——『婦女の鑑』のジェンダー戦略　（『日本近代文学』一九九六・一〇）

「士族意識」という神話——一葉研究と「文化資源」

（原題）近代文学と「文化資源」——一葉研究を例として——　（『国語と国文学』二〇〇〇・一一）

「いなぶね」と「田澤稲舟」

（原題）師弟——いなぶねの場合——　（『解釈と鑑賞別冊』二〇〇四・三）

女権・婚姻・姓表示　（『新日本古典文学大系明治編23女性作家集』岩波書店　二〇〇二）

III

鉄道と女権——未来記型政治小説への一視点　（『国語と国文学』一九九三・五）

「某の上人のためしにも同じく」――一葉『軒もる月』を読む――　　（『論集樋口一葉III』おうふう　二〇〇二）
「女」と「那美さん」――呼称から『草枕』を読む――　　（『解釈と鑑賞』二〇〇五・六）
〝翔ぶ〟女と〝匍う〟女――小林多喜二『安子（新女性気質）』の可能性
（原題）お恵と安子――小林多喜二『安子（新女性気質）』を読む――　　（『近代文学研究』一九八七・八）

IV

紫の座蒲団――『それから』論のために　　書き下ろし
妹と姉、それぞれの幻像――芥川龍之介『秋』を読む　　（『駒澤國文』二〇〇九・二）
「錯覚」と「想像」、あるいは「づかづか」と「つかつか」――梶井基次郎『檸檬』の結末部――
（原題）「錯覚」と「想像」、あるいは「づかづか」と「つかつか」――梶井基次郎『檸檬』を読む――　　（『駒澤國文』二〇一一・二）
演出、看破、そして「勇者」――〝反《アンチ》美談〟小説としての『走れメロス』
（原題）〝反《アンチ》美談〟小説としての『走れメロス』　　（『駒澤國文』二〇一三・二）

索　引

本書では〈名前〉（呼称）が重要な主題になっており、カギカッコの有無が煩雑になるため、索引の項目は文献名も含めて、すべてカギカッコを省略した。

【著者略歴】
高田知波（たかだ・ちなみ）
1946年福岡県生まれ。東京大学大学院博士課程単位取得退学。現在駒澤大学教授。著書に『樋口一葉論への射程』（双文社出版 1997）、『〈名作〉の壁を超えて――『舞姫』から『人間失格』まで――』（翰林書房 2004）等。

姓と性

近代文学における名前とジェンダー

発行日	2013年 9 月 18 日　初版第一刷
著　者	高田知波
発行人	今井　肇
発行所	翰林書房
	〒101-0051　東京都千代田区神田神保町2-2
	電　話　03-6380-9601
	FAX　03-6380-9602
	http://www.kanrin.co.jp
	Eメール● Kanrin@nifty.com
印刷・製本	シ ナ ノ

落丁・乱丁本はお取替えいたします

ISBN978-4-87737-355-9